CHRISTIANE FRANKE

Mord ist aller Laster Ende

KÜSTEN KRIMI

emons:

Bibliografische Information der Deutschen Nationalbibliothek
Die Deutsche Nationalbibliothek verzeichnet diese Publikation
in der Deutschen Nationalbibliografie; detaillierte bibliografische
Daten sind im Internet über http://dnb.d-nb.de abrufbar.

© Emons Verlag GmbH
Alle Rechte vorbehalten
Umschlagzeichnung: Heribert Stragholz
Umschlaggestaltung: Tobias Doetsch
Druck und Bindung: Prime Rate Kft., Budapest
Printed in Hungary 2022
Erstausgabe 2010
ISBN 978-3-89705-708-1
Küsten Krimi
Originalausgabe

Unser Newsletter informiert Sie
regelmäßig über Neues von emons:
Kostenlos bestellen unter
www.emons-verlag.de

Dieser Roman wurde vermittelt durch Dorothée Engel,
Hamburger Buchkontor (www.hamburger-buchkontor.de).

Für Jan und Nils

Prolog

Harald Vandenberg war ein Athlet. Kein überflüssiges Gramm Fett belastete seinen Körper. Und doch kämpfte er in diesem Augenblick mit einem ganz normalen Schulspringseil. Eines von denen, die seine Schüler in der vergangenen Unterrichtsstunde ins Schwitzen gebracht hatten, weil er den Sprungtakt so schnell vorgab. Auch Vandenberg schwitzte vor Anstrengung. Denn das Seil schnürte sich um seinen Hals. Drückte ihm die Luft ab.

Im Fenster zur Lehrerkabine spiegelte sich das sardonische Gesicht seines Widersachers. Der mit aller Kraft zuzog. Nicht nachließ, so sehr Vandenberg auch versuchte, sich zu wehren. Der Geruch seines Schweißes mischte sich mit dem des anderen. Er hatte nicht damit gerechnet, dass es zu einem Kampf auf Leben und Tod kommen würde. Aber er hätte es ahnen können. Ahnen müssen.

Die Knie gaben nach. Keine Kraft mehr. Sein Blick wanderte zur Decke. Zur defekten Neonröhre. Dann wurde ihm schwarz vor Augen.

Ich habe versagt, war das Letzte, was Vandenberg dachte.

Mittwoch

Kriminaloberkommissarin Christine Cordes zog ihren dünnen kamelfarbenen Mantel aus und hängte ihn an den Haken hinter ihrer Bürotür. Heute früh war es noch frisch gewesen, inzwischen jedoch hatten die Temperaturen wieder sommerliche fünfundzwanzig Grad erreicht. Sie spürte ein Kribbeln in der Nase, das sich, ehe sie etwas dagegen tun konnte, in einem lauten Niesen entlud. Auch wenn es hier an der Nordseeküste durch die feuchte Meeresluft und den Wind selten wirklich stickig wurde, Pollenflug gab es trotzdem. Besonders jetzt, denn es war zu lange kalt gewesen dieses Jahr, zu lange nass. Erst vor wenigen Tagen war die Natur schlagartig explodiert. Und Christine, die eigentlich seit Jahren kaum noch mit Heuschnupfen und Pollenallergie zu tun gehabt hatte, hatte bedauernd feststellen müssen, dass ihr Immunsystem doch nicht so stabil war, wie sie dachte.

Sie warf einen Blick in den kleinen Spiegel hinter der Tür. Ihre Augen waren geschwollen, darüber konnte selbst das geschickteste Make-up nicht hinwegtäuschen. Dabei hatte sie es vor der Mittagspause noch einmal erneuert. Grauenhaft sah sie aus, am liebsten hätte sie auch im Büro ihre Sonnenbrille aufbehalten. Aber das würde ihren Ruf als affektierte Großstädterin nur unterstützen, was sie nun wahrlich nicht gebrauchen konnte. Hatte es doch erst vor Kurzem so eine Art Annäherung an ihre Kollegin Oda Wagner gegeben. Das wollte sie sich nicht vermiesen. Vor allem nicht im Hinblick auf Oda Wagners spitze Zunge, mit der diese mühelos steinaltes Brot in Scheiben schneiden könnte. Außerdem reichte ihr der Kriegsschauplatz zu Hause, da musste nicht noch einer auf beruflicher Ebene hinzukommen.

Christine ließ sich auf ihren Schreibtischstuhl fallen. Es hatte sie viel Kraft gekostet, sich in ihrem neuen Job zurechtzufinden, mit Odas Abneigung klarzukommen und die kleinen bis mittleren Machtkämpfe auszufechten. Denn Oda hatte ihre Arbeit zu torpedieren versucht, wo es nur ging. Das konnte durchaus der Grund gewesen sein, weshalb Christine die Warnzeichen in ihrer Ehe nicht früh genug erkannt hatte. Zu sehr war sie damit beschäftigt gewesen, sich den gleichen Respekt zu verdienen, der ihr in Hannover entgegengebracht worden war. Und Frank ... Sie schnaubte resigniert.

Ganz entgegen ihrer Hoffnung, durch die Versetzung nach Wilhelmshaven aus ihrer Wochenendehe eine alltagstaugliche machen zu können, stand sie inzwischen im Grunde allein da. Denn Frank hatte seit geraumer Zeit eine Geliebte. Zu Hause, das war kein kuscheliger, gemütlicher Ort mehr, zu Hause bedeutete Einsamkeit. Die Wände reflektierten eine Kälte, die Christine bis in die letzten Muskelfasern spürte. Sie hatte nicht gewusst, dass Stille so laut sein konnte. Nur selten kam Frank noch in ihr gemeinsames Haus in der Sven-Hedin-Straße, meistens hielt er sich bei der anderen auf. Wenn er doch da war, wich er Gesprächen aus und entzog sich ihr immer mehr. Es kam ihr vor, als ob ein vollkommen Fremder bei ihr zur Untermiete wohnte. Den Frank, den sie liebte und geheiratet hatte, fand sie in ihm nicht mehr. Dennoch gab sie die Hoffnung nicht auf. Sie versuchte sich einzureden, dass er eine Art Midlife-Crisis durchmachte, aus der er bald erwachen würde. Das gelang ihr zumindest in der Zeit, in der er nicht da war. Stand sie ihm jedoch gegenüber, zweifelte sie kaum daran, dass es für sie beide keine Chance mehr gab. Die Kluft zwischen ihnen wurde von Tag zu Tag größer; es hätte eines betonierten Überganges bedurft, sie zu überwinden. Vorhanden war jedoch lediglich eine wackelige Hängebrücke.

Christine schüttelte die Gedanken ab, bückte sich und kramte aus ihrer unter dem Schreibtisch stehenden Handtasche den Schlüsselbund, mit dem sie den Rollcontainer öffnete. Über Mittag schloss sie alle Akten ein, man wusste schließlich nie, wer in ihrer Abwesenheit das Büro betrat, und Nachlässigkeit war das Letzte, was Christine sich vorwerfen lassen wollte. Der Anblick des Aktenstapels, den sie dem Container entnahm, steigerte ihre Stimmung nicht gerade. Kleinkram, der mit viel Papierkram und Formularen bearbeitet werden musste, vollkommen unnötig zum Teil, einfach nur zeitraubend. Sehnsüchtig warf sie einen Blick durchs Fenster auf die Äste der Kastanien, die unter ihrem Bürofenster standen. Es war faszinierend zu sehen, wie innerhalb einer Woche aus kahlen, nackten und traurigen Ästen ein Meisterwerk an Grün, an Kraft und Leben entstehen konnte.

Sie stieß die Luft aus, öffnete den obersten Aktendeckel und vertiefte sich in die Arbeit.

Drei Stunden später hatte sie einen guten Teil des Routinestapels abgearbeitet, als mit einem wohl bis in die unteren Etagen vernehmlichen »Christine?« und einem noch lauteren Rumms die Tür aufflog, gegen die Wand knallte und wieder zurückschnellte. Oda Wagners üblicher Auftritt.

Ein kurzes Lächeln huschte über Christines Lippen. Bis vor Kurzem hatten Oda und sie sich ein Büro geteilt. Gut, es war eher eine Besenkammer gewesen denn ein wirkliches Büro, und vielleicht hatte es deshalb diese Schwierigkeiten zwischen ihnen gegeben. Seit dem Umzug der Polizeiinspektion jedoch verfügte jede über ein eigenes Reich. Ebenfalls nicht groß, länglich, wie ein breiter Schlauch, aber immerhin hatten sie jetzt etwas Abstand. Was ihrer Zusammenarbeit ein ganzes Stück Sprengkraft nahm.

Christine drehte den Kopf Richtung Tür. Lawinenartig kam der kräftige Körper ihrer Kollegin näher, baute sich vor dem Schreibtisch auf, die Hände in die Hüften gestemmt. Odas kurze dunkle Haare, in denen rote Strähnen zu verbleichen drohten, standen in sämtliche Himmelsrichtungen. Als habe sie, statt einen Föhn zu benutzen, die Finger in die Steckdose gesteckt. Ein heller Fleck auf ihrem schwarzen Shirt ließ darauf schließen, dass eine ihrer heutigen Mahlzeiten ein Joghurt gewesen war, doch auch ein Rest mittäglichen Salatdressings lag im Bereich des Möglichen. Eingehüllt wurde Oda in einen Duft, der deutlich verriet, dass sie gerade eine Zigarette geraucht hatte.

»Brauchst nicht an Feierabend zu denken, es gibt Arbeit. 'ne männliche Leiche am Willi.«

»Am Willi?« Christine zog fragend die Brauen hoch. Obwohl sie jetzt schon knapp anderthalb Jahre in Wilhelmshaven lebte, hatte sie noch nicht alle Abkürzungen verinnerlicht.

»Das Kaiser-Wilhelm-Gymnasium. Meine alte Schule.« Oda hatte sich bereits wieder umgedreht. »Los, mach schon, wir müssen zusehen, dass wir vor Krüger da sind.«

Es war ein einseitiger Wettstreit zwischen Oda und dem Pathologen, von dem diesem zudem nichts bekannt war. Oda mochte Dr. Krüger nicht, sie hielt ihn für einen bornierten Schnösel. Und

Krüger wiederum sprach lieber mit Christine als mit der burschikosen, stets leicht chaotischen Oda. Da Krüger meistens aus Oldenburg angefahren kam, war es für Oda ein Leichtes, den geheimen Wettstreit zu gewinnen. Beim letzten Mal hatte es allerdings nicht geklappt, da war er direkt aus seinem Wohnort Sande gekommen.

Im Hinauseilen griff Christine Handtasche und Mantel und streifte letzteren über, während sie hinter Oda her die ausgetretenen Treppen hinunterlief.

Als sie das Gebäude verließen, hatte Christine den Eindruck, als ob es schneite. Wie Schneeflocken stoben die Pollen der Pappeln durch die Luft, setzten sich in den Haaren, an der Kleidung und in den Spinnweben am Außenspiegel des Dienstwagens ab, auf den Christine und Oda zueilten. Zudem war es immer noch schwül. Christine spürte, wie die Pollen in ihre Nase drangen, und prompt ging eine Niesattacke los.

»Allergisch?« Oda legte den Kopf schief.

Christine nickte, in ihren Manteltaschen nach einem Tempo suchend. Dabei hatte sie am frühen Morgen ihr Antihistamin, die Augentropfen und sogar eine hoch dosierte Zinktablette genommen.

»Ist wohl besser, ich fahre.« Oda hielt ihr auffordernd die Hand hin.

Normalerweise gab Christine die Schlüssel nur ungern aus der Hand, heute jedoch war sie froh, die Kontrolle über das Fahrzeug abgeben zu können. Auch wenn sie wusste, dass es stets eine Art Kamikazefahrt wurde, wenn Oda am Steuer saß. Denn Oda fuhr weder gern noch gut. Sie bevorzugte das Rad. Ein Auto war ihr nicht nur zu teuer, sie hielt es auch für absolut umweltschädlich. Als ihre Kollegin nun den Passat startete und die Straße entlangbrauste, hätte Christine viel darum gegeben, zu ihrer und anderer Leute Sicherheit Blaulicht und Sirene einschalten zu können.

»Hat die Leiche schon einen Namen?«, fragte sie, einfach, um sich abzulenken.

»Haben sie nicht durchgegeben. Aber der Mann wurde in der Turnhalle gefunden, es wird also ein Sportlehrer oder ein Vereinstrainer sein. Wenn ich damals einen ermordet hätte, wär das definitiv mein Sportlehrer gewesen. Das war ein richtiges Arschloch. Mister Oberschikane. Ich glaub, ich hab nie wieder jemanden so gehasst wie den. Alex hat ihn jetzt auch. Und mag ihn genauso wenig. Muss wohl an unseren Genen liegen. Irgendwie scheint der Kerl sich als Quälfaktor durch unsere Familie zu ziehen.«

»Ja, Sportlehrer können wirklich gemein sein. Ich hab das zwar selbst nie richtig zu spüren gekriegt, aber wir hatten auch so einen, der persönlich wurde und die Schülerinnen angriff, wenn sie nicht die gewünschte Leistung brachten. Hab ich dir eigentlich erzählt, dass ich auf einer reinen Mädchenschule war?«

»Nee, ist nicht dein Ernst, oder?«

»Doch. Dafür konnte ich aber nichts, das haben meine Eltern so bestimmt.«

»Muss langweilig gewesen sein«, sagte Oda in bedauerndem Tonfall.

»Nein. Mädels unter sich, das bedeutet eine Menge Zündstoff.«

»Du meinst Zickenkrieg.«

»Genau.« Christine spürte, wie das Gespräch ihr Unbehagen wegen Odas Fahrstil besiegte und sie sich entspannte. »Ich hätte übrigens meinen Mathelehrer aus der neunten und zehnten Klasse umgebracht, der war furchtbar. Ich hab nichts verstanden.«

»Tja. Solche Lehrer gibt's wohl überall. Meiner jedenfalls war der totale Arsch. Dabei war der damals selbst noch ziemlich jung. Aber er meinte wohl, gerade deswegen besonders hart sein zu müssen, um zu zeigen, dass er ernst zu nehmen ist. Bei dem haben nur die wirklich Sportlichen eine Chance gehabt.« Oda verzog den Mund. »Ich hatte nie eine Chance. Guck mich an, ich bin immer noch unsportlich.«

»Quatsch! Allein, was du für Strecken mit dem Rad zurücklegst. Da kann man nicht von unsportlich sprechen.«

»So was hat bei dem nicht gezählt. Geräteturnen war sein Steckenpferd. Ich hing immer wie ein nasser Sack am Stufenbarren, und über den Kasten kam ich auch nur mit Mühe. Meistens blieb ich drauf sitzen oder stieß mir Unterleib und Beine.« Oda lachte kurz und bedauernd, während sie mit Karacho auf den Parkplatz der Turnhalle fuhr. »Mir tut jetzt noch alles weh, wenn ich daran denke.«

Der Parkplatz war rechteckig, mit hellen Steinen gepflastert. Linker Hand stand eine lang gezogene Turnhalle, auf deren Dach Stacheldraht den Eindruck erweckte, als sei die Halle Teil eines Gefängnistraktes. Graffiti zierten mehr in Zeichen denn in Bildern die geklinkerte Front. Geradeaus sah Christine zu ihrem Erstaunen eine zweite Turnhalle. Rechts daneben begann der Gebäudekomplex, den selbst sie unschwer dem alten Kasernengelände zuschreiben konnte, das unter anderem das Gymnasium beherbergte.

»Voilà, meine alte Schulstätte.« Oda quetschte den Wagen in eine Parklücke und holte mit der linken Hand zu einer Bewegung aus, die alles und nichts einschloss. »Ort so mancher Tränen und Wutausbrüche, aber auch so mancher Streiche. Wenn ich mir überlege, wie wir damals dem Geschichtslehrer die Zaubertinte aufs weiße Hemd gespritzt haben ...« Sie grinste.

»Ich kann es mir lebhaft vorstellen.« Erheitert stieg Christine aus. »Welche Halle ist es denn nun?«

»Die da.« Oda nickte mit dem Kopf in Richtung der gesprayten Zeichen an der linken Halle. »Das ist doch eine Sauerei mit den Graffiti. Man müsste hier mal so hart mit Sprayern umgehen wie in Skandinavien. Habe ich letztens im Fernsehen gesehen. Die sind da rigoros, haben sogar eine Art Graffitipolizei. Da wird sofort alles weggemacht, damit die Sprayer sich nicht mit ihren Erfolgen brüsten können. Und wehe, wenn sie welche erwischen – mein lieber Schwan. Die kommen dafür sogar in den Knast.« Oda wandte sich nach links. »Hier müssen wir rein. Glaube ich zumindest.« Sie öffnete die gläserne Doppeltür.

***

Die Luft roch muffig, abgestanden und nach Schweiß, Staubpartikel tanzten im diffusen Licht, das durch die Oberlichter hereinfiel. Hauptwachtmeister Volker Herz stand abwartend neben der Tür zum Geräteraum. Oda sah ihm an, dass er sich nicht wohlfühlte. Unser Herzchen, dachte sie mitfühlend.

Es wunderte sie nicht, dass er etwas grün um die Nase aussah. Anfänger kippten bei Mordfällen schon leicht mal aus den Latschen. Meistens kam zur unschönen Optik noch der Geruch, den Leichen auszuströmen pflegten, vor allem, wenn sie nicht mehr ganz frisch waren. Und wenn die Außentemperaturen nicht gerade Kühlschrankcharakter hatten. Obwohl, das musste Oda zugeben, so heftig war das hier nun nicht. Da hatte sie schon Schlimmeres erlebt.

Beziehungsweise gerochen. Leichen, die ganz unbemerkt ein paar Wochen in ihrer Wohnung vor sich hingammelten, oh Mann, das war 'ne Schau. Da half 'ne Wäscheklammer auf der Nase ebenso wenig wie Tigerbalsam darunter.

Aber Herzchen war neu und kannte sich noch nicht aus. Bestimmt würde er später dankbar sein, dass er seine erste Leiche in diesem kommoden Zustand gesehen hatte. Die Abgebrühtheit und die absurden, fast schon aberwitzig anmutenden Sprüche, die es den Beamten vor Ort erlaubten, das Ganze unbeschadet zu überstehen, all das würde erst in absehbarer Zeit in Herzchens Welt eintreten. Oda wünschte ihm, dass es noch eine Weile dauerte. Jahre würden es garantiert nicht sein. Sie hatte im Laufe der Vergangenheit festgestellt, dass Kapitalverbrechen zwar weniger wurden, wenn sie jedoch auftraten, dann zunehmend mit ungekannter Härte. Nein, es war wirklich nicht so leicht, eine von den Guten zu sein. Wo man den Bürgern heutzutage schon zu verstehen geben musste, bestimmte Leute nicht wegen tätlichen Angriffs anzuzeigen, weil dahinter eine ganze Gang stand. Die zurückschlagen würde. Nicht nur gegen die anzeigende Person, sondern auch gegen deren Familie. Das durfte man natürlich offen nie zugeben.

»Also, wer hat ihn gefunden?«, fragte sie Volker Herz freundlich und bemerkte im Augenwinkel, dass Christine nicht stehen geblieben war, sondern bereits zur Leiche eilte. Typisch. Die konnte es einfach nicht lassen. Ein Anflug von Rivalität loderte in ihr auf, doch sie unterdrückte ihn und wandte ihre Aufmerksamkeit wieder dem Frischling zu. Der sprudelte förmlich die Informationen heraus.

»Gefunden hat ihn der Hausmeister. Lothar Albers. Er kam kurz vor fünf Uhr, um die Halle abzuschließen. Hat sich furchtbar erschrocken, als er den Lehrer hier im Geräteraum liegen sah.«

»Was hat denn der Hausmeister im Geräteraum zu suchen?«

»Nichts. An und für sich natürlich. Ihm ist nur aufgefallen, dass die Tür nicht ganz geschlossen war. Drum ging er hin und sah die Leiche. Erst hat er gedacht, der Mann hätte einen Herzinfarkt gehabt, und hat per Handy den Notarzt verständigt. Aber dann hat er die Male um den Hals gesehen und auch uns benachrichtigt.«

»Male?« Oda kratzte sich an der Wange. »Hast du denn für die Leiche auch einen Namen?«

»Vandenberg. Harald Vandenberg.«

Für einen Moment spürte Oda, wie ein Gefühl längst vergangener Tage in ihr aufstieg und sich mit einem Berg schlechten Gewissens paarte. Vandenberg. Gerade hatte sie ihm in Christines Beisein noch die Pest an den Hals gewünscht. Ein Kloß machte sich in ihrem Hals breit. »Danke«, sagte sie bemüht ruhig. »Was wissen wir sonst noch?«

»Vandenberg hatte hier die letzten beiden Unterrichtsstunden. Oberstufe, Jahrgang 12. Siebte und achte Stunde. Weil danach für ihn Schulschluss war, hat er noch geduscht.« Herz nickte wichtig. »Ich weiß das, weil das Handtuch in der Lehrerumkleide nass war. Heute waren wohl Springseile dran.«

»So. Schätzt du. Wie kommst du denn darauf?« Oda sah Herz gespielt streng an. »Hast du das Corpus Delicti gefunden?«

»Nö. Leider nicht. Aber es liegt doch nahe, dass die Tatwaffe zuvor im Unterricht verwendet wurde. Außerdem werden die da meine Vermutung bestimmt bestätigen.« Herz wies verlegen auf die Kollegen der Spurensicherung.

»Dein Wort in Gottes Gehörgang. Ich kann's mir aber kaum vorstellen. Wenn es denn ein Springseil gewesen ist. Am besten, ich geh mal rüber. Vielleicht haben wir ja Glück.« Oda nickte dem Frischling jovial zu und wandte sich ab. Du musst jetzt neutral bleiben, mahnte sie sich, und alle persönlichen Gefühle außen vor lassen.

Vandenberg also. Der sie getriezt hatte bis aufs Blut. Bei dem sie nie über eine Vier hinausgekommen war. Den sie wie die Pest gehasst hatte. Sie stieß die Luft in einem Stoß aus, so wie sie es zu Querflötenzeiten geübt hatte. Querflöte spielte sie schon lange nicht mehr, sie war auch niemals wirklich gut darin gewesen. Aber die Lippenbewegung, die war ihr in Fleisch und Blut übergegangen.

Die Kollegen der Kriminaltechnik hatten die Umgebung um Vandenberg fest im Griff, suchten in ihren weißen Schutzanzügen nach verwertbaren Spuren. Der Videograf nickte ihr zu, als er das Display seines Camcorders zuklappte. »Hab alles im Kasten«, sagte er, die Kamera in der schwarzen Tasche verstauend.

Oda trat näher, in die Chanel-No. 5-Duftwolke hinein, die ihre Kollegin stets dezent umgab. Sie atmete noch einmal tief ein und richtete ihren Blick auf jenen Menschen, dem sie vor über zwanzig Jahren den Tod an den Hals gewünscht hatte.

Und genau da hatte es Vandenberg nun getroffen. Am Hals. Die Strangulationsmale, dicke blaue Striemen, würden im Halbdunkel, das es hier aufgrund der von der Kriminaltechnik aufgestellten Strahler nicht gab, entfernt an eine Stacheldrahttätowierung erinnern. Oda hatte das Gefühl, als schnüre sich ihr selbst der Hals zu. Sie blickte weg.

Das liegt wohl daran, dass es Vandenberg ist, dachte sie. *Keep cool*, das war Alex' Standardspruch in kniffligen Situationen. Ob ihm dieser Spruch auch jetzt einfallen würde? Immerhin war cool bleiben leichter, wenn es um einen Unbekannten ging. Das hier war vollkommen anders.

Erinnerungen stiegen kaleidoskopartig in ihr hoch. Vandenberg, wie er sarkastisch ihre Bemühungen, an den Seilen hochzuklettern, kommentiert hatte. Vandenberg, der die gleiche Häme versprühte, wenn sie am Stufenbarren hing. Das abwertende »War wohl nix, fünf«, wenn sie wieder nicht sein Leistungssoll erfüllen konnte. Wie eine Abwärtsschraube war es gewesen. Mit jeder sarkastischen Bemerkung, jeder weiteren schlechten Note sank ihr Selbstvertrauen. Bei den Lobpreisungen von Katja und Monika, die beide im Sportverein waren, überkam sie regelmäßig das Würgen. »Siehst du, Oda, so macht man das«, hatte er oft ihr gegenüber in abfälligem Ton gesagt. Jetzt noch, nach all den Jahren, klang ihr seine Stimme im Ohr. Die Stimmen der meisten anderen Lehrer hatte sie vergessen, die hatten keine Spuren hinterlassen. Seine schon.

Vielleicht hatte sie nur seinetwegen angefangen, wie eine Besessene Rad zu fahren, um sich – und auch ihm – zu beweisen, dass sie wenigstens etwas Sportliches konnte.

Oda richtete ihren Blick wieder auf den Leichnam, doch eine Drehung Christines nahm ihr die Sicht. Einen Moment lang war Oda fast dankbar dafür, dann aber kehrte ihre Professionalität zurück.

Sie beugte sich vor. Alt war Vandenberg geworden. Das einstmals volle, samtige Haar war sichtlich dünner, das Gesicht faltiger, aber die Adonisfigur, die so viele ihrer Mitschülerinnen ins Träumen gebracht hatte, war geblieben.

»Manssen hat schon alles fotografiert, und der Videograf ist auch fertig« Christine betrachtete nach wie vor den toten Körper.

»Ich weiß.« Oda fummelte geistesabwesend mit der linken Hand an einem abschwellenden Pickel an ihrem Kinn herum, während sie ihren ehemaligen Lehrer anstarrte. Seine Beine lagen gerade, gar nicht so, als sei er hier stranguliert worden. Hergeschleift, fiel ihr spontan ein. Der Täter oder die Täterin hatte ihn hierher geschleift. Und versucht, die garagenähnliche Tür des Geräteraumes zu verschließen. Was nicht ganz gelungen war. Also kannte sich der Täter nicht in Turnhallen aus. Das wiederum sprach nicht für einen Sportlehrerkollegen. Oder aber der Täter war panisch geworden, hatte fluchtartig die Stätte verlassen, ohne sich davon zu überzeugen, dass das Tor geschlossen war. Wenn ja, was hatte ihn davon abgehalten? Warum hatte der Mörder die Leiche überhaupt verstecken wollen, wo der Geräteraum doch kein wirkliches Versteck war?

»Du bist so still.« Christine sah skeptisch zu ihr auf.

Oda grinste schief. Normalerweise hatte sie immer irgendeinen Spruch auf den Lippen, egal, in welcher Situation. Na ja, zumindest in den meisten. Jetzt aber war ihr nicht danach. Sie räusperte sich. Was hätte sie in diesem Moment für eine Zigarette gegeben. »Das ist mein alter Sportlehrer. Der, von dem ich dir im Auto erzählt habe. Scheiße, oder? Dieser Zufall, mein ich.« Sie kratzte sich verlegen am Hinterkopf. »Hat der Notarzt noch was gesagt?«

»Nein. Er hat nur den Tod festgestellt und …«

»Na, dann lassen Sie mich mal ran.« Krüger ließ neben ihnen seine Arzttasche mit einem Knall, der wohl seine Wichtigkeit unterstreichen sollte, fallen. Christine schüttelte dem Pathologen zur Begrüßung die Hand, doch Oda steckte ihre Hände breit grinsend in die Gesäßtaschen ihrer Jeans.

»Schön, dass Sie nun auch endlich da sind, Doc«, sagte sie, wissend, dass Krüger diesen Ausdruck hasste. Und natürlich reagierte er prompt mit einem schiefen Seitenblick.

»Musste schließlich erst aus Oldenburg herkommen, noch dazu zur Feierabendzeit … Ich kann nun mal nicht fliegen. Wenn Sie mir jetzt Platz machen würden.« Er beugte sich hinab und klappte die Tasche auf. Natürlich, bei Oda verkniff er sich das »bitte«, aber das veranlasste sie nur zu einem Achselzucken. Sie entfernte sich pfeifend.

Als sie nur noch ein paar Schritte von Gerd Manssen, dem Chef der Kriminaltechnischen Abteilung entfernt war, stürmte ein drahtiger Stoppelhaarträger in die Halle.

»Was ist geschehen? Vandenberg ist tot?« Der Stimme, die klangvoll durch das Gebäude dröhnte, merkte man an, dass sie auf Durchsetzung programmiert war. »Wer ist hier der zuständige Kommissar? Ich möchte sofort mit ihm sprechen.« Das »sofort« hörte sich an, als wäre er jahrelang beim Bund gewesen. Stechend, knallend, wie aus einem Maschinengewehr abgeschossen.

»Das bin ich.« Oda blieb gelassen in der Mitte der Halle stehen. Denn der, der da auf sie zugestürmt kam, war der Direktor des Willi. Oda kannte ihn von offiziellen Schulveranstaltungen. An Elternsprechtagen war sie ihm immer aus dem Weg gegangen, auch wenn Alex ihn im Unterricht hatte, denn ihrer Ansicht nach gehörte er zur Kategorie der Wichtigtuer. Und jetzt ... sollte er doch zu ihr kommen. Für diesen Moment genoss sie ihren beruflichen Status.

»Poelmeyer. Ich bin der Direktor des Gymnasiums«, stellte sich der Stoppelhaarträger vor. Ignorant! So oft, wie Oda ihm im Schulgebäude begegnet war, weil es irgendwelche Kinkerlitzchen zu regeln gab, hätte er sie zumindest vom Angesicht her kennen müssen. Sie betrachtete ihn genauer. Obwohl er sich offensichtlich Mühe gab, einen jugendlichen Eindruck zu erwecken, gab es keinen Zweifel, dass er den Sechzigern näher war als den Fünfzigern. Er trug Sakko und ein blau-weiß gestreiftes Hemd. Das strenge Erscheinungsbild wurde durch die Jeans zwar gemildert, dennoch war unverkennbar, dass Poelmeyer es gewohnt war, das Heft in der Hand zu haben.

»Was ist passiert? Ein Unfall?«

»Danach sieht es leider nicht aus.«

»Was dann?« Der Tonfall Poelmeyers war ebenso hart wie sein Blick.

Oda zuckte für den Bruchteil einer Sekunde zusammen, bevor sie innerlich über sich schmunzelte. Konnte doch nun echt nicht angehen, dass dieser Typ, nur weil er Direktor ihrer alten Schule war, noch dazu einer, mit dem sie nie zu tun gehabt hatte, ihr durch sein autoritäres Getue Respekt einflößte. Das fehlte noch. Sie lächelte ihn nachsichtig an. »Wie Sie sehen, Herr ... Poelmeyer? ... ist der Arzt noch damit beschäftigt, den Leichnam zu untersuchen. Kommen Sie bitte mit vor die Tür. Während der erkennungsdienstlichen Untersuchung hat hier kein Unbefugter was zu suchen.« Sie wandte sich dem Ausgang zu.

»Unbefugt? Was heißt hier unbefugt?«, blähte sich Poelmeyer auf. »Das hier geht mich sehr wohl etwas an. Immerhin bin ich ...«

»Kommen Sie«, unterbrach Oda ihn barsch. Auch Christine folgte ihnen.

»Also?«, fragte Oda, als sie vor der großen Doppeltür standen, deren Sicherheitsnetzglas schon deutliche Macken aufwies. Es war merklich abgekühlt, die frühabendliche Sonne vermochte die Mittagstemperaturen nicht zu halten. Poelmeyer fror, wie Oda zufrieden registrierte. Geschah ihm recht, diesem Wichtigtuer. »Warum sind Sie hier?«

»Herr Albers hat mich angerufen«, sagte er. »Unser Hausmeister. Als Direktor der Schule muss ich ja unterrichtet werden. Wenn es die Polizei schon unterlässt.« Der Vorwurf in seiner Stimme war überdeutlich.

»Wir hätten Sie verständigt, sobald die Untersuchungen vor Ort abgeschlossen sind«, entgegnete Christine. »Aber wo Sie schon mal hier sind: Was können Sie uns über Herrn Vandenberg erzählen?«

»Was wollen Sie denn wissen?« Poelmeyer rieb sich über den kurz geschorenen Kopf. »Vielleicht gehen wir dazu besser in mein Büro. Hier ist es mir zu kalt.«

»Sagen Sie mir, wo ich Sie finde, ich gebe rasch dem Pathologen Bescheid, dann komme ich nach.« Oda ließ sich die Lage des Direktionsbüros erklären – es war immer noch der gleiche Raum wie zu ihrer eigenen Schulzeit – und lief zurück in die Sporthalle.

***

Poelmeyer und Christine folgten dem Weg am Maschendrahtzaun entlang, hinter dem eine Kindertagesstätte lag, und kamen auf das großzügige Gelände des Gymnasiums. Der Fahrradständer linker Hand war leer, eine fast greifbare Stille lag über der gesamten Anlage. Der Duft irgendwelcher Frühblüher stieg Christine kribbelnd in die Nase. Sie nieste. Vermaledeite Pollenzeit. Sie musste sich dringend einen Arzt suchen, der ihr Antihistamine verschrieb.

»Vandenberg war länger an dieser Schule als ich.«

Poelmeyer lief mit so großen Schritten, dass selbst Christine Mühe hatte, mitzuhalten, obwohl das eher an ihren Pumps denn an der Länge ihrer Beine lag. Sie hatte die Eins-achtzig-Marke schon mit sechzehn überschritten und überragte so manchen Mann, was ihr anfangs unangenehm, später aber egal war. Auch Frank war ein wenig kleiner als sie. Wenn sie früher zusammen ausgegangen waren, hatte sie stets flache Schuhe angezogen, um ihn nicht wie ein Männlein aussehen zu lassen. Aber das war nun Schnee von gestern, und aus einer Trotzreaktion heraus hatte sie sich, kaum dass Frank ihr die Affäre mit Jasna gestanden hatte, richtige High Heels gekauft. Angezogen hatte sie die bislang allerdings noch nicht.

»Ich bin seit sieben Jahren hier. Vandenberg ... da muss ich nachgucken, aber es waren bestimmt über zwanzig.« Poelmeyer machte vor der großen hölzernen Doppeltür halt, deren Glasintarsien keinen Zweifel daran ließen, dass dereinst kreative Künstler statt den abstrakten Baustil bevorzugende Architekten für die Gestaltung des Gebäudes verantwortlich zeichneten. Er zog einen Schlüssel aus der Hosentasche und öffnete die Tür. Typischer Schulgeruch schlug Christine entgegen. Sie meinte, von einem Sinnescocktail aus Bohnerwachs und Büchern umfangen zu werden. Sofort fühlte sie sich in ihre eigene Schulzeit zurückversetzt, sah sich mit langem Zopf und heller Lederschultasche auf dem Rücken im Bundeswehrparka Treppen hinaufrennen, immer in der Angst, irgendwelche Hausaufgaben vergessen zu haben oder zu spät zu kommen.

»Bitte schön.« Poelmeyer öffnete die Tür seines Büros. Ohne zu zögern trat er hinter seinen Schreibtisch und ließ sich auf einen beeindruckenden Drehstuhl aus schwarzem Leder fallen. »Nehmen Sie Platz.«

Er wies auf die beiden Stühle, die gegenüber, seitlich zum Fenster standen. Der abgenutzte dunkelgraue Stoff machte deutlich, dass hier schon so mancher Schüler und so manches Elternteil gesessen haben musste.

Hinter Poelmeyer stand ein offenes Bücherregal, dessen Inhalt ganz eindeutig auf Biologie als Unterrichtsfach schließen ließ. Neben dicken Wälzern und schmaleren Büchern zierten ein bleicher menschlicher und mehrere Tierschädel die Regale. Fast kam Christine sich vor wie im Büro des Pathologen, es fehlten nur die Formalingläser mit dubiosen Inhalten. Poelmeyers Schreibtisch war genauso aufgeräumt wie das Regal. Er musste ein ordnungsliebender Mensch sein. Das machte ihn sympathisch.

»Nein«, korrigierte Poelmeyer sich nun, ein heftiges Augenzwinkern betonte sein angestrengtes Nachdenken. »Es waren über fünfundzwanzig Jahre, die Vandenberg hier war. Im letzten Jahr hat er sein silbernes Jubiläum im Kollegenkreis gefeiert. Jetzt erinnere ich mich wieder.«

»Jetzt?«

»Ich musste erst überlegen. Wir hatten im letzten Jahr eine Reihe dieser Jubiläen. Die alte Lehrergarde halt. Ich bekam das nicht so schnell in die richtige Reihenfolge.«

»Dann gibt es also eine Anzahl von Kollegen, die ihn wesentlich länger und intensiver kannten als Sie«, stellte Christine fest. Sie zog einen Lederblock aus ihrer großen Handtasche und schlug ihn auf. »Wie war denn sein Verhältnis zu den anderen Kollegen? War er beliebt?«

»Er war ein zurückhaltender Mensch. Keiner, der übermäßig Kontakte suchte. Er machte seine Arbeit, war freundlich, wechselte aber nur mit wenigen ein privates Wort. Eigentlich angenehm. Zumindest für mich als Direktor.« Poelmeyer zuckte mit dem linken Mundwinkel und faltete die Hände vor dem Bauch. »Vandenberg war zuverlässig, fehlte kaum, übernahm auch mal eine Stunde, ohne gleich mit Überstunden zu kommen, und eine Kur während der Schulzeit hat er nie beantragt. Alles in allem ein Lehrer, wie man ihn sich wünscht.«

»Und die Schüler? Mochten die ihn auch?«

»Na ja.« Wieder wurden die Stoppeln malträtiert. Christine dachte unwillkürlich, Poelmeyer würde sich durch das ständige Haargewusel Friseurbesuche ersparen. Da blieb den Haaren ja gar keine Chance zu wachsen.

»Ja. Im Großen und Ganzen würde ich das unterstreichen. Er war zwar einer von der alten Schule, also eher streng, doch das wissen die Schüler heute zu schätzen. Zucht und Ordnung war seine Devise. Er duldete keine Ausflüchte, weder im Fach Sport noch in Erdkunde. Er gab klare Richtlinien vor, an die sie sich halten konnten. Nicht so wie manche andere Lehrer. Die mit ihrem Ich-bin-euer-Freund-Gehabe jeglichen Respekt verspielen.«

»Gab es irgendetwas, was auf Ärger schließen ließ? Schulisch oder privat? War er vielleicht depressiv in letzter Zeit?«

»Wie kommen Sie denn darauf?« Poelmeyers Tonfall klang irritiert. »Sieht es etwa nach Selbstmord aus? Nein, nein. Das passt nicht zu Vandenberg. Obwohl«, ein Stirnrunzeln huschte kurzzeitig über Poelmeyers Gesicht, »ich habe natürlich von seinem Privatleben keine Ahnung. Das war nie ein Thema zwischen uns. Da müssen Sie schon die Kollegen fragen. Mir jedenfalls fällt spontan nichts in diese Richtung ein.«

Mit einem Mal erschien Christine Poelmeyers Lächeln derart gekünstelt, dass sie ein dickes Fragezeichen auf ihren Block malte. Da schien etwas absolut nicht zu stimmen.

»Na ja, ich habe aber auch wenig Zeit, mich mit jedem einzelnen Lehrer abzugeben«, fuhr Poelmeyer fort. »Die Kollegen kommen zu mir, wenn sie etwas auf dem Herzen haben, aber sonst … Ich bin ja nicht nur Rektor, sondern unterrichte auch. Glauben Sie mir, da ist man mehr als ausgelastet und hat keine Zeit, Kindermädchen für die anderen zu spielen. Wie gesagt, dazu sollten Sie das Kollegium befragen.«

»Das werde ich gerne tun.« Christine schenkte Poelmeyer ein strahlendes Lächeln, als sie Block und Stift einsteckte. Sie erhob sich und machte keinen Versuch, die Ironie in ihrer Stimme zu verbergen. »Ich bin sicher, die Kollegen werden mir einiges sagen können, was Ihnen entgangen ist.«

***

»Tja.« Krüger badete wieder einmal in Selbstgefallen. »Allem Anschein nach hat Vandenberg sich vehement gewehrt. Das zeigen die Fingerkuppen, und ganz sicher werde ich verwertbare Spuren unter den Fingernägeln finden.« Er wies auf den leblosen Körper. »Sehen Sie, die Drosselmarke verläuft annähernd horizontal, und wir haben deutlich ausgebildete Stauungszeichen. Das war kein selbst verschuldeter Unfall, dann hätten wir einen schrägen Verlauf der Drosselmarke.«

Krüger stemmte die Hände in die knabenhaften Hüften. »Nein, dieser Mann ist nicht freiwillig gestorben. Der hatte bestimmt noch 'ne Menge Dinge vor. Die Strangulation muss ihn überrascht haben, denn unter normalen Umständen hätte er sich bestimmt wehren können. Schauen Sie sich den Körper an. Durchtrainiert bis ins Letzte. Ich schließe daraus, dass er seinen Mörder …« er lächelte süffisant, »… oder seine Mörderin gekannt haben muss. Doch er kam mit den Fingern wohl einfach nicht mehr zwischen Seil und Hals. Ich vermute …«

»Behalten Sie Ihre Vermutungen mal ruhig für sich«, unterbrach ihn Oda. Immer führte sich Krüger auf wie ein kleiner Quincy. Das wäre sicher amüsant, wenn er nur nicht so arrogant wäre. So aber war es einfach nur nervig. »Wann machen Sie die Obduktion?«

»Krieg ich heute beim besten Willen nicht mehr rein. Bin schließlich auch nur ein Mensch und keine Maschine.«

»Also morgen?«

»Morgen früh. Gleich als Erstes um acht.«

»Na bingo. Auf fast nüchternen Magen.« Oda verzog das Gesicht. Es gab nichts, absolut gar nichts, was ihr den Tag so vermiesen konnte wie eine Obduktion am frühen Morgen.

»Ach, Frau Wagner, Sie geben mir also die Ehre?«

Bei Krügers spöttischem Lächeln gelang es Oda nur mühsam, sachlich zu bleiben. »Klar, Doc, ich kann mir nichts Schöneres vorstellen, als Ihnen bei der Arbeit zuzusehen.«

Der Geruch von Pommes frites drang Oda in die Nase, als sie die Haustür des Mehrfamilienhauses in der Holtermannstraße aufdrückte. Seit acht Jahren wohnte sie hier mit ihrem inzwischen sechzehnjährigen Sohn Alex. Im Großen und Ganzen war sie zufrieden mit der Hausgemeinschaft, da gab es sicher Schlimmeres. Und in diesem Viertel fühlte sie sich einfach wohl, ja, heimisch war wohl das richtige Wort. Vielleicht lag es daran, dass auch sie einen Teil ihrer Jugend hier im Villenviertel verbracht hatte.

Der ganze Hausflur roch nach Pommes, hatte Alex die Fritten schon im Treppenhaus verspeist? Oder war Börners über ihnen auch aufgegangen, dass Fast Food durchaus Vorteile hatte, und sie veranstalteten grad eine Pommes- und Hamburgerorgie? Nein, das glaubte Oda dann doch nicht. Denn Börners gehörten eindeutig zur Kategorie Hardcore-Ökos. Okay, ein bisschen Öko war Oda selbst auch, aber sie kaufte ihr Brot fertig im Naturkostladen und jagte nicht vorher noch Körner durch eine Getreidemühle. Nein, fanatisch war Oda nicht, aber dazu hatte sie auch gar keine Zeit.

Zu ihrer Überraschung fand sie den Wohnungsschlüssel auf Anhieb und auch Alex war zu Hause.

»Hi.« Ein wenig ermattet stellte sie sich in seine Zimmertür. »Wie war dein Tag?« Sie schälte sich aus ihrer Jacke und hielt sie fest.

»Willste die ehrliche oder die geschönte Antwort?« Alex löste sich kurz vom Bildschirm seines PCs und drehte sich mit dem Stuhl halb zu ihr um.

Oda fuhr sich gähnend durchs Haar. »Wenn ich wählen könnte, die geschönte.« Sie ließ die Jacke fallen und setzte sich auf Alex' Bett, wobei sie über leere Wasserflaschen, miefige Socken, alte Jeans und T-Shirts steigen musste. Schon vor ein paar Monaten hatte sie den Versuch aufgegeben, Alex zu einem Mindestmaß an Ordnung zu bewegen, auch die Zeiten, in denen sie den ganzen Kram weggeräumt hatte, waren vorbei. Der Knabe war schließlich kein Kleinkind mehr. Spätestens wenn er keine Klamotten mehr im Schrank fand, würde er seine Sachen in die Wäsche schmeißen. Es gab weiß Gott genügend andere Dinge, über die sie sich aufregen musste, da hatte sie sich im Hinblick auf Alex' Zimmer ein dickes Fell zugelegt. Außerdem hatte es ihre Beziehung entschärft, dass sie nicht mehr jeden Tag wegen der Unordnung aneinandergerieten.

Der Raum hatte nicht nur wegen Alex' kontrolliertem Chaos kaum noch was mit dem Jugendzimmer gemein, das sie sich vor drei Jahren beim Kauf der Möbel vorgestellt hatte. Eine mit dem leichenblassen Gesicht des Sängers Marilyn Manson bedruckte Fahne hing über dem Bett – Oda würde Albträume bekommen, wenn sie diese Fratze jeden Abend vor dem Einschlafen sehen müsste. Auf der Fensterbank, auf der bestimmt seit drei Monaten kein Staub mehr geputzt worden war, stand eine halb vertrocknete Hanfpflanze. Ob die aber männlich oder weiblich war, wusste Oda nicht. Alex jedenfalls hatte ihr versichert, es wäre kein echtes Gras. Vom Kirschbaumholz des Kleiderschranks sah man vor lauter Postern kaum noch etwas, und das Zimmer war viel zu dunkel, denn das große Fenster hatte Alex zum Teil mit einem Tuch verhängt. Aber solange er sich wohlfühlte …

»Schieß los«, sagte sie nun. »Ärger in der Schule oder mit der Band?«

»Beides.« Alex drehte sich ganz um, seine blonden Wuschellocken standen in sämtliche Himmelsrichtungen ab. Das Blond der Haare hatte Alex eindeutig nicht von ihr, stellte Oda wieder einmal fest. Die gingen ganz auf das Konto ihres Exmannes Thomas, nur das Abstehen war ein eindeutiger Hinweis darauf, dass sie seine Mutter war. »Hab Latein zurück. Fünf plus.«

»Scheiße.« Oda biss sich auf die Unterlippe. »Kannst du da im Mündlichen nicht noch was reißen?«

»Ich bemüh mich ja. Ehrlich. Aber du weißt doch, Michelsen weiß gar nicht wirklich, wer ich bin. Ständig verwechselt er mich mit Thore.«

»Und der ist auch keine Leuchte.«

»Geht so.«

»Wenn du das nicht gebacken kriegst, mein Lieber, dann sieht es aber mies aus mit der Versetzung.«

»Ach, das krieg ich schon hin. Ich kann es ja mit Deutsch ausgleichen.« Alex gab sich ganz cool bei dem Versuch, seine Mutter zu beschwichtigen. »Aber Mist ist es doch«, gab er zu.

»Du hast einfach nicht genug gelernt.« Oda zuckte mit den Schultern und unterband mit einer Handbewegung Alex' sofortigen Protest. »Da brauchst du dich gar nicht rauszuwinden. Wenn du dir für die Schule so viel Zeit nehmen würdest wie fürs *Neben-Leben*« – Oda wies auf den Bildschirm, auf dem Alex' Avatar gerade in einem Fitnessstudio seinen Körper stählte – »und für die Band, hättest du diese Probleme nicht. Aber das solltest du eigentlich wissen, alt genug bist du ja.« Sie seufzte ein wenig ärgerlich, zügelte sich jedoch sofort wieder. »Und was war mit der Band?«

»Ja, also ich weiß nicht, was ich davon halten soll, aber Kurtchen und Björn spielen jetzt nebenher noch in einer anderen Band. Mit Jessica als Sängerin. Und kein Black Metal, sondern eher so soften Kram.«

»Und da fühlst du dich übergangen.« Oda nickte. »Klar. Das würde ich auch. Haben sie dich denn nicht gefragt, ob du mitspielen willst?«

»Nö. Die denken, ich will nur Black Metal. Will ich ja eigentlich auch, aber ich dachte, wir drei, Björn, Kurtchen und ich …« Alex drehte sich wieder zum Bildschirm.

Bloß keine Emotionen zeigen. Das kannte Oda. War wohl typisch männlich. Thomas war auch so gewesen. Oder war es immer noch, aber das bekam sie ja schon lange nicht mehr mit.

»Schon klar.« Sie stand auf. »Ich mach dann jetzt Abendbrot. Oder waren das deine Pommes, deren Duft im Hausflur hängt?«

»Nö. Ich hatte einen Döner. Hab auch noch gar keinen Hunger, für mich brauchste nix machen.« Alex konzentrierte sich wieder auf den Bildschirm und ließ seine Figur Hanteln schwingen. »Wie war's denn bei dir?«, fragte er beiläufig und nicht wirklich interessiert, als Oda schon wieder in der Zimmertür stand.

»Wie man's nimmt. Bis vor zwei Stunden *business as usual*, doch dann kam ein Anruf. 'ne Leiche am Willi.«

»Am Willi? Echt?« Alex drehte sich fasziniert um, seine Augen blitzten vor Aufregung. »Wer?«

»Vandenberg.«

»Geil, da fällt morgen Sport aus.« Alex hielt sich erschrocken die Hand vor den Mund. »Tut mir leid. Ist mir rausgerutscht.«

»Alex!«

»Ich hab mich doch entschuldigt, Ma.« Er sah Oda trotzig an und fügte hinzu: »Außerdem war er wirklich ein Arsch.«

»Deswegen ist es noch lange nicht ›geil‹, dass er umgebracht wurde.« Oda schüttelte traurig den Kopf. Dass ihr Sohn derart reagieren würde, damit hätte sie im Leben nicht gerechnet. Sie hatte gedacht, ihn zu einem verantwortungsbewussten, für menschliche Belange sensiblen Menschen erzogen zu haben, doch irgendetwas hatte dabei wohl nicht so ganz geklappt. »Vandenberg hatte doch auch Familie, Freunde und so.«

Alex verzog erschreckt das Gesicht. »Klar. Scheiße. Vandenberg war doch Torbens Vater!«

***

In dem achteckigen schwarzen Stoffzelt wurde gelacht. Eine schmale Rauchsäule stieg aus der Zeltkuppel in den sternenklaren Himmel, Gitarrenklänge mischten sich mit Gesang.

Ich stand davor, unschlüssig, ob ich die wenigen Schritte wagen sollte. Alles in mir drängte dorthin, und doch war ich hin- und hergerissen. Ich steckte die Hände in die Hosentaschen, als ob ich sie dort einsperren könnte. Als ob sie dort nicht nach dem jungen Körper greifen könnten, zu dem es mich zog. Von dem ich in so vielen Nächten geträumt hatte.

Mir war kalt. Obwohl der Tag sommerlich war, wurde mit dem Einsetzen der Nacht der nahende Winter spürbar. Wind rauschte in den Blättern der alten Bäume, die das Grundstück umgaben. Manches Blatt wirbelte durch die Luft. Dem Boden zu.

Alles ist vergänglich, dachte ich traurig, alles ist irgendwann dem Sterben geweiht. Warum also legte man sich diese Fesseln an? Nur weil es Konventionen gab? Warum konnte man nicht zu seinen Gefühlen stehen? Dass meine Liebe erwidert wurde, davon war ich überzeugt. An so vielen Kleinigkeiten hatte ich es gemerkt. An den intensiven Gesprächen, dem Lachen, das mir entgegengebracht wurde. Diesem vollkommen offenen Lachen, in dem so viel Zuneigung mitschwang.

Eine Stoffbahn des Zeltes wurde zurückgeschlagen, ein Mädchen kam heraus.

»Was stehst du denn hier so allein rum?«, fragte sie mit von Alkohol belegter Zunge.»Komm doch rein, hier ist es ja kalt. Drinnen ist es gemütlich. Und warm. Ich muss nur mal zum Klo, bin gleich wieder da.« Etwas wackelig lief sie auf das nahestehende Gebäude zu.

Ich sah ihr nach. Noch immer kämpfte ich mit mir. Auch ich hatte getrunken. Zu viel, wie mir klar war. Aber noch hatte ich mich einigermaßen im Griff. Ich schüttelte den Kopf. Ballte meine Hände in den Taschen zu Fäusten. Nein, ich würde nicht ins Zelt gehen, so sehr es mich auch dorthin trieb.

Eine Fledermaus sauste nur knapp an meinem Ohr vorbei, als ich mich umdrehte. Ich war noch keine drei Schritte gegangen, als das Mädchen zurückkam.

»Du stehst ja immer noch hier.« Sie hakte mich unter. Zog mich mit sich, auf das Zelt zu. Mein Herz machte einen Sprung, und langsam öffneten sich meine Fäuste, stahl sich ein Lächeln auf mein Gesicht.

***

Kinder spielten auf der gepflasterten Spielstraße des Erich-Häckel-Rings Fußball, als Christine im Schritttempo die Straße entlangfuhr. Heiteres Hin- und Herspielen, ohne Rücksicht auf das Auto, wozu auch. Kinder hatten einen Sonderstatus, waren die eigentlichen Herren, zumindest in diesem Wohnviertel. Und unter einem bestimmten Blickwinkel betrachtet, stimmte es ja auch.

Kinder sind unsere Zukunft, dachte Christine, nur muss auch diese Zukunft lernen, sich an gewisse Regeln zu halten. Das jedoch schienen so manche Eltern heutzutage zu vergessen. Sie sah das bei ihrer Cousine Claudia, deren drei Kinder, zwei Mädchen und ein

Junge, auf einer Art Podest standen. Nur die Wünsche dieser kleinen Könige zählten, alles andere war zweitrangig. Dabei ging es gar nicht um materielle Sachen, sondern um die Kleinigkeiten des täglichen Alltags. Claudia war, ohne sich dessen wirklich bewusst zu sein, zur Sklavin ihrer Kinder geworden, stellte ihre eigenen Bedürfnisse weitgehend zurück. Wahrscheinlich rührte daher auch die Migräne, unter der sie seit einiger Zeit regelmäßig litt.

Christine winkte den Kindern zu. Pit und Malte wohnten im übernächsten Nachbarhaus. Es war schon nach acht, eigentlich müssten Grundschüler um diese Zeit doch im Haus sein, Abendbrot gegessen haben und sich bettfertig machen. Christine verstand die Eltern nicht. Es waren ja auch noch keine Ferien, da wäre sie auch etwas großzügiger. Aber mitten im Schulalltag? Ach was, dachte Christine, das geht mich alles nichts an. Sie parkte den Wagen auf ihrer Garagenzufahrt und schloss die Haustür auf.

So, wie sie vor ein paar Stunden vom Schulgeruch umfangen worden war, hüllte sie nun die Stille ein. Doch es war keine befreiende Stille, sie hatte etwas Waberndes, Nebelartiges. Es lagen ein Hauch von Hoffnung und ganz viel Angst darin. Denn es konnte durchaus sein, dass Frank im Laufe des Abends doch noch heimkehrte. Nein. Heimkehrte war nicht das richtige Wort. Eine Zuflucht suchte, eine Ruheoase nach einem Streit mit Jasna.

Christine hängte ihren Mantel auf, zog die Schuhe aus und lief auf Socken in die Küche. Ihre Küche. Ihr Wohnzimmer, ihr Schlafzimmer, ihr Haus. Noch.

Mit einem Mal war ihr vollkommen klar: Ihr Haus sollte Frank keine Zuflucht mehr bieten. Weder das Haus noch sie. Gleich morgen würde sie einen Schlüsseldienst anrufen und das Schloss austauschen lassen. Musste Frank sich eben vorher ankündigen, wenn er herzukommen gedachte. Sie war nicht länger gewillt, die Rolle der wartenden Gemahlin zu spielen.

Innerlich zufrieden, durch diesen Entschluss wieder einen kleinen Schritt in Richtung Freiheit gegangen zu sein, schmierte Christine sich zwei Brote mit Leberwurst und Gurken, goss sich ein Glas Cabernet Sauvignon ein, wählte die Nummer ihrer Freundin Gudrun in Hannover und ging, das Telefon zwischen Ohr, Wange und Schulter eingeklemmt, hinüber ins Wohnzimmer. Es war mal wieder Zeit für ein ausgiebiges Telefonat.

Donnerstag

Wie jeden Morgen lief Peter Leitermann in seinen Lederpantoffeln die Treppe hinunter zum Briefkasten und zog die Zeitung heraus. Aus der Wohnung im Parterre links drang ein einladender Geruch nach Spiegeleiern, und Peter dachte, dass er darauf ebenfalls Appetit hatte. Wie jeden Morgen warf er im relativ schummrigen Licht des Treppenhauses einen Blick auf die Titelseite und überflog den Leitartikel. Anders als sonst, erfasste ihn heute jedoch Entsetzen.

»Oh mein Gott!« Er hielt sich am Treppengeländer fest. »Oh mein Gott. Bitte lass es nicht wahr sein.« Mühsam, als ob ihm seine Kraft urplötzlich abhandengekommen wäre, quälte er sich die Stufen hinauf bis in die Wohnung. Mit zittrigen Knien gegen den Rahmen der Küchentür gelehnt, blieb er stehen.

»Alles okay?« Seine Frau Mechthild warf ihm einen besorgten Blick zu, während sie ihrem einjährigen Enkelkind Jonas einen Löffel Milchbrei in den Mund schob.

»Harald. Das ist Harald.« Er tippte auf die Zeitung.

»Was ist mit Harald?« Mechthild wischte mit dem Lätzchen ein Breirinnsal fort, das von Jonas' Kinn runterlief.

Schwer atmend und noch immer vollkommen schockiert ließ Peter sich auf seinen Küchenstuhl fallen. »Am Kaiser-Wilhelm-Gymnasium ist ein Lehrer ermordet worden. So, wie es sich liest, kann das nur Harald sein.«

»Zeig her.« Peter sah Panik in den Augen seiner Frau, als sie neben ihn trat und von oben herab die Zeitung las. Jonas quengelte, aber das ignorierte Mechthild. Genauso starr wie Peter wenige Minuten zuvor, las sie den Artikel. Langsam. Wort für Wort im Zeitlupentempo. Jonas quengelte lauter, doch Mechthild las.

»Oh mein Gott.« Mechthild ließ sich auf ihren Stuhl fallen. »Nein! Nicht auch noch Harald.« Sie zog ihren quengelnden Enkel aus dem Hochstuhl und drückte ihn so fest an sich, dass Jonas noch lauter zu weinen anfing. »Nicht auch noch Harald.« Mechthild brach in lautloses Schluchzen aus. Presste den Kopf in das seidige Kinderhaar und sog hörbar den Geruch des Apfelshampoos ein, der Jonas stets umgab. Als könne dieser Duft all die Gedanken auslöschen, die durch ihren Kopf tosen, dachte Peter traurig.

Jonas verstummte und blickte seine Oma fragend an.

»Gib ihn her.« Peter reckte die Arme in Richtung des Jungen.

»Nein!« Mechthilds Lippen zitterten. »Jonas bleibt bei mir. Ich kann ihn nicht hergeben. Er ist außer dir alles, was mir noch geblieben ist.«

Plötzlich ging ein Ruck durch ihren Körper. Sie schüttelte den Kopf, hob Jonas in die Luft und quittierte sein erfreutes Quietschen mit einem gezwungenen Lächeln.

»Du hast dich geirrt, Peter. Wir beide haben uns geirrt. Es kann sich nicht um Harald handeln. Das ist nicht mein Bruder, der in der Zeitung steht.« Sie setzte Jonas wieder in seinen Stuhl, tauchte, nun wieder ganz ruhig, den Löffel in den Brei und schob ihn ihrem Enkel ins kleine, weit geöffnete Mündchen. »Wenn es Harald gewesen wäre, hätte Barbara uns angerufen. Nein, Peter. Es gibt mehrere Sportlehrer am Willi, es wird ein anderer gewesen sein. Sonst hätte sie angerufen. Man ruft doch seine Verwandten an, wenn jemand stirbt. Das tut man doch. Aber Barbara hat nicht angerufen. Also ist es auch nicht Harald. Ganz bestimmt nicht.«

Mechanisch schaufelte Mechthild den Brei weiter in Jonas' Schnute, und ebenso mechanisch wischte sie ihm die Breireste vom Kinn. Peter wünschte inständig, sie hätte recht.

***

»Alex, aufstehen! Du kommst zu spät!« Während Oda ihre Lederjacke vom Garderobenhaken zerrte und über das Longsleeve zog, riss sie die Zimmertür ihres Sohnes auf. Sofort war sie versucht, sich die Nase zuzuhalten. Ein Gemisch aus Knoblauch, Zwiebeln und menschlichen Ausdünstungen schlug ihr entgegen, was sie blitzschnell mit dem gestrigen Döner in Verbindung brachte. Über Alex' achtlos hingeschmissene Klamotten hinweg stapfte sie Richtung Fenster. Das alte Holz stöhnte knarrend ob der groben Gewalt, mit der es aufgerissen wurde.

»Mach es wieder zu, bevor du gehst«, sagte sie bestimmt, »ich muss los. Obduktion in Oldenburg. Viel schlimmer kann der Geruch dort auch nicht sein.«

»Ist noch keiner erstunken, aber schon viele erfroren«, drang Alex' Kommentar dumpf unter der Bettdecke hervor.

»Nicht Ende April, mein Lieber, damit kannst du dich nicht rausreden. Also, komm in die Puschen!« Sie beugte sich über das Bett und zog die Decke an der Stelle zurück, an der ein paar blonde Locken hervorlugten. Zärtlich küsste sie den Schopf ihres Sohnes. »Los, du kleine Schlafmütze, steh auf, sonst gibt's wieder Ärger in der Schule. Lohnt sich doch nicht.«

»Mach ich, Ma.« Alex zog sich die Decke wieder über den Kopf.

Innerlich stöhnend verließ Oda die Wohnung. Vor dem Haus stand der Dienstwagen, den sie gestern mit nach Hause genommen hatte. Mit dem Rad zum Bahnhof, von dort mit dem Zug nach Oldenburg und von da womöglich zu Fuß zur Rechtsmedizin, nein, so weit ging in einem beruflichen Fall ihre Naturverbundenheit dann doch nicht. Außerdem liebte Oda das Autobahnfahren, auch wenn sie das offiziell nie zugeben würde. Geschwindigkeit vermittelte ihr ein immenses Gefühl von Freiheit oder, na ja, zumindest einen Anflug davon. Das konnte natürlich daran liegen, dass die A 29 zwischen Wilhelmshaven und Oldenburg ein wahres Rennfahrereldorado war, denn diese Autobahn war meistens frei. Kein Vergleich zu den Ballungsgebieten. Selbst um Bremen herum war ja schon viel los.

Oda hatte die Autobahnauffahrt erreicht, drückte mit einem Gefühl von Freiheitsdrang aufs Gaspedal, warf einen Blick auf die linke Spur und startete durch.

Eine Dreiviertelstunde später parkte sie mit einem leicht mulmigen Gefühl vor dem Gebäude der Oldenburger Rechtsmedizin. Okay, Oda, du schaffst das schon, dachte sie, die Schultern durchdrückend. Aus ihrer Jackentasche fischte sie die kleine Dose Tigerbalsam, von dem sie sich, noch während sie auf die gläserne Doppeltür zuging, etwas unter die Nase schmierte. Vor Krüger hätte sie sich diese Blöße nie gegeben, sie nicht. Ein letztes Mal atmete sie tief durch, nahm die frühlingshafte Luft, die Autoabgase und alles, was sonst noch so herrlich angenehm alltäglich durch die Gegend flog, in sich auf. Nichts konnte so schlimm sein wie das, was sie nun bei der Leichenöffnung erwartete. Mit schwerem Ausatmen öffnete Oda die Tür.

***

Christine hatte den Ellbogen ihres linken Armes auf den Schreibtisch gestützt. Den Daumen unter dem Kinn, rieb sie mit dem Zeigefinger an der Nasenspitze und starrte auf den Bildschirm ihres PCs. Ein fast leeres Dokument gähnte sie an, lediglich die Eckdaten hatte sie auf ihrem persönlichen »Fallzettel« notiert. Viel mehr als diese Eckdaten hatte sie bislang auch noch nicht. Hmm. Sie rieb ihre Nasenspitze nun zwischen Daumen und Zeigefinger, ohne einen Gedanken ans sorgfältig aufgetragene Make-up zu verschwenden. Nein. Noch hatten sie nichts, aber das würde sich im Laufe des Tages ändern. Während sie das Reiben einstellte und stattdessen mit den Zähnen an der Unterlippe knabberte – Lippenstift ade – ging langsam die Tür auf. Das war eindeutig nicht Odas Stil. Nieksteit oder Lemke, tippte Christine. Nein, korrigierte sie sich, Lemke würde anklopfen, er war zu sehr der personifizierte Beamte. Nieksteit hingegen gehörte zur unorganisierten, leicht chaotischen Front. Sie hatte ihn noch nie anklopfen hören. Höchstens beim Chef. Aber auch das kam selten vor. Meistens hatte Nieksteit in seinen Gedanken schon die Hälfte des zu führenden Gespräches hinter sich, bevor er mit dem Körper nachkam.

»Kommst du?« Es war tatsächlich Nieksteit. Seiner knubbeligen Nase folgte der rote Schopf.

»Ist es schon so spät? Ich habe überhaupt nicht auf die Uhr geachtet.« Christine stand auf, atmete tief durch und nahm die Mappe mit den noch dürftigen Unterlagen in die Hand. Auf zur Lagebesprechung.

»Brauchst nicht durchzuatmen«, zwinkerte Nieksteit. »Nur aufstehen und mitkommen. Tut dir keiner was.«

»Blödmann.« Christine knuffte ihn in die Seite. »Moment.« Sie zog ihren Lippenstift aus der Tasche, fuhr sich schnell damit über den Mund.

»Beeilen musst du dich aber schon. Die warten.«

»Sag nicht, ich bin die Letzte.« Ein kurzes Aufeinanderpressen, schon glänzten die Lippen wieder perfekt in dezentem Dunkelrot, und der Stift verschwand in der Tasche.

»Doch. Sind alle da. Manssen, Siebelt und Lemke. Der ganze Clan. Kaffee gibt's auch. Hat Lemke gekocht, wird also 'n richtig vernünftiger sein. Nicht so 'ne Plörre, wie du sie immer braust.«

Lachend hielt Nieksteit ihr die Tür auf. Dieser Pumuckl. Inzwischen hatte Christine sich zwar an sein oft mehr als lässiges Äußeres gewöhnt, dennoch konnte sie dann und wann nicht umhin, ihn mit der Zeichentrickfigur zu vergleichen. Egal, zu welcher Tageszeit man ihn sah, seine roten Haare standen wirr vom Kopf ab. Einen Kamm hatte er sicher auch heute noch nicht in der Hand gehabt. Ob Nieksteit überhaupt einen Kamm oder gar ein Bügeleisen besaß? Er entsprach absolut und fast schon überzeichnet dem Bild eines Menschen, der gerade eben aus dem Bett kam und obendrein in seinen Klamotten geschlafen hatte. Der einzig sichtbare Beweis, dass er seine Sachen durchaus auch mal wechselte, bestand in der unterschiedlichen Farbe und Art seiner Oberbekleidung. Heute war es ein schwarzes T-Shirt mit dem Aufdruck »Hard Rock Cafe«. Ob er auch die Jeans zwischendurch mal wechselte, konnte Christine allerdings nicht mit Sicherheit sagen. Aber bestimmt hatte er die gleiche Jeans in fünffacher Ausfertigung, und nur deshalb fiel ihr ein Hosenwechsel nicht auf. Vermutete sie einfach mal.

Sie eilte hinter Nieksteit her, die Treppe hoch ins nächste Geschoss, in dem neben Hendrik Siebelts Büro auch der Besprechungsraum lag.

***

Ingo Hoppe stand am Bett seines Sohnes Kai und strich dem Jungen zärtlich über die rotblonden Haare. Die vergangene Nacht hatte sich wie so viele vorher durch wenig Schlaf ausgezeichnet. Ingo war froh, dass Kai jetzt ein bisschen davon nachholen konnte, denn heute fing der Unterricht erst zur dritten Stunde an.

»Er ist tot«, hauchte er ihm entgegen. »Er kann keinen mehr schikanieren. Niemandem mehr etwas tun. Sören und all die anderen sind sicher. Endlich sicher.«

Kai zuckte ein wenig, aber das gehörte seit einiger Zeit zu ihm, war kein Zeichen der Aufwachphase. Ingo beschloss, erst noch einen Kaffee zu trinken, bevor er seinen Sohn weckte und ihm beim Anziehen half.

***

»Moin.« Forsch betrat Christine den Besprechungsraum, in dem Kaffeeduft verlockend in der Luft hing. Ihr Gruß hallte als mehrstimmiges Echo zu ihr zurück, bevor sich die Unterhaltung wieder in ein Sprachfetzenmeer verwandelte, das Siebelt aber schnell unterbrach.

»Kommen wir zur Sache. Oda ist noch in Oldenburg, es wird sicher dauern, bis sie zurück ist. Hast du schon was für uns, Manssen?«

»Nicht viel«, bedauerte Manssen, dessen Ähnlichkeit mit dem Schauspieler Uwe Friedrichsen frappierend war. Wie immer war der Kriminaltechniker salopp gekleidet, heute trug er Jeans und ein Hemd in sanftem Rosa. Er hatte ein Gespür für modische Alltagskleidung. Im Gegensatz zu Siebelt, der den üblichen braunen Anzug mit braunem Hemd trug. Wobei er das Sakko in Sicherheit gebracht und über die Rückenlehne seines Stuhles gehängt hatte. Denn Siebelt hatte ein besonderes Talent dafür, sich mit Kaffee einzukleckern. Darum bevorzugte er auch Braun als Kleidungsfarbe. »Auf Braun sieht man Kaffeeflecken nicht so schnell«, pflegte er schmunzelnd zu sagen. In seinem Büroschrank hing stets eine Auswahl an Ersatzhemden.

»Das Seil, mit dem Vandenberg vermutlich ermordet wurde, war nirgends aufzuspüren«, erläuterte Manssen weiter. »Wir haben rund um beide Hallen alles abgesucht. Da waren Unmengen von Spuren, aber nichts, was uns aufmerken ließ. Was wir gefunden haben, ist im Labor, ich rechne allerdings kaum mit Verwertbarem. Dann wären da noch die Gummispuren auf dem Hallenboden, inwieweit uns die weiterbringen, kann ich derzeit aber noch nicht sagen.« Er hob bedauernd die Schultern.

»Frau Cordes?« Siebelt warf Christine einen fragenden Blick zu.

»Tja, viel habe ich auch noch nicht. Nieksteit war gestern bei Barbara Vandenberg, doch die stand unter Schock und musste ärztlich behandelt werden. Ich will gleich zu ihr. Und anschließend in die Schule, vielleicht wissen die Kollegen ja etwas.«

»Für wann ist heute Nachmittag die Pressekonferenz angesetzt, Chef?«, meldete Lemke sich zu Wort, dabei drehte er seinen Kugelschreiber zwischen den Fingern. Er war das genaue Gegenteil von Nieksteit: pingelig und immer überaus akkurat angezogen. Lemke wohnte, soweit Christine wusste, mit seiner Mutter in einem Zweifamilienhaus, jeder hatte eine Etage für sich. Eine Frau gab es in Lemkes Leben nicht, und das konnte Christine absolut nachvollziehen. Wer wollte schon mit einem Mann zusammen sein, der sich, wie sie insgeheim vermutete, den Scheitel der aschblonden Haare mit einem Lineal zog? Besonders auffällig waren allerdings Lemkes Schuhe, allesamt College-Modell mit Lederfransen. Die waren zwar schon seit Jahren aus der Mode, aber bei Lemke sahen sie aus wie gerade gekauft. Sicherlich steckte er abends Schuhspanner hinein.

»Ich schlage siebzehn Uhr vor, was meint ihr?«, fragte Siebelt. Allgemein zustimmendes Nicken.

»Dann seht mal zu, dass wir bis dahin der Pressemeute etwas mehr Futter anbieten können. Lemke, du übernimmst die gesamte Telefonsache, überprüfst, ob Vandenberg ein Handy oder vielleicht sogar mehrere hatte, den ganzen Kram halt. Nieksteit, du kümmerst dich um Vandenbergs Vereinsleben.« Siebelt stellte seine Tasse mit einem solchen Schwung ab, dass der Kaffee überschwappte und der Fleck, auf den sicherlich nicht nur Christine die ganze Zeit gewartet hatte, sich endlich auf seinem Hemd ausbreitete.

»Scheiße«, entfuhr es Siebelt. Der Rest der Truppe schmunzelte still vor sich hin. »Ob ich wohl mal einen Tag erlebe, an dem ich mir nicht das Hemd einsaue?«

Nieksteit konnte sich wieder einmal nicht zurückhalten. »Wie wär's mit einem Lätzchen, Chef?« Er duckte sich spielerisch, als ob er ernsthaft damit rechnen würde, dass Siebelt einen Kugelschreiber oder sonst etwas nach ihm werfen könnte. Sein lautes Lachen allerdings stieg unter dem Tisch hervor.

»Ich zieh mich dann schnell um, hab gleich einen Termin außer Haus.« Siebelt knöpfte sich bereits das Hemd auf. »Wenn was Dringendes ist, ich bin über Handy zu erreichen.«

»Geht's wieder zum Golfplatz?«, fragte Lemke überflüssigerweise, denn jeder der Anwesenden wusste, wohin ein Großteil von Siebelts Außer-Haus-Terminen führte.

»Ja, ja.« Siebelt schien mit den Gedanken schon woanders zu sein. »Zum Golfplatz. Habe da eine Verabredung mit dem Oberstaatsanwalt.«

»Na dann – gut Holz, oder wie man sagt.« Christine versuchte nicht einmal, das Schmunzeln zu unterdrücken.

»Man wünscht sich ein schönes Spiel, nicht gut Holz. Aber ich habe überhaupt nicht vor, auf den Platz zu gehen. Wir treffen uns im Clubhaus zu einer Besprechung. Golfen während der Dienstzeit?« Siebelt schüttelte den Kopf, den Mund zu einer fast schon komischen Grimasse verzogen. »Wohl kaum.«

Wer's glaubt, dachte Christine, als sie ihre Unterlagen zusammenpackte.

***

Hildegunde Schwab liebte es, beim Geschirrspülen auf die Straße zu schauen. So bekam sie mit, was und wer sich in der Gegend tummelte, wer Besuch bekam und von wem. Das Cabrio, das nun langsam und offensichtlich suchend den Leberecht-Migge-Weg entlangfuhr, hatte sie allerdings definitiv noch nie gesehen. Also musste es zu Vandenbergs wollen. Da war irgendwas im Busch. Erst waren gestern Abend zwei fremde Männer gekommen, danach der Pastor und heute, als sie die Zeitung gelesen hatte … Es musste sich bei dem toten Lehrer um ihren Nachbarn handeln. Das hatte sich Hildegunde schnell zusammengereimt. Auch wenn ihr Mann Sven diese Überlegung wie nebenbei abgetan hatte. Na, es würde sicherlich nicht lange dauern, bis Hildegunde Genaueres erfuhr.

Inzwischen hatte das Fahrzeug in der Haltebucht vor dem Haus geparkt. Eine hochgewachsene Blondine, an der Sven garantiert seine Freude gehabt hätte, stieg aus. Was die hier wohl wollte? Schnell rieb sich Hildegunde die spülnassen Hände an ihrer ein wenig zu eng sitzenden Jeans trocken. Hatte schon was für sich, so ein kleines verträumtes Viertel, da konnte man zwanglos auf der Straße ins Gespräch kommen. Sie schnappte sich den halb vollen Mülleimer und eilte hinaus. Die Blondine sah zu ihr her.

»Kann ich Ihnen helfen?« Hildegunde wischte sich mit dem Handrücken eine feuchte Strähne aus der Stirn. Sie stellte den Mülleimer ab und trat näher.

»Eigentlich nicht. Danke. Ich suche das Haus der Vandenbergs, aber das müsste gleich hier sein, oder?« Die Blonde wirkte souverän. Eine Verwandte konnte es nicht sein, sonst hätte Hildegunde sie schon einmal gesehen.

»Ja. Direkt gegenüber die Auffahrt hoch. Sind Sie von der Presse?«

»Nein. Wie kommen Sie denn darauf?« Das Lächeln der Blonden wirkte überheblich. Leicht von oben herab. Dabei hatte sie doch nur eine simple Frage gestellt.

»Na, wegen der Aktentasche.« Hildegunde ärgerte sich. Eigentlich war sie stolz auf ihr Talent, Leute so ausfragen zu können, dass die gar nicht anders konnten, als alles preiszugeben, aber heute war sie vor lauter Neugier gleich mit der Tür ins Haus gefallen. »Also Bestatter. Oder Polizei.«

Die Blondine lachte kurz auf. »Sie haben das Zeug zur Detektivin. Letzteres. Ich gehöre zur Polizei.«

Hildegunde biss sich auf die Lippen. »Aha. Dann ist der tote Sportlehrer tatsächlich Harald Vandenberg.«

»Ja.« Die Blonde sagte nichts weiter. Sah sie nur an.

Hildegunde zuckte mit den Achseln. »Schlimm.«

Sie drehte sich um, bückte sich und nahm den Mülleimer wieder hoch. Mist, dachte sie. Der Schuss war total nach hinten losgegangen. Statt geschickt etwas zu erfahren, hatte sie voll und ganz dem Klischee einer klatschsüchtigen Nachbarin entsprochen, zu dem auch noch ihr heute leicht nachlässiges Outfit passte: zu enge Jeans, Gesundheitslatschen und ein schwarzes weites T-Shirt mit einer Strasskrone über der nun wahrlich nicht klein zu nennenden Brust. Klasse. Gut gemacht, Hilde. Doch diesem Klischee weiterhin zu entsprechen und neugierige Fragen zu stellen, nein. Den Gefallen würde sie der Polizistin nicht tun. Vor allem nicht im Hinblick auf die Beziehung, die sie zu den Vandenbergs hatten. Das ging ja mal gar nicht. Womöglich hätte die dann gleich Sven im Visier.

***

Der schmucke, rote, hell verfugte Klinkerbau mit breitem Vordach lag am Ende einer sicher zwanzig Meter langen Auffahrt. An der zum Haus gehörenden Garage vorbei wanderte Christines Blick über die dahinter liegenden Weiden. Zusammen mit dem kitschig hellblauen Himmel und dem Tirilieren irgendwelcher Singvögel bildete diese Umgebung die perfekte ländliche Idylle. Und sogar die rotwangige neugierige Nachbarin von gegenüber, die eindeutig länger als nötig an der Mülltonne hantierte, passte in dieses Klischee.

Christine klingelte. Nichts, keine Reaktion. Sie wollte gerade ein zweites Mal den Klingelknopf drücken, als sich die Tür öffnete. Christine wusste nicht, wen sie erwartet hatte, ein Gesicht wie jenes, das sich nun ihr gegenüber zeigte, aber garantiert nicht. Eine Maus, kam es ihr spontan in den Sinn. Der Mann sah aus wie eine Maus. Irgendwie. Dabei war er groß und kräftig. Vielleicht lag es am leicht rosafarbenen Schädel, der von einem schmalen Ring hellblonden Haares umrahmt wurde. Eine randlose Brille saß auf abstehenden Ohren und war runter bis zur Nasenspitze gerutscht.

»Pastor Mauser«, stellte er sich vor, als Christine ihren Dienstausweis gezückt hatte. Nur mit Mühe gelang es ihr, einen spontan aufkommenden Lachreiz zu unterdrücken. »Kommen Sie herein, Frau Vandenberg ist im Wohnzimmer.«

Pastor Mauser ging an Christine vorbei in einen hellen, nach Süden gerichteten Raum. Durch beeindruckend große Fenster fiel der Blick über einen kurz geschnittenen Rasen und einen Weidezaun hinweg auf grasende Kühe und drei Pferde. Wirklich ein Idyll, dachte Christine. Aber auch das schützt leider nicht vor Tragik und Trauer. Sie wandte sich Barbara Vandenberg zu, einer sportlichen, attraktiven Frau Mitte fünfzig, deren Falten um den Mund ihren Ursprung sicher im Lachen hatten. Sie saß zusammengesunken auf einer von Eichenholz gefassten, abgenutzten Couch, deren brauner Tweedstoff seit Jahren derart aus der Mode war, dass angestaubter Duft quasi jeder Faser entwich. Sonnenlicht tanzte fast höhnisch, den Umständen zum Trotz, auf Barbara Vandenbergs mahagonifarbenem Pagenkopf.

»Mein Beileid.« Christine reichte der Witwe die Hand. »Wie geht es Ihnen heute Morgen?«

Barbara Vandenberg holte sichtbar Luft, bevor sie sarkastisch antwortete: »Was für eine Frage. Wie soll es mir schon gehen? Ich komme mir vor wie in einem schlechten Film. Von einem Augenblick auf den anderen ist alles anders. Mein Mann ist tot. Ermordet. Und da wollen Sie wissen, wie es mir heute geht?« Sie zog undamenhaft die Nase hoch. »Ich verstehe nicht, wie Sie eine derart oberflächliche Frage stellen können. Wahrscheinlich gehört das zu Ihrer Routine, aber ich finde es pietätlos.«

Der anklagende Ton prallte an Christine ab. Schließlich konnte sie nichts dafür. Sie war hier, um etwas Licht in die Sache zu bringen. Außerdem kannte sie das Gefühl, plötzlich allein zu sein, wenn auch unter anderen Vorzeichen.

»Gibt es jemanden, mit dem Ihr Mann außergewöhnlichen Ärger hatte?«, fragte sie. »Worüber hat er sich in letzter Zeit besonders aufgeregt? Wurde er angefeindet? Gab es Probleme mit den Kollegen?« Christine setzte sich während des Redens auf die vordere Kante eines Sessels. Mauser, der abwartend in der Tür gestanden hatte, nahm neben Barbara Vandenberg Platz. Geistige Stütze, dachte Christine. Spontan kam ihr die Idee, auch wieder in die Kirche einzutreten. Man wusste schließlich nie, wann man einen Pastor gebrauchen konnte.

Barbara Vandenberg nahm die rechte Hand hoch und knabberte unbewusst an ihren Fingernägeln. »Angefeindet? Nein. Ärger? Ja. Den schon. Mit Schwabs. Das heißt, eher mit ihm als mit ihr. Wegen seiner Tauben. Schwab hat hinten auf dem Grundstück ein Taubenhaus. Er ist auch in einem Taubenzüchterverein, soviel ich weiß. Na ja, normalerweise würd ich sagen: Jeder so, wie er will. Aber das ist in diesem Fall etwas anderes. Denn ständig lässt er die Tauben fliegen. Aber diese Viecher setzen sich ja nicht nur auf sein Dach, sie sitzen auch auf unserem, scheißen einfach alles voll. Entschuldigen Sie meine drastische Ausdrucksweise. Vom Lärm, den die Tiere machen, will ich jetzt mal gar nicht reden. Ist alles in allem wirklich unschön.«

»Und deshalb hatten Sie Ärger mit Ihrem Nachbarn.«

»Ach, wissen Sie, mir wär's ja nicht ganz so wichtig gewesen, aber Harald war da ganz pingelig. Weil es ihn geärgert hat. Jedenfalls hat er sich erkundigt. Schwab hätte nur vierzig Tauben halten dürfen, Harald meinte aber, das wären deutlich mehr. Und das ist in Wohngebieten nicht erlaubt. Na, jedenfalls sind sich die zwei deswegen heftig an die Gurgel gegangen. Das wuchs sich immer mehr zu einem Privatkrieg aus. Oh Gott ...« Zitternd legte Barbara Vandenberg eine Hand auf den Mund.

Sofort sprang der Seelsorger ein. »Regen Sie sich nicht auf, meine Liebe«, sagte er beruhigend. »Soll ich Ihnen noch eine Tablette holen? Ein Glas Wasser oder einen Tee?«

»Nein, nein.« Massiv wehrte Barbara Vandenberg ab, schob jedoch ein entschuldigendes »Danke« hinterher.

»Es entwickelte sich zu einem Privatkrieg?« Das war ja interessant. Christine vermutete, dass die rotwangige Nachbarin zu eben jenem Taubenzüchter gehörte, so jedenfalls ergab ihr Verhalten Sinn.

»Na, Krieg ist vielleicht etwas übertrieben ausgedrückt. Aber Harald hat Schwab hinsichtlich der Tauben beim Ordnungsamt gemeldet. Kurz darauf waren zwei Reifen seines Wagens zerstochen. Richtig zerstochen. Dabei stand Haralds Wagen vor meinem auf der Auffahrt. Da hatte es jemand gezielt auf sein Auto abgesehen. Doch Ihre werten Kollegen meinten nur, das könne man Schwab nicht nachweisen. Dabei musste ich Harald wirklich zustimmen. Es konnte kein anderer als Schwab gewesen sein. Warum auch? Außerdem passte es zu Schwabs Art. Der hat auch immer seinen Wagen absichtlich so geparkt, dass wir kaum noch aus unserer Ausfahrt kamen. Nur weil Harald sich das mit den Tauben nicht hat gefallen lassen, hat der eine wahre Batterie an Geschützen aufgefahren. Das ist doch nicht normal.« Barbara Vandenberg machte eine Pause.

»Trauen Sie Ihrem Nachbarn denn einen Mord zu?«

Beim Klang von Christines Stimme ging ein Ruck durch Barbara Vandenberg, als würde ihr erst jetzt bewusst werden, mit wem sie sprach. Zum ersten Mal sah sie Christine direkt in die Augen. Ehrlichkeit las Christine darin. Weder Hass noch Anklage.

»Nein.« Barbara Vandenberg schüttelte den Kopf. »Nein. Das glaube ich nicht. Es war … na ja, es war schon heftig. Ich habe oft nachts nicht schlafen können, weil ich mich so über Schwab geärgert habe. Jede seiner Handlungen schien darauf ausgelegt zu sein, uns eins auszuwischen. Ich hab Herzrasen bekommen, mein Blutdruck ist gestiegen, und manches Mal half nur noch eine Schlaftablette zu den Baldriankapseln. Aber dass er wirklich Hand an Harald gelegt hat, nein, das glaube ich nicht. Ich halte ihn für ein mieses Schwein. Aber nicht für einen Mörder. Dazu wäre er sicherlich zu feige. Wo er doch alles andere auch eher so von hintenrum gemacht hat.«

»Hat Ihr Mann vielleicht noch etwas Gravierenderes als die relativ harmlose Anzeige gegen Herrn Schwab unternommen? Etwas, das Anlass zu einem Mord gegeben hätte? Frau Vandenberg … wir müssen sämtliche Möglichkeiten miteinbeziehen. Wenn es etwas gibt, was Sie wissen, müssen Sie es uns sagen. Auch wenn Sie es für nicht so wichtig halten. Sie glauben gar nicht, aus was für Gründen

Menschen zu Mördern werden.« Christine blickte Barbara Vandenberg eindringlich an.

Im Augenwinkel registrierte sie eine Bewegung, drehte den Kopf und sah durch das Fenster zwei lachende Radfahrer am Weidezaun entlangfahren. Sie kam sich vor wie in einer Parallelwelt. Draußen Sonne, Heiterkeit und Leben, hier Trauer, Gewalt und Ohnmacht. Mit einem eher innerlichen Seufzen richtete sie ihre Aufmerksamkeit wieder auf Barbara Vandenberg und fing gerade noch den warnenden Blick auf, den die Witwe dem Pastor schickte, bevor sie zu Christine sagte: »Entschuldigen Sie. Mein Kreislauf spielt gerade verrückt. Ich glaube, ich brauche jetzt doch eine Tablette und etwas Ruhe.«

***

Torben Vandenberg stand am hinteren Rand des Schulhofs an eine Platane gelehnt. Fast schützend breitete der Baum seine Äste über ihn. Torben hatte das Gefühl, endlich wieder atmen zu können. Luft zu kriegen. Seit gestern befand er sich in einem Tornado. Nichts war mehr oben, nichts unten. Was zur Hölle war passiert? Mann, sein Vater war ermordet worden. Das war kein Shooter-Spiel für den PC, das war, verdammt noch mal, Realität. Torben suchte nach dem Boden für diesen Albtraum. Doch es war, als würde er über einem abgrundtiefen Loch schweben. Irgendwo aber musste es doch einen Boden geben. Jetzt, in diesem Augenblick fühlte er sich wie mitten im Auge des Orkans. Befand sich im Vakuum, dem trügerischen Moment der Ruhe. Hielt in der Hand ein mit Käse, Tomate und Salat gefülltes Fladenbrot, das Normalität signalisieren sollte. Doch allein der Gedanke daran, einen Bissen hinunterzuschlucken, wo doch hinunterschlucken alltäglich war, ein simpler Reflex, schnürte ihm die Kehle zu.

So musste es seinem Vater ergangen sein. Kehle zu. Immer enger. Keine Luft mehr. Augen, die hervortreten. Panik. Hatte sein Vater in den letzten Minuten an ihn, an seinen Sohn gedacht? Oder war da wieder nur der Gedanke an die hoffnungsvollen Leichtathleten gewesen, die er nun nicht mehr würde aufs Siegertreppchen begleiten können?

Tränen stiegen in Torben hoch. Er ließ sich am Baum hinabgleiten. Einen Augenblick nur. Nur einen Augenblick, dann hatte er sich wieder im Griff. Er dachte an seine Mutter. An ihre Versuche, ihn heute zum Daheimbleiben zu überreden. Aber das hätte Torben erst recht nicht ausgehalten.

Das alles war eruptionsartige Realität in ihrer brutalsten Ausführung. Erst die Polizei. Und dann Wilfried. Das mit der Polizei hätte Torben ja noch verkraftet. Aber Wilfried. Der seine Mutter so komisch tröstend in den Arm nahm und ihn so widerlich väterlich ansah. Da bekam Torben gleich den Brechreiz. Bis vor Kurzem hatte er sich eigentlich bei Wilfried gut aufgehoben gefühlt. Aber das gestern ging zu weit. Der sollte gar nicht erst anfangen, sich wie ein Vater aufzuführen. Wilfried war Freund. Mentor. Das war okay. Einen weiteren Vater, so wie Papa es gewesen war, brauchte Torben nicht.

Falsch. Da war was falsch. Genau wie das Wort »Papa« falsch war. Torben schmiss das Fladenbrot in die Büsche. Wie gern hätte er genau das gefühlt, was zu dem Wort Papa gehörte: Liebe, Vertrauen, Offenheit, das Wissen, geborgen zu sein.

Doch der Alte hatte diese Gefühle nie zugelassen.

Das waren allein Torbens Wunschvorstellungen. Träumen entsprungen, die sich nie erfüllt hatten. Immer war er sich vorgekommen wie ein Hund, der einem an eine Schnur gebundenen Knochen hinterherlief. Seinem Vater und dessen Anerkennung hinterher. Was konnte er denn dafür, dass er weder die drahtige Figur noch die sportliche Veranlagung seines Erzeugers in den Genen hatte? Statt Waschbrettbauch hatte er einen Rettungsring. Wo sein Vater Sprints wünschte, war Torben höchstens im Ausdauerlauf zu gebrauchen, aber auch da würde er es nie bis an die Spitze schaffen. Er hatte seinen Vater auf ganzer Linie enttäuscht. Er war ihm nicht annähernd der Sohn gewesen, den sein Vater sich gewünscht hatte. Und nun hatte er nie wieder die Chance, ihm zu beweisen, dass er doch etwas konnte. Auch wenn Torben jetzt noch nicht wusste, was dieses Etwas war.

***

Zwei Jugendliche riefen im Vorbeiradeln freundlich »Moin«, als Christine das Schulgelände betrat. Aus den geöffneten Fenstern der beiden Gebäude drangen Stimmen: manche höher, andere tiefer; manche eindeutig weiblich, andere im Stimmbruch, unverkennbar männlich oder unbestimmbar. Obwohl gerade keine Pause war, liefen einige ältere Schüler über den weiträumigen Schulhof, saßen auf Bänken auf der Grünfläche oder standen in Kleingruppen rauchend an der Straße.

Christine erinnerte sich schmunzelnd zurück an ihre eigene Schulzeit. An die Freistunden in der Oberstufe, an geschwänzten Unterricht, an den Raucherkeller mit seinen von Brandlöchern übersäten ausrangierten Uraltsofas. Man hatte nicht mal rauchen müssen, um die nötige Ladung Nikotin abzubekommen. Hauptsache, man stank danach, dann gehörte man zu denen, die »in« waren. Durfte mitreden. Das allein zählte. Wie unwichtig und anstrengend waren dagegen die Diskussionen mit ihren Eltern, die nicht glauben wollten, dass ihr Aufenthalt im Raucherkeller eine pure Notwendigkeit zum Dazugehören war.

Wahnsinn, wie schnell die Zeit vergeht, dachte sie. In anderthalb Jahren hatte sie zwanzigjähriges Abitreffen. Das letzte schien gar nicht so lange her zu sein, obwohl diese Treffen nur alle fünf Jahre stattfanden. Einige ihrer Mitschüler hatten sich kaum verändert, andere wieder waren richtig trutig geworden. Zwei waren schon verstorben. Sie war gespannt auf das nächste Treffen. Wer würde mit spätem Babybauch dabei sein? Wer mit neuem Lebenspartner, und wer in der Trennungsphase nach langjähriger Beziehung? Und zu welcher dieser Fraktionen würde sie selbst gehören?

***

»Sag mal, was machst du denn hier?«

Alex hatte Torben bereits seit einer guten Viertelstunde beobachtet und schlenderte nun langsam auf ihn zu. Auch wenn er etwas älter als Torben und nicht wirklich mit ihm befreundet war, so kannten sie sich doch von verschiedenen Ferienfreizeiten auf Wangerooge. Dadurch, dass Torben dort immer in seiner Beachvolleyballmannschaft gewesen war, hatten die beiden einen guten Draht zueinander entwickelt, und auch hier auf dem Schulhof die eine oder andere Pause mal miteinander geklönt. Jetzt empfand Alex starkes Mitleid mit dem Jüngeren, der so sichtbar hilflos unter dem

Baum stand. Musste ein verdammt beschissenes Gefühl sein, zu wissen, dass der Vater ermordet wurde. Das steckte man sicher nicht so leicht weg.

»Ich hab's zu Hause nicht ausgehalten.« Torben zog vernehmlich die Nase hoch und wischte sich mit dem Handrücken den Rotz ab. »Aber hier sollte ich wohl auch nicht sein. Alle starren mich an, als ob ich ein Zootier wäre. Torben, der Sohn des toten Lehrers. Scheiße. Ich hätte nicht herkommen sollen. Aber daheimbleiben ging auch nicht. Und nun steht Reli bei Mauser auf dem Plan. Nee, das kann ich jetzt echt nicht ab. Ich glaub, ich mach die Biege.«

»Wo willst du denn hin? Doch nach Hause?« Alex runzelte die Stirn.

»Bist du verrückt? Da sitzt meine Mutter. Bestimmt sind meine Tante und mein Onkel inzwischen da. Und Mauser wird nach dem Unterricht sicher auch wieder aufschlagen. Nee. Das geht gar nicht. Christliche Nächstenliebe, an Gott glauben. So 'ne Scheiße!«

»Wohin willste dann? In die Stadt?« Alex ignorierte den Ausbruch. Das war wohl normal. Irgendwo musste Torben mit seinen Gefühlen ja hin.

»Nee. Hab kein Geld mehr. Brauch ich auch nicht. Will nur ein bisschen durch den Stadtpark oder so. Den Kopf freikriegen. Nachdenken.«

»Ich komm mit.«

»Musste nicht.«

»Will ich aber. Ich sag nur schnell im Sekretariat Bescheid.«

»Na denn«, Torben gab sich bemüht cool, »glaub aber nicht, dass die uns so einfach gehen lassen.«

Alex bemerkte unter dem Zweifel eine versteckte Erleichterung. »Ich krieg das schon hin.« Er freute sich, als er sah, dass sich Torbens Schultern entspannt senkten.

***

Christine betrat das Gebäude und lief in die erste Etage zum Sekretariat. Ohne eine Antwort abzuwarten, trat sie nach einmaligem Klopfen ein. Vor einem bauchhohen Tresen blieb sie stehen.

»Ja bitte?« Der Mann, der sie fragend über den Bildschirm seines PCs hinweg ansah, war vermutlich Anfang dreißig. Er trug ein dunkelblaues Sweatshirt, unter dem ein blau-rot kariertes Hemd hervorlugte. Vermutlich trug er dazu Jeans, aber das konnte Christine nicht sehen. Seine leicht gewellten Haare wirkten voll und stellten sicherlich eine Herausforderung für jeden Friseur dar.

»Christine Cordes, Kripo Wilhelmshaven. Es geht um Herrn Vandenberg.«

Sofort stand der Mann auf. Christine erkannte schmunzelnd, dass sie Unrecht gehabt hatte. Cordhose, beige. Keine Jeans. Was war das denn für einer? Cordhosen hätte sie bei jemandem in seinem Alter nun absolut nicht erwartet.

Eine Duftnote aus alten, längst vergangenen Zeiten stieg ihr in die Nase, als er an den Tresen trat. Kouros. Gab es das tatsächlich noch? Diesen Duft, den Oliver damals benutzt hatte und der sie angelockt hatte wie brunftiges Wild? Oliver. Ihr zweiter »richtiger« Freund. Damals war es auf Christines Seite Liebe auf den ersten Blick, auf den ersten Duft gewesen. Kurz, aber heftig. Seltsam, dass sie sofort die Verbindung zwischen Oliver und dem Duft hergestellt hatte. Sie hatte Ewigkeiten nicht an ihn gedacht.

»So eine furchtbare Sache. Wir sind alle ganz erschüttert. Man kann nicht fassen, dass so etwas im eigenen Umfeld passiert. Grauenhaft. Grau-en-haft.« Er schüttelte sich, als könne er damit alle Gefahr von sich, den Kollegen und der Schule abwenden. »Wissen Sie schon, wer es war? Der Täter, meine ich? Haben Sie eine Spur?«

Die übliche, leicht zu ignorierende Frage.

»Verraten Sie mir doch erst einmal Ihren Namen.«

»Tschuldigung. Etzberg. Oliver Etzberg.«

Christine konnte sich ein Schmunzeln gerade noch verkneifen. Oliver und Kouros. Zogen sich Duft und Vorname automatisch an? Sie zog Block und Stift aus ihrer Umhängetasche. »Gut. Herr Etzberg also. Was können Sie mir denn zu Herrn Vandenberg sagen?«

»Na ja.« Etzberg zuckte mit den Schultern. »Wirklichen Kontakt habe ich nicht zu den Lehrern. Das sind zwei unterschiedliche Welten, Lehrerzimmer und Sekretariat.« Ein schelmisch-sympathisches Lächeln huschte über sein Gesicht. »Zumindest tut ein Großteil der Lehrer so. Gerne mal von oben herab. Obwohl die natürlich auch wissen, dass eigentlich hier im Sekretariat alle Fäden zusammenlaufen.« Sein durchgestreckter Rücken unterstrich die Aussage.

»Die Abmeldungen der erkrankten Schüler, der erkrankten Lehrer, im Prinzip die ganze Koordination. Wenn Frau Wolters und ich nicht wären, ich glaub, Poelmeyer und Co. hätten eine Menge Schwierigkeiten, den Laden am Laufen zu halten.«

Christine lächelte offen zurück. Jawohl! Genau das war es, was sie brauchte. Jemanden, der sich nicht genug beachtet fühlte. Das waren die besten Informationsquellen. Mister Oberwichtig, würde Oda jetzt sagen. Christine schmunzelte, als ihr bewusst wurde, wie sehr sie sich doch schon an ihre Kollegin gewöhnt hatte.

»Ja. Das glaube ich gerne«, stimmte sie ihm zu. »Akademiker contra Fußvolk.« Sie nickte wissend. Ein wenig Salz in die Wunde streuen konnte sich lohnen. Wie beiläufig nahm sie die Atmosphäre des Raumes in sich auf. Obwohl die Fenster nach Westen hinausgingen, kam genügend Licht herein, um das große, mit Schränken, Regalen, Büchern und Papierstapeln gefüllte Büro angenehm freundlich erscheinen zu lassen.

Auf den Fensterbänken wucherte langblättriges Gewächs in unterschiedlichen Übertöpfen, Ableger baumelten dem Boden entgegen.

»Tja.« Etzberg fühlte sich ernst genommen. »Wissen Sie, die Elternschaft weiß schon, wer hier an der Schaltzentrale sitzt. Muss ja auch so sein. Seit einigen Jahren fragen wir, ob ein Kind eine Klassenarbeit schreibt, wenn die Eltern es morgens krankmelden. Das hat anfangs zu Irritationen geführt. Einige Eltern fühlten sich bevormundet, gemaßregelt oder so. Andere aber haben festgestellt, dass es ihrem Kind tatsächlich darum ging, sich um eine Klassenarbeit zu drücken. Dadurch schrecken wir die Blaumacher durchaus ein wenig ab. Aber die Lehrer ... Besonders die älteren haben noch dieses Wir-sind-was-Besseres-Gehabe.«

»Entschuldigen Sie, wenn ich Sie an dieser Stelle unterbreche, wir können uns gern ein anderes Mal über grundsätzliche Dinge unterhalten, aber ... mir geht es heute doch sehr um Herrn Vandenberg.« So geduldig Christine normalerweise war, inzwischen war es genug mit dem freundlichen Lächeln.

»Vandenberg. Also, der war eigentlich eher zugeknöpft, nicht besonders gesprächig. Wenn er den Mund aufmachte, ging es meist um Angelegenheiten, die mit dem Sportunterricht zu tun hatten. Er war der Fachbereichslehrer. Und in dieser Funktion hat er sich auch schon mal in Gegenwart von Frau Wolters und mir aufgeregt.«

»Worüber?«

»Meistens wegen der Kürzungen im Sportunterricht, weil wir ja nun auch die fünften und sechsten Klassen haben und es an Lehrern mangelt. Zwar heißt es offiziell von der Bezirksregierung, der Unterricht sei zu achtundneunzig Prozent gedeckt, aber das sind Statistiken, die haben mit der Realität nichts zu tun.«

»Also ging es um nichts Persönliches.« Insgeheim war Christine ein wenig enttäuscht; es wäre aber ja auch zu schön gewesen, bereits hier auf einen Hinweis zu stoßen.

»Ähm ... nein.« Etzberg zögerte.

»Aber?«

»Nichts aber. Es war eben nur was Schulisches. Privat habe ich Vandenberg überhaupt nicht gekannt.«

»Nicht. Na ja. Kann man nichts machen.« Christine drückte Etzberg ihre Visitenkarte in die Hand. »Für den Fall, dass Ihnen doch noch was einfällt.«

»Wissen Sie ...« Etzberg stockte und verzog nachdenklich den Mund. »Irgendwie ist das schon heftig. Vandenberg ist nun schon der zweite Lehrer innerhalb des letzten halben Jahres, der so plötzlich stirbt.« Er schüttelte den Kopf. »Der erste wurde überfahren. Fahrerflucht. Das war echt furchtbar. Lars Leitermann war noch ganz jung. Im Referendariat. Und nun wird ein anderer Lehrer ermordet. Das ist ein verdammt schwerer Schlag für die Schule.«

***

Wir waren allein. Endlich. Nach und nach waren alle anderen aufgebrochen. Wir selbst hatten das nur am Rande wahrgenommen, vollkommen ins Gespräch vertieft. Inzwischen war das Feuer heruntergebrannt, die Glut orangerot. Ich hätte gehen müssen.

Ich räusperte mich, bemüht, nicht in die grünbraunen Augen zu schauen. Ich durfte die Gelegenheit nicht ausnutzen. Sollte aufstehen. Dennoch war es mir nicht möglich, mich zu bewegen. Eigenartigerweise spürte ich den Alkohol nicht, der mein Blut in Schwingung versetzte, obwohl ich wusste, dass ich zu viel getrunken hatte. Ein Teil – der wichtige Teil – meiner emotionalen Schranken war gefallen. Das war fatal. Passierte mir in diesem Umfeld sonst nie. Durfte auch nicht geschehen. Aber warum fühlte ich mich heute so klar? Ich konnte meinen Blick nicht lösen. Empfand so innige und pure Liebe, verspürte das tief gehende Bedürfnis zu berühren. Zu fühlen. Zu beschützen. Gleichzeitig war mit dem Fallen der Schranken mein Verlangen ins Unermessliche gestiegen.

Ich registrierte, dass sich die Stimmung zwischen uns veränderte, angespannter wurde. Lag das an mir? Sendete ich die falschen Signale? Geh!, flüsterte meine innere Stimme. Geh endlich! Das Flüstern wurde zu einem Rufen, das meinen Schädel ausfüllte, von links nach rechts prallte und wieder zurück.

Doch ich ignorierte die Stimme. Griff streichelnd nach dem warmen Arm.

Unglaube überflutete das andere, im schwachen Glutlicht rötlich schimmernde Gesicht. »Was soll das? Hör auf.« Die Worte kamen nicht mehr deutlich. Zu viel Wodka Lemon hatte die Zunge schwer werden lassen.

Ich schüttelte den Kopf. Fasste härter zu. Fürs Aufhören war es zu spät.

»Du fühlst doch wie ich«, flüsterte ich mit vor Erregung heiserer Stimme. »Lass es zu. Ich weiß, dass du es genauso willst.«

»Nein! ... NEIN!«

»Ich bin bei dir. Für dich da. Du brauchst dich nicht zu fürchten. Unsere Liebe ist stark genug. Gegen alle Anfeindungen.« Ich drückte mich an den jüngeren Körper.

»Hör auf!« Die Stimme überschlug, der Körper krümmte sich. Versuchte, mich wegzustoßen. »Tu mir das nicht an!«

Verzweiflung übermannte mich. So hatte ich es mir nicht vorgestellt. Ich hatte von gegenseitiger Zärtlichkeit geträumt, nicht von Kampf.

Doch ich hatte die Grenze überschritten und konnte nicht zurück. Die Anspannung der letzten Zeit, das Sehnen nach Gegenliebe entlud sich wie ein Vulkan. Ich küsste. Drängte. Kämpfte. Und nahm mir mit Gewalt, wovon ich so lange geträumt hatte.

※※※

Verbrauchte Luft, angestaubte Vorhänge aus dickem, schmuddeligem Stoff und altes zusammengesuchtes Mobiliar, an dem zum Teil schon das Furnier abplatzte. Das Lehrerzimmer des Kaiser-Wilhelm-Gymnasiums schrie förmlich nach Erneuerung. Im Interesse der Schüler hoffte Christine, dass die Klassenräume ansprechender gestaltet waren. Die gedrückte Stimmung war allgegenwärtig, Unterhaltungen fanden leise statt, und es herrschte eine Stille, wie Christine sie sonst aus Bibliotheken oder Museen kannte. Lediglich ein Mann sah auf, als sie in den Raum trat.

»Guten Morgen«, sagte Christine mit kräftiger Stimme. »Cordes ist mein Name, Kriminaloberkommissarin Cordes von der Wilhelmshavener Kripo. Ich bin wegen Herrn Vandenberg hier.«

Einige Wimpernschläge lang war die Stille absolut. Dann erhob sich der Mann. Mit seinen langen, leicht fettigen und zu einem Zopf gebundenen grauen Haaren sah er eher aus wie ein in der Vergangenheit verbliebener Hippie denn wie ein Lehrer.

»Dorfmann«, stellte er sich vor, als er näher kam und Christine die Hand reichte. »Moin. Ist wirklich furchtbar, das mit Harald. Wir sind alle ganz schockiert.« Er machte eine ausholende Bewegung, die wohl sämtliche Anwesenden einschließen sollte.

Seine sechs über den Raum verteilten Kollegen und Kolleginnen nickten zustimmend.

»Nehmen Sie doch Platz.« Dorfmann wies auf einen Stuhl am Kopfende eines langen Konferenztisches. »Kann ich Ihnen etwas anbieten?« Sein Blick wanderte zu einem Sideboard, auf dem neben einer Kaffeemaschine und einem Wasserkocher Becher auf einem Abtrockentuch standen. Christine dachte an Siebelts Art abzuwaschen und schüttelte dankend den Kopf.

Sie setzte sich so, dass ihr Blick durch ein – erstaunlicherweise geputztes – Fenster auf Platanen fiel, deren frühlingshaftes Grün kaum Licht durchließ. So war man trotz der Jahres- und Tageszeit auf künstliches Licht angewiesen, was Christine bedrückend fand. Aber sicherlich hielten sich die Lehrer die wenigste Zeit in diesem Raum auf. Erneut hoffte sie, dass die Klassenzimmer heller und freundlicher gestaltet waren.

Dorfmann setzte sich ihr gegenüber, die Unterarme auf den Tisch gelegt, die Hände gefaltet. Christine bemerkte eine kleine Tätowierung, die unter seinem schwarzen Uhrenarmband hervorlugte.

»Wie Sie sich denken können, ist alles, was Sie mir über Herrn Vandenberg sagen können, von größter Wichtigkeit.« Sie sprach laut, damit sich jeder im Raum angesprochen fühlte. »Mich interessiert vor allem, in welchen Bereichen Ihr Kollege in der letzten Zeit Probleme, Schwierigkeiten oder sonst etwas in dieser Richtung gehabt haben könnte. War er verändert? Hat er einem von Ihnen gesagt, er fühle sich bedroht?«

Dorfmann schüttelte den Kopf. »Nicht, dass ich wüsste.« Er wandte sich an seine Kollegen. »Wisst ihr was?«

Allgemeines Schulterzucken. Dennoch standen die anderen Lehrer langsam auf und näherten sich dem Konferenztisch. Christine kam sich vor wie in einem dieser Märchen- oder Science-Fiction-Filme, in denen das kleine Mädchen von immer mehr Elfen, Elben, Zwergen oder Trollen eingekreist wurde. Spontan kam ihr der Gedanke, dass sie es hier mit einer verschworenen Sippschaft zu tun hatte. Aber das war Unsinn, oder?

Sie räusperte sich. »Sie können ja mal drüber nachdenken. Manchmal sind es Kleinigkeiten, die einem wieder einfallen, wie ein Satz, der unter diesen Umständen eine ganz andere Bedeutung gewinnt. Etwas, woran wir leider auch denken müssen, ist ein hasserfüllter Schüler. Gab es da jemanden, mit dem Ihr Kollege ernsthafte Auseinandersetzungen hatte?«

»Nein. Jedenfalls nicht, dass es uns bekannt wäre. Außerdem glaube ich nicht, dass Harald darüber gesprochen hätte. Solche Sachen hätte er lieber allein geklärt.«

»Das mag sein, trotzdem sollten Sie alle gedanklich die Reihen Ihrer Schüler durchgehen. Auch wenn die Amokläufe der Vergangenheit Massenschießereien waren, sie haben uns allen schmerzlich vor Augen geführt, zu was unsere Schüler heutzutage fähig sind. Darum bitte ich Sie: Überlegen Sie bitte auch in diese Richtung.«

Es schien, als ob die Stille noch ein wenig tiefer wurde. Christine sah das eine oder andere Stirnrunzeln und zaghafte Kopfschütteln, so, als begännen die Anwesenden erst jetzt, sich über das Ausmaß des Geschehens und über mögliche Motive bewusst zu werden.

»Woran soll man denn so etwas erkennen?« Wieder ergriff Dorfmann das Wort. »Glauben Sie mir ... uns. Keiner kann in die Köpfe der Schüler gucken. Wenn es so wäre, hätte man die Amokläufe der Vergangenheit verhindern können.«

»Na ja. Da wird es sicherlich Anzeichen gegeben haben, aber das spielt hier und heute keine Rolle. Ich bitte Sie lediglich, das nicht ganz außer Acht zu lassen. Es spricht tatsächlich einiges dagegen, dass es ein amoklaufender Schüler war, immerhin wurde Ihr Kollege nicht erschossen, sondern erwürgt.« Christine registrierte, dass sich der eine oder andere an den Hals fasste beziehungsweise schluckte, als ob er selbst keine Luft bekam. Das brachte sie allerdings nicht wirklich weiter. Sie versuchte einen anderen Ansatz. »Erzählen Sie mir etwas über Herrn Vandenberg als Lehrer und Kollege …«

Christine fiel das Gespräch mit Oda ein, bei dem ihre Kollegin von Vandenbergs harter und teilweise unfairer Unterrichtsmethode erzählt hatte. Hatte dieser so fordernde Lehrer sich mit den Jahren geändert? War er weicher, nachgiebiger geworden? Wenn sie an den durchtrainierten Körper dachte, der im Geräteraum gelegen hatte, mochte sie das kaum glauben. Ein Mensch, der sich selbst eine solche Disziplin abverlangte, würde das auch von seinen Schülern erwarten.

»Na ja …« Die Frau, die nun sprach, war etwa in Christines Alter. Doch das mochte täuschen, sichtbar überzählige Pfunde machten ihr Gesicht füllig und faltenlos. Christine schätzte ihre Kleidergröße auf mindestens 46. Wenn nicht mehr. Die blonden kurzen Haare waren am Pony tiefschwarz gefärbt, ein in Christines Augen zu scharfer Kontrast. Aber Oda hätte das bestimmt gefallen.

»Also, Harald war schon nicht ohne«, die Schwarzblonde sprach ziemlich aggressiv, als sei sie sich ihrer Rolle als Nestbeschmutzerin bewusst. Und erntete warnende – waren es wirklich warnende? – Blicke der Kollegen. Was sie nicht zu stören schien. Im Gegenteil. Sie drückte das Kreuz durch und fuhr selbstbewusst fort: »Er forderte ziemlich viel von seinen Schülern. In beiden Fächern. Sport und Erdkunde. Da hatte er auch seinen Schwerpunktkurs.«

Irrte Christine sich, oder ließ die Anspannung der anderen Kollegen etwas nach?

»Harald war ein Mensch, bei dem kein Mittelmaß zählte. Er forderte. Alles. Da gab es ab und zu schon mal Beschwerden.« Die Schwarzblonde warf einen provozierenden Blick in die Runde. »Guckt doch nicht so, als ob ich Geheimnisse ausplaudern würde. Warum soll man das verhehlen?«

Ein lockenköpfiger Mann, der kurz vor dem Pensionsalter stehen mochte, übernahm das Wort. »Keiner möchte oder kann Harald etwas Schlechtes nachsagen, aber Fakt ist tatsächlich, dass Haralds Unterrichtsmethoden auch unter uns Kollegen nicht immer unangefochten waren.«

Noch jemand, der Tacheles redete.

»Fakt ist auch, dass es Beschwerden vonseiten der Elternschaft gab. Doris hat recht, wir müssen das nicht verschweigen. Fakt ist aber auch, dass es nie etwas gab, was man Harald hätte nachweisen können. Er war ein sehr korrekter Lehrer mit strengen Maßstäben. Punkt. Harald hat sich nichts zuschulden kommen lassen, sonst wäre er nicht mehr an dieser Schule. Und ob es einen Schüler gab, der wegen was auch immer so furchtbare Rache an ihm als Lehrer genommen haben könnte – ich glaube, da für uns alle zu sprechen – , entzieht sich meiner Kenntnis.«

Es klang wie das Wort zum Sonntag. Und prompt, wie in einem kitschigen Film, schallte der Gong aus dem Lautsprecher.

Der Lockenkopf stand auf. »Tut mir leid, die Schüler warten. Wenn Sie gestatten …«

Auch die anderen erhoben sich eilig, als seien sie dankbar für das Signal.

»Ach, eine kurze Frage hätte ich noch.«

Die hinausstrebenden Lehrer blieben wie angewurzelt stehen; ein klein wenig kam sich Christine dabei wie ein weiblicher Columbo vor.

»Gibt es einen oder mehrere Kollegen, mit denen der Tote privat befreundet war?«

»Nein. Ich glaube nicht.« Die Schwarzblonde sagte das, und auch die anderen schüttelten den Kopf.

»Danke. Das reicht mir für den Moment.« Christine warf einen Schwung Visitenkarten auf den Tisch. »Hier stehen die Telefonnummern drauf, unter denen Sie mich erreichen können. Ich wäre Ihnen dankbar, wenn Sie auch die Kollegen davon unterrichten könnten, die jetzt nicht anwesend waren. Vielleicht fällt einem von Ihnen ja doch noch etwas ein.«

***

In der Polizeiinspektion in der Ebertstraße herrschte zwiegespaltene Erregung. Einerseits hoffte man auf neue Erkenntnisse, andererseits hatte es schon zu viele Obduktionen ohne sofortige Ansatzpunkte gegeben. Da musste man realistisch sein.

»Wir warten noch ein paar Minuten auf Frau Cordes.« Siebelt war mit Oberstaatsanwalt Steegmann im Schlepptau vom Golfplatz zurückgekehrt. Der saß nun, die Arme über der Brust verschränkt, am runden Tisch. Odas Freundin Ines, die sich auf Körpersprache und deren Signale verstand, würde das garantiert als Abwehrhaltung bezeichnen. Abwartend und zurückhaltend, das würde Ines aus Steegmanns Verhalten schließen.

Passte ja auch. Oda schnaubte kurz. Der könnte sich auch kollegialer zeigen. Sie hielt ihn für einen arroganten Schnösel. Nicht so extrem wie Krüger, der toppte wirklich alles, aber Steegmann kam mit seiner hanseatischen Überheblichkeit ziemlich nah an ihn ran. Distinguiert, leicht von oben herab, die Worte genau wählend. Der redete nicht, wie ihm der Schnabel gewachsen war, der überlegte beim Sprechen. Vielleicht sollte Christine da mal dranbleiben, wenn sie die Sache mit ihrem Mann nicht mehr hinbekam. Ein lautloses, leicht spitzbübisches Lachen entfuhr Oda.

Aber Steegmann war verheiratet. Obwohl ... das musste ja nichts heißen. Sie nahm den Oberstaatsanwalt unter dem Aspekt Christine noch einmal genauer ins Visier. Eigentlich konnte man bei ihm alles, was dem Klischee eines trockenen Justizbeamten entsprach, getrost vergessen. Ihm fehlte die bleiche Gesichtsfarbe ebenso wie das Dürre. Wie man munkelte, war Steegmann nicht nur Golfer, er segelte auch leidenschaftlich gern. Man sah auf den ersten Blick, dass man es mit einem Menschen zu tun hatte, der jede verfügbare Minute an der Luft verbrachte. Die Haut war vom Wetter gegerbt und fast ein wenig ledrig, die Hände waren rau und Zupacken gewohnt. Bestimmt würde niemand, der Steegmann sah, an einen Oberstaatsanwalt denken. Kapitän, Leiter einer Gärtnerei oder irgendein Beruf, der viel Aufenthalt an frischer Luft erforderte, all das war eher denkbar.

Wenn man eben nur den äußeren Eindruck wahrnahm. Wer jedoch seine Augen genau betrachtete, fühlte sich an einen Jagdhund erinnert. Oder einen Fuchs. Oder einen Bussard.

Vielleicht lag es an der leichten Verschlagenheit, die sie in seinen

Augen zu entdecken meinte, dass er ihr so gar nicht sympathisch war. Ihrer Ansicht nach war er der Inbegriff eines reichen, arroganten Knackers. Es war kein Geheimnis, dass er mit dem sprichwörtlichen goldenen Löffel im Mund geboren war. Alteingesessene Familie mit Immobilienbesitz und Kaufhaus in bester Lage, der hatte nie überlegt, wovon er sein Studium finanzieren sollte oder wie er die nächste Miete und die nötigen Lebensmittel bezahlen würde. Hinter dem Begriff Kellner verbarg sich für ihn bestimmt nur jemand, der ihm die Getränke brachte, und keine Jobmöglichkeit. Es war fast schon ein Hohn, wie groß Oda die Ähnlichkeit zwischen Steegmann und Elisabeth Georges' Superintendent Lynley fand. Und leider ... leider ... fühlte sich Oda in Steegmanns Gegenwart in die Rolle der chaotischen Barbara Havers versetzt. Nur dass Barb keinen aufmüpfigen Sohn hatte. Und Oda zudem über eine großzügige Drei-Zimmer-Wohnung verfügte, während die Literaturfigur Barb in einem winzigen Häuschen auf dem Grundstück eines anderen lebte.

Oda schmiss ihre Oberstaatsanwalt-Gedanken über Bord. »Hat Christine denn inzwischen mal angerufen und gesagt, wann und ob sie kommt?« Allgemeines Kopfschütteln war die Antwort.

So. Langsam mussten sie hier mal zu Potte kommen, es gab immerhin jede Menge zu tun. Sie beugte sich, innerlich etwas unruhig, vor und schob ihre Notizblätter ein paar Zentimeter weiter in die Tischmitte. Stand sowieso nichts Wichtiges drauf, sie hatte nur herumgekritzelt. Oda brauchte keine Notizen. Sie war, aus welchem Grund auch immer, mit einem außergewöhnlich guten, ihre Kollegen würden sagen: sensationellen Gedächtnis gesegnet. Notizen nahm sie nur in die Hand, wenn sie vor der Presse stand. Machte sich besser. Größtenteils jedoch standen ganz andere Sachen auf den Blättern als die den aktuellen Fall betreffenden. Einmal hatte sie sich einen Spaß erlaubt und Schillers »Glocke« mit zu einer Pressekonferenz genommen.

Oda gab ihrer Stimme bewusst einen tieferen Klang. »Also, wenn ich jetzt mal eure Aufmerksamkeit haben könnte ... Die Obduktionsergebnisse waren – wie so oft – leider enttäuschend. Nichts, was mich mit einem Halleluja aus dem Saal hat rennen lassen, nichts, was uns aus dem Stand heraus Anhaltspunkte liefert. Aber damit haben wir ja rechnen müssen. Es gab zwar Faserreste, die Krüger relativ rasch der Sorte Springseil zuordnen konnte, die an der Schule benutzt wird, nur hilft uns das nicht wirklich weiter. Ist das Tatwerkzeug eigentlich inzwischen aufgetaucht?«

Bei ihrem Blick in die Runde hätte sie am liebsten einen bissigen Kommentar abgelassen, als sie Steegmanns beobachtend-nachdenklichen Blick sah. Doch von ihm kam so wenig wie von den anderen. Also weiter im Text. »Zu den Springseilen passen die Einkerbungen an den Fingern. Weil Vandenberg natürlich versucht hat, sich das Seil vom Hals zu schaffen. Sonst aber gab es leider nichts. Die Auswertung der anderen Spuren, Haare und so weiter, die in der Sporthalle aufgesammelt wurden, dauert natürlich noch. Alle weiteren Details kommen wie immer mit Krügers Bericht. Was meint ihr, ob wir über die Presse die Bitte herausgeben sollten, Schulspringseile, die aufgefunden werden, bei uns abzugeben?« Bei diesen Worten sah Oda Siebelt fragend an.

Der schüttelte den Kopf. »Ich glaube nicht, dass das etwas bringt.«

»Und ihr?« Oda blickte in die Runde.

Allgemeines Achselzucken und skeptische Blicke.

»Okay. War auch nur so ein Gedanke.«

»Hatte Vandenberg denn gar keine Chance?«, fragte Lemke ungläubig. »Immerhin war er ein durchtrainierter Kerl. Da hätte es doch massive Kampfspuren geben müssen.«

Während alle Oda gespannt ansahen, stopfte sich Siebelt einen der Kekse in den Mund, die noch vom Morgen auf dem Tisch standen.

Wie gut, dass es keine Schokoladenkekse sind, dachte Oda mitfühlend, als sie die Krümel auf sein Hemd rieseln sah. Sie war ihrem Chef in dieser Beziehung leider sehr ähnlich. Nur dass es Oda relativ egal war, ob sie Flecken auf dem Shirt oder dem Pullover hatte. Na ja. Egal gewesen war, bevor sie Jürgen traf. Inzwischen achtete sie doch etwas mehr auf ihr Äußeres, zumindest versuchte sie es.

»Klar hat er sich gewehrt. Aber der Angriff muss unerwartet gekommen sein. Alles deutet darauf hin, dass er nach dem Unterricht geduscht und anschließend in der Halle noch einige Dinge zusammengeräumt hat. Da ihn das Seil von hinten erwischt hat, gehen wir davon aus, dass er entweder das Eintreffen seines Mörders nicht bemerkt oder aber ein Gespräch mit ihm geführt hat, das er für beendet hielt. Schließlich dreht man niemandem, den man für bedrohlich hält, den Rücken zu. Was auch immer vorgefallen ist – und ich bringe das heraus –, er war abgewandt, als das Seil über seinen Kopf geworfen und zugezogen wurde. So etwa ...« Oda hatte sich in Fahrt geredet. Sie griff sich röchelnd an den Hals, tat, als versuche sie, sich von einem unsichtbaren Seil zu befreien. Ihre Kollegen sahen fasziniert zu.

In diesem Moment ging schwungvoll die Tür auf.

***

Die Sonne schien unbeirrt und schon hohnvoll in den von Schweigen erfüllten Wintergarten. Mechthild Leitermann hielt die Hand ihrer Schwägerin Barbara. Sie sah Staubpartikel in der Luft schweben, eine tote Fliege neben dem mannshohen Benjamini, Erdkrümel am Eingang der Tür zur Terrasse. Lauter unwichtige Dinge, die ihr nur auffielen, weil Barbara eigentlich die Überhausfrau schlechthin war. Ständig putzte sie, unter normalen Umständen hatten Staub und Dreck bei ihr keine Chance. Doch normal waren die Umstände nun einmal nicht.

»Warum hast du uns nicht angerufen?« Mechthild stellte diese Frage nun bestimmt schon zum dritten oder vierten Mal. »Harald ... ich bin doch seine Schwester!«

»Ich konnte nicht.« Barbaras Stimme war blechern und emotionslos. So, als habe ihr Gefühl noch nicht begriffen, was der Verstand bereits wusste. »Ich konnte einfach nicht. Euch oder irgendjemanden sonst anzurufen, das ... das hätte alles real gemacht. So war es ...«, sie wischte sich mit dem Ärmel die Tränen von der Nasenspitze, »... unwirklich. Nicht wahr.«

»Aber du musst doch das Bedürfnis gehabt haben, mit jemandem zu sprechen. Das kann man doch nicht einfach so wegstecken, ins Bett gehen und hoffen, dass es nicht wahr ist!« Mechthild ließ die Hand ihrer Schwägerin los. Sie war zutiefst verletzt. Auch sie war am Rand dessen, was sie ertragen konnte, hatte das Gefühl, an einem Abgrund zu stehen. Es fehlte nur wenig, um hinunterzustürzen. Es war einfach zu viel. Erst Lars und nun Harald. Was hatte sie getan, dass das Schicksal sie derart strafte? Sie erinnerte sich plötzlich an das Mitleid, das in ihr aufgestiegen war, als sie damals in der Presse vom Untergang des Kutters »Hohe Marsch« gelesen hatte, der dem schweren Sturm auf der Nordsee nicht hatte standhalten können. Durch dieses Unglück hatte der Eigner des Kutters, der wenige Tage zuvor bei einem Verkehrsunfall seinen Vater verloren hatte, auch seinen Sohn hergeben müssen. Dass sie selbst in eine ähnliche Tragödie geraten könnte, schien ihr vor Kurzem noch undenkbar. Und nun befand sie sich mittendrin.

Mechthild warf einen bitteren Blick auf Pastor Mauser, der die ganze Zeit stumm in Haralds Sessel saß. Ihn hatte Barbara angerufen. Nicht sie als Haralds Schwester. Das traf sie hart. Denn in so einer Situation war doch die Familie das Wichtigste. Das hatte sie wirklich nicht verdient.

**

Oda nahm die Hände vom Hals. Christine. Na klar. Wer sonst würde ihr den Auftritt versauen? Hätte die nicht zwei Minuten später kommen können?

»Setz dich. Ich bin sofort fertig.« Sie lächelte schräg, dann wandte sie sich wieder an die anderen. »Tja. Wie ihr seht, hat es sich nicht wirklich gelohnt, Krügers Feuerwerk an Fachausdrücken persönlich beizuwohnen. Ich hätte euch natürlich gern mehr berichtet, aber ...« Sie hob schulterzuckend die Hände.

»Also sind wir genauso weit wie vorher«, konstatierte Siebelt missmutig.

»Jo. Leider.« Oda steckte die Hände in die Taschen ihrer Jeans. Sie warf einen Blick auf ihre Kollegin. »Hast du irgendwas Neues für uns?«

Während Christine den Vormittag zusammenfasste und vom Streit Vandenbergs mit dem Nachbarn, den zerstochenen Autoreifen und ihrem Besuch in der Schule berichtete, lehnte Oda sich bequem in ihrem Stuhl zurück.

»Das war also nicht sonderlich ergiebig«, schloss Christine, »jeder, mit dem ich sprach, sagte, Vandenberg sei eher introvertiert gewesen und habe jeglichen privaten Kontakt abgelehnt.« Sie schlug ihren Block auf und blätterte in den Notizen. Oda feixte heimlich. Die brauchte ihre Aufzeichnungen wirklich, bei Christine war es kein Theatertrick.

»Hatte der wirklich gar keinen privaten Kontakt zu den anderen

Lehrern? Das gibt's ja fast gar nicht.« Lemke wirkte sehr verwundert.

Oda betrachtete ihn mit gerunzelter Stirn. Er sah so taufrisch aus wie jeden Morgen. Bestimmt legt der sich mittags in den Kühlschrank, dachte sie. Bei allen anderen zeigten Kleinigkeiten, dass ihnen die plötzlich angestiegenen Temperaturen zu schaffen machten. Nieksteits Haaransatz war verschwitzt – auf seinem schwarzen Shirt sah man allerdings nichts –, bei Siebelt hatten sich dunkle Schweißflecken unter den Achseln gebildet, genau wie bei ihr selbst. Typisch. Wahrscheinlich fühlten Siebelt und sie sich wegen dieser gemeinsamen Unzulänglichkeiten so verbunden. Einzig Steegmann machte einen ähnlich frischen Eindruck wie Lemke, die innere hanseatische Kälte verhinderte offenbar auch äußeres Schwitzen.

»Bislang hat keiner gesagt, dass er mit Vandenberg befreundet war. Er kann natürlich einige der gerade nicht anwesenden Kollegen näher gekannt haben. Aber so, wie ich das herausgehört habe, hatte er zu denen wohl auch keinen engeren Kontakt.«

»Wie du das rausgehört hast.« Oda konnte den Sarkasmus in ihrer Stimme nicht gänzlich unterdrücken.

»Ja.« Christine straffte den Rücken und spannte, wie Oda bemerkte, ihren unsichtbaren Schutzschild auf. »Selbst wenn ich nicht mit allen Kollegen Vandenbergs habe reden können, so hab ich durch die anderen doch einiges über ihn erfahren.«

»Und zwar?« Oda sah Christine skeptisch an.

»Das dürfte gerade dir nicht neu sein. Er zog immer noch den alten, strengen Unterrichtsstil durch, lehnte andere Formen offensichtlich als zu weich ab.«

»Klar. Der hat sich nicht geändert, dazu war er überhaupt nicht der Typ. Ich kann mir vorstellen, dass er im Gegenteil immer härter geworden ist. Wenn ich mir überlege, wie der nicht nur mich damals am Stufenbarren gequält hat … Er war ein sehr unangenehmer Lehrer. Ich hatte immer Schiss. Und ich war nicht die Einzige.« Oda schüttelte die Erinnerung ab.

»Ja. Das glaube ich auch, denn zwischen den Zeilen kam durch, dass es durchaus Angriffe und Vorwürfe gegen Vandenberg gegeben hat, die schienen jedoch haltlos zu sein. Zumindest sagte einer der Lehrer das. Man habe Vandenberg nie etwas nachweisen können.«

»Das kriegen wir ja öfter zu hören. ›Nichts nachweisen können‹, schon klar. Da müssen Sie dranbleiben. Vielleicht haben wir hier einen Ansatz, der uns weiterbringt.« Steegmann beugte sich vor und zeigte das erste Mal wirkliches Interesse. »Finden Sie heraus, welcher Art diese Vorwürfe waren. Wenn da jetzt schon der Hinweis kam, kann das keine Kleinigkeit gewesen sein.«

Ach nee. Oda spitzte spöttisch die Lippen. Mister Oberschlau wurde wach und aktiv.

»Selbstverständlich bleibe ich am Ball. Was für eine Frage«, sagte Christine, und Oda registrierte, dass sie sich aufrechter hinsetzte. Fühlte sich wahrscheinlich ein klitzekleines bisschen angegriffen, die Gute. »Aber danke für die Nachhilfe. Vielleicht hätte ich das andernfalls noch vergessen.« Christine warf Steegmann einen ironisch-kalten Blick zu.

En garde, dachte Oda, prima Parade. Und wie reagiert der gute Herr Steegmann?

»Bitte, bitte.«

Nee, da hatte sie sich jetzt verhört. Bestimmt. Das war jetzt nicht wirklich wahr. Oder doch? Hatte sich tatsächlich ein flirtender Unterton in Steegmanns Stimme eingeschlichen? Das ging ja gar nicht. Sie war verblüfft.

»Gibt es denn auch was Positives über Vandenberg?« Nieksteit zeigte sich wie immer sichtlich unberührt von allen im Raum schwebenden Schwingungen und riss Oda aus ihren spinnerten Ideen.

»Natürlich«, antwortete Christine wie aus der Pistole geschossen. »Neben seinem sportlichen Engagement war Vandenberg jahrelang Mitglied im Gemeindekirchenrat und hat sich für die Altenarbeit eingesetzt. Hat Lesenachmittage und Ausflüge für Senioren organisiert. Na, und für seine jugendlichen Leichtathleten hat er ja auch 'ne Menge auf die Beine gestellt. So von außen betrachtet, ist Vandenberg ein sehr sozialer Mensch gewesen.«

»Auf den weder in der Schule noch der Nachbarschaft Lobeshymnen gesungen werden. Aber ich finde es beruhigend, dass er auch gute Seiten hatte«, fiel Lemke Steegmann, der bereits zu sprechen angesetzt hatte, ins Wort. Dafür hätte Oda ihn küssen können. Hatte er die Christine-Steegmann-Schwingungen auch gespürt? Es war etwas ungewöhnlich für den eher unterwürfigen Lemke, einem Vorgesetzten das Wort abzuschneiden. Und sicherlich auch nicht wirklich beabsichtigt. Aber es passte zu ihm. Dieses Ausgleichende.

Er hätte Waage vom Sternzeichen her sein müssen, doch sein Geburtsdatum fiel in die Dekade der Zwillinge.

»Keiner hat nur schlechte Seiten, Lemke«, sagte Siebelt nachsichtig. »Aber nicht das Positive ist es, was uns zu seinem Mörder führt, sondern das, was irgendwen so wütend auf ihn gemacht hat, dass er nur Mord als Lösung sah.«

Na, das war ja nun wieder der übergeniale Gedankenstreich. Konnte auch nur von Siebelt kommen. Oda räusperte sich, worauf Lemke sie grinsend ansah.

»Was geben wir denn nun an die Presse?« Er beugte sich vor, den Stift einsatzbereit.

»Das Übliche. Wischiwaschi, nichts Konkretes. Haben wir ja leider auch nicht. Hmmmmm …« Mit einem Seufzer stand Siebelt auf. »Machen wir uns wieder an die Arbeit. Wär doch gelacht, wenn wir nicht bald auf eine Spur stoßen. Immerhin deutet alles auf eine Affekttat hin. Und da macht jeder Fehler. Na ja. Fast jeder. Was steht als Nächstes auf dem Plan, Oda? Frau Cordes?«

Eigentlich könnte Siebelt Christine auch mal das Du anbieten, dachte Oda. Immerhin war sie nun schon seit einiger Zeit im Team, und es wirkte ein wenig komisch, dieses einzige Sie in der Runde. Sie würde ihn mal drauf ansprechen.

»Ich wollte jetzt zu dem Nachbarn, dem Taubenzüchter, Herrn …« Christine blickte auf ihre Notizen.

»Schwab.« Während Christine noch suchte, schnellte der Name spontan aus Odas Gedächtnis. »Er arbeitet im Autohaus am Tenniszentrum. Ich fahr mit.«

»Na dann: viel Erfolg, meine Damen. Aber nicht, dass ihr mir nachher mit einer Auswahl neuer Dienstwagenträume ankommt.« Siebelt zwinkerte und wandte sich zum Gehen.

Auch Steegmann stand auf. »Wäre schön, wenn es in Kürze mehr Konkretes gäbe, was wir der Öffentlichkeit präsentieren können. Über Entwicklungen in diesem Fall können Sie mich übrigens jederzeit informieren.« Mit diesen kühl gesprochenen Worten und einem überaus freundlichen Lächeln in Christines Richtung verließ er mit Siebelt den Raum.

***

Mechthild starrte noch immer den Pastor an, der in Haralds Sessel saß. Der sich dort einfach so hingesetzt hatte, anscheinend ohne nachzudenken, ja, beinahe schon pietätlos. Sie kniff die Augen zusammen, wollte den Blick schärfen. Auch wenn sie damit Harald nicht wieder in den Sessel projizieren konnte. Wie vertraut war sein Anblick auf diesem Möbelstück gewesen. Zu vertraut, um wirklich bewusst zu sein. Zu alltäglich, um in Einzelheiten wahrgenommen zu werden. Zu selbstverständlich. Und jetzt endgültig Vergangenheit. Nie wieder würde Harald dort sitzen, nie wieder würde sie sich darüber ärgern können, dass er ihr, seiner kleinen Schwester, ins Wort fiel, alles besser zu wissen glaubte. Warum hatte sie niemals mit der Möglichkeit des leeren Sessels gerechnet?

Erst jetzt fiel ihr auf, dass ihr Neffe nicht bei ihnen war.

»Wo ist Torben?«, fragte sie.

»Ich glaub, in seinem Zimmer. Zumindest ist er hochgegangen, als Pastor Mauser kam.« Barbara sprach immer noch monoton teilnahmslos.

»Kein Wunder!« Urplötzlich brandete in Mechthild unbändiger Zorn auf. »Das verstehe ich! Warum sollte Torben auch hierbleiben? Was hätten Sie meinem Neffen als Trost sagen können, Herr Mauser?« Der Mann im Sessel zuckte zusammen, als sei er gedanklich weit weg gewesen, als Mechthilds Zorn ihn traf. »Wo war Ihr Gott, als Harald ihn brauchte? Warum lässt er so etwas zu?«

Mechthild presste die Zähne aufeinander, konnte aber nicht verhindern, dass ihr Tränen die Wangen herunterliefen. »Warum lässt Ihr Gott so etwas zu, Herr Mauser?«, wiederholte sie. »Wie können Sie meinem Neffen in die Augen schauen und ihm sagen: Dein Gott ist gut. Dein Gott liebt dich und uns alle? Lässt man die, die man liebt, umbringen?«

***

Drückend, fast schon erstickend, wie ein den Atem nehmendes Tuch hing die Luft über der Stadt. Ungewöhnlich für diese Jahreszeit. Ob dafür wirklich die Klimaerwärmung verantwortlich war? Oder konnte man in den Annalen der Wetterfrösche Vergleichbares finden? Oda jedenfalls konnte sich nicht erinnern, im Mai schon einmal diese Art von Wetterdruck gespürt zu haben, und war insgeheim froh, dass sie Christines Cabrio benutzen konnten und nicht in einem der Dienstwagen sitzen mussten, in denen es keine Klimaanlage gab.

Wieder einmal fuhren sie schweigend. Jede hing ihren Gedanken nach. Noch waren sie nicht wirklich zu einem Team geworden, was Oda aber relativ egal war. Sie arbeiteten eigentlich ganz gut zusammen, das war die Hauptsache. Und auch wenn sie es natürlich nie offen zugeben würde, hatte sie ihre Kollegin doch schätzen gelernt. Ein wenig. Nicht mehr. Bloß ein wenig.

Als sie über die Jachmannbrücke fuhren, sah Oda im Hafen des Marinearsenals eine Fregatte und einen Versorger liegen. Schon irre, in was für einer Stadt sie wohnte. Wohnen durfte. Sollten andere ruhig über Wilhelmshaven schimpfen, Oda fühlte sich hier pudelwohl. Sie liebte das Meer, die Seeluft, den weiten Blick und die Grünanlagen, die sich quer durch die Stadt zogen. Das konnte ihr keiner madig machen, auch wenn die Arbeitslosenzahlen alarmierend waren. Ebenso wie der Anstieg der Kleinkriminalität. Wo früher haltgemacht wurde, wenn einer am Boden lag, trat man heute noch einmal kräftig zu. Ausgetretene Zähne waren noch das geringste Übel. Doch das war nicht die Regel. Noch ließ es sich gut in Wilhelmshaven leben. Die wachsende Grausamkeit unter Jugendlichen allerdings zählte Odas Ansicht nach zu den Nebeneffekten der heutigen Zeit, in der Cartoons und Soaps rund um die Uhr im Fernsehen liefen. Sie argwöhnte, dass in vielen Familien der PC, der Gameboy oder der Fernseher jenen Raum einnahm, der früher gemeinsam von Eltern und Kindern zum Spielen oder Reden oder Vorlesen genutzt wurde. Wenn man nicht genau aufpasste, konnte es leicht – zu leicht – passieren, dass man den Kontakt zu seinen Kindern verlor. Nein, das alles war keine positive Entwicklung. Und doch würde Oda allein an der Grundsituation nichts ändern können. Das war ein gesamtpolitisches Problem.

Eigentlich war es aber auch gleichgültig, woher die Gewalt kam. Oda hatte sich vor vielen Jahren vorgenommen, sie zu bekämpfen. Und daran hatte sich nichts geändert. Sie verdrängte ihre Gedanken, als Christine rasant auf das Gelände des Autohauses fuhr, bei dem Sven Schwab als Mechaniker arbeitete.

***

Torben saß schon eine geraume Zeit auf den Steinstufen des Hauses in der Mozartstraße und wartete. Er beobachtete vorbeifahrende Radfahrer, Kinderwagen schiebende Frauen, die mal Mütter, mal Omas sein konnten, hörte dem Zwitschern, Schimpfen und Tirilieren der Vögel zu und empfand ein wohltuendes Gefühl der Leere. Ab und zu machte er Platz für jemanden, der das mehrstöckige Gebäude betreten oder verlassen wollte; er brauchte nicht auf die Klingelleiste zu sehen, um zu wissen, dass in diesem Haus ein Kinderarzt seine Praxis unterhielt. Immerhin verbrachte er hier eine Menge seiner Zeit. Besser gesagt, hatte er verbracht. War irgendwie schon 'ne Weile her, seit er das letzte Mal hier gewesen war. Aber das spielte keine Rolle. Nun war er wieder da.

Er sah auf die Uhr. Halb zwei. Tonja müsste längst da sein. Sie arbeitete doch nur halbtags, war meistens um halb eins zurück. Aber heute ... na ja, heute war eben alles anders. Er beschloss, noch eine Viertelstunde zu warten. Mit Alex hatte er lange am Teich des Kurparks gesessen. Das hatte gutgetan. Richtig gut. Alex war nicht so oberflächlich wie die anderen, mit ihm konnte man sich wirklich unterhalten. Er verstand ihn und konnte zuhören. Auch dafür, dass er Wilfried heute nicht ertragen konnte, hatte Alex Verständnis gezeigt. Sie hatten am Teich gesessen und dem Springbrunnen zugeschaut, während sie sich unterhielten. Früher einmal war das Wasser in hoher Fontäne hinaufgeschossen, ein Blickfang für alle vorbeifahrenden Autos, für Spaziergänger und durcheilende Radfahrer. Nun hatte man ein neues Modul eingesetzt, eines, das das Wasser lediglich in dreißig Zentimetern Höhe wie über einen Schwimmring nach außen laufen ließ. Schön war das nicht. Aber das Plätschern beruhigte einigermaßen. Regte allerdings auch zum Pinkeln an. Er hatte sich einfach hinter einen Baum gestellt. *No problem.* Als Alex wegmusste, war er hierhergefahren. Zu Tonja. War ja nicht weit, und er wollte einfach noch nicht heim. Erneut sah er auf die Uhr. Die Viertelstunde war um. Tief seufzend erhob er sich. Schade. Irgendwie wäre es jetzt genau das Richtige gewesen, bei Tonja abzuhängen. Eine Zuflucht zu finden.

Er schulterte seine Tasche und schob sein Fahrrad aus dem Fahrradständer. Gerade, als er aufsteigen wollte, erwischte ihn eine Stimme von hinten.

»Torben? Was machst du denn hier?« Erleichtert zog er sein Bein zurück. Ohne ein weiteres Wort kam Tonja näher, legte den linken Arm um ihn und drückte ihm einen Kuss auf die Wange. »Komm rein.«

Lange nicht waren ihm zwei Worte so willkommen gewesen.

***

»Na klar war ich sauer auf Vandenberg«, gab Sven Schwab zu, den ein Kollege aus dem hinteren Bereich der Werkstatt geholt hatte. Im ersten Moment hatte er durch seine ganze Körperhaltung Wachsamkeit signalisiert, die Stirn angespannt in Falten gelegt. Nun aber stand er gelöst neben dem Eingang zur Waschanlage, in der eben ein schwarzer Kombi eingeseift wurde. Nicht gerade der Platz, den Oda wählen würde, um ein solches Gespräch zu führen, aber sicherlich war es hier für Schwab leichter. Vermittelte den Anschein, es handle sich um eine geschäftliche Unterredung. Oda betrachtete ihn, während er mit Christine sprach. Schwab war ein bulliger, gedrungener Kerl mit vollem grauem Haar. Die ölverschmutzten Finger hatte er an seinem Blaumann abgewischt, die rechte Hand in die Hosentasche gesteckt.

»Sie wären bestimmt auch sauer, wenn Ihr Nachbar Sie wegen so was anschwärzt. Wissen Sie, die Vandenbergs wohnen noch nicht so lange wie wir im Leberecht-Migge-Weg. Sie sind erst vor fünf Jahren hergezogen. Bis dahin war alles friedlich. Bis dieser Klugscheißer und Korinthenkacker auftauchte.« Schwab schüttelte den Kopf. »Vorher hat sich keiner über die Tauben beschwert. Aber Vandenberg machte gleich einen auf großer Macker. Zuerst ganz scheinheilig, als ob er sich für die Taubenzucht interessieren würde. Hat sich den Stall und alles zeigen lassen. Tat fast ehrfürchtig, als er sah, wie viele Tauben ich in den verschiedenen Schlägen habe. An die hundertfuffzig. Inklusive der Jungtauben. Na, und kurze Zeit später kam er wieder. Er hätte sich erkundigt, sagte er. Ich dürfe nur maximal vierzig Tauben auf einmal fliegen lassen, er aber hätte mindestens fünfzig gezählt.«

»Kann man das denn zählen, wenn die fliegen?«, fragte Oda verblüfft.

»Wenn Sie sich Mühe geben …« Schwab zog lakonisch die Schultern hoch. »Ganz genau werden Sie sie natürlich nicht zählen können, aber so in etwa, das geht schon. Wenn man sich anstrengt. Wenn man so 'n Korinthenkacker ist. Bevor sie richtig aufsteigen, fliegen Tauben nämlich erst Kreise, bis zu zehnmal über den Schlag. Und dabei, tja, wie gesagt, wenn man sich die Mühe macht ...«

»Was Vandenberg anscheinend getan hat«, stellte Christine fest, während sie fleißig auf ihrem Block herumkritzelte.

»Oh ja, das hat er wohl.« Schwabs Kopf ging schwungvoll auf und ab. »Und dann hat er mich beim Ordnungsamt angeschwärzt. Das muss man sich mal vorstellen! Gegen die Starfighter, die ständig von und zum Fliegerhorst Upjever fliegen, hatte er nichts. Das sei militärisch notwendig, sagte er. Aber gegen Schwingenschläge, da hatte er was.«

»Aber er hat nichts erreicht«, vermutete Oda, während der Kombi die Waschanlage verließ und ein schwarzer Golf hineingefahren wurde. Heute war wohl »Schwarze-Autos-Waschtag«. Nur wenig später sprühte Wasser aus der kleinen Halle. Oda trat einen Schritt beiseite. Obgleich sie sich am liebsten mitten hineingestürzt und das erfrischende Nass auf sich rieseln lassen hätte, so schwül und drückend war es.

»Nein, nicht mal annähernd.« Schwab lachte. Dabei trat etwas Verschmitztes in sein grobes Gesicht, das ihn schlagartig auf Odas Sympathieskala nach oben katapultierte. »Vandenberg hatte keine Chance. Denn die anderen Nachbarn haben sich vorher nie beschwert und hinterher auch nicht. Obwohl ich dann doch zweimal gleich sechzig Tauben habe aufsteigen lassen. Wo ich mich sonst wirklich an die Richtlinie halte.« Er setzte einen derartigen Dackelblick auf, dass Oda lachen musste.

»Hat Vandenberg das einfach so hingenommen?« Sie riss sich zusammen und sah Schwab schmunzelnd-skeptisch an. »Das kann ich mir nicht vorstellen. Ich kannte ihn nämlich auch. Früher.«

»Nein, er hat das natürlich nicht so hingenommen. Da kennen Sie ihn ganz gut.« Schwab wurde ernst. »Er hat den Spaß nicht verstanden und einen Kleinkrieg begonnen. Einen bitterbösen Kleinkrieg. Der Auftakt bestand darin, dass er zwei meiner Tauben tötete und mir vor die Tür legte.«

»Sind Sie sicher, dass es wirklich Vandenberg war?«, hakte Christine nach.

»Klar. Wer sonst? Gab doch sonst keinen, der sich über meine Tiere beschwert hat.«

»Aber wie hat er die Tauben denn fangen können?«

»Och. Das ist nicht schwierig. Meine Vögel sind ja an Menschen gewöhnt. Und wenn Sie nicht zimperlich sind, können Sie sie durchaus packen, wenn sie sich in Ihrer Nähe niederlassen und vor Ihnen hin und her stolzieren. Er hätte die Tauben sogar auf meinem Grundstück fangen können, immerhin sind wir nicht so viel zu Hause wie er als Lehrer.«

»Ach so.« Christines Tonfall machte deutlich, dass sie keine der Tauben anfassen würde.

»Kommen wir zurück zum Thema«, sagte Oda. »Wie haben Sie reagiert?«

»Wie soll ich schon reagiert haben? Beweisen konnte ich es natürlich nicht. Tote Tauben mit umgedrehten Hälsen? Da kommt keiner und sucht nach Fingerabdrücken oder Spuren. Für die Akten und die Polizei ist das Sachbeschädigung. Mehr nicht. Können Sie sich vorstellen, wie sauer ich war? Obwohl. Sauer trifft es nicht. Denn für mich sind das keine Sachen. Jedes Tier ist ein Lebewesen. Die meisten habe ich großgezogen. Das sind keine Sachen.« Er zog die Nase hoch. »Haben Sie Haustiere? Wellensittiche oder Hamster, Hunde, Katzen oder so?«

»Nee. Aber das ist ja auch egal. Sie wollten uns erzählen, was Sie getan haben, als die Tauben tot vor ihrer Tür lagen.« Oda blieb sachlich.

»Was soll ich schon getan haben? Ich habe sie entsorgt.«

»Das meine ich nicht, und das wissen Sie genau. Wie haben Sie sich Vandenberg gegenüber verhalten?«

Schwab atmete tief durch, bevor er weitersprach. »Ich sah mich gezwungen, ihn ebenfalls mit Kleinigkeiten zu ärgern.«

Einen Moment herrschte Schweigen.

»Kleinigkeiten wie zerstochene Autoreifen?« Oda griff bewusst zu dem Vorwurf, den Barbara Vandenberg geäußert hatte.

»Wie kommen Sie denn auf so was?« Sofort zog Schwab sich deutlich zurück, verschränkte die Arme vor der Brust. Dann schüttelte er schief lächelnd den Kopf. »Können Sie sich das etwa von mir vorstellen?«, fragte er mit unschuldiger Miene.

***

In Poelmeyers Büro herrschte eisiges Schweigen.

Und genauso eisig erschien die Luft. Auch wenn die nach Süden gehenden Klassenzimmer im Sommer trotz dunkler Gardinen regelmäßig zu Brutöfen wurden, in diesem Raum blieb es durch die Nordausrichtung und die dicken Wände um einige Grade kälter. Im Vergleich eisig kalt, so zumindest erschien es Silke Grabowski jetzt.

Seit Schulschluss war eine knappe Stunde vergangen. Gebäude und Schulhof waren leer, nur aus den Räumen der ehemaligen Hausmeisterwohnung tönten rockige Klänge herüber, eine Schülerband probte dort.

»Sie werden nichts davon an die Polizei geben. Nichts. Haben Sie mich verstanden?« Poelmeyer war aufgestanden, doch er brauchte seine Hände nicht in die Hüften zu stemmen, um seiner Wut Ausdruck zu verleihen. »Das ist Schnee von gestern, untersucht und ad acta gelegt. Das hat nicht das Geringste mit dieser Sache zu tun.«

Silke Grabowski blieb ruhig sitzen. Mit ihren vierunddreißig Jahren gehörte sie zu den noch recht jungen Lehrern. Dennoch bekleidete sie die Position der Vertrauenslehrerin und bekam eine Menge mehr Dinge aus Schüler- und Elternsicht mit als der Direktor. Oft wurde sie wegen ihrer Körpergröße, den blonden, zum Zopf gebundenen Haaren und ihrer Art sich zu kleiden, auf den ersten Blick für eine Schülerin der Oberstufe gehalten. Doch das zarte Äußere trog. Silke Grabowski wusste genau, wie sie sich durchsetzen musste. Bei Gesprächen, in denen es um Interessen der Schülerschaft ging, legte sie von Anfang an harte Bandagen an. Solche Bandagen waren nichts Ungewöhnliches für sie, immerhin war sie Trägerin des braunen Gürtels im Judo. Ihre Eltern hatten sie zu dieser Sportart angemeldet, als sie fünf war. Noch heute ging sie regelmäßig zum Training, sie trainierte sogar selbst eine Mädchengruppe und empfand besondere Freude daran, zuzusehen, wie sich aus kleinen, oftmals schüchternen Mädchen selbstsichere Persönlichkeiten entwickelten.

Silke war gern als Lehrerin an das Kaiser-Wilhelm-Gymnasium zurückgekehrt. Sie hatte selbst ihre Schulzeit hier verbracht und sich in der siebten Klasse, als sie diesen furchtbaren Mathelehrer hatte, geschworen, später einmal alles besser zu machen. Allerdings hätte sie nicht im Traum gedacht, dass sie sich die Stellen nach dem

Studium würde aussuchen können. Mathelehrer waren eine Rarität in der heutigen Zeit. Kaum zu bekommen und deshalb heiß begehrt. Es besaß eine gewisse Komik, dass Silke heute manche Kollegen hatte, die früher ihre Lehrer waren. Interessant allerdings war, dass sie diese Kollegen aus dem Blickwinkel der Lehrerin größtenteils auch nicht wesentlich sympathischer fand als zu Schulzeiten.

»Herr Poelmeyer«, sagte sie nun gelassen, »ich denke sehr wohl, dass die Polizei darüber unterrichtet werden muss. Bevor sich einige Eltern entsprechend äußern, sollten besser wir diejenigen sein, die derartige Informationen herausgeben. Nicht dass man uns hinterher vorwirft, wir hätten etwas vertuschen wollen.«

»Ach was, vertuschen!« Poelmeyer wurde unangenehm laut. Die Art, wie er hinter dem Schreibtisch auf und ab lief, erinnerte Silke an ihren letzten Besuch im Zoo. An den Tiger im viel zu kleinen Gehege. Quasi wie Sprechblasen in einem Comic konnte sie Poelmeyers Gedanken sehen: Wie wende ich Schaden von meiner Schule ab?

Mit einem Mal blieb er stehen. Ein Ruck schien durch ihn zu gehen, als er sagte: »Wir können keine negative Presse gebrauchen! Die Anmeldungen der neuen Fünftklässler stehen bevor. Was glauben Sie denn, wie viele Eltern ihre Kinder noch hierherschicken, wenn wir jetzt mit diesen veralteten Anschuldigungen kommen. Die sich ja überhaupt nicht bestätigt haben! Davon bleibt doch etwas hängen in den Köpfen der Leute, das kriegt man so schnell nicht wieder raus! Es reicht schon, dass das Kaiser-Wilhelm-Gymnasium wegen des Mordes auf der Titelseite steht, allein deshalb werden wir weniger Anmeldungen bekommen. Aber wir …«, er drehte sich zu Silke um und zeigte beinahe schon drohend mit dem Finger auf sie, »Sie auch, sind davon abhängig, dass unsere Schule neue Schüler aufnehmen kann. Eine Menge neuer Schüler!«

**

In der »Bar Celona« waren die großen Schiebefenster weit geöffnet, obwohl das eher dem Auge der Gäste denn dem Raumklima zuträglich war. Wagenradgroße Ventilatoren surrten unermüdlich in dem Versuch, ein wenig Abkühlung zu bringen. Das Café im ersten Geschoss der Nordseepassage war überaus gut besucht, auch von

Urlaubern, wie vereinzelte, aus dem Stimmengewirr herausragende Dialektfetzen untermalten.

Christine hatte Odas Vorschlag gern zugestimmt, die verspätete Mittagspause gemeinsam hier zu verbringen. So konnten sie über den Fall reden und nebenbei eine Kleinigkeit essen. Während Oda beherzt in ein mit Käse belegtes Baguette biss, stocherte Christine in einem Salat mit Putenstreifen.

»Also, was hältst du von dem Schwab?«, fragte Oda mit vollem Mund.

»Ich weiß nicht. Ist wohl zu früh, sich da ein Urteil zu bilden.«

»Ja. Der hat den Schalk im Nacken. Aber ob er auch den Tod im Nacken hat?«

»Kräftig genug wäre er. Hast du seine Hände gesehen?«

»Wie Suppenteller. Und muskulös ohne Ende. Der hätte überhaupt keine Probleme, ein Springseil zuzuziehen. Aber weshalb? Wegen zwei toten Tauben?«

Christine schaufelte ein paar Möhrenstreifen an den Tellerrand. »Nein, das glaube ich eigentlich auch nicht. Er hat so viele davon, die zudem sicher nicht übermäßig viel wert sind, das dürfte kein wirklich überzeugendes Mordmotiv sein. Wenn er es war, muss etwas anderes dahinterstecken. Nur was?« Sie warf Oda einen fragenden Blick zu und schob sich eine Gabel Roter Bete in den Mund.

»Brieftauben können ein Vermögen kosten.« Oda aß unbekümmert weiter.

»Aber Schwab hat mit keiner Silbe den Wert der getöteten Tiere erwähnt.«

»Wenn er schlau ist. Ich kenn mich da ein bisschen aus. Mein Opa hat auch Tauben gehabt. Glaub mir, die können irre viel wert sein. Da können schon Mordgelüste in dir aufkommen, wenn die besten gekillt werden.«

»Dazu müssten es aber auch die besten gewesen sein.« Christine war immer noch skeptisch. »Und ich bezweifele, dass Vandenberg sich erstens so damit ausgekannt hat und zweitens … Hör mal, da hätte der die unterscheiden können müssen.«

»Okay. Gehen wir von Meister Zufall aus.« Oda wischte sich mit ihrer gelben Papierserviette über den Mund. »Und beziehen Folgendes in unsere Überlegungen ein: Entweder waren die toten

Viecher Jungtauben und hatten noch keine Preise gewonnen, waren also relativ entbehrlich. Dementsprechend nix, was zu Mordgelüsten führen könnte, höchstens zu weiteren kaputten Autoreifen. Oder aber beide beziehungsweise eine gehörte zu den Tauben, die preisgekrönt und erfolgreich waren. Dann bedeutete der Tod dieser Viecher auch einen finanziellen Verlust. Vom Prestige ganz zu schweigen. Von der Spitze der Vereinsliste auf den Loserrang könnte durchaus ein Mordmotiv sein. Wie ehrgeizig ist Schwab? Das müssen wir unbedingt abklären.«

Christine nickte, zog ihren Block hervor, und Oda sah, wie sie notierte: Taubenzüchterverein anrufen. Welche Preise hat Schwab erhalten?

»Man darf die Gefühle der Taubenzüchter nicht unterschätzen«, fuhr Oda kauend fort. »Ich lese das manchmal in der Zeitung, wenn wieder eine Truppe Tauben ein Rennen geflogen ist. Ist für mich so 'n sentimentaler Abgesang, das Lesen dieser Nachrichten. Wegen meines Opas. Ich glaub, nur deshalb les ich die Taubenzüchtermitteilungen. Na ja, ist auch egal. Also. Stell dir einfach vor, jemand bringt deine beiden besten Tiere um. Zu denen du so ein Gefühl hast wie andere zu Hund oder Katze. Sei es Absicht oder Zufall, dass jemand diese beiden erwischt hat, jedenfalls sind sie nun tot, deine besten Viecher. Mein Lieber, da kann man aber mehr als nur ganz schön wütend werden.« Oda griff zum Mineralwasser.

Christine hatte sich die ganze Zeit Notizen gemacht. »Aber würdest du deshalb jemanden umbringen?«

»Wer weiß? Bin ja kein Taubenzüchter. Da müssen wir uns genauer erkundigen. Aber es kann ja durchaus noch weitere Gemeinheiten gegeben haben, die Vandenberg Schwab angetan hat. Womit wir wieder beim Ausgangspunkt angelangt sind: Was kann es noch geben, das Schwab gegen Vandenberg hat?«

»Auch wenn er ein Motiv gehabt haben könnte, warum hätte Schwab die Schule, die Turnhalle, als Tatort wählen sollen? Warum Vandenberg nicht auf gewohntem Terrain umbringen? Irgendwo, wo Schwab sich sicher fühlen konnte?« Christine schüttelte nachdenklich den Kopf. »Ich weiß nicht. Die Schule passt nicht zu ihm.«

»Wahrscheinlich genau deshalb.«

»Bitte?«

»Also, ich würde den Ort für eine Tat aussuchen, den mir niemand zutraut. Vielleicht hat Schwab das auch getan? Damit wir uns eben diese Frage stellen?«

»Ich weiß nicht. Bis jetzt sind wir davon ausgegangen, dass es sich um eine Affekthandlung handelt. Aber natürlich kann es auch Vorsatz gewesen sein. Behalten wir das einfach im Hinterkopf. Es wird mehr Leute als nur Schwab geben, die nicht gut auf Vandenberg zu sprechen waren. Immerhin sind wir noch ganz am Anfang unserer Ermittlungen. Ich würd mich nicht wundern, wenn es durchaus noch das eine oder andere Mordmotiv gäbe.«

»Apropos Mordmotiv: Wie sieht es denn bei dir zu Hause aus? Lebt dein Gatte noch oder hast du ihn schon heimlich beiseitegeschafft?«, nutzte Oda die anregend-ungezwungene Stimmung für einen Abstecher ins Private. Es schien ihr der beste Moment, Christine zu zeigen, dass sie auf ihrer Seite stand. Dass sie den vormals herrschenden Zickenkrieg für beendet hielt. War schließlich das Beste für sie beide.

»Frag lieber nicht.« Christine ließ die Gabel für einen Moment in der Luft schweben. »Ich möchte nicht darüber reden.«

»Also hat Frank immer noch die Bäckereitante?«

»Ich hab gesagt, ich will nicht darüber reden. Nimms mir nicht übel.« Christine winkte der schwarz beschürzten Kellnerin, die kurz darauf mit der Rechnung kam.

***

Der große Raum im Hochparterre des Polizeigebäudes war gut gefüllt. Die Wilhelmshavener Presse war ebenso anwesend wie die des Umlandes. Oda entdeckte Jürgen ganz vorne. Er zwinkerte ihr schelmisch vertraut zu, und sofort begann ein kleiner Schmetterling in ihrem Bauch zu flattern.

Sie zwinkerte zurück. Und war sich im selben Augenblick darüber im Klaren, dass sie sich das der Situation absolut unangemessene Lächeln, das sich rücksichtslos vom linken zum rechten Ohr zog, eigentlich verkneifen müsste. Jürgen. Sie würde ihn bitten, sich demnächst nicht mehr gar so präsent hinzusetzen, wenn sie selbst auf dem Podest sitzen musste. Wie, bitte, sollte sie sich auf die Fakten eines Kapitalverbrechens konzentrieren, wenn in der ersten Reihe der Mann saß, der seit Kurzem ihren Hormonspiegel und ihr

Leben so vollkommen durcheinanderwirbelte? Der ... ja, was war er? Ihre neue Beziehung? Ihr Lover? So nannte Alex es. Mit jenem Unterton, den Jugendliche pflegten, die noch nicht ganz im Erwachsenenleben angekommen waren.

Lover. Aber *love* bedeutete Liebe. Oh nein, davor würde sie sich hüten. Das mit Jürgen war erst mal Anziehung. Klar, Sex auch. Eine gewaltige Portion Sex sogar. Aber Liebe? Die hatte sie einmal erlebt. Mit Thomas, Alex' Vater. Überfallartig spürte sie einen ziemlich bitteren Geschmack auf der Zunge. Sie hatte gesehen, erlebt und gespürt, wohin Liebe führen, wie weh sie tun konnte. Oh nein! Das wollte sie nicht noch einmal mitmachen. Dieses Gefühl, weggeworfen zu werden, brauchte sie kein zweites Mal. Davor würde sie sich schützen. Niemand, auch Jürgen nicht, würde je wieder so nah an sie herankommen.

Sie sah Christine den Raum betreten. Oh ja, sie wusste genau, wie die sich jetzt fühlen musste. Auch wenn Christine in der ihr so eigenen unnahbaren Art natürlich ums Verrecken nicht zugeben würde, dass es ihr schlecht ging. Brauchte sie auch nicht. Immerhin hatte Oda Augen im Kopf. Und Erfahrungen am eigenen Leib gemacht. Da sah man schnell die Anzeichen. Bestimmt fünf Kilo hatte die ohnehin schon schlanke Christine in der letzten Zeit abgenommen. So was kam nicht von innerer Zufriedenheit, das kam vom Schmerz, der einen auffraß.

Hatte sie zumindest gelesen.

Oda selbst gehörte leider zum anderen Extrem. Sie hatte in der Zeit der Trennung von Thomas wahre Fressattacken hingelegt. Pizza, Döner, Schokolade, nichts war vor ihr sicher gewesen. Das Resultat schleppte sie immer noch mit sich rum. Jürgen allerdings schienen die überflüssigen Pfunde nicht zu stören. Und wieder stahl sich bei diesem Gedanken das unverschämt breite Lächeln auf ihr Gesicht. Im Gegenteil. Ihm schienen ihre Rundungen zu gefallen. Sie sei so wunderbar weiblich, hatte er erst neulich zu ihr gesagt. Im ersten Moment hatte sie gedacht, Jürgen wolle sie verarschen. Doch dann hatte sie gemerkt, dass er es ernst meinte. Dass er Weiblichkeit nicht nur mit langen Haaren in Verbindung brachte, mit denen sie nun wahrlich nicht dienen konnte. Lange Haare standen ihr einfach nicht, sie hatte es oft genug ausprobiert und war letztlich doch immer wieder überglücklich mit kurzem Haar aus dem Friseurladen gekommen. Klar sahen lange Haare bei so einer wie Christine edel aus – aber da passte auch das gesamte Äußere. Bei ihr selbst wirkte es wie gewollt und nicht gekonnt. Jürgen jedenfalls mochte es, wenn er durch ihre »Streichhölzer«, wie er ihre Haare nannte, fuhr. Diesen Vergleich ließ sie sich großmütig gefallen, immerhin waren ja auch einige rote Strähnen in der schwarzen Gesamtmasse. Und »Laufsteg-Knochengestelle« gefielen ihm nicht. Sagte Jürgen. Da sei sie genau die richtige Mischung. Eben wunderbar weiblich.

Eigentlich war er schon nicht verkehrt.

Sie schickte ihm einen eindringlichen Blick, und er blinzelte fröhlich zurück. Stilles Einvernehmen. Außer Christine wusste keiner der Kollegen von den zarten Banden, die sich zwischen Oda und Jürgen angebahnt hatten. Und wenn es nach Oda ginge, würde das noch einige Zeit so bleiben.

Inzwischen saßen auch Oberstaatsanwalt Steegmann, Siebelt und Christine am länglichen Tisch an der Stirnseite des Raums, der medienwirksam hell renoviert worden war.

Auch dieser Raum ging, wie Odas und Christines Büros, nach Westen raus, doch die Linden, die vor dem Gebäude standen, spendeten Schatten genug, um ihn nicht zu einem Glutofen zu machen. Trotz der geschlossenen Fenster drangen vereinzelt Geräusche des Straßenverkehrs herein. Diejenigen der an der Ampel stoppenden und startenden Fahrzeuge verschmolzen mit dem Zwitschern der Vögel zu einer brummenden Geräuschkulisse.

Oda versuchte, sich auf das Geschehen zu konzentrieren, als Siebelt mit einem neutralen: »Guten Tag, meine sehr geehrten Damen und Herren«, die Anwesenden begrüßte. Dabei schweifte ihr Blick über die Stuhlreihen.

***

Ingo Hoppe saß inmitten des Chaos, das er als Arbeitszimmer bezeichnete. Wie angeflockt saß er zurückgelehnt auf seinem Schreibtischstuhl. Eigentlich musste er arbeiten, doch die Bilder, die der PC wahllos über den Bildschirm schickte, legten ihm unsichtbare Fesseln an. Wie hypnotisiert starrte er inmitten unausgepackter Umzugskartons auf Momentaufnahmen, die aus einem anderen Leben zu kommen schienen. Was spielten vor diesem Hintergrund Kisten eine Rolle, aus denen Bücher herausquollen, die noch untergebracht werden mussten, ebenso wie Verlängerungskabel und viel anderer Krams, der eigentlich überflüssig war. Den Maike, seine Frau, nicht wegschmeißen wollte. Auf dem kleinen Tisch in der Mitte des Raums stapelten sich Zeitungen; ein defektes Bügeleisen wartete seit Wochen auf die Reparatur. Maike hatte sich zwischenzeitlich demonstrativ ein neues gekauft. Das war in letzter Zeit typisch für ihre Beziehung. Maike wartete nicht mehr, verließ sich nicht mehr auf ihn.

Der PC surrte, die Bilder wechselten.

Fotos aus vergangenen Zeiten. Aus glücklichen, unbeschwerten Zeiten. Kai, der auf seinem Fahrrad angebraust kam; Kai, der zusammen mit seinem kleinen Bruder Sören im Jaderberger Zoo einen Pelikan bei dessen Versuch, aus einer Pfütze Wasser zu trinken, bestaunte. Maike, Sören und Kai. Ingo und Kai. Maike, Kai und Ingo. Kai. Kai. Und nochmals Kai. Ein ganz normaler Kai.

»Paaa … paaaa.« Die Tür ging auf. Kai kam herein. Auf den ersten Blick gab es keinen Unterschied zu dem Kai auf den Fotos. Er wirkte wie ein ganz normaler Vierzehnjähriger. Doch spätestens, wenn man ihn ansprach und keine spontane Reaktion erhielt, erkannte man, dass Kai nicht normal war. Nicht mehr.

Wenn er sich konzentrierte, klappte das mit dem Sprechen eigentlich ganz gut. Auch wenn er manchmal Wörter verwechselte. Was ihn jedes Mal zornig machte. Sehr zornig. Denn Kai war durch den Unfall ja nicht verblödet. Er hatte lediglich – wie konnte man bei einer so wichtigen Sache nur von lediglich sprechen? – seine Fähigkeit verloren, sich klar zu artikulieren. Es war grausam für Kai, in diesem Unvermögen gefangen zu sein, zudem auch das Lesen für ihn als einstige Leseratte heute ein riesiges Problem darstellte.

»Schon so spät?« Ingo lächelte seinen Sohn an. »Dann wird's aber wirklich Zeit für unsere Lesestunde.« Er stand auf. Seit einem Jahr teilten er und Maike sich die Aufgabe, sich rund um die Uhr um Kai zu kümmern. Vor etwas über einem Jahr war ihr Leben ein komplett anderes geworden. Die Unbekümmertheit und, ja, auch die Naivität, hatten schlagartig weichen müssen. Heute arbeitete Maike halbtags bei einer Versicherung, Ingo hatte den Beruf des Bankers an den Nagel gehängt und eine Immobilienverwaltung und -vermittlung gegründet. So konnte er einen Großteil seiner Arbeit zu Hause erledigen. Die meisten Besichtigungstermine vereinbarte er nachmittags, wenn Maike daheim war. So konnte er die Zeit zwischen Kais Schulschluss und Maikes Rückkehr überbrücken, und Kai blieb nicht ohne Betreuung. Ein bitteres Lächeln huschte über Ingos Gesicht. Betreuung. Wie bei einem kleinen Kind.

Ingo ging hinüber zur Sitzecke, wo sein Sohn bereits erwartungsvoll auf der ausrangierten Couch saß. Er blickte auf das Buch in Kais Hand. Ein Bilderbuch, geeignet für Kinder ab sechs. Für einen Augenblick biss Ingo die Zähne voller Wut aufeinander. Dann aber lockerte er seinen Kiefer und lächelte. Es war schon beachtlich, was für Energie Kai aufwandte, um die Großbuchstaben zu entziffern. Er war eben ein Kämpfer, sein Sohn. Ingo wusste nicht, woher Kai diesen eisernen Ehrgeiz hatte, an sich zu arbeiten, sich nicht aufzugeben, aber er wusste, dass ihm das Verhalten seines Sohnes Respekt abverlangte.

Er setzte sich neben Kai auf die Couch, zog ihn an sich, und gemeinsam beugten sie sich über die Geschichte. Eine halbe Stunde später legten sie das Buch beiseite und gingen in die Küche. Ingo setzte Teewasser auf, während Kai begann, den Abendbrottisch zu decken. In wenigen Minuten würden Maike und Sören vom Training zurückkommen. Als Ingo seinen Sohn dabei beobachtete, wie dieser bedächtig das Geschirr auf den Tisch stellte, stieg ein überwältigendes Gefühl in ihm auf.

Ja.

Kai war alles wert.

Alles.

***

Die Luft war immer noch samtig, ein leichter Windhauch nahm die Schwüle des Tages. Christine saß unter einer Kastanie an einem Tisch auf der Terrasse des Lokals »Zur schönen Aussicht« und schaute auf die Maade, die am Deichfuß gemächlich vor sich hin floss. Zwei Segelschiffe, ein ausrangierter Gaffelschoner und eine schnittige Motoryacht waren an den Kaimauern vertäut und dümpelten im graubraunen Wasser.

Nach der Pressekonferenz war ihr die Vorstellung, nach Hause zu fahren, auf einmal schrecklich vorgekommen. Außerdem wies der Kühlschrank gähnende Leere auf. Da hatte sie kurzerhand den Entschluss gefasst, essen zu gehen. Groß war ihr Appetit zwar nicht, aber eine Kleinigkeit war ihr schon willkommen. Allerdings, allein in einer Pizzeria zu sitzen, womöglich inmitten von Pärchen, danach stand ihr überhaupt nicht der Sinn. So war ihr der Rüstersieler Hafen mit seinem netten Lokal eingefallen. Hier draußen, so hatte sie sich gedacht, würde sie allein nicht so auffallen. Das Gartenlokal war von alten Linden gesäumt, die dem ganzen Ambiente einen leicht verwunschenen Touch verliehen. Als sie nun auf die Maade sah, merkte Christine, wie sich ein Knoten in ihr löste und sie das erste Mal seit Wochen das Gefühl hatte, wieder richtig durchatmen zu können.

Plötzlich wurde ihr klar, dass sie loslassen musste. Nicht nur Frank, sondern auch Gudrun. Natürlich war es schön, sie zu haben, mit ihr telefonieren zu können. Doch Gudrun war ihre Freundin und nicht ihre Partnerin. In letzter Zeit hatte sie diese Freundschaft etwas überstrapaziert. Obwohl Gudrun das bestimmt nicht so sehen würde. Doch Christine erkannte mit einem Mal, dass sie lernen musste, allein klarzukommen.

»Na, Frau Kommissarin, wollen Sie auch den lauen Frühsommerabend genießen?«

Erstaunt sah sie auf. Pastor Mauser stand vor ihr.

»Ja.« Sie lächelte. »Etwas abspannen tut gut. Und was bietet sich mehr an, als ein nettes, kleines Essen in guter Luft, bei Vogelgezwitscher und diesem Ausblick?«

»Da haben Sie recht. Darf ich?« Mauser setzte sich auf Christines Nicken hin an ihren Tisch. »Sie essen allein? Niemand, der Ihnen dabei Gesellschaft leistet?«

»Sieht nicht so aus, oder?«

»Nein. Entschuldigen Sie die Frage. Manchmal sind Floskeln wirklich nur dumm. Aber«, er lächelte, »womit hätte ich sonst ein Gespräch anfangen sollen? Die Frage: ›Haben Sie Vandenbergs Mörder schon?‹ wäre sicher auch nicht der richtige Einstieg gewesen.«

»Nein.« Christine schüttelte den Kopf. »Wie geht es Frau Vandenberg?«

»Es nimmt sie sehr mit. Sie ist vollkommen überfordert. Sieht in jedem den möglichen Mörder ihres Mannes.«

»Das glaube ich.« Christine griff zu ihrem Glas und trank einen

Schluck. Alkoholfreies Weizenbier. Passte hervorragend zu dem Lachstoast, den sie bestellt hatte. »Und Sie, sind Sie auch auf der Suche nach Entspannung hier gelandet?«

»Nein. Ist nur der Stammtisch. Wir treffen uns jede Woche hier.«

»Alles Pastoren? Da muss man sich ja fast ein wenig fürchten«, schmunzelte Christine.

»Na, na, na. Seit wann sind Pastoren ein Grund zum Fürchten? Aber ich kann Sie beruhigen, wir sind ein bunt gemischter Haufen, nicht nur Pastoren, es ist alles dabei. Vom Schlachter bis zum Versicherungskaufmann.«

»Aber sicher alles brave Kirchgänger«, vermutete Christine.

Mauser lachte auf. »Nein. So weit geht es dann leider nicht. Aber ich kann mich eigentlich nicht wirklich beklagen. Es gibt Kirchen, die wesentlich leerer sind als meine.«

»Was sicherlich an Ihrer Art liegt«, sagte Christine ehrlich.

»War das jetzt ein Kompliment?«

»Ja.« Christine sah Mauser an, nahm bewusst sein schmales Gesicht wahr, das sie so sehr an eine Maus erinnerte. Rein vom Äußeren her war er der unauffällige Typ. Keiner, der einen bleibenden Eindruck hinterließ, weder positiver noch negativer Art. Ein Allerweltstyp, den man zuhauf in den Einkaufsstraßen traf. Aber wenn er anfing zu reden, verlieh seine volle, warme Stimme seiner Gestalt ein komplett anderes Aussehen. Und wie sie jetzt feststellte, gehörte zu seiner Persönlichkeit auch eine wohldosierte Prise Humor. Die machte ihn zusätzlich sympathisch.

Er sah sie auf eine so amüsiert beobachtende Weise an, dass Christine das dumpfe Gefühl beschlich, er könne ihre Gedanken lesen. Sollte das allerdings der Fall sein, gab er nichts davon preis, sondern er sagte nur: »Na, dann danke ich Ihnen herzlich. Und wenn es etwas gibt, was ich für Sie tun kann … Wozu bin ich Seelsorger?«

Ein spontanes Lachen entfuhr Christine. »Sehe ich so aus, als hätte ich einen Seelsorger nötig? Nein. Herzlichen Dank. Im Moment wäre mir schon sehr geholfen, wenn Sie zu der Durchleuchtung von Vandenbergs Umfeld beitragen könnten. Da er in Ihrem Gemeindekirchenrat war, werden Sie ihn sicher genauer kennen. Und so manches Ihrer anderen Schäfchen. Die Schwabs gehören doch sicher auch dazu?«

»Dem Papier nach, nur dem Papier nach«, bedauerte der Pastor. »In der Kirche sind sie höchstens an Weihnachten, persönlich habe ich kaum Kontakt zu Ihnen. Sven Schwab kam ein einziges Mal zu mir, nachdem zwei seiner preisgekrönten Tauben getötet wurden. Er fragte mich um Rat, aber …«

»Sie wollten ihm nicht sagen: Dann halte die andere Backe beziehungsweise die nächsten beiden Tauben hin?«, fragte Christine amüsiert.

»Nein.« Mauser schmunzelte. »Das wäre nicht gegangen. Schwab war außer sich. Ich denke, er hat mich deshalb um Rat gebeten, weil er dachte, ich hätte vielleicht eine Art Einfluss auf Herrn Vandenberg.«

»Hatten Sie den denn?«

»Nein«, sagte Mauser ernst. »Vandenberg war kein Mensch, der sich von anderen beeinflussen ließ. Und von mir schon gar nicht. Wir hatten auch keinen besonderen Draht zueinander. Also, was das Persönliche angeht. Was die Gemeindearbeit betrifft, da haben wir uns respektiert. Nicht mehr. Das hab ich Herrn Schwab auch gesagt. Und ihm geraten, er solle direkt mit Vandenberg reden. Ihn auf den Verdacht ansprechen.«

»Hat er es getan?«

»Ich weiß es nicht. Er hat mich danach jedenfalls nicht wieder aufgesucht. Und ich muss gestehen, ich hatte zu der Zeit so viel um die Ohren, dass ich vergessen habe, da noch einmal nachzufragen. Schien mir nicht so wichtig.«

»So viel also zum Thema Seelsorger.« Christine war sich bewusst, dass leichter Spott in ihrer Stimme mitschwang.

»Ich verspreche Ihnen«, beteuerte Mauser belustigt, »wenn *Sie* mir etwas anvertrauen, werde ich es nicht vergessen.« Er erhob sich. Hätte er in diesem Moment ihre Hand zum Kuss ergriffen, so wäre Christine nicht erstaunt gewesen. Aber natürlich tat er es nicht. »Wenn Sie mich jetzt entschuldigen, ich muss wieder rein. Ungern, wie ich gestehe. Die Gesellschaft drinnen ist nicht annähernd so charmant wie draußen.«

Mauser zwinkerte, und Christine lachte. Sie spürte, wie das Grau, das sich seit einiger Zeit in ihr breitgemacht hatte, in ein zartes Graublau überging. Na also, dachte sie, es war doch nicht alles vorbei, es konnten vielleicht auch noch ein paar sonnige Momente kommen. Selbst wenn sie lediglich aus netten Unterhaltungen mit Pastoren bestanden. Sie sah Mauser hinterher, wie er in der Gaststätte verschwand. Im gleichen Augenblick bemerkte sie zu ihrer Überraschung – wie lange war so ein bewusstes Bemerken schon her? – das Grummeln ihres Magens.

Beherzt und nicht nur der Not gehorchend, griff sie zu Messer und Gabel und wandte sich ihrem Lachstoast zu.

***

Alex ließ sich in seinem Schreibtischstuhl zurückfallen und loggte sich ins *NebenLeben* ein. Seit einiger Zeit wandelte er mit seinem Avatar Stevie durch die virtuelle Welt. Sie hatte etwas Faszinierendes, man konnte sich an viele verschiedene Orte »teleportieren«, und wenn man sich dort erst einmal eingelebt hatte, dann machte es richtig Spaß. Ein paar Avatar-Bekannte hatte Alex-Stevie auch schon. Einen davon mochte er besonders: Manolo, der hier eine virtuelle Buchhandlung betrieb. Manolo führte überwiegend Krimis von deutschen Autoren, und Stevie unterhielt sich gern mit ihm. Es war immer spannend, sich über Bücher zu unterhalten. Auch jetzt schlenderte er wieder dem Laden entgegen und freute sich schon darauf, Manolos Meinung über »Ostfriesensünde« von Klaus-Peter Wolf zu hören.

Es störte ihn nicht, dass er nicht wusste, wer Manolo im wirklichen Leben war, im *NebenLeben* spielte das keine Rolle. Dennoch wusste er, dass er vorsichtig sein musste und auch von sich nicht zu viel preisgeben durfte. Denn gerade im Internet trieben sich ja eine Menge komischer Gestalten herum. Doch bei Manolo hatte Alex bislang nichts festgestellt, was ihn hätte stutzig machen müssen. Und so genoss er die virtuelle Bücherfreundschaft.

Die Türglocke der Krimibuchhandlung bimmelte fröhlich, als Stevie eintrat. Bis auf den schlanken, braun gebrannten, schwarzhaarigen jungen Mann, der sich jetzt zu ihm umdrehte, war der Laden leer.

»Stevie. Wie schön, dich zu sehen. Magst du einen Kaffee?« Manolos freundliches Lächeln ging über das ganze Gesicht.

***

Torben Vandenberg fuhr durch die Straßen. Er wusste nicht, seit wann er schon auf dem Rad saß. Lange vor Einbruch der Dämmerung war er bei Tonja losgefahren. Eigentlich hatte er vorgehabt, nach Hause zu fahren, er wusste, dass seine Mutter ihn an ihrer Seite haben wollte. Er sollte ihr jetzt Stütze und Halt sein, er stand ihr schließlich näher als Mauser. Doch er war genauso fertig wie Mama. Das war ihm in den letzten Stunden bei Tonja klargeworden.

Ihre Nachricht hatte ihn in Tonjas Küche erwischt. »Alles okay? Mache mir Gedanken. Melde dich bitte.« Eine ganz normale SMS. Da war er irgendwie aufgewacht. Er träumte nicht. Hatte auch keinen Rausch auszunüchtern. Kein Blackout aufzuarbeiten.

Sein Vater war ermordet worden.

Nicht einfach gestorben. Ermordet. Irgendjemand hatte sich als Richter aufgespielt. Als Herr über Leben und Tod. Und sich für Letzteres entschieden. In Torbens Kopf drehten sich die Gedanken wie ein immer schneller werdender Kreisel. Warum? Was hatte sein Vater denn getan? Der war doch nur ein stinknormaler Pauker gewesen. Streng. Okay. Auch ein Arsch, so ab und zu. Na ja, oft. Für ihn, seinen Sohn. Meistens. Torben hatte sich nie richtig mit ihm verstanden, aber objektiv betrachtet, war sein Vater doch eigentlich ein ganz normaler Typ gewesen. Scheiße! Torben wischte sich Tränen von der Wange, die unbemerkt gekommen waren. Scheiße!

Warum hatten sie es nicht hingekriegt, einander zu verstehen? Immer hatte es Zoff gegeben. Warum stand er jetzt mit all diesen Fragen und dieser Leere da?

Er hatte seiner Mutter eine kurze Antwort gesimst. Sie würde ihn verstehen. Sie hatte ihn immer verstanden. Sie und er. Nur das war Familie gewesen. Dabei hätte er seinen Vater auch so gern dazugezählt. Irgendwie. Wenn der es zugelassen hätte.

Torben fuhr am Reitstall vorbei; in irgendeiner Box wieherte ein Pferd, der Geruch von Pferdemist und Heu stach in seine Nase. Er fuhr langsamer, hielt sich an einer Latte des Paddocks fest und erinnerte sich, wie gern er hier am Rand des Übungsplatzes gestanden hatte, um diesen eleganten Tieren zuzusehen. Und an die schier zahllosen, immer vergeblichen Versuche, seinen Vater zu überreden, ihm Reitstunden zu gestatten. »Du bist für die Leichtathletik geschaffen, Torben«, hatte dessen Standardablehnung gelautet. »Reiten ist nichts für Jungs wie dich.« Torbens Proteste und Verweise auf die männliche Reiterequipe, die bei den Weltmeisterschaften so erfolgreich war, hatte Papa einfach vom Tisch gewischt. Er hatte seine Träume nie verstanden. Torben und Harald Vandenberg, da trafen zwei Welten aufeinander. War es verwunderlich, dass er sich seinem Vater nie wirklich hatte anvertrauen können?

Dennoch, die Tatsache, dass sich die Welten von Vater und Sohn im Laufe des letzten Jahres ein kleines bisschen angenähert hatten, gab ihm ein zumindest geringfügiges Gefühl von Bodenhaftung. Okay, sie waren sich nie wirklich nah gekommen, aber es war erträglich geworden. Da gab es Schlimmeres, wie Torben von einigen Klassenkameraden wusste. Und eigentlich liebte Torben seinen Vater, auch wenn ihm dessen Pingeligkeit manchmal echt auf den Zeiger ging. Feste Freundin? Bei ihr übernachten? Nee, das ging gar nicht, durfte nicht sein, dazu war er zu jung. Dabei gab es durchaus andere Möglichkeiten. Wo ein Wille, da auch ein Gebüsch. Oder ein Zeltlager. Oder sonst was. Wenn man denn wollte. Außerdem, meine Güte, war sein Vater wirklich so von gestern gewesen, dass er ernsthaft glaubte, man könne nur nachts miteinander schlafen? Ein Schluchzen stieg in Torben auf, gerade noch konnte er es zurückhalten, auch wenn keiner da war, der es hätte sehen können. Mittlerweile war es fast zehn. Zweiundzwanzig Uhr, hätte sein Vater ihn korrigiert. Scheiß was drauf, für ihn war es zehn. Er stieß sich vom Zaun ab. Ohne bewusstes Ziel trat er in die Pedale. Erst, als er das Gemeindehaus schon sah, zu dem es ihn instinktiv hingezogen hatte, trat er in die Bremsen. Im Keller brannten Lichter.

Freitag

»Lara?«

Lara zog sich die Decke über den Kopf. Warum konnte ihre Mutter sie nicht in Ruhe lassen?

»Lass mich.«

»Lara! So geht es nicht weiter. Du kannst dich hier nicht den ganzen Tag verschanzen.«

Sie hörte, wie die Rollläden hochgezogen wurden.

»Mama!«

»Es muss doch ein wenig Licht ins Zimmer fallen. Du brauchst die Sonne, musst wieder zu Kräften kommen. Wirst sehen, dann kommt die Freude am Leben bestimmt zurück.«

»Freude? Ach Mama. Hör auf.« Lara kuschelte sich tiefer ein, kehrte ihrer Mutter den Rücken zu und starrte die Wand an. Kurz darauf spürte sie, dass die Matratze unter dem Gewicht ihrer Mutter nachgab. Eine Hand legte sich auf jenen Teil ihrer dunklen Haare, der offensichtlich unter der Decke hervorlugte.

Sie reagierte nicht. Reden brachte sowieso nichts. Doch Mama sah das offensichtlich anders. »Lara, ich möchte dir doch helfen. Wenn du es nur zulässt. Es bringt nichts, sich abzukapseln. Wenn du dich verschließt, tust du dir nur selbst weh. Rede mit mir. Rede mit uns. Lass mich dir helfen. Bitte.«

Lara krümmte sich unter der Decke zusammen.

Wie Messerstiche durchzog es ihre Eingeweide. Helfen? Da gab es nichts mehr zu helfen. Ihr Leben war nicht mehr dasselbe wie früher. Wie sollte sie unbeschwert, fröhlich und frei sein? Nach dem, was gewesen war? Nein. Da gab es keine Sonne mehr am Horizont.

***

Fröhlich pfeifend betrat Oda am Freitagmorgen die Polizeiinspektion. Es war ein verdammt netter Abend gewesen. So 'n richtiger Weiberabend: vier Mädels, ein paar Pullen Sekt, Salzstangen, eine Staffel »Sex and the City« und 'ne Packung Taschentücher. Als sie sich am Ende verabschiedeten, waren sie sich einig: Solche Abende sollte es öfter geben. Na ja. In der Euphorie sagte man das so. Und doch würden bis zum nächsten Mal sicher wieder Monate vergehen.

Einem spontanen Einfall folgend, ging Oda zuerst in Christines Büro. Wenn sie sich die nächste Staffel anschauten, würde sie auch ihre Kollegin einladen. Bestimmt verstand Christine sich gut mit Elena, Brigitte und Heidi. Dass sie einen heiteren Frauenabend gebrauchen konnte, daran hatte Oda keinen Zweifel.

Als Oda das Büro betrat, las Christine im »Wilhelmshavener Kurier«.

»Na, was schreibt Jürgen über unseren Fall?« Oda hielt sich nicht lang mit Höflichkeitsfloskeln auf. Sie selbst hatte zu Hause keine Zeitung, die war den privaten Sparmaßnahmen zum Opfer gefallen. Außerdem lag in der Personalküche meistens ein schon gelesenes Exemplar herum, das Oda beim Frühstücken durchblätterte. Und falls sie nicht zum Lesen kam, informierte einer der Kollegen sie garantiert über die für Wilhelmshaven wichtigen Sachen. Das Weltgeschehen entnahm sie sowieso dem Fernsehen.

»Er hält sich an Siebelts Vorgaben.« Christine legte die Zeitung beiseite. »Keine Mutmaßungen, keine Spekulationen, nur nüchterne Fakten. Er scheint einer jener Journalisten zu sein, die Berufliches und Privates auseinanderhalten können.«

Oda nickte strahlend. »Ja, er ist schon klasse.« Sie stützte beide Hände auf Christines Schreibtisch. »Also, was ist, wollen wir los? Ich denke, wir sollten Barbara Vandenberg noch mal auf den Zahn fühlen. Der erste Schock müsste überstanden sein. Wollen wir hoffen, dass ihr noch etwas eingefallen ist. Sonst müssen wir es aus ihr herauskitzeln.«

»Du glaubst also tatsächlich, dass die etwas weiß?« Christine schnappte sich ihre Ledermappe und stand auf. »Sind nicht meist die Ehefrauen diejenigen, die am wenigsten Ahnung von dem haben, was ihre Gatten treiben?« Der Zynismus in diesen Worten war nicht zu überhören.

»In den meisten Fällen mag das so sein«, vermutete Oda, »aber Vandenberg war garantiert nicht so einer. Der hatte mit seinem Job und der Leichtathletik so viel zu tun, dass dem gar keine Zeit für große Geheimniskrämerei blieb. Glaub ich. Drum halte ich die

Vandenberg für eine Schlüsselfigur in dieser Sache. Entweder weiß sie, wo er seine Zeit verbrachte, oder er hatte wirklich Dreck am Stecken.« Oda verzog den Mund zu einer Schnute. »Was ich uns da nun aber wünschen soll ...« Sie hob die Schultern. »Also, auf, auf, lass es uns herausfinden.«

Zufrieden sah sie, dass Christine ihre Cabrioschlüssel aus der Tasche zog, und keine Viertelstunde später klingelten sie an der Haustür der Vandenbergs.

Diesmal öffnete Barbara Vandenberg die Tür selbst. Oda wunderte sich, dass sie kein Schwarz trug, stattdessen sah sie aus, als hätte sie gerade geputzt: Sie trug eine schmuddelige Jeans, über der ein rot-orange gestreiftes T-Shirt keinen Hehl aus den Rettungsringen um ihren Bauch machte. Die Haare hatte sie zu einem kurzen Pferdeschwanz gebunden.

»Kommen Sie mit ins Wohnzimmer.« Barbara Vandenberg ging voraus, während Oda leicht verwundert die Tür schloss. »Ich hätte mich auch noch mit Ihnen in Verbindung gesetzt.« Sie ließ sich auf einen der altmodischen Sessel plumpsen. Durch die geöffnete Terrassentür kam nicht der leiseste Windzug herein, die Wärme stand drückend im Raum. In ein paar tausend Metern Höhe flog ein Flugzeug über das Haus; das dumpfe Dröhnen mischte sich mit dem Gezwitscher der Vögel. Oda und Christine setzten sich auf die Couch und sahen Frau Vandenberg aufmerksam an.

Frontalangriff, dachte Oda. »Gegen Fluglärm hatte Ihr Mann nichts, aber das Fliegen von Schwabs Tauben war ihm zu laut?«, fragte sie direkt.

Barbara Vandenberg fuhr sich mit beiden Händen über die Wangen, verharrte am Hals. »Ich weiß, dass Ihnen mein Mann wie ein kleinkarierter, borniter Mensch vorkommen muss, aber so war er nicht. Harald war ein Prinzipienreiter, ja. Das war nicht immer einfach, davon kann ich ein Lied singen, aber ungerecht war Harald nie. Oder unfair.«

Nur knapp konnte Oda in diesem Augenblick an sich halten, um nicht lautstark dagegenzuhalten. Da kannte sie doch einen ganz anderen Harald. »Hart, aber unfair«, hatten sie ihn damals genannt. Nun sollte er als sozialer, gerechter Mensch durch die Welt gelaufen sein? Seit wann? Das glaubte sie absolut nicht.

»In Bezug auf Herrn Schwab habe ich Ihnen schon bei Ihrem

letzten Besuch gesagt, dass ich ihn nicht für fähig halte, einen Menschen zu töten.« Barbara Vandenberg fuhr sich nachdenklich mit dem rechten Ringfinger über die Nasenspitze. »Das traue ich eigentlich keinem zu, den wir kennen.« Ein bitterer Lacher folgte. »Doch man kann sich ja irren.« Sie machte eine kurze Pause. »Ich habe intensiv darüber nachgedacht. Er hat zwar meinen Mann verdächtigt, seine beiden Tauben getötet zu haben – und wollte ihn deswegen sogar anzeigen, aber Mord, nein, das nicht. Nicht Sven.«

»Hat Ihr Mann die Tauben denn tatsächlich ...?« Oda vollführte mit der Rechten eine waagerechte Bewegung über den Hals und machte dazu ein leicht krächzendes Geräusch.

»Nein. Das glaube ich nicht. So etwas hätte Harald nicht gemacht.«

»Aber Sie wissen es nicht. Weshalb, glauben Sie, hatte Schwab Ihren Mann im Verdacht? Wieso hielt er ihn für zu so einer Tat fähig?«

»Ach, das war sicher nur, weil Harald ...« Barbara stockte. »Nun ja, Harald war, wie ich schon sagte, manchmal ein Pedant. Und er nahm den Mund ab und zu ziemlich voll. Schwab hielt ihn wohl nicht ganz zu Unrecht für einen Choleriker. Aber diese Taubenfliegerei, die konnte einem wirklich auf den Geist gehen.«

»Sie sagen, Ihr Mann hätte die Tauben nicht umgebracht. Was hat er dann dagegen unternommen?« Mit einem Seitenblick sah Oda, dass Christine wieder ihren Schreibblock gezückt hatte. Sie konnte eben nicht anders. Mitschreiben statt Gedächtnistraining. Oda bedauerte ihre Kollegin ein wenig. Mochte Christine aufschreiben, was sie wollte, Oda registrierte jedes Augenbrauen- oder Mundwinkelzucken, sah jedes Haar, das sich zur Gänsehaut aufrichtete. Das war mindestens genauso viel wert wie wortgetreues Dialog-Festhalten.

»Er hat Schwab beim Ordnungsamt angezeigt.«

»Okay, das ist nichts Neues und hatte außerdem keine Folgen. Was mich allerdings wundert, ist, dass Ihr Mann das einfach so hingenommen hat. Dieses Kleinbeigeben scheint absolut nicht zu ihm zu passen.« Dass dabei ihre eigenen Erinnerungen an Vandenberg eine nicht gerade geringe Rolle spielten, verschwieg sie lieber.

»Na ja, so einfach war es ja auch nicht.« Barbara Vandenberg kratzte sich unbewusst am Haaransatz. »Er hat sich schon tüchtig aufgeregt und gesagt, dann würde er Schwab eben auf eine andere Tour kommen.«

»Auf welche?«

»Das weiß ich nicht. Ein paarmal hat er den Wagen so geparkt, dass die Schwabs echte Schwierigkeiten hatten, aus ihrer Einfahrt zu kommen, aber sonst? Nein. Sonst hat er nichts gemacht. Bestimmt nicht. Außer …«

»Ja?«, fragte Oda.

»Irgendwann hat er sich eine Steinflitsche gekauft und mit kleinen Steinchen nach oben geschossen, wenn die Tauben hier übers Grundstück flogen. Aber getroffen hat er nie. Wenigstens nicht die Tauben. Unser Veluxfenster oben, das schon, das hat ein paar Macken abgekriegt, aber nicht eine Taube ist vom Himmel gefallen.«

»Und trotzdem halten Sie es für unwahrscheinlich, dass er auf andere Art dafür gesorgt hat, dass Herr Schwab Angst um seine Tauben bekam?« Oda gab sich absichtlich verwundert. »Wer mit einer Steinschleuder hantiert, für den ist der Weg zum echten Morden doch nicht weit«, sagte sie provokativ.

»Hören Sie auf.« Barbara Vandenbergs Stimme wurde scharf. »Das hätte Harald nie gemacht. Immerhin ist den Tauben der Hals umgedreht worden. So etwas hätte Harald nicht getan. Bestimmt nicht. Das hätte er gar nicht gekonnt. Er wusste nicht mal, wie man so ein Vieh anfasst.«

»Manchmal kennen wir die, die wir lieben, nicht so genau, wie wir glauben.« Eine leichte Traurigkeit schwang in Odas Stimme mit, und betroffen sah sie die Reaktion darauf in Barbara Vandenbergs Blick. Keine von ihnen sprach in den nächsten Minuten, es war, als hingen alle drei Frauen ihren Gedanken nach, bevor Barbara Vandenberg mit leiserer Stimme weitersprach.

»Das stimmt. Genau das ist der Grund, weshalb ich Sie ohnehin angerufen hätte.« Sie räusperte sich. »Ich weiß nicht, was in der letzten Zeit mit Harald los war. Er war verändert. Ich hätte dem vielleicht keine so große Bedeutung beigemessen, wenn nicht …« Barbara Vandenberg hatte sichtlich Schwierigkeiten, sich unter Kontrolle zu halten. »Jedenfalls denke ich, Sie sollten wissen, dass Harald sich anders verhielt als sonst. Er war abends oft ohne Erklärung stundenlang weg. Zweimal sogar über Nacht. Einfach so.

Ohne mir Bescheid zu sagen. Er führte Telefonate, bei denen er mich barsch wegschickte, wenn ich hinzukam. Und hinterher hat er immer die Wahlwiederholung manipuliert. Ich habe mich nicht getraut, ihn darauf anzusprechen. Aber ich dachte, Sie sollten das wissen.«

***

Ich saß auf meinem Trimmrad. Trat in die Pedale, was das Zeug hielt. Nur so hoffte ich, die in meinem Kopf herumspukenden Gedanken loszuwerden. Treten. Treten. Treten. Verdammt.

Treten. An nichts mehr denken. Der Pulsmesser stieg. 128. 135. 142. Das Entsetzen. Ich wurde den Blick nicht los. Die Angst, das Entsetzen, den Unglauben über das, was geschah. Warum, zum Teufel, konnte ich diese Bilder nicht abschütteln? Ich drehte am Regler. Zwei Stufen schwerer. Ich nahm den Kampf auf. Kämpfte gegen die Pedale und gegen mich selbst, ignorierte den steigenden Puls. 155. 160. Egal. Scheißegal. Sollte ich doch über meine Grenzen kommen, sollte ich doch tot vom Rad fallen. Das wäre sicherlich das Beste und ich alle Schuld los. Die Gedanken los. Alles wäre weg.

Mit einem Mal wurde mir schlecht. Ein Schluchzen brach aus mir hervor. Ich versuchte, mich auf das Treten zu fokussieren, versuchte, nichts weiter zu sein als Beine, die gegen Widerstand arbeiteten. Schweiß lief mir über die Stirn, über den Rücken. Wurde aufgesogen von den Frotteebändern am Kopf und den Handgelenken, dem Stoff meines T-Shirts. Rann am Gesäß hinab in Unterhose und Radler. Noch war die Feuchtigkeit warm und angenehm. Noch gab es kein Zittern und Frieren. Keinen Wunsch aufzuhören. Der Schweiß war innere Reinigung, befreite mich von der Unglaublichkeit dessen, was ich getan hatte. Alles Böse verließ meinen Körper über die Poren, wurde aufgesogen von unwichtigen Kleidungsstücken, die ich wegwerfen konnte. Hätte ich doch auch meine Gedanken so einfach vernichten können.

Sterne blitzten vor meinen Augen auf. Mischten sich mit Schwärze. Ich keuchte, rang um Atem, hörte auf zu treten. Der Puls sank. 130. 114. 99. 85.

Ich schnaubte. War wütend. Dann wurde ich von Schluchzen gepackt. Nicht einmal das konnte ich. Nicht einmal wegen Überan-

strengung sterben. Vollkommen fertig und innerlich leer ließ ich mich vom Rad gleiten und blieb auf dem fleckigen Teppichboden liegen.

***

Silke Grabowski stand unschlüssig vor der hohen Eingangstür der Polizeiinspektion. Letzte Zweifel plagten sie, ob sie das Richtige tat, dann aber drückte sie mit einem Ruck die dunkelbraune Tür auf. Ausgetretene Steinstufen, auf denen wohl schon so mancher Verdächtige und sicher unzählige Zeugen, Ankläger und Opfer gelaufen waren, führten sie ins Hochparterre, wo sie durch eine Schwingtür in einen breiten Flur gelangte. An dem verglasten Büro rechter Hand hing ein Schild: »Anmeldung«. Nun zögerte Silke nicht mehr, sondern öffnete energisch die Tür.

Als Erstes fiel ihr Blick auf einen sicher zehn Meter langen Tresen, der den Besucher- vom Polizeibereich trennte. An der Fensterfront fixierte eine Kaugummi kauende, junge, brünette Polizistin in Uniform den Bildschirm ihres PCs, sah kurz gelangweilt auf, dann richtete sie den Blick erneut wortlos nach vorn.

Silke wartete einen Moment, bevor sie sich räusperte. Der Unwille, mit dem die Polizistin aufstand, sprach Bände. Silke ärgerte sich, überhaupt hergekommen zu sein. Wer war sie denn, dass sie sich hier anbiedern musste? Sie hatte es als Bürgerpflicht verstanden, sich zu melden, immerhin ging es um ein Kapitalverbrechen. Wenn sie aber zum Dank herablassend behandelt wurde, dann konnte sie auch gleich wieder gehen.

»Ja, bitte?«

Silke bemerkte den Pistolenhalfter, der schwer am schwarzen Ledergürtel der jungen Polizistin hing.

»Ich komme wegen des Mordes an Harald Vandenberg und würde gern jemanden sprechen, der dafür zuständig ist.«

»Worum geht's denn genau?«

Nein. Diese Polizistin war wirklich kein Vorzeigeexemplar von »dein Freund und Helfer«, im Gegenteil. Von Vertrauen erwecken fehlte bei der jede Spur. Auch Achtung und Respekt waren die letzten beiden Dinge, die Silke bei der vor ihr stehenden Person einfielen.

»Das würde ich gern dem Zuständigen selbst erzählen«, entgegnete sie fest.

»Warten Sie, ich frag mal.« Die Kaugummikauerin bewegte sich im Zeitlupentempo zum Schreibtisch und ließ ihre künstlich modellierten Endlosfingernägel suchend über eine Liste gleiten, bevor sie zum Hörer griff.

»Hartmut, hier Maike. Bist du für den Lehrermord zuständig?« Der Angerufene schien zu verneinen, denn die Polizistin legte mit einem »Okay« auf. Dass kein »Danke« hinzugefügt wurde, wunderte Silke irgendwie gar nicht. Wieder suchte die Brünette nach einer Nummer, diesmal jedoch schien sie an der richtigen Stelle gelandet zu sein.

»Sie können schon mal im Flur warten«, sagte sie nach kurzem Gespräch, »Frau Wagner kommt und holt Sie ab.«

Na, wenn ich hier was zu sagen hätte, dachte Silke angesäuert, wäre die aber schnell weg vom Fenster. Ohne ein weiteres Wort trat sie hinaus auf den Flur.

***

»Nehmen Sie doch bitte Platz.« Oda wies auf die beiden Stühle, die eng nebeneinander auf der kleinen freien Fläche vor ihrem Schreibtisch standen.

Silke Grabowski überlegte. »Wir kennen uns irgendwoher. Aus der Schule?«

»Jo. Mein Sohn Alex gehört zu Ihren Schülern.« Oda griente. War ja wohl naheliegend. Dass sie und die junge sportlich- durchtrainierte Lehrerin nicht in der gleichen Sportgruppe waren, konnte sicher ein Blinder mit einem Krückstock sehen. »Sie unterrichten Alexander in Musik. Er ist jetzt in der Elften. Vorher hatten Sie ihn in Bio. Wir sind uns schon mal auf einem Elternsprechtag über den Weg gelaufen.«

Silke Grabowski nickte. »Ach ja. Das war wegen der sechs in der Bioklausur.«

»Die er nur deshalb bekam, weil es ihm so schlecht ging, dass er in der Schule erst nach Unterrichtsbeginn anrufen konnte. Aber das müssen wir jetzt nicht wieder aufwärmen, deswegen sind Sie ja nicht gekommen.«

»Nein. Aber zurzeit können Sie ganz beruhigt sein, was Alex und seine Noten allgemein betrifft. Gerade in letzter Zeit ist er auf dem richtigen Weg. Er strengt sich an, das höre ich auch von den Kollegen.«

»Ihr Wort in Gottes Gehörgang.« Oda beugte sich vor und stützte die Unterarme auf ihren Schreibtisch. »Aber Sie sind nicht wegen Alex hier, sondern wegen Harald Vandenberg.«

»Ja.« Sofort spannte sich Silke Grabowskis Körper. »Ich muss vorausschicken«, sagte sie, »dass ich ohne Einverständnis der Schulleitung hier bin. Darum bitte ich Sie, das, was ich Ihnen jetzt sage, vertraulich zu behandeln.«

Oda schüttelte langsam den Kopf. »Das kann ich Ihnen nicht versprechen. Immerhin geht es um Mord. Da kann nicht alles, was wir erfahren, vertraulich bleiben. Aber natürlich werde ich mich bemühen, Ihren Namen herauszuhalten, soweit es geht.«

»Wissen Sie, es geht mir dabei gar nicht um mich, sondern um das Bild, das die Öffentlichkeit von Harald Vandenberg bekommen könnte. Um das Andenken an ihn, um es mal so zu formulieren. Ich halte es aber dennoch nicht nur für richtig, sondern auch für wichtig, dass Sie Bescheid wissen. Vor einiger Zeit gab es nämlich Anschuldigungen gegen ihn. Heftige Beschuldigungen. Er soll nicht nur seiner Sorgfalts- und Fürsorgepflicht im Unterricht nicht nachgekommen sein, sondern einen Schüler derartig unter Druck gesetzt und überfordert haben, dass es zu einem folgenschweren Unfall kam.«

»Können Sie mir das genauer erklären?« Eigentlich passte das absolut in Odas Bild von früher, aber sie hatte nicht erwartet, ihre Vermutungen nun quasi auch von halb offizieller Stelle bestätigt zu bekommen. Natürlich hatte sich Vandenberg im Laufe der Zeit nicht geändert, das hätte sie sich gleich denken können.

»Tja. Zunächst möchte ich betonen, dass die auf den Unfall folgende Untersuchung nichts ergab, was Herrn Vandenberg zur Last gelegt werden konnte. Ihm war keine Verletzung der Aufsichtspflicht nachzuweisen.« Silke Grabowski fühlte sich sichtbar unwohl, dennoch stand sie zu dem, was sie sagte. »Der Vorfall, um den es ging, war nicht der erste Unfall, der während seines Sportunterrichtes passierte. Es war jedoch der folgenschwerste. Und danach sind die Eltern auf die Barrikaden gegangen. Ich dachte, Sie sollten das wissen. Und zwar vonseiten der Schule, nicht durch die Elternschaft.«

»Was ist denn passiert?«

»Vor einem Jahr fiel ein Junge der achten Klasse beim Sportunterricht vom Stufenbarren. Er schlug so unglücklich mit dem Kopf auf, dass er sich ein Schädel-Hirn-Trauma zuzog.«

»Ach du Scheiße!«, entfuhr es Oda.

»Der Junge ist heute nicht mehr auf unserer Schule, er besucht die Förderschule. Er ist seit dem Unfall weder in der Lage, vernünftig zu sprechen, noch kann er richtig rechnen und lesen. Auch in seiner Motorik ist er immens eingeschränkt. Dabei ist er genauso intelligent wie vorher, nur ist ihm durch den Unfall die Fähigkeit abhandengekommen, auf für ihn früher alltägliche Tätigkeiten zurückgreifen zu können.« Silke Grabowski stoppte kurz, fuhr sich mit Daumen und Zeigefinger der linken Hand über die Mundwinkel. »Die Eltern des Jungen hatten sich mit dem Vorwurf, Vandenberg sei für den Unfall verantwortlich, an Schule und Kultusministerium gewandt. Es hieß, Herr Vandenberg hätte Kai gezwungen, eine Übung auszuführen, vor der dieser nicht nur erkennbar Angst hatte, sondern die für ihn auch zu schwer war.«

»Und?«

»Vandenberg hat alles abgestritten. Er habe nur einen Moment nicht hingesehen, da sei Kai schon gefallen.«

»Kann das nicht tatsächlich so gewesen sein?« Es fiel Oda schwer, diese Frage zu stellen, sie glaubte jedes Wort der Anschuldigung.

»Die Aussagen der Mitschüler waren widersprüchlich. Die einen bestätigten, was der Vater sagte, andere wiederum gaben zu Protokoll, Kai sei übermütig herumgeturnt, als Vandenberg sich gerade einem anderen Schüler zuwandte.«

»Dementsprechend hat es keine Konsequenzen für Vandenberg gegeben.« Oda fragte nicht, sie stellte fest.

»Ja. Es gab zwar eine Untersuchung, da aber Vandenberg und diese Klasse kein wirklich gutes Verhältnis zueinander hatten und es schon früher immer wieder zu Auseinandersetzungen gekommen war, teilweise auch zu nachweislich nicht haltbaren Beschuldigungen, blieb es letztlich dabei, dass Vandenberg auch in diesem Fall keine Schuld zuzuweisen war. Die einzige Konsequenz war das Zugeständnis der Schulleitung an die Eltern, Vandenberg von dieser Klasse abzuziehen. Aber natürlich griff die Angst vieler Eltern um ihre Kinder auch blitzartig auf die anderen, vornehmlich unteren Klassen über, in denen er Sport unterrichtete. In der Folge gab es überdurchschnittlich viele Entschuldigungen, aufgrund derer die Schüler dem Sportunterricht fernblieben.«

»Ach nee. Das ist ja interessant.« Oda schob die Unterlippe nach vorn.

»Wissen Sie, Frau Wagner, ich will damit weder meinen verstorbenen Kollegen noch die Schulleitung anschwärzen. Aber ich dachte, Sie müssen das wissen.« Silke Grabowski sah Oda gerade in die Augen. Sie schien nicht umsonst Vertrauenslehrerin zu sein, ihre Offenheit nötigte Oda durchaus Achtung ab. Es sei denn, etwas anderes steckte hinter ihrem Besuch.

∗∗∗

Jürgen Töpfer starrte auf das Schwarz-Weiß seines Bildschirms. Die Polizei hielt sich mit Informationen zurück. Also gab es keine heiße Spur, was für ihn als Journalisten auch nicht schlecht war. So konnte er in den nächsten Tagen immer wieder kleinere Beiträge über die Ermittlungen und ihren Stillstand beziehungsweise Fortschritt schreiben, um dann in einem furiosen Finale irgendwann die Lösung zu präsentieren. Wenn man den oder die Täter ausfindig machen würde. Er stützte sein Kinn auf den Daumen und überlegte. Dann schüttelte er den Kopf. Natürlich würde er den »Täter gefasst«-Bericht schreiben, er hegte nicht den geringsten Zweifel an Odas Ermittlerqualitäten. Mit einem Mal überkam ihn Sehnsucht nach ihrer Stimme. Ob er sie einfach anrufen sollte? Normalerweise tat er das nur, wenn sie in Alltagsroutine steckte und nicht, wie jetzt, unter Druck stand. Aber auch dann war sie nicht der Telefon-Typ. Nur abends, wenn sie von Wohnung zu Wohnung, von Bett zu Bett miteinander telefonierten, konnte sie wunderbar schmusig sein. Er rieb sich die Nasenspitze, warf einen Blick aus dem Fenster hinunter auf die neue Coffeebar. Ja, das würde er gleich machen. Runtergehen und drüben eine Latte macchiato trinken. Vielleicht konnte Oda sich auch freimachen? Kurzerhand griff er zum Telefon. Doch als er schon ihre Dienstnummer eintippen wollte, stoppte er. Vielleicht war es doch keine so gute Idee. Vielleicht sollte er sie lieber am Abend mit etwas Leckerem überraschen? Ja. Das war es.

Er tippte Odas Privatnummer ein. Nach dreimaligem Klingeln meldete sich Alex.

»Sag mal, was hältst du denn davon, wenn wir zwei heute Abend etwas Besonderes für deine Mutter kochen?«, fragte Jürgen nach kurzem Smalltalk. »Ich denke, so ein bisschen verwöhnt werden, kann sie gut ab.«

»Klar. Kein Ding. Wenn du ein gutes Rezept weißt und die Zutaten einkaufen gehst ... Ich hab nämlich keine Kohle«, stimmte Alex sofort zu.

Zufrieden legte Jürgen kurze Zeit später auf. Das lief irgendwie alles ganz prima.

***

»Das ist ja jetzt eine ganz neue Variante. Rachelüsterne Eltern. Ob da was hintersteckt? Aber warum jetzt und nicht direkt nach dem Unfall?« Siebelt legte zweifelnd seine Stirn in Falten. »Nein, das passt so noch nicht. Da müsst ihr nachhaken.«

»Ach nee, Chef, darauf wär ich jetzt überhaupt nicht gekommen.« Oda verzog die Mundwinkel. Wieder einmal saßen sie zusammen zum Brainstorming, um die neuen Erkenntnisse zu bündeln. Durch die geöffneten Fenster drang das Kreischen von Möwen beinahe unheilverkündend zu ihnen herein. Der Himmel hatte sich zugezogen, noch regnete es zwar nicht, aber es sah verdammt danach aus, dass es binnen Kurzem zu einem kräftigen Gewitter kommen würde.

»Erinnert ihr euch an den Fall von Selbstjustiz dieser Mutter, die den Mörder ihrer Tochter im Gerichtssaal erschoss? Bachmeier hieß die, glaube ich«, erinnerte Oda ihre Kollegen. »Damals hatte die Allgemeinheit Verständnis für die Tat. Hat die Bachmeier im Knast nicht sogar ein Buch darüber geschrieben?«

»Das spielt hier nun wirklich keine Rolle, Oda.« Nieksteit wirkte genervt. »Buch hin oder her, das hilft uns nicht weiter. Doch ich stimme dir zu, das Motiv hat schon was. Rache für den Sohn. Sollte man auf keinen Fall vernachlässigen.«

»Das finde ich auch«, stimmte Lemke zu. »Immerhin kann es ja sein, dass die Hoppes bis vor Kurzem noch die Hoffnung hatten, dass sich der Zustand ihres Sohnes verbessern würde. Und mussten nun vielleicht erkennen, dass da nichts mehr zu machen ist. Da ist durch diesen Unfall nicht nur das Leben des Jungen verpfuscht, sondern auch das der Eltern in erheblichem Maße eingeschränkt.«

»Jo.« Nieksteit nickte. »Also, wenn mein Leben auf diese Art ›fremdbeeinflusst‹ werden würde ... Ich denke schon, dass darin ein starkes Motiv liegt. Ich kann die Befragung der Hoppes übrigens gern vornehmen, wenn Ihr was anderes zu tun habt«, bot er Oda an.

»Das möchte ich lieber selbst machen«, entgegnete Oda, »aber es wäre nett, wenn du mir die lästigen Formsachen abnehmen könntest, dann hätte ich etwas mehr Luft. Da liegt noch einiges auf meinem Schreibtisch.«

»Immer das Gleiche«, beschwerte sich Nieksteit trotzig. Er klang wie Alex in seinen besten Pubertätsphasen. »Warum lässt du mich nicht auch mal?«

»Keine Angst, du kriegst noch genug zu tun, und ich hör jetzt schon, wie du dich beschwerst.«

»Quatsch!«

»Für den Anfang kannst du überprüfen, ob Vandenberg ein Internetsurfer war. Welche Seiten er bevorzugt besuchte, ob er viele Mails erhielt oder schrieb. Halt den üblichen Kram. Fahr zu denen nach Hause und versuche, an seinen PC zu kommen. Kannst ja ein bisschen dick auftragen, damit Frau Vandenberg es dir formlos gestattet.«

»Es wäre aber wirklich nicht schlecht, wenn Nieksteit die Hoppes übernimmt«, warf Siebelt Odas Strategie durcheinander. »Schließlich kann er mit Ingo Hoppe von Mann zu Mann reden.« Er klatschte reibend seine Hände zusammen.

»Kommt überhaupt nicht in Frage«, protestierte Oda. »Das übernehmen Christine und ich. Da lass ich mich auf gar keine Diskussionen ein.«

Siebelt hob resignierend die Hände, was wie ein »Ich hab's versucht« wirkte. Zu Lemke gewandt, sagte er: »Hast du schon Details zu Vandenbergs Handynutzung?«

Lemke zuckte mit den Schultern. »Ich bin dran. Die Details dauern aber noch etwas, denn das Teil ist mit einem Code verschlüsselt, den ich noch nicht knacken konnte.«

»Also, Nieksteit, wenn du an Vandenbergs PC bist, dann achte doch mal drauf, ob du den Telefoncode da findest.«

»Klar Boss.« Nieksteit nickte.

»Wir dürfen aber auch nicht vernachlässigen, was Frau Vandenberg gesagt hat. Dass ihr Mann sich in letzter Zeit eigenartig verhielt«, warf Christine ein. »Umso wichtiger ist es, dass wir wissen, mit wem er telefoniert hat«, ergänzte sie mit einem Blick auf Nieksteit, »und wo er gewesen ist. Gab es eine Freundin? Kann das der Grund für seine Veränderung gewesen sein? Weshalb blieb er nachts weg, ohne Bescheid zu sagen? Ich denke, wenn wir diese Fragen beantwortet haben, sind wir ein ganzes Stück weiter.«

»Also fahre ich hin und quetsch die Vandenberg noch mal richtig aus?« Nieksteit jubilierte.

»Nein. Du bist für den Computer zuständig«, dämpfte Oda seine Euphorie.

»Lasst uns doch noch mal zu dem Gedanken zurückgehen, dass es Hoppe war, der Vergeltung für seinen Sohn übte«, sagte Christine gerade. »Warum hat er es jetzt erst getan?«

»Vielleicht hat er absichtlich Zeit vergehen lassen. Damit wir uns genau diese Frage stellen. Und ihn als nicht wirklich Tatverdächtigen schnell aussortieren«, mutmaßte Nieksteit, nun sichtlich in seinem Element.

»Oder er hat bis jetzt darauf gewartet, dass Vandenberg vom Schuldienst suspendiert und von einem Gericht verurteilt wird. Da das nicht erfolgte, hat er eben selbst dafür gesorgt, dass Vandenberg keinem Schüler mehr gefährlich werden kann«, spekulierte Siebelt.

»Aber warum in der Schule, in der Turnhalle? Man hätte ihn sehen können«, warf Lemke ablehnend ein, ohne aufzublicken. Seine ganze Aufmerksamkeit schien seinen Fingernägeln zu gelten, als prüfe er, ob sie sauber und frisch aussahen. Lemke äußerte sich eher selten in Besprechungen, übernahm lieber administrative Arbeiten, aber seine Augen und Ohren registrierten eine Menge Unterschwelliges, was er oft trocken auf den Punkt gebracht in die Runde warf.

»Sehen, sehen«, entgegnete Siebelt unwirsch, »natürlich hätte man ihn sehen können. Aber was hätte man denn gesehen? Einen Vater, der zur Turnhalle geht. Oder einen Vater, der wieder rausgeht. Einen, der seinem Kind etwas hinterhertträgt, weil es das Sportzeug vergessen hat. So etwas geht doch unter. Jedenfalls solange er nicht blutüberströmt aus der Halle kommt.«

»Aber einige Schüler, Freunde von Kai, könnten ihn erkennen.

Die Lehrer auch. Immerhin wird die ganze Schule von dem Unfall wissen«, warf Oda ein.

»Ich denke, wir beenden an dieser Stelle die Spekulationen. Fahrt da morgen hin und klärt das ab.« Siebelt warf einen Blick auf die Uhr und stand auf. »Oh, ich muss mich sputen, habe einen …«

»… Termin außer Haus«, vervollständigten seine Kollegen im Chor. Siebelt sah sie überrascht an. »Ja, genau«, sagte er und verließ irritiert den Raum.

∗∗∗

Oda kochte vor Wut, als sie ihr Fahrrad in die ausrangierte Garage schob, die der Hausgemeinschaft als Fahrradkeller diente. Der Eigentümer hatte keine Verwendung dafür, und so blieb es den Mietern erspart, ihre Räder durch den Hauseingang in den großen Nebenraum zu schieben. Und für den Eigentümer erübrigte sich die eine oder andere Renovierung, die durch an Wänden schabende Räder erforderlich wäre. Als Oda vom Fahrradbunker, wie sie es nannte, zur Haustür ging, sah sie, dass die Kartoffelrose, die sie letztes Jahr rings um die Birke auf dem Bürgersteig gepflanzt hatte, enorm gewachsen war. Es würde noch dauern, bis die ersten Blüten kamen, aber auf die Früchte freute sie sich schon jetzt. Etwas leicht Gehässiges schlich sich in Odas Lächeln. Oh ja, die Früchte würde sie mit zur Arbeit nehmen. Und Siebelt den Inhalt der roten Beeren hinten in den Hemdkragen kippen. Damit der sich kräftig jucken musste. Was war heute nur in dem vorgegangen? Überhaupt in Erwägung zu ziehen, Nieksteit zu Hoppe zu schicken! Wollte er den Chef raushängen lassen, oder was? Und Nieksteit, der würde auch 'ne Ladung abkriegen. Kleiner Schleimer. Nee, nee, der sollte mal schön den Formularkram machen. Den ersten Eindruck von allen Personen, die mit diesem Fall zu tun hatten, musste sie, Oda, bekommen. Wenn noch wer anders, dann vielleicht, vielleicht Christine, aber sonst niemand.

Im Hausflur duftete es lecker nach Thymian, einem Hauch Knoblauch und angedünsteten Zwiebeln.

Oda merkte, dass ihr Magen knurrte. Irgendwie war sie heute nicht dazu gekommen, etwas Vernünftiges zu essen. Das Loch in ihrem Magen war mit einem Mal riesengroß.

Sie schloss die Wohnungstür auf. Verdutzt hörte sie tiefe Stimmen und bemerkte, dass der angenehme Duft aus ihrer Küche kam. Was war hier denn los? Fielen Weihnachten, Geburtstag und Ostern auf einen Tag? Hatte Alex gekocht? Das konnte er doch gar nicht. Also Besuch von Michi, der gerade eine Ausbildung zum Koch machte? Aber der war doch in Düsseldorf? Sie zog die Jacke aus und hängte sie an die Garderobe. Mit dem einen Fuß fixierte sie den Hacken des rechten Schuhs, zog ihren Fuß heraus und spielte das gleiche Spiel mit dem anderen Schuh, ließ beide liegen, wo sie waren, und ging neugierig dem Geruch nach.

»Hey! Schön, dass du kommst, der Auflauf ist schon im Ofen.« Alex legte gerade Besteck auf den Tisch, an dem zu ihrer Überraschung Jürgen vor einem Glas Rotwein saß.

»Was ist hier denn los?« An den Türrahmen gelehnt, verschränkte Oda abwehrend die Arme vor der Brust. Das konnte sie nun überhaupt nicht gebrauchen, eine geballte Männerfront. Sie wollte ihre Ruhe. Nichts als ihre Ruhe, ein wenig zu essen und ... »Krieg ich auch ein Glas Wein?«

»Klar.« Jürgen stand auf, trat zu ihr und drückte ihr einen Kuss auf die Wange. »Wir wollten dich einfach mal verwöhnen, wo du doch im Moment so viel zu tun hast.«

Oda blickte skeptisch von einem zum anderen. »Habe ich irgendwas verpasst? Zwischendurch, mit euch beiden, meine ich? Seit wann seid ihr so vertraut?«

Alex grinste. »Du hast einfach nicht genau hingesehen. Warst wohl mit deinen eigenen Gefühlen beschäftigt.«

»Blödmann.« Oda stieß sich vom Türrahmen ab und gab ihrem Sohn eine Kopfnuss.

»Ich hatte einfach ein wenig Sehnsucht. Immerhin haben wir uns drei Tage nicht gesehen. Und das geht ja nun gar nicht.« Jürgen drückte ihr lächelnd ein Glas in die Hand. »Ich wollte dich heute Nachmittag anrufen, aber dann hab ich mir gedacht, du steckst bis über beide Ohren im Fall. Da kam mir die Idee, Alex zu fragen, ob wir was Leckeres für dich zubereiten wollen, heute Abend.«

»Das mit den drei Tagen stimmt nicht«, widersprach Oda, »wir haben uns auf der Pressekonferenz gesehen.« Mit einem müden Seufzen ließ sie sich auf einen Stuhl plumpsen. »Also? Was wird das hier? Eine Verschwörung?«

»Nie! Das würden wir überhaupt nie wagen«, widersprach Jürgen derart theatralisch, dass Oda lachend den Kopf schüttelte. »Schließlich liegt uns beiden daran, dass es dir gut geht.«

»Stimmt!« Auch Alex hätte in diesem Moment den Preis für den besten Laienschauspieler gewonnen.

Oda lachte. Und spürte den Druck, den sie wie immer in einem solchen Fall auf der Brust spürte, ein wenig weichen. Waren schon klasse, ihre beiden Männer.

***

»Sag doch was.« Hilfesuchend sah Frank Christine an.

Er saß ihr am Esstisch im Wohnzimmer gegenüber, die Hände auf dem Tisch gefaltet, die Stimme unsicher, die Augen traurig.

»Geh«, brachte sie leise hervor.

»Christine.«

Christine ließ ihren Blick über den Tisch schweifen. Die barock anmutenden Gläser, in denen Teekerzen brannten, hatten sie vor zwei Jahren von Spiekeroog mitgebracht. In der Rosenvase hatte eine einzelne gefüllte Tulpe ihre volle Pracht entfaltet, ein Blütenblatt war kurz davor, sich zu lösen. Morgen würde es bestimmt auf dem Tisch liegen. Einem Stillleben gleich. Sie griff zu ihrem Glas, setzte an und trank. Langsam, aber in einem Zug. Stellte das Glas ab, griff zur Flasche und schenkte nach.

»Christine. Bitte.«

»Geh«, wiederholte sie. »Was willst du denn noch hier? Du hast gesagt, was du sagen wolltest, und ich hab es verstanden. Du willst die Scheidung, weil deine Freundin ein Baby kriegt.« Nun sah sie Frank an, ihren Mann, der schon lange nicht mehr ihr Mann war. Der zu einem Fremden geworden war. War er schon immer so gewesen? Hatte sie lediglich ihre Träume und Hoffnungen in ihn hineinprojiziert? Sich in ihrem Wunschdenken einen Frank erschaffen, den es gar nicht gab?

»Ich bin da reingerutscht, Christine. Ich hab nicht gewollt, dass es so kommt. Ganz bestimmt nicht. Glaub mir das bitte.« Seine Stimme nahm einen flehendlichen Ton an.

»Frank. Hör auf.« Christine fühlte, dass ihre Stimme sich hohl anhörte. »Du hast doch ganz bewusst was mit der Frau angefangen.

Du bist ein erwachsener Mann mit einigermaßen Intelligenz. Du hast ganz bewusst mit ihr geschlafen. Und ganz bewusst nicht verhütet.«

»Weil ich dachte, ich kann keine Kinder zeugen, sonst hätten wir ja schon längst welche.«

»Ganz bewusst«, Christine ließ sich nicht aus dem Konzept bringen, »hast du mich um etwas Zeit gebeten, um herauszufinden, was du möchtest. Bist ganz bewusst zu ihr gezogen und nur sporadisch noch hier gewesen. Und nun willst du mir erzählen, dass du in etwas hineingezogen wurdest? Dass du all das nicht gewollt hast? Nein, mein Lieber. Du hast ein Spiel gespielt und vielleicht gedacht, du könntest endlos so weiterspielen. Und erkennst nun, dass das Leben kein Spiel ist, sondern eigenen Gesetzen unterliegt. Du hast dich verkalkuliert, und das gefällt dir nicht.«

»Christine. Glaub mir. Ich wollte Schluss machen mit Jasna. Und dann kam das mit dem Baby. Was soll ich denn machen? Ich muss mich doch meiner Verantwortung stellen. Es ist so furchtbar.«

Frank sah auf seine immer noch gefalteten Hände. Tränen liefen ihm die Wangen hinunter, er ließ sie rinnen. Das Unglück schien in jede einzelne seiner Poren gedrungen zu sein.

Er tat ihr leid. Es tat ihr weh, ihn so zu sehen. Zu sehen, dass er genauso litt wie sie.

»Cognac?«, fragte sie.

Er nickte.

Christine holte zwei Gläser aus dem Schrank und goss großzügig ein. Als sie ihm das Glas hinstellte, hielt Frank sie fest.

»Ich liebe dich«, sagte er und stand auf. »Ich liebe dich. Nur habe ich leider erst zu spät gemerkt, wie sehr.« Er griff zu seinem Glas, stürzte es in einem Zug hinunter und stellte es mit einem Knall wieder ab. Dann beugte er sich vor. Nahm ihr Gesicht in beide Hände, liebkoste sie mit seinem Blick. Zart berührten seine Lippen die ihren. Fühlten sich weich an. Weich und verheißungsvoll. Christine gab nach. Frank zog sie enger an sich, wurde leidenschaftlicher. Er ließ seine Hände über ihren Körper wandern, und auch Christines Hände fanden ihren Weg.

***

Der Auflauf war bis auf den letzten Happen vertilgt, Alex mit Freunden zur Musikkneipe »Palazzo« aufgebrochen und die Musik von Nora Jones erfüllte leise das Wohnzimmer. Die Flammen der Kerzen tanzten in der Abenddämmerung und Oda kuschelte sich auf der Couch an Jürgen.

»Hör mal, wegen dieses Lehrermordes …« Jürgen richtete sich auf, ließ sie aus seinem Arm.

»Jürgen, lass es. Verdirb uns nicht den Abend. Du weißt doch, dass ich darüber nicht sprechen kann.« Oda versuchte, seinen Arm wieder um sich zu ziehen, doch Jürgen setzte sich noch gerader hin.

»Nein, Oda, ich muss darüber mit dir reden. Es ist wichtig.«

»Aha.« Die Wut auf Siebelt, Niekersteit und die Welt als solche, die Oda beiseitegeschoben hatte, als sie Jürgen und Alex so vertraut in der Küche hatte sitzen sehen, brach urplötzlich zusammen mit dem ihr eigenen Misstrauen wieder durch. »Deshalb also dieses familiäre Abendessen? Ein Anbiedern, damit ich dir unter der Bettdecke von meinem Fall erzähle? Damit du groß rauskommst? Vor den anderen Zeitungen? Eventuell den vakanten Posten des Chefredakteurs antreten kannst? Du solltest dich schämen!« Sie stand auf, bebend vor Zorn. Wusste zugleich, dass sie meilenweit übers Ziel hinausgeschossen war, und konnte dennoch nicht zurück.

»Ach, so denkst du also von mir?« Auch Jürgen stand auf. Enttäuschung und Wut standen ihm ins Gesicht geschrieben. »Du meinst, ich bin nur hergekommen, um dich auszuhorchen? So schätzt du mich ein? So wenig kennst du mich? Dann habe ich hier wohl nichts mehr verloren.«

Er drängte sich an ihr vorbei, zog sich die Schuhe über, nahm seine Weste vom Garderobenhaken und verließ, die Schnürbänder noch geöffnet, die Wohnung. An der Tür drehte er sich um.

»Ich wollte dich nicht aushorchen, *meine Liebe*«, die Ironie, die aus den beiden letzten Worten troff, traf Oda schmerzvoll. »Ich wollte dir etwas berichten. Vielleicht sogar etwas, was dir neu ist. Was dich in dem Fall weiterbringen kann. So aber …« Jürgen schnaubte bitter, »kannst du es morgen in der Zeitung lesen.«

Mit einem Knall fiel die Tür ins Schloss. Oda stieß die Luft aus. Das hatte sie mal wieder gründlich vermasselt.

***

»Ist noch Wodka da?« Lara merkte, dass sie Schwierigkeiten hatte, deutlich zu sprechen. Egal, noch hatte sie nicht genug. Noch war nicht alles vergessen. Unkoordiniert und wackelig streckte sie die Hand aus. Irgendwer reichte ihr die Pulle. Mühsam versuchte sie, den Verschluss aufzudrehen.

»Lass das. Das reicht.« Igor nahm ihr sanft die Flasche aus der Hand. »Du musst es nicht übertreiben, Lara. Du musst nix beweisen.« Liebevoll strich er ihr über den Kopf, wofür Lara ihn hätte schlagen können, wenn sie noch genügend Kraft besessen hätte. Doch Kraft hatte sie nicht. Nicht mehr.

»Gib sie wieder her.« Wütend versuchte Lara, die Flasche zurückzubekommen. Griff vergeblich nach Igor, der bei Weitem noch nicht den gleichen Pegel wie sie hatte. Kunststück, er war im Training. Alkoholmäßig. Genau wie die anderen, mit denen sie in Igors Appartement saß. Hier war der freitägliche Treffpunkt zum Vorglühen, bevor sie in die Disco zogen. Jeder brachte Alk mit. Hier war kein Erwachsener, der sich einmischte. Bei Igor war alles klasse, er selbst auch. Seit einem Jahr hatte er das Einzimmerappartement in der Paulstraße, seit einem Jahr war er frei. Doch er nutzte seine Freiheit nicht aus, war in der Schule sogar noch besser geworden. Nächstes Jahr würde er Abi machen, so wie es aussah, sogar als einer der besten seines Jahrgangs.

»Gib die verdammte Flasche her«, knurrte Lara jetzt.

Bis vor zwei Monaten hatte sie überhaupt nicht getrunken. Höchstens mal ein Gläschen Sekt. Hochprozentiges war tabu. Das vertrug sich nicht mit ihrem Sport. Abgesehen davon, dass sie sich für zu jung hielt, um solches Zeug zu trinken. Ihre Klassenkameraden sahen das allerdings anders, wie Lara jeden Montag in den Pausengesprächen hörte. Die drehten sich überwiegend darum, wer wie, wo und womit am Wochenende abgestürzt war.

»Los, Igor, gib Lara endlich die Pulle.« Auch Saskia lallte. Dumpf erinnerte sich Lara daran, dass Saskia vor drei Wochen per Krankenwagen in die Klinik gefahren werden musste: Pupillenstillstand, Lallen bis zum Verlust der Muttersprache, Vollbesäufnis.

»Alkohol brauchen nur die Schwachen«, hörte sie in diesem Moment Haralds Stimme in ihrem inneren Ohr. Wie recht er gehabt hatte. Früher hatte sie keinen Sprit gebraucht. Früher war sie stark gewesen. Jetzt nicht mehr. Ihre Welt war gleich zweimal in Trümmer gefallen.

Harald. Ein Schluchzen stieg in Lara auf. Sein Tod war das Schlimmste. Alles andere hätte sie gepackt. Irgendwie. Doch jetzt ... Sie riss Igor, der für einen Moment unaufmerksam war, die Flasche aus der Hand, bekam nun behände den Verschluss auf und setzte sie an den Mund. Bevor Igor reagieren konnte, war ein beruhigend großer Anteil des betäubenden Getränks ihre Kehle hinuntergelaufen.

Samstag

Sonnenstrahlen kitzelten Christine wach, und mit dem ersten Blinzeln überfiel sie die Erinnerung an den gestrigen Abend. Ohne es verhindern zu können, erbrach sie sich schwallartig auf den Teppich neben dem Bett.

Nein. Das hatte sie nicht wirklich getan. Sie hatte doch nicht wirklich mit Frank geschlafen?

Wieder rebellierte ihr Magen, jetzt aber schaffte sie den Weg ins Bad. Gab über der Kloschüssel unter Krämpfen alles von sich, was sich noch in ihrem Magen befand. Erschöpft blieb sie auf dem Badezimmerteppich liegen, kugelte sich ein, zerrte ein Badetuch vom Handtuchhalter und zog es über sich. Sie ekelte sich davor, zurück ins Schlafzimmer zu gehen.

Wo war ihr Verstand geblieben, als er sie langsam auszog? Als seine Lippen ihren Körper entlangglitten? Mit ihren Brustwarzen spielten, sich langsam zum Bauchnabel hinunterküssten? Dort spielerisch verweilten, bevor sie weiterwanderten … Wo war ihre Ratio, als ihre Libido anfing, Überhand zu gewinnen? Als sie vor Wonne stöhnte, weil er seine Zunge zwischen ihren Beinen spielen ließ? Als er sie so innig berührte, dass sie sich ihm entgegenbäumte? Als sie ihn zu sich runterzog, ihn küssen und spüren wollte? Als er ein Kissen unter ihr Becken legte, damit sie ihn intensiver erleben konnte? Als er in sie drang und sie fühlte, wie sie eins wurde, mit ihm, mit der Welt?

Es musste am Wein gelegen haben. So viel trank Christine sonst nie. Mit Franks Bild stieg eine weitere Übelkeitswelle in ihr auf. Wie er danach aufgestanden war. Sich angezogen hatte. Verlegen. Beschämt. »Entschuldige«, hatte er gesagt. »Das hätte nicht passieren dürfen. Du bist eine so tolle Frau, Christine, ich weiß nicht, was zwischen uns schiefgelaufen ist. Es tut mir so unendlich leid. Und es tut mir unglaublich weh. Doch du musst das verstehen. Jasna … das Baby …«

»Verschwinde.« Die Tränen, die ihr in die Augen gestiegen waren, hatte Christine nur knapp zurückhalten können. Sie durfte sich keine weitere Blöße geben, es war so schon katastrophal genug. Mit einer letzten hilflosen Bewegung hatte Frank den Rest seiner Klamotten zusammengesucht und war gegangen.

Erneutes Schluchzen überkam Christine.

Sie lag noch immer kraft- und mutlos vor der Toilette, als das Telefon klingelte. Sollte es läuten, ihr war alles egal. Sie wollte mit niemandem reden. Nur noch sterben. Alles war so furchtbar, so ekelhaft, so hoffnungslos. Das Läuten hörte nicht auf. Sechs, sieben, acht Mal ... endlich hörte sie ihre eigene, dann eine fremde Stimme. Einen kurzen Moment spitzte Christine voller Hoffnung die Ohren. Frank? Nein, die Stimme war weiblich. Sie ließ den Kopf wieder auf den Teppich sinken. Wer auch immer es war, nicht einmal mit Gudrun wollte sie jetzt reden. Es klingelte wieder. Die gleiche Prozedur: Anrufbeantworter, kurze Nachricht, aufgelegt. Nach dem fünften Mal innerhalb kurzer Zeit quälte Christine sich hinunter. Was, um Himmels willen, mochte so wichtig sein?

Gerade als sie die Wiedergabetaste drücken wollte, klingelte das Telefon erneut. Sie lehnte sich gegen die Wand, als sie abnahm, und versuchte, Kraft in ihre Stimme zu legen.

»Cordes.«

»Christine?«

Oh nein. Nicht auch das noch. Nicht Oda. Das war mehr, als sie heute ertragen konnte. Ihr »Ja?« klang zögernd, als sie sich an der Tapete hinunterrutschen ließ.

»Du hörst dich aber verdammt beschissen an.« Rücksichtnahme hatte noch nie zu Odas Stärken gezählt. »Hast du heute schon Zeitung gelesen?«

***

Ich saß im Auto. Eine knappe Stunde noch, dann war ich am Ziel. Tagsüber würde ich den braven Sohn geben. Mit meiner Mutter einkaufen, durch Bremens Innenstadt laufen. Schaufenster gucken, Kaffee trinken, eben all das, was meine Mutter einmal im Monat von mir erwartete. Und wie immer würde ich zumindest die letzten Stunden der Nacht in der elterlichen Wohnung verbringen. In meinem alten Zimmer, das ich hasste. Das ich aber auch liebte. Auf eine mir eigene, nicht begreifbare Weise. Auf diesen zwölf Quadratmetern war die Welt immer in Ordnung. Meine Mutter war da. Mein Vater ... das mit ihm war lange her ... ist irgendwann weg gewesen. Einfach so. Meine Mutter hatte es nie wirklich erklärt.

Ich vermisste ihn noch immer. In den tiefsten Windungen meines Herzens, in die ich allerdings nur selten und ungern sah. Die erste Zeit ohne ihn war schwer gewesen. Ich konnte mich an die Leere erinnern, die ich empfunden hatte. An das Unverständnis. Mein Vater war alles für mich gewesen. Ich hatte ihn geliebt. Bedingungslos. Mein Vater war Vorbild, Held. Als er weg war, fiel es mir anfangs schwer, meine Mutter überhaupt als Person zu akzeptieren. Bis er fort war, funktionierte sie wie ein Haushaltsgegenstand. Präsent, wenn man sie brauchte, aber ohne Recht auf eigene Meinung. Ohne Handlungsbefugnis. Doch nach seinem Fortgang übernahm sie die Führungsrolle. Übernahm die Macht. Mein eigener Versuch, diese Position innerhalb unserer kleinen Zweierfamilie zu übernehmen, scheiterte. Meine Mutter wurde stark. Meine Bemühungen, sie zurück in ihre bisherigen Schranken zu verweisen, blieben ohne Erfolg. Es dauerte eine Zeit, bis ich diese Niederlage für mich verarbeitet hatte. Doch schließlich fand ich andere Gebiete, auf denen ich Macht aufbauen und ausüben konnte. In meinem ganz persönlichen Umfeld. Irgendwann war die Leere fort.

Inzwischen vermisste ich meinen Vater nicht mehr, hatte lange schon ebenso viel Macht. Auch wenn ich das meiner Mutter bei meinen Besuchen nie zeigen konnte.

Umso mehr freute ich mich auf den Abend. Wenn sie schlafen ging. Denn hier in Bremen war ich frei. Frei und ganz ich selbst. Es würde wunderbar werden. Das wusste ich. Das hatte ich inzwischen an so vielen Abenden erlebt.

***

»Guck dir diese Scheiße an!« Oda tippte mit Salamibrötchenfingern auf die Schlagzeile der Samstagsausgabe des Kuriers. Jeder Kriminaltechniker würde sich nach Spuren wie diesen die Finger lecken. Sie saßen in Christines Küche, die Kaffeemaschine gluckerte.

Die Schlagzeile »Ermordeter Sportlehrer Opfer eines Vergeltungsaktes?« und der dazugehörige Artikel dominierten die obere Hälfte der Zeitung.

Oda rührte den dritten Löffel Zucker in ihren Becher. »Hast du das Kürzel gesehen? JR. So eine Scheiße.«

Christine nickte wortlos.

Oda war heute ungewohnt offen. »Weißt du, Jürgen war gestern Abend da, als ich heimkam. Hat mit Alex für mich gekocht. Das hatte irgendwie was. So was Familiäres. Da konnte ich meinen Ärger über Siebelt und Nieksteit beiseiteschieben. Aber als Alex dann mit seinen Freunden los war und wir im Wohnzimmer saßen, da fing er plötzlich mit der Vandenberg-Sache an. Und, schwupps, war mein Ärger wieder da. Ich blöde Nuss hab ihn gar nicht erst zu Wort kommen lassen. Weil ich geglaubt hab, er wollte mich nur aushorchen. Scheiße aber auch! Kannst du mir sagen, warum ich so blöd bin? Da gibt es endlich mal einen Kerl, der mich mag, und ich reiß mit meinem dicken Hintern ein, was ich mir mit Verstand und Gefühl mühsam aufzubauen versuche?« Oda griff zu ihrem Becher und stürzte den Kaffee in einem Zug hinunter. »Dabei hat er mich auf das hier hinweisen wollen.« Sie stach mit dem Zeigefinger auf den Artikel ein. »Verdammt! Der wollte mir einen Tipp geben! Das hätte ich doch ahnen können, oder? Ich bin ein solcher Blödmann.«

»Aber die Grabowski hatte um Diskretion gebeten. Inoffiziell. Da konntest du gar nicht auf die Idee kommen, dass Jürgen etwas von der Angelegenheit weiß«, versuchte Christine Oda zu beschwichtigen. War schon ein wenig komisch, die Situation: irgendwie eine Dienstbesprechung, irgendwie auch nicht. Nein, das hier war eindeutig mehr privat als beruflich, heute hatten Oda und sie endgültig die »Ich-mag-dich-nicht-wirklich-aber-ich-arbeite-mit-dir-zusammen-Phase« verlassen. Ein lange nicht vorhandenes Glücksgefühl durchzuckte Christine.

»Nee. Von der Grabowski kann Jürgen das nicht haben. Die machte einen absolut integeren Eindruck, ich bin sicher, dass sie wirklich nicht wollte, dass diese Informationen an die Öffentlichkeit gelangen. Bleibt also die Frage: Von wem hat Jürgen diese Informationen?« Oda breitete die Hände wie ein amerikanischer Laienprediger auseinander, wobei sie fast den Kaffeebecher umstieß.

»Dürfte für dich ja ein Leichtes sein, das herauszubringen.« Christine lächelte und merkte, dass ihr Lächeln von innen heraus kam. Das erste Mal an diesem Tag. Und auch das erste echte, von innen empfundene Lächeln Oda gegenüber. Mochte ihre Kollegin nach außen auch noch so großschnäuzig sein, ihren sensiblen Kern konnte sie auf Dauer nicht verbergen. Zumindest nicht denjenigen gegenüber, mit denen sie so eng zusammenarbeitete.

»Geht nicht.« Oda schüttelte den Kopf. »Ich kann ihn nicht anrufen und fragen. Der war so was von sauer gestern ...«

»Aber genau deshalb hast du doch einen Grund. Kannst dich entschuldigen. Und dann auf diese Sache kommen. Ich verstehe nicht, wo da das Problem liegt.«

»Meine Güte, Christine! Dass du das nicht verstehst!« Oda stand auf und gestikulierte wild mit ihren Händen. »Ich mag mich nicht entschuldigen! Ich seh das echt nicht ein! Er hätte das Gespräch doch anders anfangen können, dann wäre es gar nicht so weit gekommen. Ich ...« Oda senkte den Kopf und sah Christine mit einem derart übertriebenen Lächeln an, dass Christine laut auflachte.

»Kannst nicht du bei Jürgen anrufen?« Oda schlug die Augen in Oda-Manier auf, und mit einem Mal prusteten beide vor Lachen.

»Ach, komm her.« Christine stand auf und knuffte Oda in den Oberarm. »Wir kriegen das schon hin.«

***

»Ingo? Ingo!« Maike Hoppes Stimme überschlug sich. So hysterisch hatte Ingo seine Frau noch nie gehört. Er stürzte in die Küche. Maike saß wie erstarrt am Tisch.

»Was ist passiert?« Er kniete sich vor sie auf den Boden und griff nach ihren Händen.

»Hast du ein Alibi?« Derart tonlos hatte Ingo Maike nur einmal gehört. Damals, als die Ärzte ihnen gesagt hatten, wie es um Kai bestellt war.

»Waaas?« Ingo spürte, wie sich seine Nackenhaare aufstellten.

»Nach diesem Artikel wird schon bald die Kripo vor der Tür stehen.« Maike wies mit einer kraftlosen Bewegung auf die Schlagzeile der Zeitung. Ihr halb geöffneter Bademantel gab den Blick frei auf ihren Teddyschlafanzug. Ingo spürte, wie ihn bei diesem Anblick der Wunsch, Maike zu beschützen, besonders erfüllte. Sie hatte so viel mitmachen müssen. Seit dem Tag, an dem er sie gebeten hatte, seine Frau zu werden, wollte er sie beschützen. Es war einer dieser typischen Küstenherbsttage gewesen. Sonnig, windig, haarzerzauselnd. Sie waren den Südstrand entlanggelaufen, bei ablaufendem Wasser. Ausgerechnet in jener kurzen Frist, in der zwischen Wasser und Basaltmauer eine Sandschicht entstand. Maike hatte sich die Schuhe ausgezogen, war die rutschigen Steinstufen hinuntergelaufen und hatte mit lustvollen, glücklichen und spitzen Schreien die kalte Nordsee um ihre Knöchel spielen lassen. In diesem Moment, als sie so ganz eins war mit den Elementen, die sie umgaben, war ihm klar: die oder keine. Mit einer Gewissheit, wie er sie noch nie im Leben gespürt hatte, hatte er sie aus den Wellen gehoben, um sich gewirbelt und sie gefragt: »Willst du mich heiraten?«

Jetzt, in diesem Augenblick, in dem es so gar keinen Grund dafür gab, roch er erneut die Salzluft, die sie damals umgeben hatte, fühlte diese unbeschwerte, alles möglich machende Liebe von damals. Und er wusste: Auch heute war alles möglich.

»Lass mal sehen.« Im Aufstehen küsste er ihre Hände. Der Blick über Maikes Schulter auf die Schlagzeile ließ ihm jedoch den Atem stocken. »Ermordeter Sportlehrer Opfer eines Vergeltungsaktes?« Das konnte doch nicht wahr sein! Er las die Unterzeile: »Was steckt hinter den Beschuldigungen gegen den Toten?«

Ingo spürte, dass sein Herz anfing zu rasen. Er griff nach der Zeitung und versuchte, sich auf den Artikel zu konzentrieren. Dann schluckte er. Woher hatten die diese detaillierten Informationen?

»Du hast doch nichts damit zu tun, oder?«, flüsterte Maike. »Ich könnte es nicht ertragen, wenn du damit zu tun hättest.«

»Maike. Liebes. Traust du mir das zu?«

»Ich weiß es nicht. Ich hab gedacht, ich kenne dich, aber seit das mit Kai passiert ist ... Du bist mir fremd geworden.« Maike verstummte.

»Maike. Bitte. Belaste dich nicht mit solchen Gedanken. Du kennst mich doch.« Im gleichen Augenblick, in dem Ingo seiner Frau über den Kopf strich, merkte er, wie flüchtig diese Geste war. Flüchtig und unecht. Dabei wollte er, dass sie wusste, dass er der Fels in ihrer Brandung war. Er würde immer für sie da sein. Für sie und ihre Söhne. Koste es, was es wolle.

Doch jetzt gab es anderes zu regeln. Er versuchte ein Lächeln. »Bin gleich wieder da.« Mit einem furchtbar unguten Gefühl stand er auf. Im Flur schnappte er sich das Telefon und verschanzte sich im Schlafzimmer.

***

Jürgen Töpfer hatte die Fährte aufgenommen. Das hatte Christine in jenem Augenblick gespürt, als er ihr die Hand gab. Ihn hatte der Jagdinstinkt gepackt. Der Einfachheit halber hatten sie sich beim Italiener in der Nähe des Kuriers getroffen, mitten in der City bei herrlichstem Wetter. »Sehen und gesehen werden«, so müsste das Café eigentlich heißen, denn genau das traf zu. Hier flanierte Wilhelmshaven entlang. Zwangsläufig, denn die Innenstadt bot nicht wirklich ein verzweigtes Einkaufsstraßennetz. Es gab die Marktstraße, die man auf und ab gehen konnte, und diese eine kurze Querstraße, in der sich durch Eiscafé, Restaurant und Café-Bar ein Teil des gesellschaftlichen Samstagvormittaglebens abspielte.

Jürgen Töpfer und Christine hatten den ersten Cappuccino bereits getrunken. Sonnenstrahlen zauberten Lichtreflexe auf sein Haar, und obwohl der Journalist übernächtigt aussah, lächelte er entspannt.

»Ich war zunächst auch skeptisch. Aber da steckt weit mehr dahinter, als wir jetzt erahnen können. Und ich will herausbringen, was es ist.« Beim Lächeln zeigten seine Zähne eine sagenhafte Gleichmäßigkeit, die Christine an einen Fuchs erinnerte. Ja. Er war ganz eindeutig auch vom Jagdinstinkt gepackt. Nur dass ihm bei der Spurensuche nicht die gleichen Mittel zur Verfügung standen wie ihr und Oda. Es sei denn ... Nein. Obwohl sie Odas Zweifel nachvollziehen konnte, glaubte sie dennoch nicht, dass Töpfer so berechnend war. Andererseits war sie seit Kurzem überhaupt nicht mehr sicher, wie und aus welchen Beweggründen Männer handelten.

Die Bedienung brachte die nachbestellten Getränke, für Christine einen Milchkaffee, doppelten Espresso für Jürgen. Aus dem Schaufenster der gegenüberliegenden Bildergalerie lächelte Audrey Hepburn von einem Poster bezaubernd frisch, die vorüberschlendernden Passanten schienen gut gelaunt. Wenn jetzt Odas kurzer Haarputz hinter dem Hepburn-Poster hervorblitzen würde, hätte das Christine überhaupt nicht verwundert.

»Wissen Sie, wenn so ein Gewaltverbrechen in der Zeitung steht, gibt es viele, die sich bemüßigt fühlen anzurufen und Dinge zu erzählen.« Jürgen zündete sich eine Zigarette an, und obwohl Christine selbst nicht rauchte, genoss sie den Duft, der ihr entgegenwehte. »Das war hier natürlich nicht anders. Und Sie können sich meine Überraschung vorstellen, als in einigen dieser Anrufe ein so folgenschwerer Unfall erwähnt wurde. Auch wenn viele anonym anriefen, machte mich die Summe der inhaltlich gleichen Telefonate hellhörig. Das hat mich veranlasst, dem Ganzen auf den Grund zu gehen.«

»Ihnen ist aber schon klar, dass Sie – insgeheim, unbewusst oder wie auch immer man das ausdrücken soll – mit Ihrem Artikel am Ende jemanden verdächtigen, oder?«

Jürgens Augen blitzten erheitert, als er sie ansah. »Habe ich Namen genannt?«

»Herr Töpfer.« Nachsichtigkeit lag in Christines Stimme. »Hören Sie auf. Nehmen Sie mich nicht auf den Arm. Das schaffen Sie nämlich nicht. Verraten Sie mir lieber den Namen desjenigen, der letztlich Ihre Quelle war.«

»Wie ich schon sagte: Es gab keine einzelne Quelle. Es war die Summe der gleichlautenden Informationen.« Jürgen drückte die Zigarette aus. »Zu meiner Ehrenrettung will ich Ihnen aber sagen, dass ich versucht habe, die Eltern des betroffenen Schülers telefonisch zu erreichen. Leider vergeblich. So musste der Artikel eben ohne diese Rückfrage in Druck gehen. Und ich bin mir sicher, dass Sie nicht abstreiten können, ebenfalls in dieser Richtung zu ermitteln. Wenn nicht schon vorher, dann doch jetzt, nach meinem Artikel.« Ein leicht verschmitztes Lächeln erhellte sein Gesicht und in seinen braunen Augen tanzten funkelnde kleine Sterne. »Wenn Sie jedoch schon weitergehende Erkenntnisse haben, dann bitte, teilen Sie mir die mit und ich schreibe einen Artikel, in dem steht, dass der Unfall absolut nichts mit dem Mord zu tun hat.«

»Sie wissen, dass ich Ihnen derzeit nichts sagen kann.«

»Tja, dann …« Töpfer hob gespielt betrübt die Hände. »Schlagzeilen, Frau Cordes, Informationen, Vermutungen … all das gehört in einem Mordfall nun einmal zu meinem Geschäft.« Er winkte der Bedienung. »Darf ich Sie einladen?«

»Nein«, lehnte Christine freundlich, aber bestimmt ab. Als sie sich kurz darauf verabschiedeten und sie seinen angenehm festen Händedruck spürte, fiel ihr auf, dass Jürgen Töpfer mit keiner Silbe nach Oda gefragt hatte. Irgendwie beeindruckte es sie, dass er Berufliches von Privatem zu trennen vermochte. Hoffentlich sah Oda das in diesem Fall genauso.

**

Ich stand vor der Tür. Wie schon so oft, drückte ich den Klingelknopf. Doch dieses Mal war es anders als die unzähligen Male vorher. Dies war das erste Mal »danach«. Es würde schwierig werden, das war mir klar. Aber ich glaubte, die Situation beherrschen zu können. Mit dem Öffnen der Tür spürte ich, wie mich eine ungekannte Furcht überfiel.

»Du?«, wurde ich fast tonlos begrüßt.

»Ja. Es ist ... Bist du allein? Kann ich reinkommen? Ich muss mit dir reden.« Meine Worte hallten durch das große Treppenhaus, verloren sich nach oben.

Es war zugig, ich fror, doch das Frösteln kam von innen. Ich musste es schaffen, hinein, ins Gespräch zu kommen. Alles abzuschwächen. Die Sache wieder ins richtige Lot zu bringen. Wenn das denn überhaupt noch ging. In diesem Moment flehte ich zu Gott. Das machte ich selten in der letzten Zeit, aber jetzt, jetzt schien der richtige Zeitpunkt zu sein. Ich brauchte Unterstützung, egal von welcher Seite.

»Was willst du?« Die Eiseskälte der Stimme traf mich wie ein Schlag. Ich begann zu zittern.

»Darf ich nicht reinkommen? Es ist ...«, meine Handbewegung umfasste den Hausflur, »nicht besonders einfach, hier zu reden.«

»Nein.« Erstaunlich hart kam dieses Wort.

»Bitte!« Wenn es etwas gebracht hätte, wäre ich auf die Knie gefallen, doch ich erkannte zu meinem Erstaunen in dem anderen Gesicht eine Festigkeit, von der ich nie gedacht hatte, dass sie möglich war.

»Hast du nicht verstanden? Ich will mit dir nichts mehr zu tun haben.«

Jeder Satz ein weiterer Schlag. Ins Gesicht und in die Magengrube. Ich zuckte zusammen. Wollte etwas erwidern, doch die Tür schloss sich, ließ mir keine Chance. Ich brauchte einen Moment, um mich zu finden. Dann ersetzte mein Verstand das eben noch vorherrschende Gefühl.

Ich schaute mich um. Keiner der Nachbarn schien etwas mitbekommen zu haben. Ein wenig erleichtert trat ich den Rückzug an. Überlegte. Grübelte. Ich würde eine Lösung für dieses Problem finden müssen. Bislang hatte ich noch für alles eine Lösung gefunden. Die Tulpe, die ich vorhin auf der Fensterbank im Treppenhaus als gutes Omen aus ihrer Zwiebel hatte wachsen sehen, knickte ich nun um.

***

Mit Interesse musterte Ingo Hoppe die beiden Frauen, die sich an seinem Esstisch niedergelassen hatten. Sie hätten einer dieser Fernsehkrimireihen entsprungen sein können, an denen man auf keinem Kanal vorbeikam. War es purer Zufall, oder steckte man auch im richtigen Leben absichtlich Typen zusammen, die auf den ersten Blick nicht wirklich zueinanderpassten? Wären zwei ähnliche Charaktere uneffektiv?

Seit er heute früh den Zeitungsartikel gelesen und Maike beruhigt hatte, rechnete er damit, dass jemand von der Polizei mit ihm reden wollen würde. Aber ihm war auch vorher schon klar gewesen, dass sie früher oder später auftauchen würden. Immerhin passte die Sache mit Kai perfekt in ihre Motivsuche. Und es war egal, ob sie jetzt, gestern oder morgen kamen, er hatte sich vorbereitet.

Langsam, als habe er alle Zeit der Welt und als ginge es um etwas ganz Belangloses, nahm er ebenfalls Platz an dem Milchglastisch, den seine Frau in einem Anfall von Modernisierungssucht gekauft hatte. Jeden Fingerabdruck sah man darauf, auch die geriffelten Sets in Knallrot konnten Ingos Meinung nach nicht verhindern, dass der Tisch kalt und ungemütlich wirkte. Die sündhaft teuren Schwingsessel aus rotem und schwarzem Leder waren immerhin noch bequem, selbst wenn er geschluckt hatte, als er erfuhr, was sie gekostet hatten.

»Natürlich kann man mich nicht als Vandenbergs Freund bezeichnen«, sagte er ruhig. »Wenn ich etwas anderes behaupten würde, wäre das gelogen, und Sie würden eine Menge Leute finden, die mich dieser Lüge überführen könnten. Immerhin ist Vandenberg ganz klar schuld am jetzigen Zustand meines Sohnes, da empfindet man weder Freundschaft noch Wohlwollen.« Ingo schwieg. Ließ die Aussage so im Raum stehen. Wenn die was wissen wollten, sollten sie fragen. Er würde nicht einfach drauflosplappern. Er nicht. Aber auch die beiden Frauen schwiegen. Sahen ihn unverwandt an. Ha! Was spielten die denn jetzt? Psychologische Gesprächsführung, oder was? Wenn die meinten, er würde ihnen auf den Leim gehen, dann hatten sie sich getäuscht.

Nach ein paar Minuten ergriff die Kleinere das Wort.

»Sie haben eine Menge angestellt, um Vandenberg vom Dienst suspendieren zu lassen.«

»Stimmt.«

»Aber es hat nicht funktioniert.« Sie hielt den Augenkontakt. Das nötigte ihm Respekt, aber auch ein selbstgefälliges Lächeln ab.

»Nein.«

»Nein.« Sie maß ihn weiterhin mit Blicken. Er meinte, ihre Gedanken lesen zu können. Doch er würde sich nicht aus der Reserve locken lassen.

»Sie machen es uns nicht leicht, wenn Sie derart einsilbig sind. Uns allen nicht. Ihnen schon gar nicht.«

»Wenn Sie Fragen haben, dann stellen Sie sie.« Ingo lehnte sich zurück und verschränkte die Arme vor der Brust. »Nur erwarten Sie nicht von mir, dass ich drauflosplaudere, als seien Sie zum Kaffeeklatsch hier. Sie wollen mir etwas anhängen. Das ist Ihr Ziel. Doch da spiele ich nicht mit.«

»Könnten wir Ihnen denn etwas anhängen? Gäbe es nicht auch die Möglichkeit, jetzt und hier Verdachtsmomente auszuräumen?« Nun sprach die Blonde. Sie hatte eine überaus angenehme Stimme, die der Kleineren war irgendwie kratziger. »Fangen wir doch einmal mit Ihrem Alibi an. Wo waren Sie am Mittwoch gegen halb drei?«

»Da war ich mit Jens Hermeling zusammen. Wir haben gemeinsam zu Mittag gegessen und anschließend noch einen Kaffee getrunken.«

»Das kommt ja wie aus der Pistole geschossen.« Auch die Kleinere hatte sich zurückgelehnt und die Arme über ihrer beeindruckenden Brust verschränkt.

»Hören Sie, in dem Moment, in dem ich erfuhr, dass Vandenberg tot ist, war mir klar, dass Sie mit mir reden würden. Alles andere wäre unlogisch. Und ich bin ein logischer Mensch.« Er zog amüsiert die Augenbrauen hoch.

»Kommen wir zurück auf Herrn Hermeling.« Die Stimme der Blonden umschmeichelte ihn. »Ist er ein Kollege?«

»Ein Freund.«

»Mit dem Sie sich öfter zum Mittagessen treffen.«

»Ja.« Das war genau genommen nicht ganz die Wahrheit, aber überprüfen könnte das niemand.

»Herr Hoppe. Langsam verliere ich ein wenig die Geduld. Können wir nicht ein vernünftiges Gespräch miteinander führen? Wir sind nicht hier, um Ihnen einen Mord anzuhängen, wir möchten einfach so viele Informationen wie möglich sammeln, um daraus ein detailliertes Bild erstellen zu können. Mit Ihrer Einsilbigkeit tragen Sie nicht gerade dazu bei, dass wir Sie als hilfsbereiten Menschen ansehen. Im Gegenteil.« Auch die Blonde schlug jetzt eine härtere Tonart an.

Ingo setzte gerade zu einer Antwort an, als die Tür aufging.

»Papa …«

Sören. Den konnte er nun gar nicht gebrauchen.

»Sören, ich hab dir doch gesagt, dass ich nicht gestört werden will.«

»Tut mir leid, Papa, ich hab's vergessen. Bin schon wieder weg.« Ein lausbubenhaftes Lächeln glitt über das sommersprossige Gesicht seines Jüngsten. Hatte er also doch seine Neugier nicht im Zaum halten können, dieser Schlingel.

»Ihr anderer Sohn?«, fragte die Blonde, als Sören die Tür hinter sich zugezogen hatte, wie üblich, ohne die Klinke runterzudrücken.

»Ja.«

»Gefällt mir. Er hat so was Fröhliches. Wie alt ist er denn?«

»Elf. Gerade geworden.« Ingo lächelte.

»So groß schon.« Die Blonde lächelte zurück. »Dann hat er ja die Grundschulzeit schon hinter sich.«

»Ja. Das Lernen fällt ihm leicht, er ist ein guter Schüler und macht uns viel Freude.«

»Das glaube ich gerne. Auf welche Schule geht er denn?«

Ingo spürte, wie sein Gesicht erstarrte. »Aufs Kaiser-Wilhelm-Gymnasium«, beantwortete er die locker dahingestellte Frage mit heiserer Stimme.

»Hatte er auch Herrn Vandenberg als Sportlehrer?« Der Gesichtsausdruck der Kleinen strafte ihren leichten Tonfall Lügen.

***

»Moin!« Nieksteit hatte seinen alten, fast schon schrottreifen schwarzen Golf in der Parkbucht abgestellt und sah sich nach dem Aussteigen einer Frau gegenüber, die er spontan für Hildegunde Schwab hielt. Zumindest passte sie hervorragend zu Christines Beschreibung. Diesmal hatte sie keinen Mülleimer in der Hand, sondern hockte mit einem kleinen Unkrautrechen und einem Eimer im Blumenbeet. »Moin.« Zusammen mit ihrer Neugierde wehte Nieksteit eine gehörige Brise Schweißgeruch entgegen. Ob sie schon länger arbeitete? Oder einfach nicht geduscht hatte? Er ignorierte den neugierigen Blick und ihren Versuch, sich zu einer Frage aufzurichten, denn er hatte keine Lust, sich ausfragen zu lassen. Und selbst Fragen zu stellen, fiel eindeutig nicht in seinen Aufgabenbereich, wie ihm klargemacht worden war. Bitte schön, sollten Oda und Christine das doch übernehmen. Er würde sich jetzt lediglich an Vandenbergs PC machen und schauen, was es dort auszugraben gab. Irgendetwas gab es sicher; den Menschen wollte er sehen, der nicht zumindest eine klitzekleine Kleinigkeit zu verbergen hatte.

Während er seine Aktentasche vom Beifahrersitz nahm, warf Nieksteit einen schrägen Blick zur Rechenfrau, der von ihr mit derart hochgezogenen Augenbrauen erwidert wurde, dass er sich das Lachen verkneifen musste. Zu gern würde die wissen, was er hier tat. Spontan schloss er eine Wette mit sich ab, dass er sie nachher noch einmal antreffen würde. Garantiert. Sonst würde er am Abend auf ein Bier verzichten. Leichtfüßig überquerte er die Straße und lief auf die Haustür der Vandenbergs zu.

Nach kurzem Warten wurde auf sein Klingeln geöffnet. Wieder war er von Christines Beschreibungen begeistert, denn er stand unzweifelhaft Barbara Vandenberg gegenüber. Sicher, sooo viele Frauen waren in diesem Haus nicht zu erwarten gewesen, aber es hätte durchaus eine Freundin oder Verwandte hier sein und die Tür öffnen können. Dies jedoch war die Vandenberg, ganz klar. Auch heute trug sie Alltagskluft, keine Trauerkleidung. Er seufzte kurz, denn

Seufzen machte sich an einem Samstagvormittag immer gut, zückte seinen Dienstausweis und stellte sich und sein Anliegen vor.

»Wenn Sie meinen, dass Sie dadurch in Ihren Ermittlungen weiterkommen.« Barbara Vandenberg zuckte lakonisch mit den Schultern. »Ich denke nicht, dass Harald etwas auf seinem PC hat, das keiner wissen darf. Mein Mann hatte nichts zu verbergen. Aber wenn es denn sein muss … Also, kommen Sie rein. Vielleicht gibt es ja tatsächlich etwas, das dabei hilft, herauszufinden, wer …« Sie stockte, schluckte hörbar und führte Nieksteit in ein kleines Zimmer. Neben einem großen Buchenholzschreibtisch stand ein Regal, an der gegenüberliegenden Wand eine stoffbezogene Zweiercouch. Nieksteit staunte über die Anzahl an Pokalen, die zusammen mit einer Sammlung Fotos neben Büchern im Regal standen.

»Hat Ihr Mann die alle gewonnen?«, fragte er.

»Ja.« Barbara Vandenberg lächelte sanft. »Er war in seiner Jugend ein begnadeter Sprinter. Hielt zweimal den deutschen Rekord. Und er hat auch als Lehrer nicht aufgehört, aktiv zu sein.«

»Darf ich?« Nieksteit trat näher an die Fotos heran.

»Nur zu, schauen Sie sich um. Wie Sie den PC anmachen müssen, das werden Sie sicherlich allein wissen?«

»Ja, ja, ich komm schon klar, danke«, erwiderte Nieksteit. »Wissen Sie, wo Ihr Mann seinen E-Mail-Account hatte?«

»Nö. Keine Ahnung. Ich hab ihm ja nie Mails geschickt, ich hab immer direkt mit ihm gesprochen.«

»Na, ich werd das schon rauskriegen.« Nieksteit nickte. »Dann kennen Sie sicherlich auch sein Passwort nicht.«

»Passwort? Braucht man eins? Das weiß ich auch nicht. Da fragen Sie mich wirklich zu viel. Hat er bestimmt irgendwo notiert. Vielleicht auf der Schreibtischunterlage?«

»Ist egal, ich komm schon klar«, wiederholte Nieksteit lächelnd.

»Ist das denn so leicht?« Barbara Vandenberg runzelte die Stirn. »Kommt man so leicht an die E-Mails anderer Leute?«

»Nein.« Nieksteit bemühte sich, seiner Stimme einen beruhigenden Ton zu geben. »So leicht ist das nicht, vor allem, wenn jemand nicht möchte, dass man an die Mails kommt. Aber ich denke nicht, dass Ihr Mann Grund hatte, etwas zu verbergen, darum ist es in solchen Fällen relativ einfach, wenn man bestimmte Daten wie Geburtstage oder so hat.«

»Ach so.« Barbara Vandenberg schaute noch immer skeptisch. »Keine Angst, ich mach nichts kaputt. Wenn ich was wissen will, frag ich Sie, okay?«

»Ja, ja.« Nicht wirklich überzeugt verließ Barbara Vandenberg das Zimmer. Nieksteit vertiefte sich noch einen Moment in die Betrachtung der Bilder, auf denen Vandenberg in den verschiedenen Stadien seines Lebens abgelichtet war. Überwiegend in Sportklamotten, meist als lachender Sieger. In früheren Jahren allein, den jeweiligen Pokal in der Hand. Die Aufnahmen der letzten Jahre hingegen dokumentierten seine Arbeit als Trainer: Darauf war Vandenberg umringt von sportlich gekleideten jungen, aber auch etwas älteren Mädchen. Drei Fotos zeigten ihn mit einer jungen Sportlerin, auf die er sichtbar stolz war. Tja, das war nun mal eindeutig was Positives. Hier sah man nichts, was in die Kategorie »unsympathischer Zeitgenosse« passte.

Nieksteit drehte sich zum Schreibtisch und drückte die Powertaste des PCs. Während der Rechner hochfuhr, setzte er sich auf den Drehstuhl und sah aus dem Fenster. Kein Anblick, der einen träumen ließ, auch wenn es Bettwäsche war, die Nieksteit in der leichten Brise flatternd die Sicht versperrte. Er wandte sich wieder dem Computer zu, auf dessen Desktop sich gerade die Symbole aufbauten und betrachtete das Hintergrundbild. Er hatte mit etwas Sportlichem gerechnet, einem Foto von Vandenberg und seinen Protegés, doch was er sah, war eine dieser typischen gestellten Gruppenaufnahmen, die man bei einer Familienfeier machte. Vandenberg, seine Frau, mehrere jüngere Leute, ein Kleinkind und ein Paar im Alter der Vandenbergs. Das passte überhaupt nicht zu dem Eindruck, den er inzwischen von dem Mann hatte. Na ja. Der war wohl doch mehr Familienmensch gewesen als allgemein angenommen.

Nieksteit nahm die Maus, klickte erst die Favoriten an, wo er auf Anhieb den Link zum E-Mail-Anbieter Vandenbergs fand, und öffnete anschließend den Ordner »Eigene Dateien«, wo er eine lange Zeit ungezielten Suchens erwartete. Erst jedoch schob er die Tastatur beiseite und betrachtete die vollgekritzelte Schreibtischunterlage aus Papier. Offensichtlich das Werbegeschenk einer Bank. Mit Kalenderfunktion. Als solches aber hatte Vandenberg sie nicht benutzt. Zahlen standen drauf. Manche eingekreist. Namen, E-Mail-Adressen, zusammenhanglos scheinende Wortreihen.

Irgendwo hatte Vandenberg bestimmt sein Passwort für den E-Mail-Zugang abgelegt. Das tat fast jeder, warum sollte ausgerechnet Vandenberg da eine Ausnahme bilden? Nieksteit suchte weiter.

***

»Womit fangen wir an? Mit Hoppe oder mit Jürgen?« Odas Ton hatte eine gewisse Schärfe, als sie nach einer einsilbig, wenn nicht gar schweigsam zu nennenden Autofahrt ausstiegen. Christine hatte auf dem Theaterparkplatz geparkt, nur ein paar Meter von der Innenstadt entfernt, in der es immerhin die den Bahnhof umschließende Nordseepassage gab. Das Einkaufscenter versuchte zumindest ansatzweise, Großstadtflair nach Wilhelmshaven zu bringen. Auch wenn der Leerstand einiger Ladenlokale deutlich machte, dass in Wilhelmshaven nicht das große Geld zu machen war.

»Ich weiß nicht, was du meinst.« Christine hatte keine Lust auf Odas überzogenes Gehabe. Sie hatte weiß Gott genug um die Ohren, genug eigene Probleme, da wollte sie nun nicht auch noch auf Odas Befindlichkeit Rücksicht nehmen.

»Das weißt du nicht?« Sarkasmus troff aus Odas Stimme. »Muss ich dir Stichworte geben?«

»Bitte.«

Wie ein altes verhärmt-vertrautes, einander verabscheuendes Ehepaar stiefelten sie nebeneinander her in Richtung ihres Cappuccino-Cafés. Am Synagogenplatz, auf dem in weißen Steinen die Umrisse der damals abgebrannten Kirche gepflastert waren, blieb Christine stehen. Kopfschüttelnd fasste sie Oda am Arm.

»Sag mal, können wir vielleicht wieder normal miteinander umgehen?«

Oda schnaufte wortlos.

»Oda. Bitte.«

Oda stiefelte weiter.

»Okay. Wenn du nicht willst, dann eben nicht. Ich brauch meinen Kaffee auch nicht mit dir zu trinken. Es ist Samstag, da weiß ich genügend Stellen, an denen ich Leute zur Gesellschaft finde.« Christine machte eine Rechtskurve Richtung Börsenplatz, auf dem um diese Uhrzeit zwar nicht ganz so viel los war, aber sie hatte absolut keine Lust, mit einer schlecht gelaunten Oda zusammen zu sein. Das hatte sie überhaupt nicht nötig. Die Harmonie heute früh war wohl zu viel des Guten gewesen. Man sollte es nicht übertreiben. Christine gab sich Mühe, mit ihren Pumps auf dem Kopfsteinpflaster die Balance zu halten, als sie sich ihrerseits am Ellbogen angefasst fühlte.

»Hey.« Oda stand hinter ihr. »Ich hab's doch nicht so gemeint.« Christine schaute sie skeptisch an.

»Echt. War nur wegen Jürgen. Weil du nichts über euer Gespräch gesagt hast.« Oda fischte eine Zigarette aus der Jackentasche und zündete sie an. »Guck nicht so, die brauch ich jetzt«, sagte sie und zog Christine wieder in die ursprüngliche Richtung.

»Da gibt's nicht großartig was zu erzählen. Ich hab ihn auf den Artikel angesprochen, und er hat geantwortet. Blieb professionell und sachlich. Das hat mir eigentlich ganz gut gefallen. Dass er eben nicht ins Private abrutschte.«

Inzwischen hatten sie das Café erreicht. Unter der rot-weiß gestreiften Markise waren die Tische zum großen Teil besetzt, ein wenig abseits stand gerade ein Pärchen auf.

»Schnell!« Christine stupste Oda an, denn schon kamen von rechts ebenfalls zwei Frauen darauf zugesteuert. Siegessicher überwand Oda als erste die fehlenden Meter, ließ sich auf den roten Stuhl plumpsen und inhalierte einen letzten tiefen Zug, bevor sie ihre Zigarette im Aschenbecher löschte.

Kurze Zeit später dufteten und dampften zwei Cappuccini vor ihnen, und Oda hatte einige Male nach links, rechts und mitten auf die Fußgängerzone gegrüßt. Christine hoffte nur, dass es ihr erspart bleiben würde, Frank und seine Tusnelda zu sehen. Ihr reichte schon der Anblick eines in die Jahre gekommenen, eher klein zu nennenden Mannes, der das Grau seiner Haare unter einer braunen Tönung zu verbergen suchte, dabei aber den Schläfenansatz übersehen hatte. Er hielt besitzergreifend eine sicherlich fünfundzwanzig Jahre jüngere, schon beinahe magersüchtige Platinblondine im Arm. Es wirkte wie ein Wunder, dass die beiden es über sich brachten, auf zwei Stühlen denn auf einem Platz zu nehmen. Eine kleine Kralle wirbelte Christines Gedärme durcheinander, als der Mann zwischendurch immer mal wieder Frank zu sein schien. Sie biss die Zähne zusammen. Musste sich wohl darauf einstellen, auch Frank irgendwann mit solchem Gockelverhalten zu sehen. Zusammen mit einer Frau, die ihren Babybauch stolz vor sich hertragen würde. Die Kralle fing an, stärker herumzuwirbeln.

»Kommen wir zurück zum Thema«, Christine bemühte sich, das Wirbeln zu ignorieren, und rührte zwei Süßstofftabletten in ihre Tasse. »Nach dem ersten Artikel, sagt dein Jürgen …«

»Ist nicht *mein* Jürgen …«

»Okay. Also, nach dem ersten Artikel habe es einige Anrufe gegeben, sagte Töpfer.«

»Kannst ruhig Jürgen sagen. Musst nur das ›dein‹ weglassen.« Oda trank schlürfend einen Schluck.

»Ist doch egal. Jedenfalls gab es ein paar Anrufer, die auf den Unfall des kleinen Hoppe und die Untersuchung hingewiesen haben, bei der nichts herauskam. Halt all das Zeug, das wir eh schon von der Grabowski wissen.«

»Ich hab's verbockt.« Oda stützte so unvermittelt den Ellbogen auf und legte ihr Kinn resigniert auf die Hand, dass der kleine runde Metalltisch wackelte. »Das mit Jürgen. Ich dürfte nicht so impulsiv sein. Müsste mehr nachdenken. Aber das krieg ich irgendwie nicht hin. Ich versuch es ja. Wirklich. Doch dann gehen die Pferde mit mir durch. Meine Güte, ich hab eine Ehe hinter mir. Hab also Erfahrungen, sollte man denken. Und dennoch krieg ich so 'nen blöden Beziehungsanfang nicht hin. Es ist zum Kotzen.«

»Tja …« Christines ganzes Bedauern lag in dieser einen Silbe. Zu gern hätte sie ihrer Kollegin einen Rat gegeben. Nur wie, wo sie doch selbst im Glashaus saß. »Das ist eben deine Art, dieses Impulsive. Hat ja auch was für sich. Wenn du dich nur ab und zu ein wenig zügeln könntest. Mal kurz nachdenken über das, was du von dir gibst.«

»Ich weiß«, einsichtiges Bedauern klang in Odas Stimme, um gleich darauf zu Trotz zu werden: »Aber Jürgen hätte doch nicht gleich so darauf einsteigen müssen. Immerhin kennt er mich und weiß, dass ich jetzt unter Dampf stehe.«

»Vielleicht war er einfach zu enttäuscht, weil du ihm unterstellt hast, er wolle dich aushorchen?«

»Ja.« Das kam knapp. Ertappt und sich des eigenen Fehlers bewusst. »Sicherlich. Klar hätte ich mich da zurücknehmen müssen. Aber warum immer ich? Immer bin ich diejenige, die auf andere

Rücksicht nehmen muss. Auf Alex zum Beispiel. Da mach ich auch oft genug gute Miene zum bösen Spiel, obwohl ich auf den Tisch hauen könnte. Und nun auch auf Jürgen? Nehmen die denn auf mich Rücksicht?« Oda knabberte kurz an der Nagelhaut ihres rechten Mittelfingers.

»Hast du sie mal gefragt?«

»Wie? Gefragt?«

»Na, hast du mit ihnen mal darüber geredet? Dass du den Eindruck hast, du allein würdest Rücksicht nehmen?«

»Nee. Meinst du, ich sollte das tun?«

»Ich denke schon. Vor allem bei Jürgen. Der kennt dich noch nicht so gut und lang wie Alex. Aber mit Alex auch. Er ist inzwischen doch alt genug, um vom verwöhnten Kind hinüber in den Status ernst zu nehmender Erwachsener zu wechseln.«

Oda guckte skeptisch.

»Okay. Lassen wir Alex noch mal außen vor«, sagte Christine amüsiert. »Fang einfach bei Jürgen an.«

»Mal gucken. Muss ich drüber nachdenken. Kannst ja recht haben. Aber ich werd noch warten, bis ich mich bei ihm melde. Er kann sich schließlich auch Gedanken darüber machen, ob sein Verhalten richtig war. Seh ich gar nicht ein, dass ich da zu Kreuze krieche. Jetzt noch nicht. Pah!«

***

Nieksteit starrte auf den PC. Nee. Das war jetzt nicht wirklich wahr. Er hatte nur vier Versuche gebraucht, um den Code zu Vandenbergs E-Mail-Account zu knacken. Dabei hätte er gedacht, er würde dafür noch weitere Details über Vandenbergs Leben, über seine Vorlieben brauchen. Die Leute sollten wirklich wesentlich mehr Sorgfalt auf die Auswahl ihrer Passwörter legen. Vorname und Geburtstag war viel zu einfach.

Neugierig öffnete er den Account.

Mails ohne Ende … Spam … Werbung … nichts, was auf Anhieb Erfolg brachte. Mit einem kleinen Seufzer fing er an, alles durchzusehen. Wie viel lieber hätte er sich diesen Hoppe vorgenommen! Die ständigen Recherchejobs gingen ihm so langsam wirklich auf den Geist. Bevor Christine in der Polizeiinspektion aufgetaucht war, hatte er zumindest den einen oder anderen Einsatz an Odas Seite gehabt. Und genossen. Dass jetzt die beiden Mädels ein Gespann bildeten und Siebelt nicht Christine und Lemke zusammengesteckt hatte, ärgerte Nieksteit schon. Ein bisschen. Nicht so sehr, als dass er sich vor den anderen darüber aufregen würde. Dazu fehlte ihm dann doch der Ehrgeiz. Aber ein bisschen ärgerte es ihn. Obwohl er Christine mochte. Durch das, was er mit seinen Recherchen für die letzten Fälle in Erfahrung bringen konnte, hatte er andererseits aber gezeigt, dass das Team nicht nur aus den beiden *Headwomen* bestand, sondern dass auch die Basisarbeit wichtig war.

Nieksteits Blick wurde durch eine Bewegung vor dem Fenster abgelenkt. Barbara Vandenberg nahm die Bettwäsche von der Leine, legte sie akkurat zusammen und anschließend in den weißen Plastikkorb zu ihren Füßen. Sie tat es in einer routinierten, aber doch beschwingten, ansprechenden Art, sodass Nieksteit zum ersten Mal die Frau in ihr sah. Die Art, wie sie ihre Hüften und ihren Körper bewegte, zeigte, dass Barbara Vandenberg eine Frau sein musste, die sich ihrer Weiblichkeit absolut bewusst war. Dass das heute, unter diesen Umständen, automatisch ablief, dass Barbara nicht wusste, was ihr Körper zeigte, davon war Nieksteit überzeugt. Im Gegenteil, er hätte wetten können, dass sich ihr biegsamer Körper automatisch versteifen würde, wenn man sie auf die von ihr ausgehende Sinnlichkeit ansprechen würde. Wie wohl ihr Eheleben gewesen war?

Bevor er weiter in diese Richtung grübeln konnte, kam aus dem Haus gegenüber ein Mädchen, das Barbara Vandenberg verhalten grüßte, bevor es aufs Fahrrad stieg. Irgendwie kam sie ihm bekannt vor, als hätte er sie kürzlich gesehen. Musste wohl die Tochter der Schwabs sein. Für das Mädchen war es sicherlich auch keine angenehme Situation. Nicht nur, dass der Nachbar, mit dem die Eltern Streit gehabt hatten, plötzlich tot war. Nein, der war ermordet worden. Und schon hing da ein kleiner Makel über dem streitbaren Anlieger. Nee, so ein scheinbar idyllisches Vorstadtleben war bestimmt nicht einfach. Da lobte er die Anonymität seines Wohnhauses mit achtzehn Mietparteien, von denen sich keine um die anderen scherte.

»Möchten Sie auch einen Kaffee?« Barbara Vandenberg steckte den Kopf zur Tür hinein. »Ich hab grad einen durchlaufen lassen.«

Nieksteit drehte sich zu ihr um. »Das wäre superklasse.«
»Mit Milch und Zucker?«
»Ohne alles, danke.«
Kurz darauf war sie zurück und drückte ihm einen blauen Keramikbecher in die Hand. »Barbara« stand drauf. Sicher gab es auch einen mit dem Namen Harald. Irgendwie war Nieksteit froh, dass er den nicht in der Hand hielt.
»Danke, Kaffee kann ich jetzt gut gebrauchen.« Nieksteit lächelte.
»Haben Sie schon was gefunden?« Ein eigenartiger Zweifel klang in Barbara Vandenbergs Frage mit. Sie setzte sich auf die Couch, die sicherlich sporadisch als Schlafcouch diente und nicht wirklich in dieses dafür eigentlich zu kleine Zimmer passte.
»Nein. Aber so schnell habe ich auch nicht damit gerechnet. Falls es überhaupt etwas zu finden gibt, was ich bezweifele.« Nun log er ein bisschen, aber die Art, in der die Vandenberg auf der Couch saß, die Knie zusammen, die Füße auseinander, hatte etwas so Verletzliches, Kleinkindhaftes, dass er nicht zugeben wollte, in der starken Hoffnung hergekommen zu sein, einen handfesten Ansatzpunkt zu finden.
Er trank einen Schluck. »Klasse. Genau so, wie ich ihn mag. Nicht zu stark.«
»Ist sowieso entkoffeiniert. Harald konnte Koffein nicht so gut ab. Aber die Sorten ohne Koffein schmecken heute ja auch richtig prima.«
Nieksteit nickte. »Ich hab im letzten Jahr einen Beitrag über alkoholfreie Biere auf dem Oktoberfest gesehen. Da haben sie parallel auch alkoholfrei ausgeschenkt, die Leute aber im Glauben gelassen, es sei stinknormales Bier. Gemerkt hat keiner was, und einige meinten, sie seien nach drei Maß schon richtig angedudelt. Ist wohl ein Placeboeffekt. Drum macht mich ihr entkoffeinierter Kaffee sicher auch richtig munter.« Er zwinkerte ihr zu, dann zeigte er auf den Bildschirm. »Ich hatte eigentlich erwartet, als Hintergrund ein Sportlerbild zu sehen. Ist das mehr Ihr PC als der Ihres Mannes?«
»Nein.« Barbara Vandenberg schüttelte irritiert den Kopf. »Ich gehe da höchst selten ran. Das macht alles mein Mann. Ich habe dafür überhaupt keine Geduld. Höchstens zu Weihnachten verschick ich mal ein paar Mails. Bei Geburtstagen gratulier ich lieber per Te-

lefon. Nein. Das ist – das war – Haralds PC. Torben hat oben seinen eigenen. Dieser hier ist für ihn tabu, dazu hatte Harald zu viel Angst vor Viren, die man sich beim Downloaden irgendwelcher Dateien einfangen konnte. Aber«, sie runzelte die Stirn, »eigentlich müsste da das Bild von Lara und Harald sein. Das vom letzten Wettkampf. Er hatte immer das aktuellste Siegerfoto als Hintergrundbild. Damit er es jeden Tag sehen konnte.«

»Lara ist Ihre Tochter?«

»Nein.« Barbara Vandenberg schien mit einem Mal sehr angespannt zu sein. »Lara ist einer von Haralds Schützlingen. Sein bestes Pferd im Stall, wie er immer sagte. Sie ist sagenhafte Zeiten gelaufen.« Sie stand auf und wollte zu einem der Fotos im Regal greifen, als das Telefon klingelte. »Entschuldigen Sie.« Mit diesen Worten eilte sie hinaus.

Niksteit betrachtete die Bilder im Regal mit akribischer Sorgfalt. Welche der jungen Frauen war nun das beste Pferd im Vandenberg-Stall? Während er noch die Bilder studierte, ließ ihn der Tonfall der Wortfetzen, die an sein Ohr drangen, aufhorchen.

»Nein … Das geht jetzt nicht … Peter, bitte … Nein, die Polizei ist grad hier … Ja … Bitte, Peter, nein, woher denn …«

War er jetzt total verrückt, oder hörte er da etwas heraus, was es in einem harmlosen Telefonat nicht geben sollte?

* * *

Auf den ausrangierten, zerschlissenen Couchen im Souterrain des Gemeindehauses lümmelten die Jugendlichen. Heavy Metal lief in erstaunlich zivilisierter Lautstärke im Hintergrund, der Geruch unzähliger, in grauer Vorzeit gerauchter Zigaretten hing in den Polstern, den Gardinen und der Tapete. Bislang war noch keiner der jungen Leute auf die Idee gekommen, eine Grundreinigung vorzunehmen, und von den Damen der sonntäglichen Teestunde, die einzigen Gemeindemitglieder, denen eine derartige Reinigung einfallen würde, hatte sich bislang keine hierher in die Katakomben – wie sie es nannten – verirrt.

Laras Kopf lag auf Torbens Schoß, geschwisterlich vertraut. Sie waren einander in der letzten, wahrlich nicht einfachen Zeit, die sie gemeinsam überstanden hatten, so nah gekommen. Sanft strich er über ihre Stirn, spielte mit den seidigen Haaren. Ihm gegenüber unterhielt sich Igor mit Sophie und Marina, links versuchte Luka, an seiner Gitarre zupfend, sich dem musikalischen Hintergrundrhythmus anzupassen.

»Wie ist das denn jetzt?«, fragte er, ohne seinen Blick von der Gitarre zu nehmen. »Mit der Orga fürs Gemeindefest. Mauser drängelt ganz schön, wir müssen langsam in die Hufe kommen. Wer was macht und so.«

Igor sah Luka fragend an. »Wieso? Ich denk, das ist alles klar. Die Programmpunkte stehen, und Torben hat Mauser die Kohle für die Bastelstände aus der Gemeindetasche geleiert, oder nicht?«

Torben hielt inmitten einer Streichelbewegung inne. »Ich hab mich nicht mehr drum gekümmert, Igor. Sorry. Das müsst ihr übernehmen.«

»Warum das denn? Du bist doch derjenige, der für die Jugendarbeit zuständig ist. Komm schon. Das lenkt dich auch ab.«

»Geht nicht. Krieg ich nicht mehr gebacken.« Torben lehnte sich schulterzuckend wieder zurück. »Sucht euch einen anderen. Wird sich schon wer finden. Die Kirche geht mir am Arsch vorbei. Werd wohl austreten.«

»Torben!« Skeptische Entrüstung lag in Igors Stimme, und auch die anderen sahen ihn an. »Nun übertreibst du aber!«

»Ich übertreib? Ich?« Lara war von sich aus in die Senkrechte gegangen, sonst wäre sie Gefahr gelaufen, auf den Boden zu rutschen, so erbost richtete Torben sich jetzt auf. »Als wenn ich nicht allen Grund dazu hätte! Kirche, pah! Gott, pah! Wo war Gott denn, als erst Lars und nun mein Vater umgebracht wurde. Wo? Hä?«

»Hey. Stopp. Mach mal 'nen Punkt. Lars ist überfahren worden. Das war ein Unfall, kein Mord.«

»Ist doch scheißegal, ob das ein Unfall war. Lars ist tot, und derjenige, der dafür verantwortlich ist, kutschiert weiterhin fröhlich durch die Gegend. Und bei meinem Vater gibt's ja wohl keinen Zweifel, dass er ermordet wurde, oder? Wo, bitte, war Gott da?« Torben schnaubte. »Wenn ich Wilfrieds Gelaber über Gott, den Gütigen, und Gott, den Gerechten, höre, krieg ich den totalen Brechreiz. Furchtbar. Ständig versucht er, auf mich einzureden. Aber das bringt nichts. Ich hab keinen Bock mehr auf diese ganze verlogene Scheiße. Der kann mich mal mit seinem scheinheiligen Getue.«

»Was kann ich dich?«

Unbemerkt war Pastor Mauser in den Raum getreten. Während er sich auf die Armlehne von Igors Sessel setzte, sah er Torben mit einer Intensität an, dass in diesem der Eindruck entstand, Mauser wollte mit seiner Platzwahl ausdrücken: Schau her, ich habe die Kraft, die Stärke auf meiner Seite. Jeder in der Gemeinde wusste, dass Igor Judoka war. Braungurtträger. Nicht zu unterschätzen. Wollte Mauser ihn auf diese Weise unter Druck setzen? So ein Quatsch. Immerhin war dies die Kirche, und keine Sekte.

»Du kannst mich mit der Kirche in Ruhe lassen. Das hab ich gemeint«, wiegelte Torben in einem plötzlichen Anflug von Zurückhaltung ab. »Das hat nichts mit dir persönlich zu tun. Es ist nur ... dieser ganze faule Kram. Kirche, Glaube, Gott. Ich hab damit nichts mehr am Hut. Nicht nach dem, was war. Ich brauch erst mal Abstand. Also tut euch selbst einen Gefallen und lasst mich bei der Gemeindefestplanung außen vor.« Torben zog Lara wieder an sich. Benutzte sie als Schutzschild, wie er sich im selben Augenblick eingestand. Warum aber hatte er das Gefühl, einen solchen Schild zu brauchen?

**

Oda lag in der Wanne, als ihr Handy klingelte. Nachdem der Tag so beschissen verlaufen war, gönnte sie sich diesen Luxus ausnahmsweise. Sonst sprang sie lieber unter die Dusche, so wie sie vieles eher im Eiltempo erledigte. Sie war einfach nicht der Typ für Gemächlichkeit und Ruhe, auch wenn das bei ihrer Figur keiner vermuten würde. Heute aber musste es das volle Verwöhnprogramm sein. Ein langes Schaumbad mit Schokoduft und anschließend viel Zeit, um Beine, Achseln und Schambereich zu rasieren. Jetzt stand ein großer Becher Fencheltee am Wannenrand, und der historische Roman in ihrer Hand entführte sie in vergangene Zeiten. Alle paar Minuten ließ sie heißes Wasser nachlaufen, sodass der Spiegel über dem Waschbecken bereits beschlagen war. Zudem lief noch der Trockner und erzeugte Wüstentemperaturen. Aber heute brauchte Oda genau das.

Es klingelte immer noch. Verdammt, warum hatte sie das blöde Telefon nicht mit ins Bad genommen? Ihr Festnetztelefon lachte sie höhnisch vom Wannenrand an. Sie überlegte. War es ein wichtiges Gespräch? Wer würde sie über Handy anrufen und nicht die Privatnummer wählen? Es könnte beruflich sein, zumindest war da jemand ziemlich hartnäckig, denn es klingelte weiter. Hatte sie die Mailbox deaktiviert? Wenn sie sich jetzt aus der Wanne hieven, ein Handtuch schnappen und in den Flur rennen würde, wäre das Gespräch unter Garantie weg, bevor sie das Handy in der Hand hatte. Und bei ihrem Talent gehörte mindestens ein Ausrutschen auf dem nassen Fliesenboden mit aufgeschlagenem Knie oder auch Schlimmeres dazu. Also versuchte sie, entspannt an der Stelle weiterzulesen, an der sie unterbrochen worden war. Ganz sicher würde es der Anrufer, wenn es denn wichtig wäre, noch mal versuchen. Oder eine Nachricht auf der Mailbox hinterlassen, so die denn irgendwann einmal ansprang. Sie konnte also ganz locker bleiben. Zur Selbstsuggestion ließ sie die Schultern kreisen. Links. Rechts. Beide hoch, nach vorn, den Kopf zeitgleich zur Seite ... Sie ließ sich doch nicht von einem Handy unter Druck setzen.

Es klingelte immer noch. Das gab's doch gar nicht. Vielleicht hätte sie es tatsächlich noch geschafft dranzugehen, aber nun war es garantiert zu spät.

Verdammt, warum hörte es nicht auf? Und wo, zum Teufel, blieb die Mailbox?

Mit jäh aufwallendem Elan zog Oda sich an den beiden Metallgriffen der Wanne hoch. Es läutete definitiv zu lange, um unwichtig zu sein. Ihre Füße hinterließen Wasserflecken auf den orangefarbenen Badematten, während sie hastig ein knallrotes Handtuch um sich wickelte, sie eilte ohne Auszurutschen in den Flur und griff hektisch das Handy von der Kommode.

»Wagner!«

»Na endlich. Ich ruf nun schon das vierte Mal nacheinander an. Jedes Mal ging deine blöde Mailbox ran.« Nieksteits leicht erboste Stimme war so ziemlich das Letzte, was Oda in diesem Augenblick hören wollte. Sofort sackte ihre Stimmung in eine Gletscherspalte. Insgeheim hatte sie auf Jürgen gehofft. Auf einen schmusenden, einlenkenden, zur Versöhnung bereiten Jürgen. An einen meckernden Nieksteit hatte sie nicht gedacht. Zumal dem das Meckern eh nicht zustand. Sie wollte ... nein. So weit waren sie noch nicht, dass Jürgen ihr sagte, dass er sie lieb hatte. Wollte sie eigentlich auch überhaupt gar nicht hören, so was. Sie hatte anscheinend einfach zu heiß gebadet. Sich dabei nicht nur den Badezimmerspiegel, sondern auch das Hirn vernebelt. Schließlich war sie selbst ja auch noch lange nicht so weit, Derartiges zu gestehen. Wo käme sie da hin? Nein, nein, nein. Sie würde künftig doch lieber duschen statt baden.

»Warst du auf dem Klo, oder warum hat das so lange gedauert?«

»Es ist Wochenende und ich hab Feierabend«, bellte sie Nieksteit ihren Frust ins Ohr. »Gibt auch anderes, was einen vom Handy abhalten kann.«

»Nee ... is jetzt nicht wahr, oder?« Der Tonfall reichte, damit Oda Nieksteits feixendes Gesicht in Kinoleinwandgröße förmlich vor sich sah. »Ich bin hier mitten in der Arbeit ... und du!«

Hätte ihr Kollege in diesem Moment vor ihr gestanden, Oda hätte für nichts garantieren können.

»Wie? Und ich?«

»Bist intensiv mit deinem Journalisten beschäftigt, oder?«

Der Unterton in Nieksteits Stimme garantierte ihm eine gebrochene Nase. Minimum.

»Was soll das denn heißen?«

»Ach komm, ich hab dich letztens mit dem am Telefon gehört. Da hattest du einen Unterton, den du sonst nicht hast. Ich zähl halt eins und eins zusammen.« Oda sah Nieksteits breites Grinsen förmlich vor sich.

»Rufst du jetzt an, um meine Stimme am Telefon zu analysieren, oder gibt's was Wichtiges, weshalb du einen auf Anrufterror machst?«, fragte sie kühl. Dennoch huschte ein Lächeln über ihr Gesicht. Ihre Rache kam. Montag. Dienstag. Irgendwann. Aus dem Hinterhalt.

»Hör mal. Hast du noch Interesse an unserem Fall?« Nieksteits Stimme klang amüsiert.

»Was soll denn diese blöde Frage?« Oda ließ keinen Zweifel daran, dass sie ungeduldig wurde. Immerhin war es im Flur empfindlich kälter als im überhitzten Bad. Mit dem Handy am Ohr ging sie zurück ins Bad, ließ das Handtuch vor der Wanne fallen und sich selbst wieder ins Wasser gleiten. »Mist, kalt«, entfuhr es ihr, während sie zeitgleich den Heißwasserhebel zog.

»Oda! Was machst du?« Nieksteit klang so vollkommen irritiert, dass Oda schallend auflachte. Zum ersten Mal heute. Endlich. Sie genoss die Welle der Heiterkeit, die wohltuend durch ihren Körper schwappte, und entschloss sich, vorerst darauf zu verzichten, Nieksteit die Nase zu brechen.

»Kerl, du hast mich aus der Wanne geholt. War ein Scheißtag und ich hatte das Bedürfnis nach etwas, was mir gut tut. Nun bin ich mit dem Handy zurück im Wasser, doch das ist inzwischen kälter, als ich dachte. So weit klar?«

»Ich hab die Augen schon zu.«

»Armleuchter! Also sag schon, was gibt's?« Ungeachtet der störenden Geräusche ließ Oda heißes Wasser nachlaufen.

»Hab Vandenbergs Mails durchgesehen.«

»War's schwierig, da ranzukommen? Gab's ein Passwort?«

»Jo. Gab eines. Aber eines von den supereinfachen.«

»Und?«

»Ich bin tatsächlich fündig geworden.«

»Wie?«

»Halt dich fest: Der hat eine ganz schön enge Beziehung zu einem seiner Leichtathletikmädels gehabt. Zum Topmädel. Lara Schwab. Wenn du die Mails liest ... das ist Anbetung pur.«

»Moment. Lara Schwab? Hat die was mit dem Taubennachbarn zu tun?«

»Jo. Die kam grad drüben aus dem Haus und hat Barbara Vandenberg gegrüßt.«

»Ach nee. Das ist ja interessant. Anbetung, sagtest du, geht aus den Mails hervor? Von seiner oder ihrer Seite aus?«

»Von ihrer. Wenn du mich fragst, geht das über das normale Trainer-Sportler-Verhältnis hinaus.«

»Wie alt ist das Mädel denn?«

»Noch keine sechzehn. Hat Babara Vandenberg gesagt. Die war allerdings ein bisschen zurückhaltend, als ich sie auf das Mädchen angesprochen hab.«

»Phh. So jung? Das hätte ich ihm nicht zugetraut. Warte mal kurz.« Oda stellte das Wasser ab, hielt die Hand mit dem Telefon in die Luft und ließ sich so weit ins Wasser gleiten, dass sie einmal kurz mit dem Kopf untertauchte. Als sie wieder hochkam, wuschelte sie sich mit der rechten Hand durchs nasse Haar. »Das könnte ein ganz schöner Hammer sein, wenn er auch auf sie abgefahren ist. Andrerseits ... Ist doch normal, dass Mädels für ihre Trainer schwärmen. Vor allem, wenn der sie nach vorn bringt. Du sagtest, sie sei das Topmädel gewesen? Wie sehen denn seine Antworten auf ihre Mails aus?«

»Tja.« Nieksteit legte Dramatik in seine Stimme. »Keine einzige Antwort im Ordner ›Gesendet‹.«

»Und im Papierkorb?«

»Sach mal, Oda, hältst du mich für bescheuert?« Nieksteits Stimme drohte wortloses Auflegen an.

»Entschuldige. Also ist der Papierkorb auch leer.«

»Nein. Das ist ja das Merkwürdige. Es sind noch Nachrichten drin.«

»Hm. Ob er einfach nur nicht geantwortet hat?«

»Doch, hat er. Kannste im Eingangskorb an dem Beantwortet-Pfeil auf der Nachricht sehen. Außerdem bezieht sich Lara immer mal auf etwas, was er geschrieben haben muss.«

»Das gibt's ja nicht.« Oda richtete sich in der Wanne auf und zuckte zusammen, als die vergleichsweise kalte Luft ihre Schultern streifte. »Du hast natürlich einen Ausdruck der Mails für mich?«

»Nicht nur der Mails, meine Liebe. Nicht nur der Mails. Auch von Fotos. Ich sag nur: Schnall dich an, dieser Fall bekommt ungeahnte Dimensionen.«

***

»Kannst du nicht mal mit dem Mist aufhören?« Hildegunde Schwab stand sichtlich genervt vor dem in seiner Bauweise oberbayrisch angehauchten Gartenhaus, das jedoch nicht von der Familie genutzt wurde, sondern Lebensraum der Tauben war.

»Was willst du?« Die Stimme ihres Mannes drang ebenso geladen aus dem Schlag der Jungtauben. Wenn er sich doch um andere Dinge genauso kümmern würde wie um seine Viecher! Die Außenlampe hinter der Garage war defekt, und das Unkraut in den Gehwegfugen vor dem Haus müsste dringend entfernt werden. Sie selbst hatte sich die letzten Vormittage Stück für Stück in der Hocke über den Gehweg gearbeitet. Trotz ihrer Rückenprobleme. Doch die nahm er ihr ja nicht ab. Unterstellte, dass sie simulierte. Sie hätte ja nichts auszustehen, woher also sollten Rückenbeschwerden kommen, war seine Standardantwort. Wenn schon, dann hätte höchstens er ein Anrecht auf Rückenbeschwerden. Ha! Nichts auszustehen. Wenn der wüsste.

»Mit dir reden will ich.«

»Hat das nicht Zeit? Du siehst doch, dass ich beschäftigt bin.«

»Hör mal. Ist dir nicht klar, was hier vor sich geht? Vandenberg ist tot. Der ist ermordet worden. Er-mor-det, Sven. Er ist *nicht* an einem Herzinfarkt gestorben.«

»Was hat das mit mir zu tun?« Unbeirrt fuhr ihr Mann mit seiner Tätigkeit fort. Vogelschlagstaub flog aus dem vergitterten Fenster und ließ Hildegunde husten. Natürlich hatte der Wind gerade jetzt eine Pause eingelegt, sodass der Staub nicht wie sonst automatisch auseinanderstob, sondern sich dick auf ihre Atemwege legte.

»Sven, nun tu doch nicht so! Bitte!« Wenn sie dort drinnen Luft bekäme, wäre Hildegunde in den Schlag getreten. Sie wusste, dass sie Sven dadurch bis zum Gehtnichtmehr gereizt hätte. Plötzlich überfiel sie die Erkenntnis, dass Sven sich mit seinem Hobby ganz bewusst einen Raum geschaffen hatte, der für sie unzugänglich war. Nicht nur den Taubenschlag allein, sondern alles, was mit den Tauben zusammenhing. Die wöchentlichen Treffen, das Abgeben der Taubenuhr nach Flugeinsätzen. Lediglich zum Sommerfest und zur Weihnachtsfeier des Vereins nahm er sie mit, zu diesen oberflächlichen Veranstaltungen, bei denen sie froh war, wenn sie sich früh abseilen konnten. Auch zu Laras Wettkämpfen nahm er sie ungern mit. Das sei eine reine Vater-Tochter-Angelegenheit. Anfangs hatte sie sich gefreut, dass Sven Laras Sport so intensiv begleitete, aber seit Harald Vandenberg das Training übernommen und einigen Einfluss auf Lara gewonnen hatte, bemerkte sie bei Sven durchaus mal Gefühlsaufwallungen, die man fast Eifersucht nennen konnte. Sie war sich nicht sicher, ob nicht Lara statt der Tauben der eigentliche Grund für den Streit zwischen den beiden Männern gewesen war.

»Harald! Bitte!«

Keine Antwort.

»Harald!« Hildegunde wartete. Eine Minute verstrich. Zwei. Drei. Warum war Sven bloß so ein sturer Kerl? Er musste doch wissen, was auf dem Spiel stand. Ihr gefühltes Dampfventil stand kurz vor der Explosion. Sie versuchte, bewusst zu atmen. Langsam. Wie bei der Geburt ihrer Tochter. Ganz tief in den Bauch hinein und langsam wieder aus. Allmählich wurde sie ruhiger. Sie durfte jetzt nicht unbesonnen handeln. Immerhin war sie seine Frau. Sie würde zu ihm stehen. Trotz allem.

**

Der Wind war eisig, hier auf dem Deich. Ich schlug den Mantelkragen nach oben, zog die Schultern hoch. Gern hätte ich jetzt solch ein schützendes Fell gehabt wie die Schafe, die ungerührt in der Nähe grasten. Ich hätte mich nicht auf diesen Ort als Treffpunkt einlassen sollen. Sollte man uns hier sehen, würde es Fragen geben. Warum wir uns hier trafen, nicht dort, wo man es gewohnt war. Und doch war ich glücklich, dass es überhaupt zu diesem Treffen gekommen war. Aus diesem Grund hätte ich jedem Treffpunkt zugestimmt. Schließlich hatte ich in den letzten zwei Monaten, in denen der Winter Einzug gehalten hatte, vergeblich darum gebeten. Ich hoffte, dass die Bereitschaft für diese Zusammenkunft mit der Bereitschaft zu verzeihen einherging.

Ich schaute auf die Uhr. Zwanzig Minuten wartete ich bereits. Jede einzelne empfand ich als Ewigkeit.

Ich blickte aufs Wasser, auf die schwimmenden Abgrenzungen, dort wo Sand aufgespült wurde. Wo in wenigen Jahren Containerschiffe ihre Ladung löschen würden. Schiffe der neusten Generation, für die die Hamburger und Bremerhavener Häfen nicht tief genug war.

Da! Die vertraute Gestalt kam auf mich zu. Lief vom Parkplatz über die jetzt unbefahrene Straße der Treppe am Deichfuß entgegen. Ich stand oben, dem Wind ausgesetzt, und spürte, wie mein Herz aufging. Weit wurde, von Sauerstoff durchflutet wie der restliche Körper. Erfüllt von Glück und Liebe.

»Endlich!« Ich wusste, dass die Erleichterung nicht so stark aus mir hätte hervorbrechen sollen, doch ich konnte nichts dagegen tun.

Der Blick allerdings, mit dem ich angeekelt betrachtet wurde, ließ mein Glücksgefühl in sich zusammenfallen. So wie die Twin Towers 2001. Meine Welt schien für einen Moment stillzustehen. Das Geräusch der Pumpen, die den Sand aufspülten, das eintönige Rollen des Meeres, das Sausen des Windes, das Kreischen der Möwen, selbst die Autos schienen in einem Stummfilm zu fahren. Ich versuchte, mich zu sammeln. Herr der Lage zu werden. Ich musste die Kontrolle behal-

ten. Doch bevor ich mich auch nur räuspern konnte, hörte ich, wie mir polarkalte Worte entgegenzischten.

»Was willst du noch? Hab ich dir nicht oft genug gesagt, dass du mich in Ruhe lassen sollst?« Das klang unerwartet stark, nicht müde, nicht erschöpft wie bei meinen letzten Kontaktversuchen.

Ich sah mich um. Musste den Blick lösen, um mich wieder in den Griff zu bekommen. Niemand sonst war auf dem Deich zu sehen.

Ich atmete tief durch. Ich sah mein Gegenüber an, aus dessen Seele alles Biegsame verschwunden zu sein schien.

»Ich ... Es tut mir leid ... Ich will doch nur, dass du mir verzeihst. Dass es wieder so wird wie früher.« All mein Empfinden legte ich in diese Worte.

»Dass es so wird wie früher?« Der Hass, der mir blank entgegensprang, traf mich bis ins Mark. »Nie! Dafür hast du gründlich gesorgt.« Die grünbraunen Augen blitzten mich mit solchem Abscheu an, dass mir übel wurde. »Du hast alles zerstört. Nichts ist oder kann so werden wie früher. Verzeihen? Vergiss es. Ich bin aus einem einzigen Grund hergekommen. Weil ich in dein scheinheiliges und verlogenes Gesicht blicken muss, um zu begreifen, dass wirklich du es warst, der mir das angetan hat.« Das bittere Lachen, das dem zu einer Fratze verzogenen Mund entwich, schien direkt aus der Hölle zu kommen. »Aber so einfach kommst du nicht davon. Ich mache dich fertig. Das garantiere ich dir.« Ohne mir die Möglichkeit einer Reaktion zu geben, drehte sich die Person, die ich so sehr liebte, um. Ging langsam die Betontreppe hinunter, deren einstmals weiß lackiertes Metallgeländer dicke, abgeplatzte Roststellen aufwies.

»Warte!« schrie ich hinterher, doch der immer stärker werdende Wind zerriss meine Bitte und verwandelte sie in ein Flüstern.

***

»Ich glaub, der hat sich grad so richtig in die Hose geschissen.« Torben rümpfte die Nase, als er sich bückte, um unter den Couchtisch zu sehen. »Müsste er nicht schon längst aufs Klo gehen?«

Nach Wilfrieds Auftauchen in den Katakomben hatte er nur noch das Bedürfnis abzuhauen verspürt, doch nach Hause zog ihn nichts. Zu Hause war momentan irgendwie kein Ort, an dem er sich wohlfühlte. Darum war er hierher gefahren.

Tonja lachte. »Ne du, dafür ist er noch zu lütt. Aber wir üben das bereits, zumindest, wenn ich merke, dass er muss. Nur merk ich das eben nicht immer.«

Sie sah im Halbdunkel ihres Wohnzimmers, das nur vom milden Licht der untergehenden Sonne beleuchtet wurde, fast ein wenig aus wie eine amerikanische Schauspielerin in einem dieser megaintellektuellen, oft mit Preisen bedachten, aber nicht wirklich beim Publikum beliebten Kinofilme. Tonjas ohnehin blasser Teint war im letzten halben Jahr noch blasser geworden. Ihre früher durch viele Freiluftaufenthalte verstärkten Sommersprossen waren verschwunden. Um dem landläufigen Sommersprossentypus zu entsprechen, hätten ihre Haare rötlich sein müssen. Aber Tonja war eben Tonja und passte in kein vorgegebenes Muster. So waren ihre Haare von einem Dunkelbraun, das sie noch zerbrechlicher erscheinen ließ.

»Komm her, Jonas«, gurrte sie nun in einem Singsang, der Torben auflachen ließ. »Komm zu Mama.«

Er beugte sich wieder vor, um den kleinen Scheißer unter dem Tisch zu beobachten. Es war klasse zu sehen, wie so ein kleiner Krümel die Erwachsenen an der Kandarre hielt.

»Nee.« Jonas verharrte in seiner Hockstellung, hinsetzen war wohl nicht so wirklich angenehm. In der Hand hielt er ein Bilderbuch, das er scheinbar interessiert betrachtete, obwohl er in der Dunkelheit unter dem Tisch garantiert nicht viel davon sehen konnte.

»Jonas. Nun komm. Neuen Popo machen.« Tonjas Stimme wurde etwas strenger.

»Will nich.«

Tonja schnaubte gespielt genervt. »Okay, dann müssen wir dich eben holen. Torben und ich.« Sie ließ sich auf die Knie nieder.

Torben tat es ihr gleich.

»Wir holen dich, Jonas, und dann kitzeln wir dich durch ...«

Das Lachen in Tonjas Stimme übertrug sich auf den Kleinen, der kreischend unter dem Tisch hervorkam und sich in die Arme seiner Mutter stürzte. Die nahm ihn hoch, stand auf und wirbelte ihn einmal im Kreis herum.

»Na, dann woll'n wir mal, du Racker.« Tonja zwinkerte Torben zu. »Ich geh ihn wickeln.«

»Ich komm mit.« Nur selten hatte Torben beim Wickeln zugesehen, meist hatte er entweder mit Tonja oder mit Lars zusammengesessen, während Jonas gewickelt wurde. Bei seinem Cousin und dessen Frau war immer alles gleichberechtigt zugegangen. Auf natürliche, unspektakuläre, nicht erwähnenswerte Weise. Ohne Rollentrennung. Auch wenn Lars ihm unter dem Siegel der Verschwiegenheit erzählt hatte, dass er es eigentlich gar nicht gut fand, dem Lütten nachts die Flasche geben oder die Windeln wechseln zu müssen. Dann aber hatte er eingeräumt, dass er auf diese Art sicherlich eine innigere Beziehung zu Jonas entwickelte, als es den Vätern früherer Generationen möglich gewesen war. Durch Torbens Nächte waren daraufhin Gedanken gegeistert, die fragten, ob er ein besseres Verhältnis zu seinem Vater hätte haben können, wenn auch zu dessen Zeit diese Rollenteilung Usus gewesen wäre. Eine Antwort darauf hatte er nicht erhalten.

Er folgte Tonja ins Kinderzimmer und sah zu, wie sie ihren Sohn auf den Wickeltisch hievte, über dem gelbbraune Janosch-Enten in einem Mobile baumelten. Sie drückte Jonas einen durchsichtigen Ball in die Hand, dessen Innenleben aus bunten, durcheinanderwirbelnden Kugeln den Kleinen sichtbar begeisterte.

»Ach, Torben. Es ist alles so furchtbar«, sagte Tonja mit einem Mal mutlos, während sie Jonas die kleine Jeans auszog. Wie Torben schien auch sie nur dann über Wichtiges reden zu können, wenn sie sich mit anderen Dingen ablenkte. »Es ist wie ein Fluch, der auf unserer Familie liegt. Erst Lars und nun dein Vater. Was haben wir Schlimmes getan, dass Gott uns derart bestrafen muss?« Für einen kurzen Moment sah sie ihn mit einem schier waidwunden Blick an. Torben schluckte.

Als Tonja nun Jonas' Windel löste, hätte Torben eine Menge für eine schlichte Wäscheklammer gegeben. Für seine Nase. Und für seine Gefühle.

Als Jonas satt und zufrieden mit seinem kleinen Elefanten schmusend im Kinderbettchen lag, gingen sie wieder ins Wohnzimmer.

»Es kommt jetzt auch bei dir alles noch mal hoch, oder?«, fragte Torben.

Tonja hatte das halbe Dutzend Teelichter angezündet, die auf einem Chromtablett in gelben und roten Gläsern standen, und sich auf die große Couch gesetzt. Die Füße unter ihren Po gezogen, rieb sie sich über die Oberarme.

»Ja. Alles ist wieder da.« Sie sah hinüber zur kleinen Kommode, auf der Fotos in verschiedensten Rahmen Zeugnis einer heiteren Familie ablegten. Mittendrin ein großes, knallrot gerahmtes Bild von Lars. »Weißt du, es ist schon schlimm genug, dass Lars tot ist. Dass man bis heute nicht herausgefunden hat, wer ihn überfahren hat. Das alles ist ja schon kaum zu ertragen. Dass er in den Monaten vorher so verändert war, dass ich nicht mehr an ihn herankam, macht es noch schlimmer. Ich weiß nicht, was mit ihm los war. Er war nicht mehr der Lars, den ich kannte. Ein ganz anderer Mensch. Und ich weiß nicht warum. Der Lars, der überfahren wurde, war seit geraumer Zeit schon nicht mehr mein Mann.« Tonja biss sich auf die Unterlippe. »Das ist jetzt alles wieder so präsent, als wäre es gerade erst geschehen. Und es tut so weh. Wenn Jonas nicht wäre …«

»Ach, Tonja.« Torben beugte sich vor.

»Er wird eine Freundin gehabt haben, Torben. Anders kann ich mir nicht erklären, warum er so verändert war.«

»Quatsch. Das haben wir doch schon lang und breit durchgekaut. Er hatte keine Freundin. Du hast doch nirgends Beweise dafür gefunden.«

»Vielleicht war er zu geschickt?«

»Nein. Nicht Lars. Er hat dich geliebt. Das weiß ich genau.«

»Aber was hat dann diese Veränderung bewirkt?« Tonja sah ihn traurig an. »Ach, Torben, jetzt hab ich nur wieder meine Probleme auf den Tisch gepackt und gar nicht gefragt, ob ich dir helfen kann.«

»Ist schon okay. Ich mag sowieso nicht drüber reden. Bin im Moment ein Meister im Verdrängen. Wenn du möchtest, kann ich ja mal versuchen herauszufinden, ob einer von der Kirche was über den Grund seiner Veränderung weiß. Immerhin ist jetzt einiges an Zeit vergangen, da müssen vertrauliche Dinge vielleicht nicht mehr ganz so vertraulich behandelt werden. Dann hätte ich wenigstens was anderes zu tun, als mich mit Papas Tod auseinanderzusetzen.«

***

Laras Mutter hatte wieder diesen komischen Tonfall. Sie saßen zusammen in der Küche, und ihre Mutter wiederholte sich in einer Tour. Lara sah auf die Uhr. Eigentlich wollte sie schon seit einer halben Stunde weg sein, aber sie sah ein, dass es für ihre Mutter wichtig war, mit ihr zu reden. Papa war nicht dabei. Das war untypisch. Er war immer anwesend, wenn es um wichtige Entscheidungen oder Dinge ging. Nein. Lara korrigierte sich. Er war immer anwesend, wenn es um *ihre* Belange ging. Sie konnte sich nicht erinnern, dass ihre Mutter und sie je etwas allein entschieden hatten.

Als sie damals den Verein wechseln wollte, hatte ihr Vater den neuen ausgesucht. Er hatte sich für denjenigen entschieden, der die beste Jugendförderung betrieb. Er hatte die ersten Gespräche mit Harald geführt und versucht, bei jedem Wettkampf dabei zu sein. Er war auch oft zum Training gekommen. Manchmal hatte er sich mit Harald gestritten. Dann konnte er seiner Stimme eine enorme Allgegenwärtigkeit verleihen. So wie erst vor wenigen Monaten, als der Vorstand ihres Sportvereins in einem Schreiben bedauert hatte, aufgrund der angespannten Vereinswirtschaftslage die Fahrtkosten zu den Wettkämpfen nicht weiter übernehmen zu können. Die Fahrtkosten! Eine monatliche finanzielle Unterstützung, die andere Vereine ihren Leichtathleten – zumindest in Laras Liga – zahlten, hatte sie ohnehin nicht bekommen. Und nun strich man auch noch die Fahrtkosten. Da war ihr Vater massiv auf die Barrikaden gegangen. Und Lara mit ihm. Es war eine dieser unzähligen Gemeinschaftsaktionen gewesen, die sie eng zusammengeschweißt hatten. Obwohl Lara in den letzten zwei Jahren diese Enge doch als etwas unangenehm empfunden hatte. Alles hatte ihr Vater wissen wollen. Wo sie wann und warum hinging. Er wollte genau ihren Tagesablauf kennen, sie kontrollieren. So zumindest hatte Lara es empfunden. Und der Streit, den es mit ihm inzwischen leider auch und leider immer öfter gab, tat ihr weh. Aber ihr Vater musste lernen, dass sie erwachsen wurde. Er musste sie loslassen.

»Wir müssen also davon ausgehen, dass die Polizei auch dich befragen wird«, schloss ihre Mutter gerade.

»Klar muss ich damit rechnen. Sieht man schließlich in jedem Krimi, dass die Polizei überall dort auftaucht, wo eine Verbindung zum Opfer bestand. Aber warum sagst du das so komisch?« Misstrauisch sah Lara ihre Mutter an. Es wunderte sie, dass ihre Mutter neben all den Tupperpartys, die sie organisierte, überhaupt Zeit gefunden hatte, sich mit dem, was Lara und sie als Familie betraf, auseinanderzusetzen.

»Weil man genau aufpassen muss, was man der Polizei sagt.« Ihre Mutter schob den Stapel mit den Bestellzetteln der letzten Becherparty zur Seite. »Wenn man sich da falsch äußert, kann man in Teufels Küche kommen. Immerhin ist Harald einem Verbrechen zum Opfer gefallen. Und ihr habt sehr viel Zeit miteinander verbracht. Da musst du dir genau überlegen, was du sagst.« Ihre Mutter sprach mit ihr wie mit einer Blöden.

»Mama.« Lara war genervt. »Ich war seit Wochen nicht mehr beim Training. Und hab außerdem nix zu verbergen. Ich weiß gar nicht, weshalb du so an der Orgel drehst.« Provozierend sah sie ihre Mutter an.

Die starrte stumm zurück. Fast tat sie Lara ein wenig leid. Aber nur fast. Sie drehte den Kopf, betrachtete einen schwarzen Fleck an der Wand, der sich vorwärtsbewegte. Eine Fliege. Zu gern wäre sie jetzt aufgesprungen, hätte nach einer Klatsche gegriffen und mit voller Wucht auf das Vieh eingedroschen, sodass es einen dicken, hässlichen, gelben Fleck auf der neuen Tapete hinterließ. Einfach mal die aufgestaute Wut rauslassen. Aber das ging ja nicht, es gehörte sich nicht.

»Ich wollte dich nur darauf hinweisen, dass es möglich ist, dass sie kommen.« Die Art, wie ihre Mutter die Bestellzettel hin und her schob, ließ Laras Aggression stärker aufflackern. Am liebsten hätte sie die Blätter mit einer heftigen Handbewegung vom Tisch gefegt. »Es muss zwar nicht sein. Aber wenn … Du kannst das alles noch nicht so übersehen, dazu bist du zu jung, aber wir müssen sehr vorsichtig sein bei dem, was wir sagen.«

Lara zog angesichts der Nervosität ihrer Mutter die Augenbrauen zusammen. Irgendetwas erschien ihr absolut nicht koscher. So nervös war ihre Mutter sonst nie.

»Kannst du mir das bitte mal genauer erklären?« Sie stützte skeptisch das Kinn auf die Hand. »Wenn du was zu sagen hast, dann sag es frei heraus und rede nicht um den heißen Brei herum!«

»Es ist wegen … Papa.« Ihre Mutter holte tief Luft. »Papa war im Gespräch mit Harald ja nicht gerade zimperlich. Das war schon heftig. Und eine Menge Leute haben das mitbekommen. Ich hab einfach Angst um deinen Vater. Verstehst du das?«

»Du willst mir damit doch nicht etwa sagen, dass man Papa verdächtigen könnte? Das glaubst du doch nicht im Ernst!« Lara sprang auf. Wut, Unglauben und auch ein wenig Angst machten sich in ihr breit.

»Lara!«

Sie ignorierte den Ruf ihrer Mutter, rannte die Treppe hinauf, schloss automatisch ihre Zimmertür ab und schmiss sich aufs Bett. Es war ihr egal, dass das Cover der BRAVO, auf dem Sarah Connors erstes Interview über ihre neue Liebe angekündigt war, von ihren Tränen wellig wurde.

* * *

Vom Hausflur drangen gemäßigt hämmernde Musiktöne, im Stockwerk über ihnen schimpfte eine tiefe Männerstimme so laut, dass sie die Musik übertönte. In Odas Küche jedoch war die Stimmung weder blechern, noch aggressiv. Als Nieksteit vorhin am Telefon anfangen wollte zu berichten, hatte Oda gesagt:»Schon gut, ich hab genug gebadet. Ich zieh mich rasch an, und du kommst her. Dann kannst du beim Feierabendbier erzählen. Und ruf noch bei Christine an, die soll auch dazukommen.«

Inzwischen waren sie beim zweiten Bier, wobei Christine die alkoholfreie Variante bevorzugte. Oda hatte aus ihrem Gefrierfach Kräuter- und Knoblauchbaguette hervorgezaubert und aufgebacken.

»Also, das ist ja wirklich der Hammer.« Oda starrte ebenso wie die anderen beiden auf das kleine Notebook, das vor ihnen auf dem Tisch stand. Auf dem Bildschirm räkelte sich ein junges Mädchen in aufreizender Pose auf einem Bett. Auch das nächste Bild hatte eindeutig erotischen Charakter.

»Ja. Das wirft ganz neue Perspektiven auf!« Nieksteit war sichtlich zufrieden mit den Ergebnissen seiner heutigen Arbeit. »In der Mail, an der die Fotos hingen, fragt sie Vandenberg: ›Findest du auch, dass ich so sexy aussehe?‹ Das sagt doch alles.«

»Tja. Ich bin sprachlos. Das hätte ich wirklich nicht gedacht«, Christines Kopf ging in kleinen Bewegungen hin und her. »Aber man wundert sich immer wieder. Niemand hat das auch nur ansatzweise angesprochen.«

»Ich bitte dich. Damit geht man doch nicht hausieren. Das bleibt schön unter der Decke. Im wahrsten Sinne des Wortes.« Oda konnte sich ein leichtes Grinsen nicht verkneifen. »Also werden wir der jungen Dame mal auf den Zahn fühlen. Kannst wieder ausmachen, das Ding«, sie zeigte auf das Notebook, »das muss man sich ja nicht länger angucken.«

Nieksteit entfernte den USB-Stick und klappte den kleinen Computer zu. »Wir sollten aber auch Peter Leitermann nicht aus den Augen verlieren. Das war kein Schwager-Schwägerin-Tonfall in Barbara Vandenbergs Stimme. Da lag was Heimliches drin. Etwas, was nicht in diese Familienbeziehung passt.«

»Kannst du dir aber auch eingebildet haben.« Oda blieb skeptisch.

»Weißt du was? Macht doch draus, was ihr wollt.« Nieksteit schnappte sich noch ein Stück Kräuterbaguette und brach es krümelnd in mundgerechte Happen.

»Hey. Beruhig dich wieder.« Oda legte ihm besänftigend die Hand auf den Unterarm. »Ist absolut okay, wir werden am Montag gleich nachhaken. Vorher aber sprechen wir mit Lara Schwab.«

»Am besten jetzt gleich.« Christine schob sich im Aufstehen ein letztes Stück Kräuterbaguette in den Mund. Oda seufzte. Das war nicht ihre Vorstellung von einem gemütlichen Samstagabend. Aber immer noch besser, als zu Hause zu sitzen und darauf zu warten, dass Jürgen anrief und sich für etwas entschuldigte, was sie verbockt hatte.

*** *

Lara Schwab starrte auf den Bildschirm des Notebooks, das die beiden Kommissarinnen mitgebracht hatten. Ein Foto nach dem anderen von ihr selbst erschien. Freizügig, oben ohne, im Stringtanga, in aufreizenden Positionen. Sie räusperte sich.

»Tja, was soll ich Ihnen sagen?« Sie schluckte und drehte sich auf ihrem Schreibtischstuhl zu den beiden Kommissarinnen um, die hinter ihr standen.

Als es an der Tür geläutet und ihre Mutter die beiden Polizistinnen in ihr Zimmer geführt hatte, war sie total verblüfft gewesen. Obwohl ihre Mutter bei dem Gespräch dabei sein wollte, hatte die Kleinere darum gebeten, mit Lara allein sprechen zu können. Und in genau diesem Moment hatte Lara gewusst, weshalb.

»Können Sie sich nicht aufs Bett setzen?«, fragte sie. »Das macht es für mich etwas einfacher.« Sie wollte nicht, dass die beiden bei ihrem Gespräch dauernd auf die Fotos sahen, von denen sie geglaubt hatte, dass sie nie in fremde Hände gelangen würden.

Als die Kommissarinnen auf der Wolldecke saßen, die Lara schnell über ihr Bett geworfen hatte, begann sie zu erzählen.

»Es ist nicht so, wie Sie vielleicht denken. Diese Bilder waren nicht für Harald gedacht.«

»Wie kamen sie dann auf seinen PC?«, wollte die Große wissen, die Lara auf Anhieb sympathisch gefunden hatte.

»Na ja, geschickt hab ich sie Harald schon. Aber ich wollte nur seine Meinung. Ich wollte wissen, ob er die Bilder zu aufdringlich oder ordinär findet. Oder ob sie so sinnlich wirken, wie ich es mir vorgestellt hab.«

»Das verstehe ich nicht. Erklären Sie uns das doch bitte genauer. Sie schicken solche aufreizenden Bilder und Mails an einen Mann mittleren Alters nur, um dessen *Meinung* zu erfragen? Sie wollten ihn nicht anmachen? Also bitte, veräppeln können wir uns alleine!« Die Kleinere wirkte deutlich verärgert. Sie kannte sie irgendwoher, wusste aber im Moment nicht, wo sie sie einsortieren sollte. Etwas an der Art, wie sie die Augenbrauen zusammenzog, kam Lara bekannt vor. Genau! Alex machte es auch so. Jetzt wusste sie, wer die Frau war, die sie grad so wütend anblitzte. Alex Mutter!

»Also, die Bilder waren für meinen damaligen Freund bestimmt. Ich wollte einen Kalender daraus machen lassen und ihn ihm zum Geburtstag schenken. Und darum wollte ich von Harald wissen, ob die Fotos auch das bewirken, was ich beabsichtigte. Immerhin war er ja mein Trainer und kannte mich gut. Wir hatten ein absolutes Vertrauensverhältnis zueinander. Oder besser: ich zu ihm. Mit Harald habe ich gewisse Dinge besprechen können, die ich meinem Vater naturgemäß nicht sagen kann.«

»Und? Wie hat er reagiert?« Ein wenig Süffisanz lag in der Stimme von Alex' Mutter.

»Zugegeben, er war nicht gerade begeistert, dass ich ihm solche

Fotos schickte. Er hat mir zwar gesagt, dass er sie erotisch findet und sie sich sehr für den Kalender eignen, schrieb aber auch, dass ich ihn künftig mit Bildern dieser Art verschonen solle.«

»Was Sie auch taten?«, fragte die Größere.

»Klar. Ich wollte es mir mit Harald ja nicht verscherzen. Und ich hatte mir wirklich keine Gedanken darüber gemacht, ob er es überhaupt gut finden würde, von mir solche Fotos zu bekommen.« Lara drehte sich wieder zu dem Notebook um. »Kann ich die Aufnahmen jetzt löschen?«

Die Größere schüttelte bedauernd den Kopf. »Leider nicht. Aber wir versprechen Ihnen, dass wir das sofort tun, wenn sie für unsere Ermittlungen im Fall Vandenberg nicht mehr von Bedeutung sind.«

Lara war nicht wirklich beruhigt, als die Kommissarinnen gingen. Aber immerhin schien ihre Neugierde gestillt zu sein.

***

Aufgewühlt lief ich den Deich hinunter zum Parkplatz. Meine Gedanken wirbelten durcheinander. Ich hatte es nicht geschafft, die Angelegenheit ins Reine zu bringen. Nichts war gut, im Gegenteil. Die Ernsthaftigkeit der Drohung war mir durchaus klar geworden. Das waren keine leeren Worte gewesen. Weiß Gott nicht. Eine Sturmbö zerrte an meinem schwarzen Mantel und urplötzlich kam ich mir diabolisch vor. Wie Luzifer selbst, mit wehenden Fahnen durch mein Element eilend.

Ich musste etwas unternehmen. Durfte nicht zulassen, dass mein Leben zerstört wurde. Ich hatte einen Fehler gemacht. Das gab ich zu. Aber keinen, der nicht wiedergutzumachen gewesen wäre. Was war denn schon geschehen? So schlimm war das Ganze auch wieder nicht gewesen. Keine Rechtfertigung für die Drohung, meine Existenz zu vernichten. Explosionsartig wallte Hass in mir auf. Hass, wo vorher Liebe war. Scheinbar unendlich und ozeantief. Wie konnte die Liebe einfach so weichen? Ich wäre doch bereit gewesen, alles zu geben. Doch nun breitete sich in mir die Gewissheit aus, dass meine Liebe verschwendet war.

Ich lachte bitter auf. Fühlte mich reingelegt. Vorgeführt wie ein alter Narr im Bann jungen, frischen, offenen Lachens. Die Gesten, die liebevollen Augen waren wohl schlichtes Possenspiel gewesen. Gera-

de noch rechtzeitig hatte ich es erkannt. Es gab kein echtes Gefühl, alles war vorgetäuscht gewesen. Mit meiner Liebe war gespielt worden. Vielleicht hatte man sogar hinter vorgehaltener Hand über mich gelacht.

Immer stärker wirbelten meine verletzten Gefühle mit hasserfüllten Gedanken durcheinander, vermengten sich zu einem tosenden Inferno.

Ich hatte mein Auto erreicht, öffnete die Wagentür und ließ mich, schwer atmend, als hätte ich körperliche Höchstleistungen vollbracht, auf den Sitz fallen. Nach kurzem Durchatmen startete ich den Motor und fuhr rückwärts aus der Parklücke.

Im Rückspiegel sah ich ihn. Das Objekt meiner Liebe. Meines Hasses.

Ohne nachzudenken drückte ich das Gaspedal durch.

In dem Augenblick, in dem Körper und Auto aufeinanderprallten, schrie ich auf.

Montag

»Also stellt sich die Frage: Stimmt das, was Lara Schwab gesagt hat?«, fasste Nieksteit seine Erkenntnisse und Odas Bericht zusammen. Sie saßen zum üblichen Brainstorming im Besprechungsraum, das Fenster war offen, die Thermoskannen Kaffee bereits halb geleert.

»Ich glaube ihr. Der Exfreund hat das bereits am Telefon bestätigt. Nieksteit, fahr du mal hin und lass ihn dir zeigen, dann können wir das Kalenderthema abhaken.« Christine kräuselte die Nase in einer Art, die sie in Nieksteits Augen noch ein kleines bisschen attraktiver machte. »Und warum sollte sie lügen? Sie musste davon ausgehen, dass wir Vandenbergs Reaktion auf die Fotos aus seinen Mails kannten. Außerdem schien der Mann alles andere als ein Mädchenverführer zu sein. Bestimmt war er mehr als ehrgeizig, was den Sport anging, aber einer, der sich auf eine Beziehung zu seiner Mentee einlässt? Was sagst du denn dazu, Oda? War der früher dafür bekannt, sich an seine Schülerinnen ranzumachen?«

»Nee.« Oda schüttelte den Kopf. »Dafür gab es früher keine Anzeichen. Allerdings kann ja niemand in die Köpfe der anderen gucken. Also, ich würde meine Hand für keinen ins Feuer legen. Und für Vandenberg schon mal gar nicht. Der war in meinen Augen ein Arschloch, wer weiß, vielleicht hat ihn die Kleine ja doch gereizt.«

»Ganz bestimmt hat sie das«, wandte Oberstaatsanwalt Steegmann ein. »Darum hat er ihre Fotos auch auf dem PC gelassen. Ebenso wie die Mails. Er wird sie sich immer mal wieder angeguckt haben. Wenn er nichts dabei empfunden hätte, wenn er es, wie Lara Schwab Ihnen gesagt hat, sogar nicht gut fand, dann hätte er sie gelöscht.«

Was war das denn? Steegmann hatte sich beim Reden vorgebeugt, wie Nieksteit staunend feststellte. Er wandte sich eindeutig an Christine, nicht ans ganze Team. Und in seiner Bemerkung schwang so ein Unterton mit ... Nieksteit erinnerte sich, Steegmann kurz mit Christine sprechen gesehen zu haben, als er reinkam. Er hatte dem aber bis jetzt keine Bedeutung beigemessen.

»Das ist eine reine Behauptung, die durch nichts untermauert ist.« Christine legte einen selbstsicheren Ausdruck in ihren Blick, den Steegmann ganz in sich aufzusaugen schien. Als ob es nur sie beide gäbe. Cool. So was hatte Nieksteit in seiner ganzen Karriere hier noch nicht erlebt. »Holla, die Waldfee«, würde seine Freundin Martina jetzt sagen. Christine aber schien weiterhin konzentriert.

»Na ja, so ganz unrecht hat Herr Steegmann nicht«, meinte er nun. »Es sind eben keine schlichten Mädchenbilder, sondern gekonnte Aktaufnahmen. Wenn er das alles wirklich für belanglos hielt, warum hat er dann seine eigenen Antworten gelöscht?«

»Weil sie ihn belastet hätten«, vermutete Siebelt.

»Das denke ich auch. Dabei fällt mir ein: Hat Lara Vandenbergs Antworten noch?«

»Nein. Sie leert regelmäßig ihre Mailordner. Aber mir kam noch etwas anderes in den Sinn.« Christine kräuselte diesmal die Stirn, was sie nur in Momenten tat, in denen sie sich unwohl fühlte, wie Nieksteit wusste. »Was wäre, wenn es zwischen Vandenberg und Lara richtige Liebe war? Die sie verheimlichten, und die Lara aufgrund der Umstände von Vandenbergs Tod jetzt weiterhin verheimlicht?« Ihre Stimme wurde leiser, sie räusperte sich und fuhr kräftiger fort: »Immerhin gibt es Paare, bei denen der Altersunterschied keine Rolle zu spielen scheint. Guckt euch Jopie Heesters und Simone Rethel an.«

»Christine, das glaubst du jetzt nicht wirklich, oder?« Nieksteit sah sie fassungslos an.

***

An dem Mehrfamilienhaus im Norden der Stadt gab es nur an einer Fensterreihe mit Geranien bepflanzte Balkonkästen.

»Die gehören bestimmt zu den Leitermanns«, mutmaßte Christine.

»Wie kommst du da denn drauf?«

»Hab ich im Gefühl.« Christine drückte den Klingelknopf und fast augenblicklich ertönte der Summer.

»Wir werden sehnlichst erwartet, scheint's.« Leichte Verwunderung sprach aus Odas Stimme. »Der schien ja auch richtig erleichtert zu sein, als du vorhin mit ihm telefoniert hast. Ob er uns was mitteilen will?«

»Dann hätte er sich eigentlich von sich aus melden müssen. Finde ich.«

Sie liefen die Treppenstufen hoch, und in der Tat schien die Wohnung zu den Geranienfenstern zu gehören. Das Erste, was Christine an dem Mann auffiel, der die Tür öffnete, war die Lücke zwischen seinen oberen Schneidezähnen. Nicht, dass die Zähne ungepflegt aussahen, doch er war augenscheinlich in einer Zeit groß geworden, in der man noch andere Probleme hatte, als sich um die Ausrichtung der Zähne zu kümmern. Peter Leitermanns hageres Gesicht zeigte Falten, die nicht unbedingt dem Alter, sondern eher, wie Christine vermutete, Sorgen zuzuschreiben waren. Sein Blick wirkte trüb.

»Ich hab mir gedacht, dass Sie auch zu uns kommen.« Er wies mit der Hand den Flur entlang. »Mechthild ist leider noch nicht wieder zurück, aber ich werde Ihre Fragen gern beantworten. Lassen Sie uns in die Küche gehen. Die ist der eigentliche Mittelpunkt unserer Wohnung, das Wohnzimmer benutzen wir nur abends. Da ist es eher ungemütlich, hat meine Frau eingerichtet.« Er zuckte gleichgültig mit den Schultern, was in Christine einen Anflug von Bedauern hervorrief. Leitermann war offenbar kein Typ, der sich durchsetzen konnte.

Durch die geöffnete Tür konnte Christine einen Blick in das Wohnzimmer erhaschen. Was sie sah, ließ sie Leitermann insgeheim beipflichten. Das Zimmer machte einen sterilen, unbewohnten Eindruck. Tot. Unbelebt. Spontan sah Christine eine gewisse Parallele zur »guten Stube« ihrer verstorbenen Urgroßmutter. Deren Haus war riesig gewesen, es gab das »kleine Zimmer«, in dem man sich aufhielt, und die »gute Stube«, die nur bei besonderen Anlässen benutzt wurde. Dort hatte sich nie wirkliches Leben abgespielt.

Die Küche hingegen strömte Gemütlichkeit aus.

Die hellen Schränke aus weiß gebeizter Eiche im Standardformat waren in Christines Augen zwar absolut unzureichend, wenn sie an ihre eigenen, deckenhohen Schränke dachte, doch in diesem Raum fühlte man sich auf Anhieb wohl.

Auf der Ablage neben der Spüle stand ein abgewaschener Kinderbecher mit Trinktülle, in einer Obstschale aus Glas mischte sich Holzobst mit echtem. Kaffeeduft erfüllte den Raum.

Eine Tür führte auf den Balkon, wo ebenso wie in den zur Straße zeigenden Blumenkästen Geranien blühten.

»Setzen Sie sich doch«, sagte Leitermann. »Ich habe Kaffee aufgesetzt. Möchten Sie?«

»Gern«, sagten Oda und Christine wie aus einem Mund, und Christine sah, dass Oda grinste. Kurz dachte sie, wie sehr ihr dieses Grinsen noch vor wenigen Wochen die Hutschnur hatte hochgehen lassen. Inzwischen jedoch gab es Momente wie diesen, in denen sie sich gemeinsam mit Oda amüsierte. Irgendwie war Oda ein Unikum, genau wie Nieksteit. Und ja, auch wie Lemke, trotz oder gerade wegen seiner Akkuratesse. Mittlerweile fühlte sich Christine zwischen all diesen Unikaten der Polizeiinspektion ziemlich wohl.

Sie hatten auf den Küchenstühlen Platz genommen und sahen Peter Leitermann zu, der blau-weiße Becher und einen Zuckertopf aus dem ordentlich aufgeräumten Schrank holte, dem Kühlschrank Sahne entnahm und alles auf den Tisch stellte.

»Meine Frau ist am Ende. Erst Lars, nun Harald …«, begann er unvermittelt, während er aus einer Thermoskanne Kaffee in die Becher goss. »Lars war unser Sohn. Unser einziger. Er war unser Ein und Alles. Wir hatten ein ausnehmend gutes Verhältnis zueinander. Es war … nein, es ist immer noch grauenhaft. Das Wissen, dass er nicht mehr durch die Tür kommt und wir nie wieder sein Lachen hören, in dem immer eine Spur Spott hing. Ein Stück von Mechthild und mir ist mit ihm gestorben. Unser Leben hat sich vollkommen geändert. Auch unsere Beziehung. Den Tod seines Kindes verwindet man nicht. Den überwindet man nie. Und nun auch noch Harald.«

Christine blickte ihn betroffen an. Dass die Leitermanns nicht nur um Harald Vandenberg, sondern auch um ihren verstorbenen Sohn trauerten, hatte sie nicht gewusst.

Leitermann ließ sich energielos auf einen Stuhl fallen. »Es muss was mit der Schule zu tun haben«, sagte er leise wie zu sich selbst.

In diesem Augenblick dämmerte es Christine, dass sie den Namen Leitermann in einem anderen Zusammenhang schon einmal gehört hatte. Natürlich! Etzberg hatte ihn genannt.

»Ihr Sohn war der Referendar, der vor einigen Monaten bei einem Unfall ums Leben kam!«

»Unfall mit Fahrerflucht.« Bitterkeit stand Leitermann ins Gesicht geschrieben. »Bis heute haben Ihre Kollegen nicht herausgefunden, wer dafür verantwortlich war. Ganz schön schwach bei all den technischen Möglichkeiten, die der Polizei heute zur Verfügung stehen. Finden Sie nicht?« Nur schwer schien Leitermann seinen Zorn unterdrücken zu können.

»Ich kann verstehen, wie schlimm das für Sie ist.«

»Schlimm? Was für ein nichtssagender Ausdruck.« Leitermann schnaufte. »Lars war erst achtundzwanzig. Obwohl er erwachsen war und selbst schon Vater: Ein Kind bleibt für die Eltern immer ein Kind, egal, wie alt es wird. Hinter seinem Sarg hergehen zu müssen ... Haben Sie eine Ahnung, wie das ist? Nein. Woher denn. Da bricht einem im wahrsten Sinne des Wortes das Herz.« Er gab sich einen sichtbaren Ruck. »Doch das ist ja nicht der Grund, weshalb Sie hier sind. Wissen Sie, ich hatte gleich so ein komisches Gefühl, als ich in der Zeitung las, dass ein Lehrer am Willi ermordet wurde. Ich hab's geahnt. Und zu Mechthild gesagt: Das ist Harald.«

»Wieso?« Aus den Augenwinkeln registrierte Christine, dass Oda reichlich Zucker und Milch in ihren Kaffee gab. Hörte die überhaupt zu? Oda hatte doch selbst einen Sohn, wie konnte sie das so ungerührt anhören? Wieder einmal fehlte Christine jegliches Verständnis für ihre Kollegin. »Wie kamen Sie darauf, dass es sich bei dem Toten um Ihren Schwager handeln könnte? Es gibt doch noch andere Sportlehrer an diesem Gymnasium.«

»Ich kann es Ihnen nicht erklären. Nennen Sie es Intuition.« Leitermann trank seinen Kaffee mit noch mehr Milch und Zucker als Oda, was Christine verwunderte, denn sein zum Gesicht passender hagerer Körper ließ durch nichts vermuten, dass Leitermann gern Süßes aß; sein Bauch unter dem langärmligen Shirt ließ eher an Waschbrett denn an Waschbär denken.

»Versuchen Sie es«, bat Christine.

»Ja, wenn ich das könnte. Harald war ... Irgendwie hatte ich das Gefühl, dass er in letzter Zeit verändert war. Stiller als sonst. Anders. Nicht mehr so, wie ich ihn kannte. Ich hab versucht, an ihn heranzukommen ...«

»Haben Sie deshalb mit Ihrer Schwägerin telefoniert?«

Leitermann schien sofort zu wissen, auf welches Telefonat Christine anspielte.

»Ja. Jetzt, wo Harald tot ist, brennen Fragen in mir. Ich ...« Das Öffnen der Wohnungstür und gleich darauf ertönendes Kindergetrappel ließen ihn verstummen.

»Wir sind wieder da!« Der Frauenstimme folgte ein fröhliches »Opa!«. Sekunden später standen die zu den Stimmen gehörenden Personen im Raum.

»Du hast Besuch?« Mit skeptischem Blick schnappte sich Mechthild Leitermann den Jungen und setzte ihn sich mit dem typischen Griff aller Mütter und Großmütter auf die Hüfte. Ein Anflug von Neid stieg in Christine auf. Wie gern hätte auch sie Kinder gehabt. Doch Frank hatte immer gesagt, sie müssten sich erst etablieren. Dann war da die beruflich bedingte räumliche Trennung gewesen, und inzwischen ...

Nein. Sie schob den Gedanken vehement beiseite. Dies war nun wahrlich nicht der rechte Zeitpunkt, um über ihre eigenen Probleme nachzudenken.

»Mechthild, das sind Frau Wagner und Frau Cordes von der Polizei. Sie sind wegen Harald hier«, klärte Leitermann seine Frau auf. »Der Lütte«, sagte er lächelnd zu Christine und Oda, »ist unser Enkel Jonas. Lars' Sohn.«

»Gibt es etwas Neues?« Ein Hoffnungsschimmer glitt über Mechthilds Gesicht. »Hat man den Täter gefasst? Hat man ihn dieses Mal endlich gefasst?« Schon liefen Tränen ihre Wange hinunter.

»Leider noch nicht«, sagte Christine. »Wir sind hier, weil ...«

»Sie wollen fragen, ob wir etwas wissen. Ob Harald sich bedroht fühlte und so, immerhin bist du seine Schwester«, unterbrach Leitermann Christine. Die warf einen verwunderten Blick zu Oda. Was sollte das denn jetzt?

»Natürlich.« Mechthild nahm den Kinderbecher, gab ein wenig vom Apfelsaft hinein, der neben dem Kühlschrank zwischen Essig- und Ölflaschen stand, und füllte das Ganze mit Leitungswasser auf. »Ja, was soll ich Ihnen sagen? Ich bin völlig fertig. Erst Lars, nun Harald. Beide auf so furchtbare Art ... Mir schwirrt der Kopf, und ich weiß nicht weiter. Mein einziger Halt ist Jonas.« Sie drückte dem Jungen den Becher in die Hand und sah erst ihren Mann, dann Oda und Christine an. »Mein Mann hatte den Eindruck, dass Harald sich in letzter Zeit verändert hatte, hat er Ihnen das erzählt?«

Christine nickte. »Ja.«

Wieder glitt Mechthild Leitermanns Blick zu ihrem Mann. Sie räusperte sich unbehaglich. »Peter hat mich in den vergangenen Wochen oft darauf angesprochen, aber ...«

»Aber?«, wiederholte Christine.

»Ich hatte diesen Eindruck eigentlich gar nicht. Doch jetzt, wo Harald auf diese grausame Weise umgekommen ist, denke ich, Peter wird wohl recht gehabt haben.«

***

Mittagspause. Heiko Lemke lockerte seine Krawatte und schenkte sich ein Glas Mineralwasser mit Mangogeschmack ein. Nieksteit war außer Haus, so hatte er das Büro für sich. Lemke genoss es, zwischendurch einfach mal abzutauchen aus dem spießbürgerlichen Leben als Polizeibeamter, als Muttersöhnchen. O ja, ihm war durchaus klar, was ein Teil der Kollegen über ihn dachte.

Wenn die wüssten. Aber es war besser, dass sie nicht wussten. Er griff zum Glas, trank einen großen Schluck und loggte sich am PC ins *NebenLeben* ein. Hier war er Manolo. Hier betrieb er eine Buchhandlung und hatte jede Menge interessanter und spannender Kontakte.

Sein Avatar erschien auf dem Marktplatz. Und kaum war er dort sichtbar, bewegte sich eine weibliche Person über das Kopfsteinpflaster auf ihn zu. Anmutig, trotz ihrer hochhackigen Schuhe. Sehr anmutig, wie er zugeben musste. Manolo schaute sie schweigend und unbewegt an. Sie schien neu hier zu sein, er hatte sie auf diesem Marktplatz noch nie gesehen. Dabei war er oft hier, vertrieb sich die Zeit in der Buchhandlung oder saß bei Latte macchiato im Pub und schaute dem Treiben zu. Ganz bestimmt hatte er sie noch nie gesehen, so eine wäre ihm sicherlich aufgefallen. Kurz bevor sie ihn berührte, blieb sie stehen.

»Lust auf ein Bier drüben im Pub?«, fragte ihn die Sprechblase über ihrem Kopf. Erst jetzt fiel ihm auf, dass er die Lautsprecher nicht eingeschaltet hatte. Er schob den Mauszeiger in die Symbolleiste seines Bildschirms, ließ dann jedoch davon ab. Ihre Stimme interessierte ihn nicht. So ließ er Manolo nur den Kopf schütteln und tippte in die Tastatur: »So früh am Tag trinke ich nicht. Versuchs woanders.« Sie zuckte mit den Schultern und stöckelte davon. Ihre langen Beine, der Hintern, nur knapp mit Hotpants bedeckt ... Sicher gäbe es viele Männer, die diese Einladung nicht ausgeschlagen hätten. Aber Frauen waren nun mal nichts für ihn.

Er hatte es versucht, weil er dachte, dass es so sein musste. Sich so gehörte. Doch alle Anstrengungen waren erfolglos geblieben. Sie brachten ihm einfach nichts. Dennoch traute er sich nicht, im richtigen Leben dem nachzugehen, was in seinen Träumen Realität war. Das ging nicht. Das tat »Mann« nicht. Und er erst recht nicht, damit könnte seine Mutter nicht leben. Sie hatte ihn erzkonservativ erzogen, und Wilhelmshaven war eine kleine Stadt. Da ging das nicht. Darum war er froh gewesen, als er auf das virtuelle *NebenLeben* stieß.

Hier konnte er Manolo sein. Groß, schwarzhaarig, durchtrainiert und braungebrannt. Mit knallengen Jeans und aufgeknöpftem Hemd. Typ Latin Lover. Nur die Goldkette fehlte.

Im *NebenLeben* lebte er seine Träume. Das war okay, das reichte. So konnte er im echten Leben unscheinbar bleiben. Und sich zur körperlichen Befriedigung ab und zu Besuche in Bremen gönnen. In diesem Kino, das nur von Schwulen besucht wurde. Wo es ohne Fragen gleich zur Sache ging. Danach war er zufrieden. Nicht wirklich befriedigt, aber zufrieden. Es war okay. Er hatte sich arrangiert.

»Hey, Manolo«, hieß es plötzlich in einer Sprechblase auf dem Bildschirm. »Hast du ›Ostfriesensünde‹ inzwischen durchgelesen?«

Stevie. Wo kam der auf einmal her? War denn um diese Zeit schon Schulschluss? Er hatte gar nicht gemerkt, dass er unverändert starr auf dem Marktplatz stehen geblieben war. Lächelnd drehte er sich zu Stevie um, der das Bild eines höchstens Zwanzigjährigen bot. Jetzt klickte er den Lautsprecher an. Stevie hatte eine schöne Stimme.

»Schön, dich zu sehen.« Geschmeidig bewegte er sich auf den Jüngeren zu. Fasste ihn an den Schultern. »Klar. Hat mich ganz schön in seinen Bann gezogen. Lass uns bei einem Kaffee drüber reden.« Er zog Stevie mit sich, der lachte und ihn in die Seite knuffte.

Zu gern wäre Heiko Lemke in diesem Moment wirklich Manolo gewesen.

***

Es war merklich abgekühlt. Im Radio hatten sie ein Gewitter angekündigt, aber das war im Moment nicht mal ansatzweise zu spüren. Einen Teil der alltäglichen, so unnütz zeitaufwendigen Arbeiten hatte Christine bereits abgehakt. Sie grübelte über dem, was sie im Mordfall Vandenberg an Neuem auf dem Zettel hatte. Die Sache mit der jungen Leichtathletin ließ ihr keine Ruhe. Hatte sie etwas übersehen? Sie sah die Notizen in ihrem Collegeblock durch, als das Telefon klingelte.

Unwirsch griff sie zum Hörer. »Cordes?«

»Huch? Hab ich Sie auf dem falschen Fuß erwischt?« Eine männliche Stimme.

Christine war ungehalten. Man meldete sich doch mit Namen, wenn man irgendwo anrief. Hatte der Typ keine Kinderstube genossen? Sie gab sich Mühe, einigermaßen normal zu klingen. »Egal, auf welchem Fuß Sie mich erwischen wollten, unter meinem Anschluss werden Sie keinen Erfolg haben. Wenn Sie Details zu laufenden Ermittlungen erfahren wollen, wenden Sie sich bitte an die Pressestelle. Hier vergeuden Sie nur Ihre Zeit. Und meine.«

Als sie den Hörer schon fast wieder aufgelegt hatte, hörte sie ein »Halt, Frau Cordes!«. Etwas an der Stimme kam ihr bekannt vor.

»Ja?« Ein Fragezeichen überdimensionaler Größe ging durch den Äther.

»Entschuldigen Sie. Ich habe meinen Namen nicht genannt.«

Christine stutzte. Eindeutig, diese Stimme kannte sie. Sie hatte jetzt ad hoc nur kein Gesicht dazu, geschweige denn einen Namen.

»Ja?«, wiederholte sie deshalb.

»Hier ist Carsten Steegmann. Sie erinnern sich? Ich bin der für diesen Fall zuständige Oberstaatsanwalt.« Christine konnte das Schmunzeln durch die Leitung hören. »Ich wollte nicht so offiziell bei Ihnen anrufen, darum hab ich selbst zum Hörer gegriffen und Ihre Nummer nicht über mein Büro wählen lassen. War ein Fehler, wie ich nun sehe. Bürsten Sie jeden Anrufer so ab?«

Christine lachte erleichtert. »Der Herr Oberstaatsanwalt. Wie nett. Und ja, alles, was nicht wirklich mit meiner Arbeit zu tun hat und sich erdreistet, einfach mal so durchzuklingeln, wird schroff zurechtgewiesen. Was kann ich denn für Sie tun? Es gibt leider bislang niemanden, den ich Ihnen auf dem Silbertablett präsentieren kann.«

»Das habe ich zu diesem Zeitpunkt auch nicht erwartet. Aber mit dem Silbertablett haben Sie unbewusst vielleicht das richtige

Wort gewählt.« Steegmann machte eine Pause. »Und mich spontan auf eine Idee gebracht.«

»Bitte?«

»Silbertablett hat doch etwas mit Essen zu tun. Was halten Sie davon, wenn wir uns morgen Mittag zu einem Arbeitsessen treffen? Damit Sie mich auf den aktuellen Stand bringen können. Gegenüber der Staatsoper ist ein wunderbares Restaurant, die haben Tapas und andere kleine Köstlichkeiten. Ob die über Silbertabletts verfügen, könnten wir dann auch gleich herausfinden.« Steegmann lachte.

Warum nur hatte Christine den Eindruck, dass er jetzt gar nicht spontan, sondern eher so klang, als hätte sie ihm eine Weiche gestellt?

Sie schüttelte den Kopf.

»Frau Cordes?«

»Entschuldigung. Ich war kurz nicht ganz präsent.« Sie räusperte sich, das machte das weitere Reden einfacher. »Seien Sie mir nicht böse, aber ich glaube, das wird nichts. Ich muss leider ablehnen.«

»Warum? Was spricht dagegen?« Steegmanns Stimme klang wieder so souverän und sympathisch, wie Christine sie im Gedächtnis hatte.

»Ich mag Tapas sehr gern, aber ich halte das nicht für eine so gute Idee. Wenn wir über den Fall sprechen wollen, sollten wir das hier tun. Nicht in Oldenburg und nicht bei einem Essen.«

»Schade. Die Tapas sind wirklich ausgezeichnet. Na ja. Aufgeschoben ist ja nicht aufgehoben.«

»Sind Sie morgen nicht sowieso zur Besprechung hier?«, fragte Christine.

»Das kann ich noch nicht sagen. Ich habe den genauen Terminplan nicht im Kopf. Mittags hätte ich mir natürlich für Sie freigehalten, aber selbstredend werde ich versuchen, zu kommen.«

»Ach, setzen Sie sich nur nicht unter Druck.« Leichter Sarkasmus schwang in Christines Stimme mit. »Ich schicke Ihnen eine Mail, wenn es etwas Neues gibt.«

»Ja. Machen Sie das. Ich melde mich. Wegen des Arbeitsessens. Das lassen wir nicht so einfach ausfallen.«

Christine verdrehte verwundert die Augen, als sie auflegte.

**

Schon wieder war ein Tag verstrichen. Bislang war die Polizei nicht bei mir aufgetaucht. Jeder Tag eine einzige Quälerei. Ohnmächtig. Zum Warten gezwungen. Ich hasste es, hilflos zu sein. Die Ungewissheit war das Schlimmste. Ich durfte keinen Fehler machen. Wenn ich nur gewusst hätte, ob es Zeugen gab.

Unkonzentriert saß ich am Schreibtisch. Zu lang hatte ich vieles vor mir hergeschoben. Ich musste dringend einige Dinge erledigen. Wenn ich nur den Kopf frei gehabt hätte.

Mein Telefon klingelte. Die Werkstatt. Ich konnte meinen Wagen wieder abholen.

Nein, ich wollte den Schaden nicht über die Versicherung laufen lassen. Die würden mich hochstufen. Und das musste doch nicht sein. Ich konnte auch bar bezahlen. Vielleicht wäre da noch ein Rabatt drin? Okay. Gegen siebzehn Uhr dreißig. Ich nickte. Ja. Das ließe sich einrichten.

Zufrieden legte ich auf. Wieder ein Steinchen, das aus dem Weg geräumt war. Es lief. Alles würde so gehen, wie ich es wollte. Ich warf einen Blick auf die Uhr. Ja, das passte. Ich wandte mich den Unterlagen auf meinem Schreibtisch zu. Nun konnte ich arbeiten. Ich hatte alles im Griff.

***

»Hör mal, das geht ja gar nicht.« Christines Freundin Gudrun lachte sich halb schlapp am Telefon. »Da denkt er, er muss nur mal mit ein paar Tapas wedeln und du kommst nach Oldenburg geflogen? Was ist das denn für ein Typ? Hat der sie noch alle?«

Christine hatte vom Handy aus nur kurz bei Gudrun anrufen wollen, nicht ahnend, dass dieser Anruf einen amüsierten Entrüstungssturm bei ihrer Freundin auslösen würde.

»Gudrun, er ist irgendwie mein Chef. Und der wollte ein Arbeitsessen.« Christine lehnte sich in ihrem Stuhl zurück, betrachtete die im aufbrisenden Wind wehenden Blätter der Platanen. Noch war vom angekündigten Gewitter nichts zu sehen, Staubpartikel tanzten im Sonnenlicht. So ganz allerdings glaubte sie selbst nicht, was sie Gudrun gesagt hatte.

»Ach, Süße! Man merkt, dass du schon viel zu lange dem Markt ferngeblieben bist.« Christine sah förmlich, wie Gudrun ihre naturgelockten Haare schüttelte. »Der will kein Arbeitsessen ... der will ein Date. Wenn nicht noch mehr. Der säuselt dich am Telefon an, Kleines, so geht kein Chef mit seiner Angestellten um.«

»Quatsch. Das siehst du bestimmt falsch. Außerdem ist Steegmann verheiratet.«

»Hör auf, die Naive zu spielen.« Wieder sah Christine Gudruns Locken wippen. Horizontal. Nicht vertikal. »Wo wollte er dich gleich noch mal treffen?«

»Bei einem Mexikaner oder so. Aber das ist doch unwichtig. Ich hab ihm gesagt, dass wir uns hier treffen müssen. Die Zeit, wegen eines Arbeitsessens nach Oldenburg zu fahren, habe ich ohnehin nicht.«

»Bist ein braves Mädchen. Denk immer dran, du darfst es Männern im Allgemeinen und einem verheirateten Chef im Besonderen nie zu leicht machen. Wenn der ein sogenanntes Arbeitsessen möchte, muss er sich verdammt ins Zeug legen. Da darfst du dich nicht einfach ergeben. Männer sind Jäger, Süße, und nur, was sie mit viel Geduld und Mühe erlegen konnten, das wissen sie auch zu schätzen.« Gudrun schnalzte mit der Zunge.

»Weißt du was, Gudrun, du bist blöd. Ich meld mich später noch mal.« Christine lachte so laut, als sie das Gespräch beendete, dass die Tür aufging. Nieksteit streckte seinen Kopf herein.

»Was ist denn hier los? Feierst du 'ne Fete oder gibt's 'nen neuen Witz?«

»Weder noch. Hab nur grad gehört, dass alle Männer Jäger sind.«

»Klar.« Nieksteit feixte. »Soll ich dir mal meine Flinte zeigen?«

»Hau bloß ab!« Christine nahm lachend ein Gummiband und schoss es wie eine Flitsche Richtung Tür.

»Spielverderberin.« Nieksteit fing es auf, machte einen übertriebenen Kratzfuß und verabschiedete sich grienend.

***

»Ich geh noch mal kurz raus.« Peter Leitermann nahm seine Jacke vom Garderobenhaken und band sie sich um die Hüfte.

»Wo willst du denn hin?« Mechthild trat aus der Küche in den Flur. Sie wischte sich die Hände, an denen noch Reste des Kuchenteigs hafteten, an ihrer rot-weiß karierten Halbschürze ab. Es sollte Apfelkuchen geben. Den mochte Jonas so gern. Auch Lars hatte ihn für sein Leben gern gegessen.

Seit Lars' Tod buk Mechthild jede Woche einen Apfelkuchen. Peter konnte die früher so heiß geliebten Streuselkrümel mit Butterflöckchen-Mandeln schon lange nicht mehr sehen. Sie schnürten ihm die Kehle zu. Wie vieles, was für Mechthild seit Lars' Tod zum Ritual geworden war. Irgendwie schienen sie seitdem alle an Ketten zu hängen: er, Mechthild und Tonja. Sogar den kleinen Jonas hatte es erwischt. Keiner wagte, sich aus Mechthilds »Ritualklauen« zu befreien. Aber das Leben ging doch weiter. Der Schmerz blieb so oder so. Den brauchte man nicht zu zelebrieren, er war sowieso immer um und in einem.

Seit einer Weile schon versuchte Tonja behutsam, die Ketten ein wenig zu lösen. Sie blieb nicht mehr so lang, wenn sie Jonas abholte. Es schien Peter, als ob sie ein wenig mehr Distanz zu ihnen aufbaute. Einerseits schmerzte ihn das, andererseits hatte er volles Verständnis für seine Schwiegertochter. Sie war zu jung, um ihr Leben in einem imaginären Mausoleum zu verbringen. Für sie konnte noch nicht alles eingefroren sein. Und vor allem Jonas hatte ein Recht auf eine lebensfrohe Mutter.

»Ich brauch noch ein wenig Bewegung. Frische Luft.«

»Aber es zieht doch ein Gewitter auf. Da braut sich was zusammen. Hast du nicht rausgeschaut? Wird da hinten schon ganz düster.«

»Ist mir egal. Ich muss noch mal raus.«

»Peter!«

»Mechthild. Bitte. Ich geh jetzt. Bin ja nicht so lang fort. Ich muss halt raus.«

Ohne die Antwort seiner Frau abzuwarten, zog Peter Leitermann die Tür hinter sich zu.

**

»Ich denke, wir sollten uns noch mal den Hoppe vornehmen.« Oda stellte Christine einen dieser Pappbecher vor die Nase, die der Kaffeeautomat im ersten Stock ausspuckte. An denen man sich die Finger verbrannte. Da lobte Christine sich doch die längs geriffelten Becher, die sie auf ihren Fahrten mit der Bahn bekommen hatte, bei denen die Hitze des Kaffees nicht nahtlos auf die Finger übertragen wurde. Aber in der Bahn kostete ein Becher Kaffee auch zwei Euro siebzig, hier nur eins fuffzig. Dafür gab's eben keine schützenden Pappriffel.

»Ich hab dir schon zwei Stück Zucker reingetan.« Oda ließ sich in den schwarzen Schwingstuhl vor Christines Schreibtisch fallen und bekräftigte: »Der Hoppe ist meiner Meinung nach nicht ganz koscher. Dem sollten wir unbedingt noch mal auf den Zahn fühlen. Hat Lemke sein Alibi eigentlich schon überprüft?«

Oda trank einen Schluck von ihrem Kaffee und verbrannte sich fast die Zunge daran, wie Christine an ihrer Reaktion bemerkte. Darum ließ sie ihren noch stehen, nachdem sie aus der Schublade ein Portionsdöschen Kondensmilch geholt und hineingegeben hatte.

»Ich denke, das hat Nieksteit übernommen. Oder nicht? Einem von beiden haben wir es doch übertragen?« Wellenartig überfiel Christine Panik. Mist, verdammter. Wo hatte sie nur ihre Konzentration gelassen? Verflucht. Sie spürte, wie sich ihr der Hals zuschnürte. Sie musste sich mehr zusammenreißen. Durfte ihr Privatleben nicht auf ihren Beruf Einfluss nehmen lassen. Sie musste sich in den Griff kriegen. Ihre Atmung ging schnell. Schneller. Sie schluckte.

»Hey. Beruhig dich.« Oda stellte ihren Becher ab. »Ist doch noch nix passiert, wir haben alles unter Kontrolle. Es gibt für dich nicht den geringsten Grund, in Panik zu verfallen.« Sie holte etwas aus ihrer Westentasche. »Da. Nimm. Ist ein Traubenzucker. Hab ich immer dabei. Für Notfälle. Kannste wohl gebrauchen. Gab's denn was Besonderes? Ich meine, mit Frank?«

»Danke!« Christine riss das Papier auf und steckte das Bonbon in den Mund. »Ich weiß auch nicht, was jetzt grad mit mir los war.«

»Ich kenn das.« Oda beugte sich vor, griff nach ihrem Becher und trank entspannt. »Ist alles ein wenig viel für dich. Das Private und dieser Fall. Man kann eben nicht alles immer runterschlucken. Ich kenn das. Was meinst du, wie es mir damals ging, als Alex' Vater die Biege gemacht hat? Hundsmiserabel, das kann ich dir sagen. Aber tröste dich. Auch das geht vorbei. Es kommen wieder andere Zeiten. Die nicht so weh tun. Und«, nun grinste Oda, »vielleicht kommt auch mal ein anderer Mann.«

»Oda!«

»Aber das dauert noch, keine Panik. Das geht nicht so schnell. Musst erst lernen, mit dir selbst klarzukommen, bevor du einen anderen an dich ranlässt.«

»Ich hab keine Lust auf andere Männer.« Christine wagte einen Schluck, inzwischen war der Kaffee auf erträgliche Temperatur abgekühlt. »Und langsam frage ich mich, ob auf meiner Stirn steht: Ich bitte um Ratschlag im Umgang mit Männern. Du bist heut schon die Zweite, die mir was erzählen will.«

»Kannste mal sehen, alle machen sich Gedanken um dich und wollen, dass es dir gut geht.« Oda grinste über alle Backen. »Aber genug der Lobhudelei. Hoppe. Was machen wir mit dem? Beziehungsweise mit dessen Alibi?«

»Nieksteit anrufen.« Christine stellte den Pappbecher hin und griff zum Telefon. »Sag mal, dieser Jens Hermeling«, begann sie, als sich am anderen Ende der Leitung ihr Kollege meldete. »Hat der eigentlich das Alibi von dem Hoppe bestätigt? Wie? Du bist nicht da gewesen?«

***

Es grummelte. Am Himmel zogen dunkle Wolken im Eiltempo dahin, als wollten sie sich vor dem Unwetter, dessen Vorzeichen sie waren, in Sicherheit bringen. Die Temperaturen waren merklich gesunken. Torben sah, dass Lara zu frieren begann und zog sie an sich. Gemeinsam lehnten sie sich an die alte Kastanie im Brommygrün, in deren Rinde kaum zählbare Inschriften von Liebe und Vereinigung kündeten. Schon die Clique seines Vaters hatte sich hier getroffen. Auch wenn Torben sich seinen Vater nie als jungen Mann würde vorstellen können, egal, wie viele alte Bilder er anguckte. Hier, an diesem Baum, hatte Mama gesagt, hatte sie Papa das erste Mal geküsst. Mochte sich Torben gar nicht vorstellen. Aber das war ja auch lange her und egal. Dennoch war es irgendwie 'ne schöne Sache zu wissen, dass diese Kastanie quasi eine Art Familien-Stammbaum war. Im wahrsten Sinn des Wortes. Damals sein Vater und dessen Clique, heute er mit seinen Kumpels. Hier traf er sich mit Igor und den anderen, wenn sie keine Lust hatten, im Kirchenkeller rumzuhängen. Eine Zeitlang waren sie in den alten Bunker gekrabbelt, wenn es zu regnen begann. Aber der war inzwischen dicht, da kam man nicht mehr rein.

Eine große, schlanke Frau mit langen blonden Haaren lief zügig mit ihrem Hund an ihnen vorbei. Der allerdings schien im Eiltempo seiner Halterin keinen Sinn zu sehen und kam neugierig auf sie zu. Ein Mischling. Groß, langes, helles, leicht zotteliges Fell. »Ich hab nix für dich«, bedauerte Torben, als der Hund zutraulich näher kam. »Nächstes Mal vielleicht.« Der Hund schnüffelte weiter. Zu gern hätte Torben auch so einen Hund gehabt. Ein Tier, an das man sich ankuscheln konnte und von dem man ohne Bedingungen geliebt wurde. Ein paarmal hatte er den Vorstoß gewagt, doch jedesmal war sein Wunsch abgeschmettert worden. Nein, hatte sein Vater gesagt, ein Haustier käme überhaupt nicht in Frage. Er solle Sport machen, dann sei er ausreichend abgelenkt.

Es grummelte lauter. Noch war es kein wirkliches Donnern, aber in der Ferne zuckte ein Blitz.

»Ricky!« Die Stimme seiner Besitzerin ließ den Hund weitereilen.

»Wir sollten uns auch vom Acker machen«, sagte Torben. »Wird hier gleich richtig ungemütlich. Ist ja nicht so ganz ohne, unter einem Baum zu bleiben.«

»Ich will nicht nach Hause. Und zu dir können wir ja auch nicht. Also doch in den Keller?«

»Nee. Eigentlich möchte ich da nicht mehr so oft hin. Es geht ja jetzt eh nur um den Basar. Darauf hab ich keinen Bock.« Torben stockte. »Andererseits ist das vielleicht doch keine schlechte Idee. Ich hab Tonja nämlich versprochen, mich mal wegen Lars umzuhören. Sie sagt, er sei so verändert gewesen vor dem Unfall. Vielleicht weiß ja jemand etwas.«

Lara richtete sich auf. »Was sollen die denn wissen? Und wer?«

»Na, einer der Älteren. Vielleicht sogar Mauser. Lars war doch so viel mit den Leuten zusammen, vielleicht hat er mal was fallen lassen. Weshalb er sich verändert hat, meine ich. Ach, Scheiße.« Torben verstummte. Er lehnte sich zurück, legte den Kopf in den Nacken und an den dicken Stamm. Als ob der Himmel Regie führte in diesem Dialog, ließ er ein Donnergrollen los, das Torben in dieser Intensität noch nie gehört hatte. Der Wind nahm schlagartig um Windstärken zu. Kleinere Äste wurden abgerissen, flogen herunter, Frühlingsblätter wirbelten in wahnwitzigem Tanz durcheinander. Nicht mehr ganz so weit entfernt zuckten die Blitze.

»Lass uns abhauen.« Lara zog Torben auf die Beine. »Lass uns in den Keller gehen. Vielleicht ist ja wirklich einer da, der was über Lars weiß.«

**

Die Sonne spiegelte sich im rechter Hand gelegenen Kanal, als Christine und Oda nach Mariensiel fuhren, um mit Jens Hermeling zu reden. Noch hatte der Wind das Wasser im Kanal nicht erreicht, sondern blies drüber hinweg.

»Mensch. Guck dir diese Spiegelung an! Einfach genial«, rief Oda, als sie freie Sicht hatten auf zwei am Ufer vertäute Boote, ein sichtbar altes, ausrangiertes Marineboot und einen riesigen Katamaran. »Halt doch mal an.«

Mit ungutem Gefühl hielt Christine am Straßenrand, immerhin war hier jede Menge Verkehr. Oda ließ die Scheibe herunterfahren, zückte ihr Handy und schoss ein paar Bilder. Sie hatte recht, das Motiv war wirklich schön und die Luft besonders leicht, fast seidig. So still hatte auch Christine den Ems-Jade-Kanal noch nicht erlebt. Ein Augenschmaus allerersten Ranges.

»Können wir jetzt weiter?« Selbst wenn der Ausblick unbestreitbar hervorragend war, setzte Christine ihr Auto dennoch ungern dem fließenden Verkehr als Rammbock aus.

Wenige Minuten später fuhren sie von der Ortsumgehungsstraße in den historischen Sielort. Vor Jahren schon hatte man die Ortsdurchfahrt für den normalen Personenverkehr gesperrt. Und auch die roten Lampen der hier vor langen Zeiten ansässigen berühmtberüchtigten Etablissements waren überwiegend erloschen. Aber auch ohne Rotlicht hatte Mariensiel sich stets geweigert, einfach nur ein netter, harmonischer Vorort der Stadt zu werden, sondern hatte die geografische Trennung durch den Kanal genutzt, um sich zu etwas Besonderem zu machen.

»Stopp! Nummer acht ist hier!«, rief Oda vom Nebensitz, sodass Christine in die Bremsen stieg und sie vor einem kleinen alten Backsteinhaus zum Stehen kamen.

»Ja, ich war mit Herrn Hoppe an jenem Tag zu Mittag in der Stadt unterwegs.« Jens Hermeling blätterte in dem Terminkalender auf seinem Schreibtisch, während sich draußen vor dem Bürofenster unverkennbar das Unwetter näherte. Ein Plastikeimer kullerte über den Rasen, Blätter wirbelten herum und mit einem Krachen kippte eine nur an die Schaukel angelehnte Stelze auf den Boden. »Ab und zu essen wir gemeinsam. Meistens ziehen sich unsere Gespräche bis in den Nachmittag hinein, denn unsere Beziehung ist nicht nur privater, sondern auch beruflicher Natur.«

»Ach nee«, sagte Oda, während der erste Blitz über den Himmel zuckte. »Ich denke, Sie machen in Werbung. Coachen Sie denn auch Hoppes Immobilienverwaltung?«

»Ja, ja, da sieht man, dass die Polizei … entschuldigen Sie, wenn ich das jetzt mal so platt formuliere … also, dass Sie sich als Beamte keine Gedanken um Werbung und Marktpräsenz machen müssen. Richtig platzierte Werbung ist heutzutage das A und O eines wirtschaftlich strukturierten Unternehmens. Aber das ist bei Ihnen ja unerheblich.«

Christine sah Odas »Jetzt-reicht's-Ventil« förmlich explodieren und schaltete sich schnell in die Unterhaltung ein. »Können Sie das vielleicht ein wenig deutlicher ausdrücken?«

»Klar. Auch wenn ich denke, dass das allgemein bekannt sein müsste. Werbung ist immer wichtig. Ob für Immobilienverwaltungen, wie Herr Hoppe sie – ich kann nur sagen: sehr erfolgreich – betreibt, oder aber überhaupt und allgemein. Könnte der Polizei auch nicht schaden. Ich sag einfach: Da wird am falschen Ende gespart. Ich hätte durchaus einige Ideen, vielleicht können Sie mir ja mal einen Kontakt zu der entsprechenden Schaltstelle vermitteln. Mit ›Dein Freund und Helfer‹ kommen Sie heute jedenfalls nicht weit, wenn Sie Vertrauen aufbauen und sich voll und ganz im positiven Denken der Bevölkerung etablieren wollen. Da müssen Sie …«

»Seien Sie mir nicht böse, wenn ich an dieser Stelle unterbreche«, stoppte Christine seinen Redefluss, bevor Oda wirklich explodierte. »Aber wir sind nicht hier, weil wir Sie hinsichtlich einer Marketingstrategie konsultieren wollen, sondern weil ein Mensch ermordet wurde. Um das mal so klar zu sagen.«

»Und Ihr Freund und Kollege Ingo Hoppe hat ein nicht gerade gering zu nennendes Motiv«, steuerte Oda bei.

»Entschuldigen Sie.« Sofort wurde Hermelings Gesicht von Ernst und einer gewaltigen Portion Konzentration dominiert. Christine war sich sicher, dass auch Oda seine plötzliche Angespanntheit erkannte. »Nehmen Sie mir mein Verhalten nicht übel, aber wenn Sie Ingo Hoppe wirklich einer solchen Tat verdächtigen, dann kennen Sie ihn schlecht. Außerdem war er mit mir zusammen, wie ich Ihnen gerade sagte und wie Sie hier schriftlich bestätigt sehen.« Er wies auf den Kalender.

»Solche Eintragungen lassen sich schnell nachholen, wenn es notwendig wird«, konstatierte Oda.

»Ich bitte Sie, weshalb sollte ich das tun?«

Noch immer standen sie, und Christine begann, sich im Raum umzusehen. An den Wänden hingen ausgeschnittene Werbeanzeigen und Fotografien mit Werbesprüchen. Nicht einer davon ließ in ihrem Kopf sofort die Verbindung zu einem bestimmten Produkt entstehen. Entweder arbeitete Hermeling regional begrenzt, oder aber, er hatte Kunden, die keine dem allgemeinen Käufer zugänglichen Produkte herstellten. Oder er ist nicht so erfolgreich, wie er vorgibt, insistierte ein kleines Stimmchen in ihr.

»Da gibt es verschiedene Ansatzpunkte. Einer davon wäre: um Ihren Freund zu decken.«

Christiane drehte sich zu Oda um, die in bekannter Manier, die Daumen in die Hosentaschen gehakt, dastand.

»Sie kennen wirklich nichts, oder?« Hermeling schüttelte den Kopf, als könne er Odas Frage nicht begreifen.

»Ach, kommen Sie«, gab sich Oda jovial. »So 'n kleiner Freundschaftsdienst unter Kumpeln ... Es muss ja kein Mord der Anlass gewesen sein, denkbar wäre auch ein Techtelmechtel ... heimlich ... mit Ihrer Rückendeckung ...« Christine hatte das Gefühl, dass Oda bewusst die Worte im Raum schweben ließ wie Wattewolken. Als hoffte sie darauf, dass Hermeling einen Holzstab nehmen und alles, Odas Worte und seine unausgesprochenen Antworten, wie Zuckerwatte darumwickeln würde.

Doch Hermeling schien kein Zuckerwattetyp zu sein.

»Stellen wir also klar, um weder Ihre noch meine Zeit zu vergeuden: Ich war an besagtem Tag mittags bis weit in den Nachmittag hinein mit Ingo Hoppe zusammen. Punkt. Wollen Sie sonst noch etwas wissen?«

»Danke. Das reicht.« Christine reichte Hermeling die Hand zum Abschied.

»Für den Augenblick«, fügte Oda hinzu, drehte sich um und verließ ohne weitere Höflichkeitsfloskeln den Raum.

»Aber wir werden uns diesbezüglich sicher noch einmal wiedersehen.« Christine konnte sich den Kommentar nicht verkneifen. So ein arroganter Kerl.

***

Lange schon hatte der Wind nicht mehr so getobt wie an diesem Abend. Alles, was nicht niet- und nagelfest war, flog durch die Gegend. Leere Getränkedosen, Blumentöpfe, Blätter und Papier. Der Himmel hatte sich nachtschwarz zugezogen, als habe die Erde es nicht verdient, das friedenverheißende Hellblau zu erleben. Als sei er zornig und wollte die Menschen diesen Zorn spüren lassen. Peter Leitermann lief ziellos durch die Gegend, die Hände in den Taschen und die Schultern hochgezogen. Er wusste, er sollte heimgehen. Mechthild würde sich Sorgen machen. Er sah sie vor sich, wie sie nervös seine Handynummer eintippte und entsetzt das Klingeln aus der Flurkommodenschublade hörte. Sie tat ihm leid, aber er konnte nicht anders. Sie erdrückte ihn mit ihrer Fürsorge, ihrer Vorsicht und ihren Lars-Gedächtnis-Ritualen. Das alles konnte er nicht ertragen. Gerade jetzt, wo er anfangen musste, die Zeichen, die er innerhalb des letzten halben Jahres nur am Rande wahrgenommen hatte, zu deuten. Warum, verdammt, war ihm nicht eher aufgefallen, wie wichtig sie waren!

Mit einem Mal knallte der Himmel. Wolkenbruchartig prasselte das Wasser auf ihn nieder und der Sturm zerrte an jedem Zipfel seiner Kleidung. Leitermann stemmte sich gegen den Wind. Er würde sich nicht unterkriegen, durch nichts von seinem Vorhaben abbringen lassen. Ein dicker Ast knallte mit ohrenbetäubendem Lärm vor ihm herunter. Blockierte Bürgersteig und Straße. Leitermann hatte das Gefühl, in luftleerem, unwirklichem Raum zu wandeln. Bar jeder Angst, jeder Emotion. Er fühlte sich erstarrt, lief aber dennoch weiter, obwohl er sich am liebsten in einer geschützten Ecke zusammengerollt hätte.

Inzwischen war er nass bis auf die Knochen, aber er spürte nichts.

Keine Nässe, keine Kälte. Nichts. Zu sehr war er mit sich selbst beschäftigt. Er war ein Feigling gewesen, hatte monatelang Scheuklappen vor den Augen gehabt. Selbst als auch Harald schweigsam wurde und anfing, sich vor ihnen zu verschließen, war er untätig geblieben. Er hätte schon früher handeln müssen. Für sich, für Mechthild, Barbara und Tonja, vor allem aber für Torben und Jonas. Das war ihm durch den Besuch der Kommissarinnen mit einem Mal überdeutlich geworden. Nun war er bereit, die Dinge in Angriff zu nehmen.

Aus der Ferne hörte er Sirenen. Feuerwehr oder Polizei, alle waren sie bei diesem Unwetter im Einsatz. Der Sturm pfiff, zerrte, schmiss Äste und Knüppel in seinen Weg. Den Bruchteil einer real denkenden Sekunde wunderte sich Leitermann darüber, dass er bislang von niedergehenden Ästen verschont geblieben war. Als habe er einen unsichtbaren Schutzschild um sich. Weil ihm nichts passieren durfte. Weil er endlich die Spur aufnehmen musste.

Er blieb stehen und reckte sein Gesicht dem blitzenden Himmel entgegen. »Lars«, schrie er mit aller Kraft gegen den Sturm. Es war ihm egal, ob die Anwohner ihn schreien hören, ihn für verrückt erklären würden. Hier und jetzt spürte er seinen toten Sohn. »Vergib mir!«, brüllte er. »Ich werde versuchen, alles gutzumachen!« Dann sackte er in sich zusammen. Mitten im tosenden Sturm, in dieser rabenschwarzen Sturmdämmerung, bis auf die letzte Faser durchnässt. Er saß leer und innerlich ausgebrannt zwischen abgerissenem Laub, Zweigen und umherfliegendem Müll auf dem Bürgersteig und gestattete sich endlich die Trauer, die er bislang nicht zugelassen hatte. Weil er der Starke sein musste, der die Situation im Griff hatte. Doch es gab nichts im Griff zu halten, wenn das Kind starb. Für den stärksten Menschen nicht.

So, wie in diesem Augenblick der Regen sintflutartig auf ihn niederprasselte, stieg in seinem Inneren eine Wasserflut auf und entlud sich in Tränenbächen, die ihm heiß und salzig über das Gesicht liefen. Lange nicht hatte Leitermann das Gefühl gehabt, etwas so wahrhaftig zu empfinden wie diesen Augenblick. Er spürte, wie mit den Tränen auch die Kraft zurückkehrte.

***

Christine hatte es gerade noch nach Hause geschafft, bevor der Regen eimerweise vom Himmel kam. Sie saß entgegen sonstiger Gewohnheiten bereits im Schlafanzug auf der Couch und hatte die uralte Wolldecke um sich gezogen, einen Becher Anti-Stress-Kräutertee in der Hand.

Wie gern hätte sie jetzt mit jemandem, nein, sie korrigierte sich, wie gern hätte sie mit Frank über das gesprochen, was heute gewesen war. Sie hatte sich immer gern mit ihm über ihre Fälle unterhalten und häufig erst im Gespräch mit ihm Klarheit gewonnen. Christine unterdrückte den Impuls, zum Hörer zu greifen. Sie musste lernen, allein mit dem Leben klarzukommen. Ihr fiel das Telefonat mit Steegmann ein. Sie könne ihn jederzeit anrufen, hatte er gesagt. Nein. Sie schüttelte den Kopf. Das würde sie nicht tun. Auf gar keinen Fall. Nicht an einem Montagabend. Und schon gar nicht daheim, wo womöglich seine Frau ans Telefon ging. So nötig hatte sie einen Gesprächspartner dann doch nicht. Kurz lachte Christine über ihre Gedanken, stand auf, schnappte sich ihr Notebook und lehnte sich an die Rückwand der Couch.

Sie loggte sich in ihren E-Mail-Account ein. Wie üblich gab es Spammails, die sie ungelesen löschte. Auch Gudrun, die Liebe, hatte gemailt, doch Christines Blick blieb an zwei Mails hängen, mit denen sie nicht gerechnet hatte. Eine kam von Frank – sie wusste gar nicht, dass der überhaupt Mails schreiben konnte. Was wollte der denn? Ihre Mundwinkel gingen nach unten, die Zähne waren fest aufeinandergepresst. Sie brauchte sich nicht wundern, wenn ihr Rücken schmerzte. Ihr Heilpraktiker predigte stets, dass das nächtliche Zähneknirschen schuld daran sei. Dennoch weigerte sich Christine bislang, nachts eine dieser Zahnschienen zu tragen. Sie beschloss, Franks Mail zu ignorieren. Das war sicherlich ein guter Schritt, um die nächtlich verarbeitete Wut loszuwerden.

Amüsiert las sie allerdings den Betreff der anderen Mail: »Wenn Sie mir schon ausweichen …«

Sie klickte den Satz an, neugierig auf die Mail, die Oberstaatsanwalt Carsten Steegmann ihr geschrieben hatte.

***

»Warum fragst du jetzt erst danach?«, fragte Igor. »Das ist ja schon einige Monate her.«

Zum ersten Mal fiel Torben auf, dass er sich an keinen Abend erinnern konnte, an dem er Igor nicht hier, im Kellergruppenraum, angetroffen hatte. Augenblicklich stieg eine Metapher vor Torbens innerem Auge auf: Igor, der wie eine dicke, fette, in ihrem Netz sitzende Spinne auf Opfer wartete. Okay, Igor war weder dick noch fett, aber er war muskulös. Durchtrainiert. Und er wartete natürlich auch nicht auf Opfer, um sie in Sekundenschnelle zu wehrlosen Puppen zu umspinnen und dann aussaugen zu können. Warum überfiel ihn jetzt dieser Vergleich? Könnte Igor etwas mit Lars' Veränderung vor dessen Tod zu tun haben? Nein. So ein Quatsch. Und doch ... Igor war anscheinend immer hier, auch wenn er ein eigenes Appartement bewohnte. Warum war das so?

Aber es war ja nicht nur er, der die Gemeinschaft suchte, auch die übliche Kellergang war anwesend. Merle lümmelte auf dem verschlissenen Sessel, drehte sich eine Zigarette und sah Torben gelangweilt an. Sicher hatte sie schon wieder Wodka getrunken. Merle trank zu viel. Jeden Abend. Sie hatte oft Stress mit ihrer Mutter. Oder die Mutter mit ihr, denn inzwischen hatte sie das Sagen in der Mutter-Tochter-Beziehung. Seit Merle einmal richtig Terror geschoben hatte, traute sich ihre Mutter nicht mehr, den »jeweiligen Typen«, wie Merle die wechselnden Partner ihrer Mutter abschätzend titulierte, mit nach Hause zu bringen. »Sollen die es doch auf 'ner Parkbank treiben«, hatte sie irgendwann zu Torben gesagt. »Ist besser, als wenn mein kleiner Bruder mitkriegt, was für eine unsere Mutter ist.« Nun starrte sie ihn Kaugummi kauend an, leckte den Klebestreifen des Zigarettenpapiers ihrer Selbstgedrehten an und hatte Sekunden später den fertigen Glimmstängel angezündet im Mundwinkel.

Torben spürte Laras Hand. Wärmend, aufmunternd und zuversichtlich drückte sie seine. Mach schon, hieß dieser Druck. Ich bin bei dir. Das letzte Mal, dass er eine so ausfüllende Wärme verspürt hatte, war lange her.

»Warum ich jetzt danach frage?«, wiederholte er Igors Satz. »Ganz einfach. Lars und mein Vater sind tot. Beide sind weder an einer Krankheit noch an Altersschwäche gestorben. Beide waren meine Familie. Und beide hatten sich in der Zeit vor ihrem Tod verändert. Darum jetzt. Bevor noch mehr passiert. Es kann kein Zufall sein, dass es meine Familie innerhalb so kurzer Zeit zweimal trifft. Und darum, Igor«, Torben sah ihm fest in die Augen, »brauche ich von euch alles. Jede winzige Kleinigkeit, die ihr mir über Lars und das letzte Jahr mit ihm berichten könnt. Ich brauch alles. Nur so kann ich einen Ansatz finden, der mich weiterbringt.«

Igor nickte. Merle steckte die Packung Tabak weg, aus der sie sich gerade die nächste Zigarette drehen wollte. Für einige Minuten herrschte Schweigen im Keller. Nicht einmal der Qualm der Zigaretten wirbelte wie sonst, zu einer Gesamtwolke vermischt, durch den Raum, jeder schien mit seinen Gedanken in die Vergangenheit zurückgegangen zu sein.

Nach einer Weile räusperte Merle sich. »Ich glaub, das mit Lars fing an dem Abend an, an dem hier das Gartenfest war«, sagte sie. »Ich hab mich gewundert, dass er am nächsten Tag nicht zum Aufräumen kam. Immerhin war er doch der Initiator des Ganzen. Irgendwer sagte, er hätte die Grippe oder so. Könnt ihr euch nicht daran erinnern?«

»Stimmt«, bestätigte Julia. Ihre von schwarzem Kajal umrandeten großen Mandelaugen funkelten. Wie immer trug sie einen breiten Haarreif, der ihr fremdländisches Gesicht perfekt zur Geltung brachte. Im Aufsetzen strich sie sich den eng anliegenden, hüftlangen Pulli glatt. »Lars blieb 'ne ganze Weile weg. Bestimmt zwei Wochen. Wir haben uns noch gefragt, ob er vielleicht plötzlich krank geworden war, erinnerst du dich, Merle? Am Festabend jedenfalls wirkte er vollkommen gesund. Vielleicht wollte er ja auch einfach nur ein bisschen Ruhe? War ja für ihn 'ne Menge los in der Zeit davor. Die Geburt von Jonas, die ganze Umstellung aufs Vaterdasein, Familienleben … Du hast das doch damals auch nicht wirklich ernst genommen.« Sie sah Torben herausfordernd an.

»Tja. Das ist ja die Kacke. Jeder hat gemerkt, dass er anders war, aber wir alle haben das, ohne bei ihm nachzuhaken, beiseitegeschoben.« Torben konnte die Wut in seiner Stimme nicht unterdrücken. »Verdammt noch mal, wir waren doch alle an dem Abend hier! Haben zusammen gegrillt, gesungen, getrunken. Wenn Lars an diesem Abend irgendeine Laus über die Leber gelaufen ist, muss es doch jemanden geben, der weiß, was das war!«

**

Jürgen Töpfer stand an der Straßenecke und blickte auf die beleuchtete Fensterfront. In Odas Küche brannte Licht. Sollte er oder sollte er nicht? Um ihn herum wüteten die Ausläufer des Sturms.

Die Stelle, an der er stand, bot mittels eines sichtlich neu hinzugefügten Vordachs ein wenig Schutz, sodass Jürgen seinen spontan gefassten Entschluss, Oda von der Aufrichtigkeit seiner Gefühle zu überzeugen, überdenken konnte. Wenn sie für ihn so intensiv fühlen würde wie er für sie, dann gäbe es diese Situation nicht.

Diese Sichtweise, dessen war er sich bewusst, war ziemlich schwarz-weiß. Und dennoch, es mochte Ansichten geben, die sich nicht vollkommen mit seinen deckten, aber er war immer zu Gesprächen bereit. Man musste sie nur mit ihm führen wollen, was bei Oda jedoch offensichtlich nicht der Fall war. Spontan kam ihm Christine in den Sinn. Von allen Menschen, die er kannte – Alex mal außen vor, denn der war Odas Sohn und deshalb in einer ganz besonderen Position –, gab es nur Christine, die ihm helfen konnte, das Schloss zur Festung Oda zu finden. Kurzerhand drehte er um, öffnete die Tür seines Autos und fuhr davon.

**

Oda stand seitlich am Küchenfenster. Seit einiger Zeit hatte sie aus dem Halbdunkel heraus Jürgens Gestalt unter dem Vordach auf der anderen Straßenseite beobachtet. Hatte gehofft, dass er sich ein Herz fassen und an ihrer Tür klingeln würde. Hatte sehnsüchtige, stumme Signale ausgesandt: Komm her. Ich warte auf dich!

Doch wieder einmal hatte das Leben sie mit seiner Realität in die Schranken verwiesen und auf den Boden der Tatsachen zurückgeholt.

Jürgen war gegangen. Er hatte nicht geklingelt. Warum nicht? Sie hatten doch so wunderbare Stunden miteinander verlebt. Sich einander so zugetan gefühlt, das Yang zum Yin gefunden und umgekehrt. Aber sein jetziges Verhalten konnte nur eins bedeuten: Das, was er empfand, war nicht genug. Sie bedeutete ihm nicht genug. Sie war es nicht wert. Das hatte ja auch Thomas ihr gezeigt, Alex' Vater.

Niete Oda. Freu dich, wenn sich irgendwer noch mit dir abgibt. Freiwillig tut das keiner.

Sie spürte einen unangenehmen metallischen Geschmack auf der Zunge. Ohne es zu bemerken, hatte sie sich die Innenseite ihrer Unterlippe blutig gebissen.

Nein.

Oh nein! Kein Mann war es wert, dass eine Frau seinetwegen an sich zweifelte. Oda schon mal gar nicht. Es gab Wichtigeres zu erledigen. Sie musste einen Mörder finden. Was zählten in diesem Zusammenhang schon eigene Gefühle? Die konnte man nach hinten schieben. Sie brühte sich einen Yogi-Tee auf. Während sie den Teebeutel im Becher auf und niederhüpfen ließ – als ob der Tee dadurch schneller ziehen würde –, suchte sie nach einem Ansatz im Fall Vandenberg. Sie wusste, er war da, war irgendein kleines Detail, an sich unwichtig, aber im Kontext aussagekräftig, doch sie fand ihn im Moment nicht. Ihre Stirn zog sich zu Falten zusammen. Sie ließ den Teebeutel in den Becher gleiten, holte ein Blatt Papier, einen Stift und setzte sich an den Küchentisch.

Auch wenn sie keine Notizen brauchte, wollte sie doch alles, was sie an Informationen gespeichert hatte, zu einem Puzzle zusammenfügen. Dann würde sie schnell wissen, wo die fehlenden Teile zu finden waren.

***

Zufrieden stellte ich das Fahrzeug zurück in die Garage. Wie gut, dass ich diese Möglichkeit noch hatte. Meine Mutter hatte nicht gefragt, warum ihr Auto in der letzten Woche weg gewesen war. Sie fragte gar nichts mehr. Konnte es nicht. Reagierte nur noch in jener kindlichen Dankbarkeit auf Aufmerksamkeiten, die dementen Alten eigen war. Gott sei Dank bekam sie eine üppige Pension. Dadurch konnte ich ihr eine Rund-um-die-Uhr-Betreuung in den eigenen vier Wänden finanzieren. So musste sie sich nicht umgewöhnen. Sie hatte es schwer gehabt im Leben. Nun tat ich, was ich konnte, damit es ihr gut ging. Ich bedauerte nur, dass ich nicht öfter bei ihr sein konnte. Das Herz ging mir auf, wenn ich den Blick sah, mit dem sie mich anschaute, voll von dankbarer und reiner Liebe. Oh ja. Genau diese Liebe hatte ich verdient. Nicht nur von meiner Mutter. Gedankenfetzen wollten in mein Bewusstsein drängen. Ich schob sie beiseite. Das war vorbei. Ich freute mich auf den Abend. Lange schon war ich nicht mehr im

Club gewesen. Ich brauchte Abwechslung. Ablenkung. Und hoffte ... insgeheim ... dass Manolo heute auch wieder dort war. In unserem ersten Gespräch waren so wunderbare Schwingungen zu spüren gewesen. Wir hatten die gleichen Themen, lachten über die gleichen Dinge. Mir war leicht ums Herz geworden, ich hatte mich fast ein wenig frei gefühlt. Diese Übereinstimmung. Dieser innere Gleichklang. Das hatte ich in solcher Intensität nur einmal erlebt. Ob es mit Manolo wieder so sein könnte? Ob ich mit ihm dauerhaft Zufriedenheit, Ruhe und Glück finden würde? Ich spürte Schmetterlinge im Bauch, wenn ich an ihn dachte.

***

Es war bereits nach zehn, als Peter Leitermann die Tür zu seiner Wohnung aufschloss. Augenblicklich stand seine Frau im Flur.

»Da bist du ja endlich.«

Bei Mechthilds Anblick packte Peter Leitermann augenblicklich das schlechte Gewissen. Sie lehnte sich an den Türrahmen, ihr Gesicht war völlig verheult. Mit lautem Schluchzen schlang sie die Arme um ihren Oberkörper.

»Um Himmels willen, Mechthild, was ist passiert?« Leitermann eilte zu ihr und nahm sie in den Arm. Haltloses Weinen schüttelte Mechthild, sie klammerte sich an ihn, obwohl er bis auf die Haut durchnässt war. Erst nach einigen Minuten konnte sie sprechen.

»Ich hab solche Angst um dich gehabt! Tu mir das nie, nie wieder an!« Sie klammerte sich an ihn.

»Mechthild.« Er streichelte ihr über den Kopf, versuchte, das eigene Kältezittern zu unterdrücken. »Du. Liebes. Ich hab dir doch gesagt, dass ich raus muss. Frische Luft schnappen. Nachdenken. Das alles geht an mir auch nicht spurlos vorbei.«

»Aber das Unwetter. Die ständigen Tatütatas. Und dein Handy lag in der Flurkommode. Ich wusste nicht, wo du warst. Ob es dir gut geht. Ich hab solche Angst um dich gehabt!« Erneutes Schluchzen beutelte ihren Körper. »Peter! Das darfst du nicht noch mal mit mir machen! Ich hab schon Lars verloren. Und Harald. Ich will nicht auch noch dich verlieren!« Mechthilds Tränenschleusen öffneten sich sintflutartig.

Peter Leitermann stand still, hielt seine Frau im Arm und flüsterte ihr Worte zu, die seine Lippen schon lange nicht mehr verlassen hatten. In diesem Augenblick wurden sie wieder das Paar, das sich seit über vierzig Jahren kannte und liebte. Mechthild war wieder die ein wenig kecke junge Frau mit den braunen, leicht gewellten Haaren, der dunkelblauen Steghose und dem eng anliegenden hellblauen Rolli, in die er sich an jenem Abend in der »Elisenlust« verliebt hatte. Die Erkenntnis, dass die Liebe zu Mechthild nie gewichen, nur von den Ereignissen des letzten Jahres überschattet gewesen war, erfüllte ihn mit tiefer Dankbarkeit. Einige Minuten noch hielt er seine Frau im Arm, bis ihr Schluchzen verebbte. Dann verharrten sie in schweigender, lang nicht da gewesener Harmonie. Irgendwann brach Leitermann die Stille.

»Ich werde zur Polizei gehen, Mechthild. Ich muss denen sagen, dass auch Lars vor seinem Tod so sehr verändert war. Ich weiß nicht, ob das irgendwas mit Harald zu tun hat, aber ich meine, sie müssen das wissen. Vorhin, inmitten des Sturms, wurde mir klar: Ich muss es ihnen sagen.«

Mechthild sah ihn aus tränennassen Augen an. »Glaubst du denn, dass Lars' Tod in irgendeiner Form etwas mit Harald zu tun haben könnte? Das wäre dann ja ...« Mechthild sagte nichts mehr, ihre Kinnlade schloss und öffnete sich wortlos. Peter sah in ihren Augen das Entsetzen, dass er selbst verspürte.

**

Schmunzelnd sah Christine auf den Bildschirm. Gewiss hatte sie Steegmanns Mail schon ein Dutzend Mal gelesen. Er würde nicht lockerlassen, schrieb er. Und da er ein Mensch mit Ausdauer und Durchhaltevermögen sei, habe sie gar keine andere Wahl, als sich zu ergeben. Früher oder später. Bis dahin würde er schon einmal die Speisekarte des Spaniers gründlich studieren, damit sie sich bei ihrem gemeinsamen Essen auf wichtigere Dinge konzentrieren konnten.

Sie rümpfte amüsiert die Nase. An mangelndem Selbstbewusstsein litt Steegmann jedenfalls nicht.

Christine überlegte sich eine harmlose Antwort. Denn sie wäre nicht Christine, wenn sie sich auf so einen Kram einlassen würde. Da könnte der werte Herr Oberstaatsanwalt sich eine andere suchen. Sie jedenfalls würde nicht auf das Gesäusel eines verheirateten Mannes eingehen.

Das Telefon klingelte, als sie gerade aufs Klo gehen wollte. Dennoch drückte sie die grüne Taste.

»Cordes?«

»Ich bin's, Oda. Hast du kurz Zeit?«

»Was ist denn los?« Christine schlug den Weg zum Gästebad ein.

»Ich bin noch mal den Fall durchgegangen. Und da …«

Es läutete an der Tür.

»Entschuldige, Oda, ich bin sofort wieder da.«

Verdammt. Sie musste dringend, was war denn heute Abend los? Sie öffnete die Haustür.

Nein, nicht auch das noch.

»Entschuldigen Sie, wenn ich so spät noch störe.« Jürgen Töpfer stand in der Tür.

Christine blähte kurz, wie ein Fisch, die Wangen auf. »Kommen Sie rein.« Sie trat ein paar Schritte zurück. Fühlte Panik in sich aufsteigen. Nein. Das konnte sie nun gar nicht gebrauchen. Spät abends einen an ihrer Tür klingelnden Jürgen Töpfer und dessen Freundin Oda am Telefon. »Ich bin sofort bei Ihnen, legen Sie doch bitte schon mal ab und gehen Sie durch. Dahinten, wo das Licht brennt.«

Sie zeigte auf die Garderobe, eilte ins Gästeklo und nahm anschließend erleichtert den Hörer ans Ohr. »Oda? Odaaa?« Doch statt Odas Stimme hörte sie nur monotones Tuten.

Dienstag

Die Luft war kühl, als Christine an diesem Morgen ins Büro fuhr. Zum großen Teil waren die Straßen wieder frei. Nur am Straßenrand und auf den Bürgersteigen zeugten noch Überreste vom Sturm der letzten Nacht. Die Stadt schien angesichts der gefallenen Temperaturen aufzuatmen, endlich entsprach das Wetter dem Wonnemonat Mai.

Christine war früh aufgewacht, hatte über das Gespräch mit Jürgen nachgedacht und sich entschlossen, beim Bäcker belegte Brötchen für Oda und sich zu besorgen und damit im Büro quasi in Lauerstellung zu gehen, um ihre Kollegin noch vor dem normalen Berufsalltag für ein privates Gespräch erwischen zu können.

Oda allerdings ließ auf sich warten. Dafür düsten Lemke und Nieksteit mit einem kurzen »Moin« an ihrem Büro vorbei, beide bereits vertieft in die Dinge, die es an diesem Tag für sie zu tun gab. Christine zog sich einen Cappuccino aus dem Kaffeeautomaten und schlenderte bewusst langsam auf Nieksteits und Lemkes Büro zu.

»Moin.« Sie blieb im Türrahmen stehen. »Alles im Lot?«

Die beiden Männer sahen sie verwundert an.

»Is was?«, fragte Nieksteit, der wie immer aussah, als käme er direkt aus dem Bett.

»Sind wir mit irgendwas im Verzug?«, wollte Lemke wissen, der entgegen seiner sonstigen Gepflogenheit nicht wirklich wie aus dem Ei gepellt aussah.

»Geht es Ihrer Mutter gut?«, rutschte es Christine spontan heraus, denn nichts anderes, als dass Lemke sich Sorgen um seine betagte Mutter machte, konnte seine Nachlässigkeit erklären.

»Ja, der geht es bestens.« Lemke kräuselte die Stirn. »Warum?«

»War nur ein Gedanke. Entschuldigen Sie.« Christine wollte sich umdrehen und gehen, doch die Art, wie beide Männer versuchten, ihr so unterschiedliches Arbeitswesen nicht in Chaos oder gar unüberwindbarem Streit münden zu lassen, war ein Schauspiel für sich. Während Lemke alles picobello zurechtrückte – kein Millimeter schien abweichen zu dürfen –, schmiss Nieksteit förmlich seine

Sachen auf den Tisch, begrub das Telefon unter zwei Pappheftern und verbreitete schon beim Auspacken eine Unordnung, die selbst Christine nicht ausgehalten hätte. »Dass Sie mit diesem kleinen Chaoten zurechtkommen«, wunderte sie sich, an Lemke gewandt. »Ach, das passt schon«, winkte Lemke ab. »Wir machen das so seit vielen Jahren, ich glaube, mir würde was fehlen, wenn ich sein Chaos nicht hätte ... und ich denke, Nieksteit braucht im Gegenzug meine Ordnungsliebe. Ist es nicht so, Nieksteit?«

Sein Kollege hob den Kopf aus einem auseinanderfallenden Stapel Papphefter. »Jo. Wird wohl so sein. Ich hab jetzt grad mal nicht hingehört.« Er grinste sein typisches Lausbubengrinsen.

»Nicht hinhören scheint in dieser Abteilung zu den bevorzugten Beschäftigungen zu gehören.« Odas Stimme zerschnitt messerscharf die Heiterkeit. »Doch man sollte aufpassen. Das kann auch nach hinten losgehen.« Ohne eine Antwort abzuwarten, stapfte sie weiter.

»Was war das denn jetzt?« Nieksteit wuselte sich mit der Hand durchs Haar. »So sauer hab ich die ja selten erlebt.« Auch Lemke verzog die Mundwinkel.

»Ich glaub, ich kann das klären.« Christine stieß sich vom Türrahmen ab. »Aber wenn ich ganz laut ›Hilfe‹ rufe, dann kommt ihr, oder?«

»Klar.« Ein breites Grinsen ging über die Gesichter ihrer Kollegen.

Mit mehr Tatkraft, als sie eigentlich spürte, schnappte Christine sich auf dem Weg zu Odas Büro die beiden Brötchen, holte vom Automaten einen zweiten Kaffee und stieß mit dem Fuß die Tür zu Odas Büro auf.

»So, meine Liebe.« Sie setzte die Pappbecher ab und ließ die Brötchentüte danebenplumpsen. »Ich glaube, wir haben da etwas zu klären.«

»Das glaube ich nicht.« Wenn Blicke töten könnten, hätte Christine es nicht mal bis vor Odas Schreibtisch geschafft. Das war ... ganz klar, nackte Eifersucht. Aus einem Impuls heraus lachte Christine laut auf. Alle Anspannung fiel von ihr ab, und sie ließ sich erleichtert auf den Besucherstuhl fallen.

»Was gibt's denn da zu lachen?«, zischte Oda, ihre Abwehr zeigte jedoch einen kleinen Riss.

»Gouda oder Brie?« Christine zeigte auf die Brötchen.

»Brie. Haste auch Zucker für den Kaffee mitgebracht?«

Christine nickte, zog aus ihrer Jackentasche eine ganze Ladung der kleinen Tütchen und warf sie auf den Schreibtisch.

Schweigend kippten beide den Zucker in ihre Pappbecher und bissen von den Brötchen ab.

»Der war deinetwegen da«, sagte Christine, ganz gegen ihre Gewohnheit beim Reden kauend.

»Um zehn Uhr abends«, konstatierte Oda, ebenfalls kauend.

»Ja.«

»Aha.«

Ohne ein weiteres Wort aßen sie die Brötchen auf. Während Christine nach einer der dünnen Papierservietten griff, die die Bäckereiverkäuferin automatisch mit in die Tüte gelegt hatte, wischte sich Oda den Mund am Ärmel ihres Longsleeves sauber.

Dann griffen sie, wie in einer perfekt aufeinander abgestimmten Choreographie, zu ihren Kaffeebechern.

»Schieß los.« Oda gab sich souverän.

»Da gibt's eigentlich nix zu schießen. Jürgen …«

»Ach nee«, kam es nun in der Tat einem Geschoss gleich von Oda.

»Jetzt ist er also schon Jürgen für dich!«

»Kannst du mich mal ausreden lassen?« Christine verlor die Lust an Odas Emotionalität.

Oda schnaufte kurz, sagte aber nichts.

»Jürgen kam, weil er dachte, ich würde dich besser kennen als er. Und weil er hoffte, ich könnte ihm helfen, den richtigen Weg zu dir zu finden. Er wollte das nicht über Alex machen, denn Alex ist dein Sohn. Darum hat er sich an mich gewandt, damit ich sozusagen ein gutes Wort für ihn bei dir einlege. So war das.« Christine lehnte sich zurück und schlürfte an ihrem Kaffee. Sie liebte es, durch die winzige Trinköffnung des Deckels zu trinken, das gab dem Ganzen einen Touch von Outdoor, von Abenteuer, von … ach, sie wusste es selbst nicht. Dennoch, oder gerade deshalb, nahm sie sich nach Feierabend fast immer einen Kaffee mit Trinktüllenplastikdeckel mit, um auf der Fahrt nach Hause dieses Freiheitserlebnis zu haben. Und hatte sich deswegen schon oft selbst als bescheuert tituliert.

»Sagst du *jetzt*. Weil ich euch erwischt hab.« Oda blieb skeptisch.

»Erwischt?« Christine musste schallend lachen. »Oh ja, meine Liebe, du hast uns so was von erwischt.« Sie tupfte sich mit einem Tempo die Lachtränen von den Wangen. »Ich war gerade dabei, eine Mail von Steegmann zu beantworten, als ich merkte, dass ich dringend zum Klo muss. Auf dem Weg dahin klingelte das Telefon, da hab ich schon die Beine zusammengekniffen, und dann schellte es auch noch an der Haustür. Mir lief das Wasser schon fast zu den Augen heraus, du warst an der Strippe, Jürgen stand vor mir, und ich wusste, wie angefasst du seinetwegen sein würdest … Nee, Oda. Das war Horror pur. Dann aber haben wir herzlich gelacht. Jürgen und ich. Und ich hoffe, du kannst jetzt mitlachen, denn immerhin kam er zu mir, um Wege zu deinem Herzen zu finden. Um das mal mit den Worten einer Rosamunde Pilcher zu sagen.« Sie blickte Oda derart gekünstelt von unten herauf an, dass beide anfingen zu lachen.

»Prost«, sagte Oda.

»Auf Männer und andere Katastrophen«, erwiderte Christine.

»Ist irgendwie schon komisch, an der Schule ermitteln zu müssen, auf die ich selbst gegangen bin und die ja durch Alex auch jetzt wieder zu meinem Leben gehört.« Oda warf Christine einen eigentümlichen Blick zu, als sie eine Stunde später wieder einmal vor dem Schulgebäude aus dem Auto stiegen.

»Glaub ich wohl«, sagte Christine.

Immer noch war die Luft sehr mild, sanft beinahe. Vögel zwitscherten in einer Lautstärke, die anderswo nicht möglich zu sein schien, der Rasen blendete nach dem gestrigen Unwetter fast mit seinem satten Grün. Christine fiel spontan ihre Schwiegermutter ein, die beim Anblick solch intensivgrünen Rasens jedes Mal sagte: »Hier wäre ich gerne eine Kuh.«

»Weißt du«, sagte Oda und blieb unvermittelt stehen, »ich finde es ziemlich klasse, dass wir in diesem Fall ähnliche Ansätze haben. Dass wir nicht mehr ganz so sehr auseinanderdriften. Ich glaub, das hilft uns 'ne Menge.«

»Finde ich auch.« Christine hielt ebenfalls an. »Ich wollte sowieso …«

»Lass uns reingehen«, unterbrach Oda wieder etwas schroffer, als wolle sie damit den kurzen Gefühlsausbruch wiedergutmachen.

»War nur so ein Gedanke von mir. Nix, was wir hier lange ausdiskutieren müssen.«

Christine schmunzelte, auch wenn sich ihr spontan die Nackenhaare aufstellten. So ging das ja eigentlich nicht. Erst sagte Oda, dass sie die neue Art der Zusammenarbeit gut fand, dann machte sie einen Rückzieher, und Christine durfte zu allem keine Stellung beziehen.

So was durfte sie eigentlich nicht zulassen. Trotzdem lächelte Christine, warum wusste sie selbst nicht. Vielleicht war Oda derzeit einfach die perfekte Ablenkung vom eigenen Privatleben. Das würde sie später herausfinden, nicht jetzt. Jetzt gab es anderes.

Wie auf Kommando schellte es zur großen Pause.

Überall öffneten sich Türen, quollen junge Menschen dem Gang, dem Treppenhaus, dem Außengelände entgegen.

Christine staunte nicht schlecht, als aus einer Tür Pastor Mauser trat, von drei Schülern umgeben. Er winkte ihr zu, während er davoneilte.

»Herr Poelmeyer ist noch nicht da«, informierte sie im Sekretariat Oliver Etzberg, der sich sofort an Christine erinnert hatte. »Aber ich kann Ihnen einen Kaffee aus dem Lehrerzimmer holen, wenn Sie auf ihn warten möchten. Er hat nämlich jetzt eine Freistunde, das haben Sie gut abgepasst.«

»Nein, danke.«

»Das wäre nett.«

Christine und Oda hatten gleichzeitig gesprochen. Etzberg schaute ein wenig irritiert.

»Ich möchte nicht«, wiederholte Christine, während Oda ein »Ich aber gern« hinterherschob.

»Warum willst du denn keinen Kaffee?« raunte Oda ihr zu, als sie in Poelmeyers Büro auf Etzberg warteten.

»Ich hab die Zustände im Lehrerzimmer gesehen«, grinste Christine, »da bin ich lieber vorsichtig.«

»Ach was.« Oda lachte laut. »Nur, wer sich seinen Feinden aussetzt, kann auch gegen sie ankämpfen; selbst wenn es sich dabei um Bazillen oder sonstige Reste an nicht richtig abgewaschenen Bechern handelt. Ich trink eh immer so, dass der Griff auf der linken Seite ist, das machen die wenigsten, so bin ich einigermaßen vor

Herpes geschützt, und außerdem … ab einer gewissen Temperatur streckt doch so mancher Bazillus die Flügel, oder?«

»Ich beneide dich um deine Lebenseinstellung.« Christine lachte in dem Augenblick, als Poelmeyer, gefolgt vom beflissenen Etzberg, ins Büro trat. Es fehlten nur der wehende Mantel und das Monokel, so stark erinnerte Poelmeyers Auftritt an alte Schwarz-Weiß-Filme. Christine und Oda drehten sich zum Schuldirektor um. Schulterzuckend stellte Etzberg einen Becher auf den Schreibtisch, um den Poelmeyer nun wie ein Fürst herumging.

»Setzen Sie sich doch«, sagte er und wies mit majestätischer Geste auf die beiden Besucherstühle. Christine unterdrückte den Drang, laut lachend herauszuprusten. Was für ein Chauvinist. »Bringen Sie mir neue Erkenntnisse? Haben Sie den Täter gefasst?« Poelmeyer ließ sich in einer Art auf seinen Stuhl fallen, die selbst Steegmann nicht gebracht hätte.

»Fragen bringen wir Ihnen. Fragen.« Christine gab sich ebenso ignorant. »Wir denken, Sie haben uns einiges verschwiegen, was Ihren Kollegen Vandenberg angeht. Ich rede unter anderem von den Vorwürfen, die am Samstag sogar groß in der Zeitung standen. Warum haben Sie uns davon nicht eher unterrichtet? Das gereicht Ihnen nicht grad zum Vorteil, soviel ist Ihnen sicher klar. Sie haben doch wohl nicht geglaubt, dass wir nichts von den Vorwürfen erfahren.«

Poelmeyer sah sie mit zusammengekniffenen Augenbrauen an. So hatte er sich das offensichtlich nicht vorgestellt. Er setzte zum Sprechen an.

»Moment. Wir sind noch nicht fertig«, unterbrach ihn Oda. »Außerdem würden wir gern wissen, inwieweit Sie oder Ihre Kollegen Einblick in Vandenbergs Tätigkeit als Leichtathletiktrainer, vor allem aber Einblick in Vandenbergs Verhältnis zu seinen Protegés hatten. Immerhin gehört Lara Schwab, sein bestes Pferd im Stall, wie noch einige andere zu Ihren Schülerinnen. Und *last but not least*: Halten Sie es für möglich, dass Ihr Kollege mit einer oder mehreren seiner Schülerinnen und Sportlerinnen eine sexuelle Beziehung gehabt hat?«

Der Anblick, der sich Christine angesichts dieser Fragen bot, gehörte zu jenen, die sicherlich einmalig in ihrem Leben blieben. Denn noch nie hatte sie erlebt, wie einem Menschen seine angeborene und selbstverständliche Arroganz schlagartig aus dem Gesicht fiel.

**

»Was gibt's zu essen?« Torben ließ in einem Anflug alter Normalität seinen Schulrucksack unter die Flurgarderobe fallen. Bis vor Kurzem war dieser Satz seine ganz persönliche Art gewesen, seiner Mutter zu sagen, dass er wieder zurück war. Meist hatte sie ihn eh schon vom Küchenfenster aus gesehen und war dabei, die Teller zu füllen, wenn er das Haus betrat. Seit einiger Zeit öffnete sie ihm die Haustür nicht mehr, aber daran war er selbst schuld. Er würde sich beobachtet vorkommen, hatte er sich beschwert, fände es widerlich, dass sie parat stand, wenn er noch nicht ganz den Fuß auf der Matte hatte. Inzwischen schämte er sich für diesen Ausspruch, wusste er doch, wie sehr er seine Mutter damit verletzt hatte. Fürsorge hatte es sein sollen, dieses Türöffnen, kein Kontrollzwang. Davon war sie sowieso weit entfernt. Da kannte er ganz andere Mütter. Eigentlich konnte er sich glücklich schätzen, eine Mutter wie sie zu haben. Blöderweise erkannte man das aber nicht immer im richtigen Moment. Umso mehr gab er sich jetzt Mühe, ihr auf die ihm eigene Art zu verstehen zu geben, dass er sie ganz schön lieb hatte. Und irgendwie, so glaubte er, hatte sie seine vielleicht stümperhaften, aber dennoch ehrlich gemeinten Ansätze verstanden.

Er ging in die Küche, in der das Rauschen der Dunstabzugshaube alle anderen Geräusche übertönte.

»Na, du Meisterköchin, was gibt's zu essen?«, wiederholte er, als er seine Mutter wie so oft am Herd stehen sah. Der Kloß aus Traurigkeit in seinem Hals kam augenblicklich. Er war kein Kind mehr, das Tatsachen verdrängen konnte, das wurde ihm in diesem Augenblick schlagartig klar.

»Hühnersuppe. Mit Eierstich.« Seine Mutter drehte sich lächelnd zu ihm um, ebenfalls bemüht, Normalität einkehren zu lassen. »Wenn du dir schnell die Hände wäschst, können wir essen.« Torben nickte und ging ins Gästebad.

Der Wasserhahn lief noch, als es an der Tür klingelte.

»Ich geh schon«, rief er seiner Mutter zu und ging zur Tür, durch deren Umrisse er bereits erkannte, dass er den Menschen, der davor stand, nicht wirklich würde sehen wollen. Dennoch straffte er seine Schultern und reckte sich zu seiner ganzen, inzwischen recht imposanten Größe von über einem Meter neunzig auf. Zügig öffnete er die Haustür. »Hallo, Wilfried. Was gibt's?« Entgegen seiner früheren Gewohnheit machte Torben jetzt keinerlei Anstalten, den Pastor ins Haus zu bitten.

»Ich will mit dir reden.« Mauser hielt ihm die Hand hin. »Lässt du mich nicht rein?«

Peinlich berührt trat Torben zur Seite. Wilfried hatte ja recht. Ihn vor der Tür stehen zu lassen, gehörte sich nicht. Dennoch fehlte das Gefühl von Wärme, das er früher in Wilfrieds Gegenwart gehabt hatte. Auch wenn weder Mauser noch die Kirche oder Gott Schuld an dem traf, was seiner Familie widerfahren war. Dafür waren Menschen verantwortlich. Und Gott war sicher der Letzte, dem er Vorwürfe machen konnte. Dennoch. Wenn es nach Wilfried ging, waren auch die Menschen von Gott gelenkt. Was die Frage nach dem »Warum« erneut aufwarf.

»Torben, was da in den letzten Monaten in deiner Familie passiert ist, das ist wirklich furchtbar. Aber wenn du dich jetzt so gegen Gott stellst und all das, was deinem Cousin und deinem Vater wichtig war, ignorierst, wird dir das auch nicht helfen. Deine Wut ist verständlich, aber fatal. Dir gegenüber und auch dem Vermächtnis deines Vaters und deines Cousins gegenüber.«

Torben presste die Lippen aufeinander. »Ich muss das alles erst verarbeiten«, sagte er knapp. In Wirklichkeit aber scheute er sich davor, Wilfried zu sagen, dass er seine väterlich tröstende Art ätzend fand. Es gab einfach keinen Trost, von Wilfried schon mal gar nicht. Wenn es Gott gäbe, hätte er so was nicht zugelassen. Basta. »Sei mir nicht böse, Wilfried«, sagte Torben, »aber wir wollen jetzt essen.« Er wollte Mauser die Tür zum Gehen öffnen, als seine Mutter aus der Küche schaute.

»Ich hab mir doch gedacht, dass ich durch den Lärm der Dunstabzugshaube etwas gehört habe«, sagte sie mit einem zaghaften Lächeln. »Torben, was lässt du Herrn Mauser so im Flur stehen?« Sie legte den Kopf ein wenig schief nach links, wie sie es oft tat, wenn sie von einer Situation überrascht wurde. »Kommen Sie doch rein, wir wollten grad essen. Mögen Sie auch eine Tasse Hühnersuppe?«

Das Lächeln, das Mauser seiner Mutter als Dankeschön für diese Frage schenkte, gefiel Torben gar nicht.

**

»Das Gesicht von dem Poelmeyer war ja einfach göttlich.« Oda schüttelte sich förmlich vor Lachen, als sie die Treppen hinunterliefen. »Da hat der Gute doch tatsächlich mal die Fassung verloren. Ich vermute, der wird im Unterricht ein Arsch sein, so schleimscheißerisch und großkotzig, wie der tut.«

»Oda. Bitte!«

»Nun stell dich mal nicht so an. Du kannst mir nicht weiß machen wollen, dass du diesen Knaben besonders in dein Herz geschlossen hast. Der mit seinem ›Ich verbitte mir diese Art von Unterstellungen. Haben Sie denn gar keinen Anstand?‹ Der hat wohl vergessen, dass wir hier in einem Mordfall ermitteln.«

»Aber er war bestürzt. Das hat doch gezeigt, dass er mit diesem Gedankengang bislang noch nie konfrontiert war. Was darauf schließen lässt, dass es Gerüchte oder gar Beschuldigungen dieser Art nicht gab. Das spricht Vandenberg in gewisser Weise frei von dem, was Nieksteit und Co. ihm unterstellen.« Christine sah ihre Kollegin fragend an. »Oder glaubst du, dass der so perfekt schauspielern kann? Dass es etwas zu vertuschen gibt?«

Sie hatten den untersten Treppenabsatz erreicht und liefen durch die große Eingangshalle der gläsernen Außentür entgegen. Als sie das Gebäude verlassen wollten, rief eine Stimme: »Frau Wagner? Warten Sie bitte.« Christine und Oda drehten sich um. Ein wenig atemlos eilte Silke Grabowski auf sie zu.

Nachdem die junge Lehrerin sie erreicht hatte, gingen sie gemeinsam nach draußen und in Richtung der Bänke, die schattengeschützt unter einigen Bäumen standen. Die Schulglocke hatte die nächste Unterrichtsstunde eingeläutet, Ruhe lag über dem Gelände. Christine spürte, wie es sich in ihrer Brust zusammenkrampfte, und konnte ein trockenes Husten nicht verhindern.

»Sie Arme«, sagte Silke Grabowski, »allergisch?«

Christine nickte und versuchte, sich mittels mehrmaligen Hustens von dem Druck zu befreien. Erleichtert ließ sie sich auf eine Holzbank sinken, die eine Firma für Sanitärinstallationen der Schule gespendet hatte, wie auf einem kleinen Messingschild an der Lehne vermerkt war.

»Ich kann Ihnen da ein paar homöopathische Kügelchen empfehlen. Die helfen garantiert«, sagte Silke Grabowski, als seien sie auf einen Tratsch verabredet.

»Deswegen haben Sie uns aber doch bestimmt nicht angesprochen?« Oda reagierte etwas verstimmt.

»Natürlich nicht. Es ist ...« Silke Grabowski stützte die Unterarme auf ihre Oberschenkel, als sie sich vorbeugte, und wandte sich direkt an Oda. »Wir haben doch über den Unfall von Kai Hoppe gesprochen. Und darüber, dass Herr Hoppe alles, was irgend möglich war, versucht hat, um Vandenberg für diesen folgenschweren Unfall zur Rechenschaft zu ziehen.«

Oda nickte bestätigend. Christine fiel auf, dass die Vögel so laut und teilweise keckernd zwitscherten, als wollten sie demonstrieren, dass alles, was geschah, nicht wirklich wichtig fürs Universum sein konnte. Doch das, was jetzt geschah, war für eine Menge Leute verdammt wichtig, fand Christine. Sie riss sich zusammen und konzentrierte sich wieder auf Silke Grabowski.

Oda drängte gerade: »Aber nun kommen Sie bitte zur Sache. Wir arbeiten auf Hochtouren. Denn mit jeder Stunde, in der wir die Spur des Täters nicht wirklich aufnehmen können, wird sie kälter.«

»Dann will ich Sie nicht unnötig aufhalten, wenn Sie mich als Verzögerung empfinden.« Plötzlich schwang Distanz in der Stimme der bislang so offenen Lehrerin mit. »Nur sollten Sie verstehen, dass es für mich als Mitglied des Lehrkörpers nicht einfach ist, Dinge zu erzählen, von denen man nicht weiß, wie sie sich letztlich auswirken. Ob sie dazu führen, jemanden ans Messer zu liefern, von dem man denkt, dass er ein friedliebender Mensch ist.«

Christine stieß ein kurzes, resigniertes Lachen aus. »Natürlich verstehen wir das. Da gibt es Menschen, mit denen Sie eng zusammenarbeiten. Oder auf andere Art verbunden sind. Und die mit einem Mal in den Dunstkreis eines Verbrechens gezogen werden. Sie sind sich zwar hundertprozentig sicher, dass sie nichts mit der Sache zu tun haben, können es aber dennoch nicht mit Ihrem Gewissen vereinbaren, nichts zu sagen. Diese Zwickmühle ist höllisch.«

Silke Grabowski nickte. »Haben Sie das auch schon erlebt?«

Christine lächelte müde. »Nicht nur einmal, Frau Grabowski, nicht nur einmal. Ich habe Menschen mit ihrem Gewissen hadern sehen, weil sie nicht glauben wollten, dass Personen ihres unmittelbaren Umfeldes zu Tätern geworden sind. Ebenso aber habe ich Menschen erlebt, die nur zu gern ihren Nachbarn, Kollegen, auch den Ehepartner ans Messer liefern wollten, um ihn los zu sein. Glauben Sie mir, Frau Grabowski, uns ist – leider – keine menschliche Regung fremd. Umso dankbarer sind wir, wenn wir Fakten genannt bekommen.«

»Tja. Das kann ich absolut verstehen. Es wird wohl wirklich nicht einfach sein, Tag für Tag in die Tiefen menschlicher Abgründe sehen zu müssen. Aber weshalb ich Sie angesprochen habe.« Silke Grabowski sah nun wieder Oda an. »Ingo Hoppe …«

»Ja?« Oda blieb knapp.

»Also, mir fiel ein, dass ich ihn an dem Tag, an dem Vandenberg starb … dass ich ihn ungefähr zu der Uhrzeit hier gesehen habe. Ich hab mir das nicht früher bewusst gemacht, es war ja nicht ungewöhnlich, ihn zu sehen, sein jüngerer Sohn ist ja inzwischen ebenfalls an unserer Schule. Aber als es mir letzte Nacht wieder einfiel, dachte ich, Sie sollten das wissen.« Christine spürte, wie schwer es Silke Grabowski fiel, das auszusprechen.

»Herr Hoppe hat für die Tatzeit ein Alibi angegeben.« So, wie Oda das sagte, klang es fast ein wenig bedauernd.

»Ach, dann habe ich mich wohl geirrt«, sagte Silke Grabowski erleichtert. »Vielleicht habe ihn mit jemandem verwechselt. Tut mir leid, ich wollte ihn wirklich nicht fälschlich ins Spiel bringen.«

»Herr Hoppe hat zur fraglichen Zeit mit einem Herrn Hermeling zu Mittag gegessen.«

»Mit Jens?« Silke Grabowski war irritiert. »Nein. Da müssen Sie sich irren. Jens hatte zu dem Zeitpunkt eine Diskussionsrunde hier an der Schule. Es ging um die Zusammenlegung der Wilhelmshavener Gymnasien und den künftigen Standort des neu entstehenden Gymnasiums. Das ist eine ziemlich heiße und heikle Angelegenheit.«

»Vielleicht hat Herr Hermeling an dem Tag die Sitzung einfach geschwänzt?«, mutmaßte Christine.

Silke Grabowski lachte. »Nein. Das hat er garantiert nicht. Er ist der Vorsitzende des Elternbeirats und hatte die Vertreter der anderen Schulen zu dieser Diskussion überhaupt erst eingeladen.«

***

Inzwischen war ich davon überzeugt, dass nichts nachkam. Beweisen konnte man mir ohnehin nichts mehr. Alle Spuren an meinem Fahrzeug waren beseitigt, Zeugen schien es nicht gegeben zu haben. Ich fühlte mich sicher. Hatte noch einmal Glück gehabt. Nein, verbesserte ich mich, das war kein Glück. Ich hatte es verdient, genau wie Lars den Tod verdient hatte. Gott hatte mich zum Richter auserkoren.

Ich drückte den Startknopf meines PCs. Eigentlich benutzte ich den Computer nur zum Verfassen von Briefen, für E-Mails und zur Fotobearbeitung. Aber seit ich Manolo kennengelernt hatte, führte ich ein zweites Leben. Am PC und in Bremen. Mit Manolo und im NebenLeben. Manolo hatte mir alles erklärt. Ich hatte mich gewundert, hatte ihn eher für ein wenig unbedarft und spießbürgerlich gehalten, aber er überraschte mich. Und nun traf ich mich fast jeden Abend in der virtuellen Welt mit ihm. Nur an den Wochenenden verabredeten wir uns im Club oder auch im Kino in Bremen. Von Montag bis Freitag stieg meine Sehnsucht unaufhörlich, auch wenn Manolo und ich in der Computerwelt ausreichend Gelegenheit für virtuell körperliches Zusammensein fanden. Besonders schön dabei war, dass ich Manolo währenddessen hören konnte. Seine Stimme, sein Stöhnen … Das alles war unser Vorspiel fürs Wochenende. Ich spürte, wie es sich in meiner Hose regte, als ich mich mit meinem Avatar im NebenLeben anmeldete und mich nur noch Minuten von Manolo trennten.

***

Das Lachen war aus Silke Grabowskis Gesicht gewichen, nachdem die beiden Kommissarinnen das Schulgelände verlassen hatten. Noch immer saß sie auf der Holzbank, noch immer lag die Schulstundenstille – wie sie es nannte – über dem Gelände.

Sie blickte auf die Tür des Hauptgebäudes, aus der gerade ein fröhlich schnatterndes Mädchenduo trat. Unbewusst nahm sie den kleinen Finger ihrer rechten Hand an den Mund und knabberte an der Nagelhaut herum. Sie stellte sich vor, welche Maschinerie ihre Aussage in Gang setzen würde. Sie sah Ingo Hoppe vor sich, seinen Sohn Sören, den sie allerdings nicht selbst im Unterricht hatte, und Kai. Silke unterdrückte den Gedanken daran, was wäre, wenn Ingo Hoppe tatsächlich ... Nein. Die Konsequenzen daraus wollte sie sich nicht ausmalen. Dennoch, sie hatte nicht anders handeln können, als mit der Polizei zu reden.

Und jetzt stand ein mindestens ebenso wichtiges Gespräch an: Sie musste Hoppe darüber informieren, dass sein Alibi keinen Bestand mehr hatte. Langsam erhob sie sich und ging zielstrebigen Schrittes auf das Schulgebäude zu.

***

Schweigend löffelte Torben den Schaum von seinem Milchkaffee. Er saß neben Lara auf hohen Sitzbänken in einem Café, dem eine Galerie angeschlossen war. Als Einzige saßen sie innen, alle anderen Gäste nutzten die Außenplätze auf den aus regenabweisendem Material geflochtenen Stühlen oder Couchen. Im Frühjahr und Herbst sorgten Heizstrahler dafür, dass auch die Raucher ihren Kaffee bei angenehmer Temperatur trinken konnten, doch die Heizstrahlerzeiten waren für die nächsten Monate vorbei. Torben hingegen war es wichtig, ungestört mit Lara reden zu können, deswegen waren sie reingegangen.

»Ich fühl mich wie in einem Drehkarussell«, sagte er jetzt. »Weißt du, zu gern würde ich sagen: Stopp! Halt! Aufhören! Aber da hört nichts auf. Es dreht sich immer weiter. Du bist die Einzige, der ich das anvertrauen kann.«

»Klar.« Lara kam mit ihren Füßen nicht mal an den Querbalken unter dem Tisch, ließ sie hin und her pendeln. »Weil ich genau weiß, wie das ist. Mit dem Weiterdrehen. Kennt wohl keiner so gut wie wir.« Sie knuffte ihn in die Seite, legte den Arm um Torben und schmiegte sich an ihn an. »Weißt du, wenn ich dich nicht hätte, ich glaube, ich würde nicht mehr leben.«

»Red keinen Blödsinn.« Torben drückte Lara ein Stück weg.

»Ist kein Blödsinn. Du warst der Einzige, mit dem ich reden konnte, als es mir schlecht ging. Du warst da, als mein ganzes Leben plötzlich anders wurde. Scheiß Liebe. Ich hätte wissen müssen, dass er mich nicht wirklich liebt. Dass ich eine Affäre für ihn bin. Ich war so dumm. Und dann stand ich schwanger da. Schönes Dilemma. Aber ich hab ja dich.« Wieder schmiegte sie sich an ihn.

»Lara. Das alles ist nun vorbei. Du darfst dich nicht so fallen lassen. Du solltest das Training wieder aufnehmen. Es ist genug Zeit verstrichen nach der … nach …«

»Der Abtreibung. Sprich es ruhig aus.«

»Ja. Nach der Abtreibung. Du musst dein Leben wieder anpacken. Vielleicht auch therapeutische Hilfe in Anspruch nehmen. Ich allein kann dir nicht helfen, das alles zu verkraften.« Nun zog er Lara an sich. »Vor dir liegt so viel Schönes, so viel Erfolg. Du bist nach wie vor für Medaillen geschaffen. Ich weiß das, und andere wissen das auch.« Torben verbarg sein Gesicht in Laras dichtem Haar, nahm den Geruch von Sandelholz in sich auf.

»Das stimmt nicht, Torben.« Nur leise hörte er ihre Stimme. »Wäre das Baby nicht gewesen, dann hätte ich alles sicher schon längst hinter mir gelassen. So aber … Die haben da nicht nur einen Zellklumpen aus mir rausgeholt. Die haben auch ein Stück meiner Seele herausgeschnitten.«

Torben spürte, wie Tränen ihre Wangen hinunterliefen, und fühlte sich entsetzlich hilflos.

***

Jens Hermeling hielt die Motorsäge in der Hand, im Kampf gegen den Efeu, der für jeden sichtbar seine Hecke überwucherte. Er sah so normal, so unschuldig aus, wie er da auf dem Bürgersteig stand, dass Nieksteit wieder einmal verblüfft war, wie sehr die äußere Fassade täuschen konnte.

Als Oda angerufen, ihm die Details des Gesprächs mit der Grabwoski erzählt und ihn gebeten hatte, den Hermeling zu übernehmen, hatte Nieksteit mit der Zunge geschnalzt. Endlich kam Bewegung in den Fall. Die Art von Bewegung, die Steine ins Rollen brachte. Die letztlich dazu führte, dass der Berg um den Mordfall zerbröselte. Das war eigentlich immer so. Und das, was ihn jedes Mal wieder davon überzeugte, den richtigen Beruf gewählt zu haben. Auch wenn es viele Momente gab, in denen er sich fragte, warum er sich das angetan hatte. Alte Menschen zu sehen, die eines normalen Todes gestorben waren, das war okay. Aber oft, viel zu oft schon hatte er anderes anschauen müssen. Der Anblick des drei Monate alten Babys, das von seinem drogensüchtigen Vater aus dem vierten Stockwerk geschmissen worden war, verfolgte ihn seit neun Jahren. Den würde er nie loswerden, egal, wie viele Gespräche er auch mit Polizeipsychologen führte. Umso wichtiger war ihm das richtige, das gute Gefühl, wenn sich seine Mannschaft aus dem Knäuel loser Enden befreite und das rote, zum Täter führende Band immer mehr in Griffnähe kam. Irgendwie hatte Nieksteit jetzt das Gefühl, dazu beizutragen.

Einen kurzen Augenblick blieb Nieksteit auf der anderen Straßenseite stehen. Er ließ das Bild des perfekten Familienlebens auf sich wirken und fragte sich, inwieweit Hermeling in das Geschehen zwischen Hoppe und Vandenberg verstrickt war. Und vor allem: warum?

In dem Augenblick, als er Anstalten machte hinüberzugehen, klingelte auf der anderen Straßenseite ein Handy.

Nieksteit feixte, als er sah, dass Hermeling die Säge beiseitelegte, das Mobiltelefon aus der Hosentasche fischte und kurz darauf sagte: »So eine Scheiße aber auch. Hätte die nicht einfach ihren Mund halten können? Geht die doch überhaupt nichts an, ob und wann wir uns getroffen haben ... Waaas? ... Die hat ja wohl 'nen Knall! Na, da können wir uns jetzt warm anziehen. Wo steckst du? ... Ich bin in zehn Minuten da.« Ohne weitere Worte legte Hermeling auf, schleppte Säge und Kabel auf sein Grundstück, öffnete die Haustür und rief ins scheinbare Nichts: »Ich muss noch mal weg!« Dann eilte er zum Auto und brauste los.

Geil, so 'ne Verfolgungsfahrt hatte er noch nie gemacht. Nieksteit sprintete erfreut zu seinem eigenen Fahrzeug und fuhr Hermeling nach. Es war schon obercool, eine Situation selbst zu erleben, die er bislang nur aus »Tatort« oder »Ein Fall für zwei« kannte. An einer roten Ampel tippte er eine SMS an Oda in sein Handy: Verfolge Hermeling. Alles im Griff.

Er spürte, wie Adrenalin durch seinen Körper pulsierte, als die Ampel auf Grün sprang und Hermeling vor ihm im roten Passat aufs Gaspedal drückte.

***

Sie liefen am Südstrand entlang. Nicht in Richtung der Strandhalle mit dem Aquarium und der Spielscheune, der Promenade und den zahlreichen Cafés, sondern entgegengesetzt unterhalb des Parkplatzes für Wohnmobile dem Fischerdorf entgegen. Peter Leitermann schwankte zwischen dem Gefühl der Erleichterung und dem des Unwohlseins, dass die beiden Kommissarinnen seiner Bitte nachgekommen waren und nun erwartungsvoll neben ihm herliefen. Doch der typische Schlickgeruch des Wattenmeeres beruhigte ihn wieder. Es war ablaufendes Wasser, bis hierher kam die Nordsee schon gar nicht mehr, und ein Stück weiter begannen die Salzwiesen.

»Ich brauche Bewegung, kann mich in einem Büro nicht konzentrieren«, hatte er am Telefon gesagt. »Meine Gedanken müssen sich bewegen können. So wie ich.« Sie hatten sich unterhalb der Windwächter getroffen, dieser drei Metallskulpturen, die im wahrsten Sinn des Wortes ihre Nase nach dem Wind richteten.

Nach einer knappen Begrüßung waren sie schweigend losgelaufen und hatten bereits einige Meter zurückgelegt, als er zu sprechen begann.

»Ist 'ne Menge passiert in meiner Familie. In der letzten Zeit.« Er vergrub seine Hände in den Taschen seiner Jacke, obwohl es weiß Gott nicht kühl war.

Eine Heerschar von kleinen schwarzen Vögeln lief wie Lemminge hintereinander her über den schmalen Weg zwischen Deich und Basaltsteinen ins Wasser. Dort pickten sie zwischen den Algen herum, auf der Suche nach Essbarem. Peter Leitermann nahm sich vor, irgendwann, wenn dieser Albtraum hinter ihm lag, nachzuschauen, was das für Vögel waren.

»Ich glaub, wer noch nie in so einer Situation steckte, kann sich nicht vorstellen, wie das ist«, stellte er nüchtern fest. »Der Tod eines Sohnes überschattet alles. Stellt alles auf den Kopf. Krempelt das Leben um. So wie die Geburt eines Kindes das tut, tut der Tod eines Kindes das auch. Ich musste mich darum kümmern, dass es meiner Schwiegertochter und meinem Enkel gut geht. Musste mich um all den Formularkram kümmern, dazu war Tonja nicht in der Lage. Glauben Sie mir, das ist nicht einfach. Da werden Sie jeden Tag in die Knie gezwungen, denn es geht nicht um den Nachlass eines alten Menschen. Es geht um den, der sich nach Adam Riese eigentlich mal um mich und meine Frau hätte kümmern sollen. Dazu die Umstände ... Aber ich will Sie nicht mit Dingen aufhalten, die Sie sowieso schon wissen.« Er zog vernehmlich die Nase hoch.

Sein Blick fiel nach links auf das Watt, das malerisch geriffelt im Sonnenlicht glitzerte. Vereinzelte Wasserpfützen reflektierten das Licht wie Spiegel, und zwei Fischreiher stolzierten dazwischen umher. Nur ein wenig weiter hatten sich Salzwiesen gebildet, schien sich das Land ein Stück vom Meer zurückerobern zu wollen. Er warf einen Blick auf Oda Wagner. Sie war die bodenständigere der beiden Kommissarinnen. Der Kumpeltyp. Irgendwie hatte er sie gleich vertrauenswürdig gefunden, während die andere ... die sprach seine Männlichkeit an. Da musste er aufpassen, um nicht das eigentliche Ziel aus den Augen zu verlieren. Denn die Cordes hing an seinen Lippen, während die Wagner Kaugummi kauend neben ihm herstiefelte, als sei das, was er zu sagen hatte, nicht der Rede wert.

Na ja. Mochte ja sein, dass es für den Fall nicht wirklich wichtig war, er allerdings konnte sich durchaus vorstellen, dass es einen Zusammenhang zwischen Lars' tödlichem Unfall und dem Mord an Harald gab.

»Ich habe lange hin und her überlegt, ob ich mir Dinge einbilde«, nahm er den Faden wieder auf, »bin mir inzwischen jedoch sicher, mich nicht zu irren.« Er blieb stehen. Sie hatten das historische Banter Fischerdorf erreicht, von dem heute nur noch eine kleine Ansammlung holzverkleideter Wohnwagen oberhalb des Weges zeugte. »Wollen wir uns setzen?«

Ohne die Zustimmung der beiden Frauen abzuwarten, setzte er sich an die Schräge, die vom Betonweg hinunter zum Watt führte. Auch die Kommissarinnen setzten sich, eine links, die andere rechts von ihm. Einen Augenblick lang hatte er das Gefühl, sie wollten ihn in die Zange nehmen, damit er nicht weglief. Aber wohin sollte er denn laufen? Und vor allem: wovor davon? Er hatte nichts getan, und vor seinen Gedanken konnte niemand davonrennen.

»Wissen Sie, wir waren eine vollkommen glückliche Familie«, begann er. »Lars und Tonja hatten uns mit Jonas ein Enkelkind geschenkt und schienen mit ihrer kleinen Familie rundherum glücklich zu sein. Alles schien perfekt zu sein. Dann aber kam der Tag, an dem Lars sich veränderte. Für Tonja muss es abrupter gewesen sein als für uns, immerhin sahen wir unseren Sohn ja nicht täglich. Aber von einem auf den anderen Tag war Lars wie verwandelt. In sich zurückgezogen. Wir kamen nicht mehr an ihn heran. Tonja auch nicht, wie sie uns verzweifelt sagte. Lars war auf einmal ... wie weg. Wie meilenweit weg. Und das blieb er. Bis zu seinem überraschenden Tod.«

Er schwieg. Einige Minuten lang sahen alle drei stumm aufs Watt, den Reihern und den Möwen zu, die beinahe majestätisch ihre Kreise zogen, mal mit den Flügeln schwangen, dann wieder dahinglitten, als gelte das Gesetz der Erdanziehung für sie nicht. In diesem Augenblick wusste Leitermann, dass es richtig gewesen war, die Kommissarinnen hierher zu bitten, denn er spürte die Menschen in ihnen, nicht nur die Polizistinnen. Und er wusste, er konnte das, was er nun sagen wollte, anbringen, ohne ein schiefes Gefühl dabei zu haben. Noch einmal holte er tief Luft, schmeckte das Salz auf seiner Zunge.

»Vielleicht hätte ich der Veränderung meines Sohnes in Bezug auf seinen Tod gar nicht so viel Bedeutung beigemessen. Hätte es einfach hingenommen, wie man so viele Dinge hinnimmt, die man nicht ändern kann. Nun aber ist auch mein Schwager tot. Und der Grund, weshalb ich Sie zu einem Gespräch gebeten habe, ist der, dass sich auch Harald in den Wochen vor seinem Tod stark verändert hat.«

* * *

»Ich hab dich vermisst.« Oda kuschelte sich an Jürgen, streichelte seine spärlich behaarte Brust. »Du musst nicht immer so ... so ... na sooo sein.«

Jürgen lächelte und richtete sich schelmisch kopfschüttelnd auf. »Was ist denn: so ... so ... soooo?«

»Och Mensch.« Oda zog einen Flunsch und setzte sich auf, zog die Bettdecke bis unter die Brüste und lehnte sich an die Wand. Es hatte sie einen Haufen Überwindung und das Über-Bord-Schmeißen sämtlicher selbst aufgestellter Richtlinien gekostet, um bei Jürgen anzurufen. Dass das aber richtig gewesen war, davon war sie inzwischen überzeugt. »Ich bin eben so wie ich bin. Immer ein wenig kritisch, aber auch immer völlig emotional.«

»Völlig.« Jürgen nickte.

»Manchmal zu völlig.«

»Ja.«

»Manchmal auch einfach viel zu viel emotional.«

»Ja.«

»Kannst du auch noch was anders sagen als ja?«

»Ja.«

»Blödmann.«

Der Wind trug leise Musikfetzen durch das auf Kipp gestellte Fenster herein. Irgendwo spielte eine Klarinette. Jazz. Schön hörte sich das an. Melancholisch, heimelig und wunderbar. Die Töne schwebten herein und umschmeichelten sie, hüllten sie ein, als würden sie speziell für sie gespielt.

»Ich hab dich sehr gern, Oda. Das müsstest du inzwischen gemerkt haben.« Immer noch lag Jürgen aufgestützt auf der Seite und sah sie an. Oda ließ sich wieder hinabgleiten.

»Hab ich auch«, sagte sie und lachte, als sie Jürgens Mundwinkel nach oben zucken sah. »Aber lass uns mit Süßholzraspeln aufhören. Das ist mir zu gefährlich«, wechselte sie forsch das Thema. »Kommen wir zum Tagesgeschehen zurück. Hermeling war ganz schön überrascht, als Nieksteit während des Gespräches mit Hoppe auftauchte und beide mit dem geplatzten Alibi konfrontierte. Ich sehe Nieksteit bildlich vor mir, wie er sich lässig einen Stuhl genommen und sich zu den beiden gesetzt hat.«

»Und wie haben sie reagiert?«

»Nieksteit hat sie mitten im Gespräch darüber erwischt, wie sie aus der getürkten Alibinummer rauskämen. Da gab's keine Gelegenheit, sich hinter Ausflüchten zu verkriechen. Versucht haben sie es natürlich, so von wegen, sie haben das Alibi getürkt, weil sie damit gerechnet hätten, dass die Polizei von Kais Unfall erfährt und sofort Ingo Hoppe als Verdächtigen ins Boot ziehen würde.«

»Aber das scheinen doch beides intelligente Männer zu sein, denen hätte doch etwas Besseres einfallen müssen als so eine fadenscheinige und schnell zu durchschauende Lüge«, wunderte sich Jürgen.

»Genau. Und deshalb bleiben wir da schön am Ball, um herauszufinden, weshalb und wie schnell Hoppe und Hermeling auf diese Einfallslosigkeit kamen.« Oda gab Jürgen einen Kuss auf die Nasenspitze.

»Die Grabowski hat den Hoppe also nach dem Gespräch mit euch angerufen«, stellte Jürgen fest.

»Genau. Ihr Gewissen und ihre Aufrichtigkeit haben sie wohl dazu veranlasst. So zumindest schätze ich sie ein. Das rechne ich ihr hoch an, denn es wird kein einfaches Gespräch gewesen sein.«

»Tja. Und dann hat der Hoppe den Hermeling ... nicht ahnend, dass dem schon der Nieksteit quasi gegenüberstand. Das Leben schreibt wirklich die besten Geschichten.«

»Stimmt.« Oda grinste. »Aber meinst du nicht, wir könnten diese Geschichte jetzt einfach mal für ein paar Stunden vergessen und uns unserer eigenen zuwenden?«

»Die aber doch hoffentlich kein Krimi wird?« Jürgen versuchte eine gespielt ängstliche Miene.

»Oh nein, mein Hase.« Oda ließ ihre Stimme ein paar Nuancen nach unten gleiten. »Nach einem Krimi ist mir derzeit gar nicht. Ein Erotikschocker kommt mir da eher in den Sinn.«

Ihre Tonlage sprang jedoch in ein hohes Quieken, als Jürgen sie völlig unkriminell berührte.

***

Etwas piepte. Torben registrierte nur im Unterbewusstsein, dass er ein Geräusch gehört hatte. Zu tief war er in seinem Traum gefangen. Ein eigenartiger Traum. Seine Oma saß auf einem Metallbett. Dabei war Oma seit vier Jahren tot. Und so dement, so entrückt wie in seinem Traum war sie zeitlebens nie gewesen. Aber auch sein Vater lebte im Traum. Stritt sich mit Lars. Torben versuchte dazwischenzugehen, die beiden Streithähne zu trennen, aber sie ließen es nicht zu und sprachen zudem in einem Kauderwelsch, das er nicht verstand. Er spürte Panik in sich aufsteigen, weil es doch so wichtig schien zu begreifen, worüber sie stritten, aber es gelang ihm nicht. Es blieb nur das Piepen.

Immer und immer wieder.

Langsam tauchte er aus den Tiefen seines Traumes auf. Piepen. Mein Handy. Das ist mein Handy, das da piept. Er wühlte mit den Fingern auf dem Fußboden neben dem Bett zwischen leeren Chipstüten und benutzter Wäsche herum und ertastete das Telefon in dem Augenblick, als es zu klingeln aufhörte. Einen Moment lang

schwankte Torben zwischen dem Gedanken, das Handy auszuschalten oder draufzuschauen. Doch bevor er eine Entscheidung treffen konnte, piepte es erneut. Diesmal war es eine SMS: Danke, dass du für mich da bist. Scheinst schon zu schlafen, wollte dich anrufen, aber ... Danke, du weißt schon!
Lara.
Torben lächelte. Die Müdigkeit hatte ihn immer noch fest im Griff, nur knapp schaffte er es, die Tasten für eine Antwort zu finden: Schlaf wirklich schon ... bin aber immer für dich da. Träum süß.
Er ließ das Telefon auf den Fußboden zurückgleiten.

Mittwoch

»Ich hab Schokocroissants mitgebracht, vielleicht will jemand welche?« Nieksteit stellte das Papptablett mit den süßen Leckereien auf den Konferenztisch. Noch waren sie zu zweit, Siebelt, Lemke und auch Steegmann fehlten, Oda war auf der Toilette. Vielleicht auch draußen eine rauchen. Was eigentlich dasselbe war. Oder hieß es »das Gleiche«? Egal. Christine stellte die Tassen auf den Tisch, die sie vorher penibel gespült hatte.

»Ach, du Süßer«, kommentierte sie Nieksteits Mitbringsel, »gib zu, die Dinger haben dich so angelockt, dass du sie am liebsten alle selbst verputzen würdest.«

Aus dem Sideboard holte sie Kandis und Würfelzucker, die Milch hatte sie bereits aus der Küche mitgebracht.

»Wer würde was, warum und mit wem verputzen?« Siebelts raumfüllendes Klangvolumen enthob Nieksteit einer Antwort. »Wo sind die anderen?«, fragte er, über seine randlose Brille hinweg sehend, während er sich auf einen Stuhl fallen ließ.

»Lemke ist jeden Moment hier, Chef. Kaffee?« Nieksteit schob Siebelt ein Schokocroissant, Zucker, Milch und eine gefüllte Kaffeetasse zu. »Subito. Der weiß doch, dass Sie beschäftigt sind und eigentlich keine Zeit haben.« Nieksteit nickte dazu bekräftigend, aber Christine sah das amüsierte Zucken seiner Augenbrauen.

»Oda müsste eigentlich auch schon hier sein«, bestätigte sie Nieksteits Aussage.

»Ist sie auch«, ergänzte Oda höchstselbst und schnappte sich im Setzen eine der kleinen Schokoladenköstlichkeiten.

Kurze Zeit später saßen alle am Tisch, die Regularien waren geklärt und es ging zum Kern.

»Wir sind dabei, Hoppe von oben bis unten zu durchleuchten«, berichtete Christine. »Lemke, hast du schon Details hinsichtlich seines Handys? Die Anrufe rund um die Tatzeit? Den Tag vorher und den danach? Welche Nummern sind immer wieder aufgetaucht?«

»Ist noch in Arbeit. Ein paar Kollegen sind unterwegs und versuchen, andere Zeugen zu finden, die Hoppe zur fraglichen Zeit auf dem Schulgelände gesehen haben. Das kann aber dauern; Nieksteit und ich werden nachher auch rausfahren.«

»Man darf aber auch die anderen Hinweise nicht außer Acht lassen«, warnte Steegmann.

»Macht auch keiner«, konstatierte Christine. »Parallel zu Hoppe beschäftigen wir uns mit Vandenbergs Verwandtschaft. Wenn, wie Leitermann sagte, sowohl der Sohn als auch der Schwager ihm in den Wochen vor ihrem Tod so signifikant verändert schienen, müssen wir herausfinden, woran das lag. Und ob es Schnittpunkte gibt.«

»Ich bin mir fast sicher, dass es die gibt.« Oda griff in Richtung der Croissants, hielt aber in der Bewegung inne und nahm stattdessen ihre Tasse, in der der Kaffee schwarz und ohne Zucker war. Völlig Oda-untypisch. »Leitermanns Sohn und dessen Onkel sind beide tot. Beide waren Lehrer am gleichen Gymnasium. Beide wurden Opfer eines ... nennen wir es Übergriffs, wobei wir definitiv wissen, dass Vandenbergs Tod gezielt geplant war. Bei Lars Leitermann sind die Kollegen bislang von einem Unfall mit Fahrerflucht ausgegangen, doch die angenommene Verknüpfung beider Todesfälle lässt das in einem anderen Licht erscheinen.«

»Wie passt denn da jetzt der Hoppe rein?« Nieksteit verzog zweifelnd die Mundwinkel. »Der hatte schließlich einen guten Grund für den Mord an Vandenberg. Wo doch sein Jüngster inzwischen ebenfalls betroffen war. Ich verstehe nicht, dass Hoppe seinen Sohn auf die gleiche Schule geschickt hat, auf der Kai diesen Unfall hatte. Er setzt doch den Kleineren damit genau der gleichen Gefahr aus. Warum tut er das?«

»Vielleicht greifen da mehrere Faktoren ineinander«, meldete sich Steegmann wieder zu Wort. Im Gegensatz zu den seit heute Morgen ansteigenden Außentemperaturen blieb sein Habitus hanseatisch kühl. Nach der letzten Sitzung hatte Christine ihm keine Gelegenheit mehr zu einem privaten Gespräch gegeben, und heute verhielt er sich, als habe er ihre Antwort auf seine Mail nie gelesen, geschweige denn jemals selbst eine an sie geschickt. »Gehen wir also einmal davon aus, dass Hoppe zwar ein großes Mundwerk gegen Vandenberg geführt hat, jedoch nie beabsichtigte, sich seiner zu entledigen, außer in den massiven schriftlichen Gesuchen bei der Schulaufsichtsbehörde.«

Nieksteit verdrehte die Augen, sodass nur Christine und vielleicht Oda es sehen konnten. Christine schmunzelte. Nein, der Oberstaatsanwalt hatte bei ihrem Lieblingskollegen keinen leichten Stand. Bei Oda allerdings auch nicht, wie Christine aus dem Augenwinkel heraus sah. Dabei war Steegmanns Gedanke gar nicht so abwegig.

»Nun mag es also an besagtem Tag dazu gekommen sein, dass Hoppe wegen seines jüngeren Sohnes zu Vandenberg in die Turnhalle gegangen ist. Vielleicht wollte er ihm drohen. Vielleicht wollte er aber auch etwas ganz anderes. Es ist an Ihnen, das herauszufinden.«

Steegmanns Überheblichkeit ging wirklich bis an die Grenzen des Erträglichen. Christine gewann langsam einen Eindruck davon, weshalb Oda den Staatsanwalt so ablehnte.

»Es gibt eine Vielzahl von Möglichkeiten«, fuhr Steegmann fort. »Es kann spontan zum Streit mit tödlichem Ausgang gekommen sein.«

»Oder?« Siebelt beugte sich vor.

Am liebsten hätte Christine ihrem Chef jetzt eine Kopfnuss verpasst und gesagt: »Tu doch nicht so, als ob du nicht bis drei zählen könntest!« Manchmal verstand sie ihn nicht. Er war ein brillanter Denker und Stratege, in Gegenwart des Oberstaatsanwaltes jedoch tat er immer so, als könne er eins und eins nicht zusammenzählen.

Steegmann blickte Siebelt jetzt mit einem Blick an, der bedauernd genau das zu besagen schien, was Christine eben gedacht hatte.

»Ich kann mir nicht vorstellen, werter Kollege«, sagte er jetzt überaus spitz, »dass irgendwer hier im Raum meinen Satz nicht vervollständigen könnte.«

In diesem Moment lachte Siebelt so laut aus tiefem Herzen, dass es zunächst irritierend, dann erleichternd auf alle Anwesenden wirkte.

»Entschuldigen Sie, *werter* Kollege«, er wischte sich mit dem Handrücken die Lachtränen aus dem Gesicht, »aber ich musste so reagieren. Seien Sie mir nicht böse.« Seine Mundwinkel reichten von einem Ohr zum anderen. »Nur war das gerade wieder einmal ein Paradebeispiel dafür, dass Sie uns nicht wirklich viel zuzutrauen scheinen. Dennoch, glauben Sie mir«, sein Blick glitt zufrieden rund um den Tisch, »die Mannschaft, die Sie hier versammelt sehen, zählt zu den besten Niedersachsens. Jeder für sich. Sie brauchen keine Angst zu haben, dass auch nur einem von den Kollegen etwas von dem entgeht, was Sie gerade angeschnitten haben.«

Siebelt beugte sich vor und gab wie nebenbei Zucker in seinen inzwischen sicher schon kalten Kaffee. »Wir hier, Herr Oberstaatsanwalt, wir arbeiten als Team. Zusammen. Auch wenn es durchaus die eine oder andere persönliche Minimaldifferenz gibt, in der Sache sind wir ein Team. Uns entgeht nichts. Da können Sie sicher sein.« Zufrieden lehnte er sich zurück. Es fehlte nur noch, dass er sich über seinen Bauch strich, aber auch so hätte Christine ihn küssen können. Das war doch endlich mal eine Reaktion, die allen zeigte, dass er sie auch offiziell als Team sah. Das gab Auftrieb.

Sie bemitleidete Steegmann in diesem Augenblick fast ein wenig. Aber er hatte es verdient. Als Oberstaatsanwalt ... und auch als Mann. Na ja. Sie setzte in einlenkendem Tonfall nach: »Bislang bestreitet Hoppe, an jenem Tag überhaupt ein Gespräch mit Vandenberg geführt zu haben. Aber gehen wir doch wirklich einfach mal davon aus, dass Hoppe Vandenberg nur vorsorglich drohen und ihm ins Gewissen reden wollte. Wie hätte er sich verhalten, wenn er dann in die Halle gekommen wäre und Vandenberg dort tot hätte liegen sehen? Rein hypothetisch, versteht sich«, schob Christine nach, als sie merkte, dass Steegmann Luft holte und zu reden anfangen wollte. »Sicher kann jeder von uns die Panik nachvollziehen, die Hoppe in jenem Moment erwischt haben müsste. Immerhin hätte ihm klar gewesen sein müssen, dass er zu den Hauptverdächtigen gehört.« Christine ließ ihren Kugelschreiber auf dem Block hüpfen.

»In einem Anfall von Verzweiflung könnte er die Leiche in den Geräteraum gezogen haben, bevor er verschwand und telefonisch seinen Freund Hermeling um Hilfe bat«, setzte Nieksteit ihren Gedanken fort.

»Er könnte auch aus der Halle telefoniert und da auf Hermeling gewartet haben. Weil er wusste, dass Hermeling in einer Sitzung der Schule und damit in der Nähe war«, vermutete Siebelt.

»Warum hätte er das tun sollen?« Oda schüttelte den Kopf. »Hoppe hätte lediglich ein Alibi gebraucht, keinen, der die Leiche beseitigt. Die lag ja schließlich noch da. Ich glaube, Ihr begeht einen

Denkfehler. Hermeling ist nur das vorgeschobene Alibi. Er war zum fraglichen Zeitpunkt in einer Sitzung.«

»Und Hoppe könnte Hermeling auch erst Stunden nach dem Vorfall angerufen und um ein Alibi gebeten haben«, ergänzte Christine.

»Warten wir also weiter auf seine Handydaten und üben uns in Geduld.« Lemke verzog bedauernd das Gesicht.

»Für einen Haftbefehl ist das alles ohnehin noch zu wenig, wer wüsste das besser als Sie?« Christine warf einen kurzen Blick auf Steegmann. Verblüfft erkannte sie ein Schmunzeln, das seine Mundwinkel leicht nach oben zog. Sie senkte den Kopf und sah ihn leicht von unten herauf an. Hatte sie sich vielleicht in ihm getäuscht? War er ein so hervorragender Rhetoriker, dass er diese Reaktionen bewusst provoziert hatte?

Als er sich jetzt erhob, glaubte sie sogar, ein Augenzwinkern zu erkennen.

»Wunderbar, dann ist ja alles klar! Ich bin gespannt, was Ihre Suche nach Zeugen, die Hoppe zur Tatzeit gesehen haben, ergibt. Und zwischenzeitlich warten wir gelassen ab, ob die Kriminaltechnik Spuren mit Hoppe in Verbindung bringen kann, und konzentrieren uns auf Vandenbergs Privatleben. Da scheint mir inzwischen doch einiges im Argen zu liegen.« Mit einem entwaffnend offenen Lächeln verabschiedete er sich.

**

Mist, das Schloss klemmte. Wieder einmal. Seit Wochen schon hatte seine Mutter gesagt, sie würde den Hausbesitzer benachrichtigen, aber so, wie Alex sie kannte, hatte sie daran dann doch nicht gedacht. Ihr würde das erst siedend heiß einfallen, wenn sie gar nicht mehr ins Haus kam. Eine Weile stocherte er im Schloss herum, bis es nachgab. Ein erleichtertes Schnaufen entglitt ihm. Hätte jetzt wirklich noch gefehlt, so ein Scheiß. Er war kaputt, wollte einfach nur noch vor den PC und abhängen. Der Tag heute war weit entfernt davon, zu den besten dieses Halbjahres zu gehören. Die Chemiearbeit war ein Hohn gewesen, zudem hatte Jessie 'nen Klappmann gemacht. War einfach so vom Stuhl gekippt. Wie ein nasser Sack. Das hatte er bisher nur in Filmen gesehen. Aber bis der Rettungswagen gekommen war, ging es Jessie schon besser. Das hätten sie selten, dass eine Notfallpatientin auf eigenen Füßen und nicht auf der Trage in den Rettungswagen gelangte, sagten die Sanitäter, als sie Jessie unterfassten und mitnahmen.

»Die hat ihre Regel«, hatte Charlotte Alex zugeflüstert, »da haben wir Frauen das schon mal, dass der Kreislauf versagt. Der Blutverlust, du verstehst.« Alex hatte geschluckt und zugesehen, dass er wegkam. Nee, damit wollte er sich nicht wirklich beschäftigen. Was gingen ihn die Probleme der Weiber an?

Die Wohnungstür ließ sich problemlos öffnen, und noch bevor Alex irgendetwas anderes machte, drückte er den Powerknopf seines PCs.

Während der Computer hochfuhr, flogen Schuhe und Jacke zusammen mit dem Schulrucksack in die Ecke. Alex kniete sich vors Gefrierfach. Nudeln mit Bolognesesoße, Lasagne, Fischstäbchen oder der Rest des Kartoffelauflaufs von letzter Woche boten sich ihm an.

Er entschied sich für den Kartoffelauflauf und nach kurzer Zeit signalisierte die Mikrowelle mit einem »Pling«, dass sein Essen fertig war. Er schnappte sich aus der Besteckschublade eine Gabel und grinste breit, als er daran dachte, wie sehr es seine Mutter verabscheute, was er nun tat: mit dem Teller an den PC gehen. Essen, ohne wirklich wahrzunehmen, was man in sich hineinstopfte. Das konnte sie nicht nachvollziehen. Egal. Seine Mutter und er ... so sehr er sie auch liebte, sie lebten einfach in unterschiedlichen Welten, in anderen Zeitaltern. Heute lief Kommunikation überwiegend per Internet und SMS. Auch wenn er verstand, dass seine Mutter das anders sah ... Er war eben ein Teil der neuen Gesellschaft. Wenngleich die natürlich nicht immer so wirklich klasse war. Dass man aber beides miteinander verbinden konnte, musste seine Mutter eigentlich daran sehen, dass er auch viel Zeit mit ihr verbrachte. Beim Frühstück, beim Abendessen. Na ja. Meistens. Aus seiner Sicht jedenfalls pflegte Alex einen regen persönlichen Gedankenaustausch mit seiner Mutter.

Mit Teller und Gabel bewaffnet, ließ er sich auf den giftgrünen Drehsessel vor seinem Schreibtisch fallen. Aufgrund seiner inzwischen doch recht beeindruckenden Körpergröße wirkte er sicherlich fast ein wenig wie seine eigene Karikatur, weil der Hintern tiefer als die Knie war, aber das war völlig egal. Hauptsache, er saß bequem.

Er löffelte – »gabelte« war wohl ein Wort, das es nicht gab – den Kartoffelkram in sich hinein, während er sich ins *NebenLeben* einloggte. Gestern hatte er mit Manolo ein interessantes Gespräch über die heutige Staatsgewalt und ihre Beschränkungen geführt, auf den Bereich der Jugendkriminalität bezogen. Manolo hatte ihm erzählt, dass Wilhelmshaven diesbezüglich den unrühmlichen ersten Rang bekleidete, während Städte wie Berlin, Frankfurt und München nicht mal unter den ersten drei zu finden waren. Gut, das alles war natürlich prozentual zu sehen, aber dennoch war Alex bestürzt. Sie waren sehr intensiv ins Gespräch vertieft gewesen, bis Manolos Uhr gepiept und er sich daraufhin schnell verabschiedet hatte. Er war schon ein wenig eigenartig, der Manolo, aber ziemlich okay. Er würde sich sicher hervorragend mit Oda verstehen. Allerdings glaubte Alex nicht so wirklich, dass Oda sich für das virtuelle Leben begeistern könnte. Und da es jetzt Jürgen in ihrem Leben gab, brauchte er Manolo und Oda auch im realen Leben nicht miteinander bekannt zu machen. Doch Manolo blieb eine Option, das hatte Alex für sich beschlossen.

Die Anmeldung war erfolgt, der Bildschirm veränderte sich. Stevie erschien neben dem Brunnen des alten Marktplatzes, wo er zuletzt mit Manolo gesprochen hatte. War noch nicht viel los hier, dazu war es zu früh, aber wenn Manolo nicht hier war, würde er ihn sicher im Café oder im Buchladen antreffen. Manolo war immer mal zwischendurch online, er musste im wirklichen Leben einen Job haben, der ihm einigermaßen freie Hand ließ.

Gelassen schlenderte der Avatar über den virtuellen Marktplatz, während Alex vor dem PC den Kartoffelauflauf aß.

Stevie betrat das Café und bestellte sich einen Milchkaffee.

Der Kartoffelauflauf war verputzt. Alex stand auf. Er wusste, es würde einen Mörderärger mit seiner Mutter geben, wenn die den benutzten Teller auf seinem Schreibtisch fand, darum brachte er ihn schnell rüber in die Spülmaschine. Machte er nicht immer, aber er war froh, dass ihm das heute einfiel. Auf dem Weg zurück klingelte das Telefon. Basti. Er wollte wissen, was mit Jessie sei und der für morgen angesetzten Probe. Sie redeten noch ein paar Minuten miteinander über das bevorstehende Konzert, bevor Alex das Gespräch beendete.

Er nahm das Telefon mit an seinen Schreibtisch. Erstaunt stellte er fest, dass Manolo ihn zwischenzeitlich besucht hatte, nun aber fort war. Schade. Als Stevie zahlte er den Milchkaffee und machte sich mithilfe der Pfeiltasten auf den Weg zu Manolos Buchladen. Enthusiastisch wollte er gerade eintreten, als er zwei Stimmen hörte, die ihn stoppen ließen. Er stutzte. Eine Stimme gehörte ganz klar Manolo. Die andere aber ... Er wusste, dass er sie kannte. Sie war ihm vertraut, aber nicht so, dass er ihr spontan ein Gesicht zuordnen konnte. Sie schien aber zu seinem richtigen Leben zu gehören. Ein Lehrer? Ein Verkäufer vom Supermarkt? Einer aus der Musikszene? Aus der Scheunenkneipe, in der er regelmäßig am Wochenende war?

Stevie blieb einen Moment stehen und lauschte.

»Es war so schön mit dir, Manolo!« In der Stimme lag ein Unterton, der ganz und gar nicht in ein freundschaftliches Gespräch gehörte. Und Manolos Antwort verwirrte Alex noch mehr. Hier sprachen zwei Männer miteinander, die mehr als Freundschaft miteinander verband.

Irritiert zog Alex sich zurück und loggte sich aus. Die Stimme hatte ihn verwirrt. Sie gehörte definitiv nicht ins *NebenLeben*, sondern in die Realität. Er schüttelte den Kopf. Mist, verdammter. Er hätte dableiben sollen. Hineingehen. Er hatte nichts zu verlieren und erst recht nichts ausgefressen. Alex lehnte sich zurück.

Warum hatte er jetzt daran gedacht, dass er nichts ausgefressen hatte? Weshalb war das in diesem Zusammenhang so wichtig? Warum fiel ihm das spontan als Erstes ein?

Das ließ nur einen Schluss zu: dass er genau bei diesem Gefühl ansetzen musste, um die Stimme zu orten.

***

»Sag mal, was war das denn heute von dem Steegmann?«, fragte Oda und rührte sich den zweiten Tütenzucker in ihren Cappuccino. »Hat der dich angebaggert?«

»Quatsch.« Christine räusperte sich. Sie wirkte ein wenig verlegen.

Sie saßen am Kanal auf der Außenterrasse des »HavenCafés«. Es war nicht weit zu Fuß dorthin, und auf diese Art die Mittagspause zu verbringen, vermittelte zumindest ein wenig das Gefühl von Sommer und Freiheit. Ein kleines Boot legte gerade vom Steg ab zur Fahrt durch den Hafen. Unter der Kaiser-Wilhelm-Brücke hindurch, Europas größter Drehbrücke, mit winkenden lachenden Menschen an Bord, die sicherlich zum großen Teil Touristen waren. In Niedersachsen hatte die Ferienzeit noch nicht begonnen, wieder einmal waren sie – glücklicherweise – ans Ende der Sommersaison gerückt.

»Also hör mal.« Oda zog ihre Worte demonstrativ so in die Länge, dass Christine lachen musste. »Ich kenn den Steegmann schon seit Jahren, aber so, wie der sich in letzter Zeit aufführt, das ist ja nicht mehr normal zu nennen.« Sie feixte. »Sag bloß, da läuft was mit euch. Hast du jetzt angebissen auf sein Dategesuch?«

»Oda!« Christine verzog entrüstet die Mundwinkel.

»Ach, hör auf. Tu nicht so. Dein Frank ist ein Arsch. Da kannst du dir doch nix vormachen. Allein schon, dass der mit so 'ner Tussi rummacht. Und im Vergleich dazu der Steegmann. Das ist doch eine ganz andere Klasse. Ein völlig anderes Niveau. Kannst mir nicht erzählen, dass der dich nicht beeindruckt. Das passt doch wie das Gelbe zum Ei. Ihr zwei, meine ich.« Genüsslich schlürfte Oda ihren Milchkaffee.

»Ist das jetzt als Beleidigung gemeint?« Christines Tonfall wurde spitz, wie Oda amüsiert feststellte. Sie und Christine bildeten inzwischen zwar wirklich ein gutes Ermittlerteam, kleine persönliche Feinheiten mussten sich aber wirklich noch einspielen. Denn Christine reagierte genau so, wie sie es vorhin bei Steegmann getan hatte. Etwas angefasst, wo man doch nur liebevoll hatte necken wollen.

Liebevoll? Necken?

Oda stoppte sich.

Was waren das denn jetzt für Anstalten? Das ging ja gar nicht. Liebevoll neckte man jemanden, der einem nahestand. Da gab es für sie Alex. Okay, inzwischen auch Jürgen. Auf der Arbeit Nieksteit. Den Lemke würde sie nur ironisch hochnehmen. Aber nicht liebevoll necken. Und Christine … Nein. Vielleicht hatte aber auch Steegmann Christine nur kollegial necken wollen. Und sie, Oda, hatte derzeit falsche Tentakel. Egal. Sie würde sich das, was sich zwischen Christine und Steegmann entwickelte, entspannt zurückgelehnt angucken. Würde sich schon was ergeben. So oder so.

**

»Entschuldigung«, Lemke beugte sich an das heruntergelassene Autofenster, »sind Sie hier, um Ihr Kind von der Schule abzuholen?« Die Augen der blonden, recht fülligen Frau, die kaum hinter das Steuer passte, sahen ihn skeptisch und ablehnend an. Es war wieder sehr warm geworden, darum fiel die Kontaktaufnahme zu den im Auto auf ihre Kinder wartenden Eltern nicht schwer. Fast alle hatten die Fenster heruntergelassen, um zumindest auf diese Art ein wenig Zugluft zu bekommen. Erst recht, wenn man Raucherin war, wie die Füllige, die ihm nun ihren verqualmten Atem ins Gesicht blies. Wussten die eigentlich, wie ekelhaft sie rochen, diese Raucher? Okay. Nicht jeder Raucher war so widerlich. Bei Oda zum Beispiel war es nicht so schlimm. Aber Nieksteit stellte ihn oft vor eine Zerreißprobe, wenn er mit vollgequalmten Klamotten aus der Küche ins Büro zurückkam. Doch egal, wie oft Lemke sich beschwerte, Nieksteit zuckte jedes Mal mit den Achseln und änderte nichts. Auch die Frau in dem silbernen Dacia schien ein Prachtexemplar der Raucherzunft zu sein. Lemke versuchte, eine Nase voll Frischluft zu ergattern, indem er sich aufrichtete.

»Was geht Sie das denn an?«, keifte sie. »Ist es jetzt verboten, sein Kind abzuholen?«

Er merkte, wie er innerlich auf Abwehr und Abstand ging.

»Nein.« Er gab sich Mühe. Wirklich. Zückte seinen Polizeiausweis aus der Gesäßtasche und hielt ihn wie einen Qualmschutzschirm vor die Autotür. »Ich bin von der Kripo. Sie werden doch sicher gehört haben, was hier passiert ist?« Lemke setzte eine seiner Meinung nach Ehrfurcht gebietende Miene auf und kehrte den Beamten heraus.

»Den Mord meinen Sie. Klar. Wer hat davon nicht gehört? Warum fragen Sie?« Skepsis schlug ihm entgegen.

»Wir sind dabei, die Umstände und Details zu klären. In diesem Zusammenhang ist der Mittwoch letzter Woche wichtig. Waren Sie an dem Tag auch hier? Können Sie sich daran erinnern, wen sie hier gesehen haben?«

»Gesehen?« Die Frau schüttelte ihre blonden Haare, aus denen die Dauerwelle sichtlich herausgewachsen war. Ihren nur leicht hörbaren Akzent ordnete Lemke automatisch Richtung Sachsen ein. »Nee. Wüsste ich nicht, dass ich wen gesehen hab. Fällt mir jedenfalls keiner ein. Aber ich hab auch auf nichts geachtet.« Sie schüttelte erneut den Kopf, sichtlich uninteressiert. Dafür zog sie die nächste Zigarette aus der Schachtel.

»Sie können ja noch mal drüber nachdenken. Falls Ihnen doch etwas einfällt, können Sie mich unter dieser Telefonnummer erreichen.« Er reichte ihr seine Visitenkarte ins Auto. Ob er überhaupt noch einen Zeugen fand? Eigentlich hatte er sich das einfacher vorgestellt. Und nicht so zäh. Hatte gedacht, da würde recht schnell etwas kommen, denn immerhin waren alle Kinder der hier wartenden Eltern durch Vandenbergs Unterricht potenziell gefährdet gewesen. Wenn man Hoppes Anschuldigungen und der Elternpetition Glauben schenken durfte. Würde überhaupt jemand zugeben, Hoppe vor einer Woche hier gesehen zu haben? Würden sie nicht alle insgeheim begrüßen, dass diese Gefahrenquelle eliminiert worden war?

Auf der anderen Seite des Parkplatzes sah er Nieksteit, ebenfalls eine Zigarette in der Hand, fröhlich mit einem Autoinsassen reden. Der befand sich irgendwie immer auf der fröhlichen, der sonnigen Seite des Lebens, dachte er ein wenig neidisch. Na ja. Inzwischen ging es ihm ja auch ganz gut. Lemke lächelte. Ja. Er konnte sich grad im Moment nicht beklagen. Mit diesem Lächeln auf dem Gesicht wandte er sich dem nächsten Auto zu, einem schon ziemlich betagten Fiesta, dessen Rot fast gänzlich verblichen war.

**

Der nostalgische Terrazzoboden des Treppenhauses war sicher so alt wie das Haus. Heute könnte das kein normaler Mensch mehr bezahlen. Dass hier nicht, wie in so vielen anderen Häusern, modernisiert worden war, ließ entweder darauf schließen, dass der Eigentümer nicht mehr zur Generation reicher Erben gehörte, oder aber, er hatte bewusst den Stil des Hauses beibehalten wollen.

Tonja Leitermann wohnte im dritten Stock, einen Aufzug gab es nicht.

Als sie sich telefonisch angemeldet hatten, war es Christine vorgekommen, als hätte Tonja Leitermann erleichtert geklungen, und diese Erleichterung meinte sie auch in Tonjas Begrüßung zu hören, als diese ihnen die Tür öffnete.

»Es gab keinen, der sich wirklich dafür interessierte«, sagte die junge Witwe nun, als sie im Wohnzimmer zusammensaßen. Der nach Westen ausgerichtete riesige Raum war viel dunkler als Christine erwartet hätte. Durch die Fenster kam gar kein Licht herein, sie empfand diese Situation als bedrückend. Wohnen würde sie hier nicht wollen. Zumindest nicht als Ganztagshausfrau. Hier konnte man sicherlich nur dann ein positiver Mensch bleiben, wenn man tagsüber auf der Arbeit war oder aber mit seinen Kindern auf Spielplätzen oder im Freien herumtobte. Aber natürlich war das ihre rein persönliche Ansicht, es gab schließlich auch eine Menge Menschen, die nicht so licht- und sonnenhungrig waren wie sie selbst.

»Ich hab damals versucht, mit Ihren Kollegen zu reden. Ihnen zu erzählen, dass Lars in der Zeit vor dem Unfall anders war, aber sie wollten es nicht hören. Im Gegenteil, irgendeiner Ihrer Leute unterstellte sogar, dass der Unfall in Wirklichkeit ein Suizid war. Aber das hätte Lars nie getan, dafür liebte er Jonas zu sehr.«

»Sie nicht?«, hakte Christine nach. »Hat er Sie nicht geliebt?«

Tonja presste einen Augenblick lang die Zähne aufeinander, ihr Gesicht erhielt einen harten, bitteren Ausdruck. »Ich weiß es nicht«, sagte sie gequält. »Ich kann es Ihnen wirklich nicht sagen.«

»Warum nicht?«, fragte Oda, die offensichtlich ähnlich wie Christine eine Nuance bemerkt hatte, bei der man nachhaken musste. »Führten Sie keine glückliche Ehe? So lang können Sie doch noch gar nicht verheiratet gewesen sein.«

»Drei Jahre. Drei, nein, zweieinhalb absolut glückliche, paradiesische Jahre waren es. Die sich nahtlos an das Gefühl der Zeit reihten, in der wir noch kein Ehepaar waren. Wir haben uns ergänzt, Lars und ich. In allem. In allen Bereichen. Wir fühlten uns miteinander verwoben, waren zwei Hälften eines Ganzen.«

»Warum nur zweieinhalb der drei Ehejahre?« Instinktiv wurde Christine leiser. »Was ist passiert?«

Tonja Leitermann fuhr sich mit der linken Hand über den Mund, Zeigefinger und Daumen spielten mit ihrer Oberlippe. Ihr Blick glitt wie abwesend durch diesen eine gewisse Tristesse ausstrahlenden Raum. Obwohl die hohen Wände mit ungerahmten, vielleicht selbst bemalten Leinwänden geschmückt waren, fehlte Lebendigkeit. Nein, auf einen Schlag erkannte Christine, was es war: Es fehlte Lebensfreude.

»Ich weiß, was Sie denken«, sagte Tonja unvermittelt zu Christine. »Eine gute Schauspielerin sind Sie nicht, oder? Müssen Sie das nicht eigentlich sein, in Ihrem Beruf?«

»Bitte?« Christine verstand nicht sofort, was Tonja meinte.

»Sie fragen sich, wo in dieser Wohnung Freude ist. Ob es uns und vor allem meinem kleinen Sohn in dieser Umgebung überhaupt gut gehen kann.« Tonja lächelte. »Kommen Sie mit.« Sie stand auf. Über den mit Laminat ausgelegten Flur, auf dem ein knallrotes Rutscherauto eindeutiger Beweis für die Existenz eines Kleinkindes war, ging Tonja auf eine weiß gestrichene Tür zu. »JONAS« stand in kunterbunten Holzlettern daran, und kaum hatte Tonja die Tür geöffnet, wurden sie von Licht, Sonnenschein und Farbe überflutet. »Dies ist Jonas' Zimmer. Es geht nach Osten, so wird er im Frühjahr und Sommer von der Sonne geweckt.«

Ein Poster von »Bob, der Baumeister« hing über dem Bettchen, ein batteriebetriebener Akkuschrauber, ein Spielzeugbagger und ein Plastikhelm zeugten davon, dass hier ein kleiner Junge sein Zuhause hatte und nicht eine kleine Lillifee.

»Im Wohnzimmer halten wir uns selten auf, meistens sind wir hier oder in der Küche. Ab und zu auch in Lars' Arbeitszimmer, da stehen auch eine Couch und ein Fernseher.« Tonja öffnete die Tür zum angrenzenden Raum, in dem eine knallrote Stoffcouch für Fröhlichkeit sorgte.

Einen Augenblick lag Christine die Frage auf der Zunge, wer denn die Wohnzimmereinrichtung ausgesucht hatte, als Oda einwarf: »Das alles ist ja wirklich schön, Frau Leitermann. Und sieht echt fröhlich aus. Aber ich habe den Eindruck, Sie sind vorhin der Frage meiner Kollegin ausgewichen. Sie wollte wissen, was denn passiert ist, dass diese wundervolle Einheit zwischen Ihnen und Ihrem Mann keine mehr war.«

Ein elektrischer Schlag schien durch Tonja Leitermann zu gehen.

»Lassen Sie uns wieder rübergehen, bitte. Ich möchte darüber in diesen Räumen nicht reden. Diese Zimmer sollen fröhlich und unbelastet bleiben, kein schlechter Gedanke soll sich an die Wand heften, dort verweilen und größer werden.« Sie schloss sorgsam beide Zimmertüren und ging voran, zurück ins Wohnzimmer.

Christine fing Odas Blick auf, der eindeutig sagte: Die ist meschugge. Und gänzlich konnte auch Christine diesen Gedanken nicht von sich weisen.

Als sie wieder im Wohnzimmer saßen, brauchte Tonja einige Minuten, um alles in Worte zu fassen.

»Es geschah ganz plötzlich. Von einem auf den anderen Tag war Lars ein anderer. Man sagt das oft so leicht. Aber es war tatsächlich so. Von heute auf morgen war unsere Welt eine andere. Ich hab das zuerst gar nicht verstanden. Ich konnte diese plötzliche Distanz, das Ablehnen jeglicher Nähe einfach nicht begreifen.« Tonja schüttelte, noch immer im Unbegreifen gefangen, den Kopf. »Vorher waren wir eins«, wiederholte sie. »Und auf einmal war er weg. Nicht mehr da. Körperlich wohl, aber sonst nicht. Weder in unserer Partnerschaft, noch als Vater. Auch nicht in Gesprächen. Ich hatte das Gefühl, ein Zombie hätte seinen Platz eingenommen.«

***

Den ganzen Tag schon hatte ein Traum der letzten Nacht Lara nicht in Ruhe gelassen. In der Schule hatte er den Unterricht verdrängt, und nun saß sie an ihrem Schreibtisch, vor sich ein DIN-A4-Blatt weißes Papier. Nüchtern versuchte sie, ihre Gedanken zu bündeln.

Erstens: Sie hatte ihren Eltern zwar von der Abtreibung erzählt, den Vater des Kindes aber verschwiegen.

Zweitens: Ihr Vater interessierte sich seitdem mehr für seine Tauben als für seine Tochter. Das tat verdammt weh.

Drittens: der Traum. Sie in Haralds Arm. Und ihr Vater sah aus einiger Entfernung zu. Sie hatte Zorn und Schmerz in seinem Gesicht gesehen, wollte zu ihm laufen, aber bevor sie ihn erreicht hatte, war er verschwunden.

Lara grübelte. Sie in Haralds Arm. Der Zorn im Gesicht ihres Vaters. Was ergaben Punkt eins, zwei und drei zusammen? Ihr Vater hatte in den letzten Monaten zwar wegen der Tauben ein gespaltenes und kritisches Verhältnis zu Vandenberg gehabt, das aber war nicht wirklich dramatisch gewesen. Nachbarzwist, so hatte sie zumindest bislang geglaubt. Was aber wäre, wenn ihr Vater eifersüchtig auf Vandenberg gewesen war? Was, wenn diese Eifersucht Nahrung bekommen hätte durch ein Missverständnis, eine Beobachtung, aus der er falsche Schlussfolgerungen gezogen hatte?

Es gab nur eine Situation, in der Harald ihr wirklich nahegekommen war. Als sie ihm von ihrer Schwangerschaft und dem bevorstehenden Abbruch erzählt hatte. Immerhin musste Harald den Grund dafür wissen, dass sie für eine gewisse Zeit nicht mehr am Training teilnehmen konnte. Da hatte er sie in den Arm genommen und getröstet. Seine Hand war über ihr Haar gefahren, und sie hatte sich wohlgefühlt. Es war ein warmes, vertrautes, verlässliches Gefühl gewesen; sie hatte sich geborgen und väterlich aufgehoben gefühlt.

Als sie nun die einzelnen Punkte auf dem Papier sah, spürte sie, dass ihr kalt und ihr Mund trocken wurde. Angst stieg in ihr auf. Was wäre, wenn ihr Vater sie zwar gesehen, aber nicht gehört und die falschen Rückschlüsse gezogen hätte? Konnte es sein, dass ihr Vater etwas mit Haralds Tod zu tun hatte?

***

»Boah, du kannst dir gar nicht vorstellen, wie froh ich bin, diesem ganzen Chaos zu entkommen.«

Torben ließ sich auf Alex' ungemachtes Bett fallen, auf dem die schwarze Bettdecke mit fast unzählbar scheinenden kleinen weißen Totenköpfe zusammengeknüllt an die Wand gedrückt lag.

»Bei uns zu Hause herrscht Totenkult. Ständig sind Leute da. Dauernd streicht dir jemand über den Arm, über den Kopf, drückt dich, es ist grauenhaft. Ich bin doch kein Schmusebär, an dem die ihre Gefühle auslassen können. Ich hab doch ein Recht auf Privatsphäre! Auf eigene Gefühle. Immer musst du mit gesenktem Kopf durch die Gegend schleichen. Eine Träne im Augenwinkel haben. Scheiße! Ich trauere so um meinen Vater, wie ich eben trauere! Das geht doch keinen von denen nur irgendeinen Rotz an! Muss ich jetzt schauspielern, damit die nicht denken, ich wär ein herzloser Sohn? Warum können die mich und meine Mutter nicht in Ruhe lassen? Und immer schleicht Mauser bei uns rum. Hat der nix anderes zu tun? Der biedert sich an mit seinem ›Ich bin für dich da‹. Das geht mir so was von auf den Geist!« Torben ließ sich zurücksinken, sichtbar mit seinen Nerven und sicher auch seiner Kraft am Ende. Alex war sich darüber klar, dass er sich nicht einmal ansatzweise vorstellen konnte, wie sich Torben fühlen musste.

»Hier.« Um seine Hilflosigkeit zu verbergen, holte Alex aus dem Minikühlschrank neben seinem Schreibtisch zwei Flaschen Holunderbrause und drückte Torben eine in die Hand. »Trink. Tut dir bestimmt gut. Hilft dir beim Runterfahren.«

»Runterfahren. Du hast gut reden. Wie denn? Wenn von allen Seiten ständig was auf dich einstürmt? Aber egal. Will ich jetzt auch gar nicht drüber reden. Ich wollt einfach mal ein Stück Normalität. Drum hab ich gedacht, ich komm bei dir vorbei.« Torben trank einen Schluck und zeigte mit der Flasche auf den PC. »Was spielste denn grad?«

»Ist kein Spiel. Oder ... na ja, irgendwie schon, aber irgendwie auch nicht. Ist das *NebenLeben*. Hab da eine Figur und guck, was dort so los ist. Ist 'ne ganz irre Sache, diese Welt. Da bist du einfach wer anders, kannst dein Äußeres frei gestalten, tun, was du willst, und triffst nette Leute.«

»Du koppelst dich also aus deinem echten Leben aus.«

»Jo. Irgendwie ja. Aber natürlich nicht wirklich. Also, nicht so krass. Ich bin da schon so ziemlich der, der ich wirklich bin.«

»Aber du könntest einfach eine Rolle wählen, und keiner prüft, ob das mit dir selbst auch übereinstimmt?«

»Jo.« Alex merkte, dass er selbst einen Augenblick irritiert war. Darüber hatte er noch gar nicht wirklich nachgedacht. Okay, so lange war er auch noch nicht im *NebenLeben*, aber diesen Punkt hatte er bislang außer Acht gelassen. Ob Manolo auch im wirklichen Leben so war, wie er ihn im *NebenLeben* einschätzte?

»Du kannst dich da auch als Frau anmelden? Oder als Opa oder als Gigolo? Als erfolgreicher Unternehmer? Egal als was?« Torben war ganz offensichtlich fasziniert. »Stell dir mal vor, was es da alles für Fakes gibt. Boah ... Jetzt fällt's mir wieder ein: Ich hab vor einiger Zeit mal einen Bericht gesehen. Da kann man ja wirklich alles Mögliche machen. Die Weiber können sogar schwanger werden. Unvorstellbar. Sex zu haben soll auch sichtbar möglich sein. Hast du das schon mal? Das ist doch sicher geil. Wie alt hast du dich denn da gemacht?«

Alex räusperte sich. »Also, das mit dem Sex hab ich noch nicht ausprobiert, und meine Figur ist so alt wie ich. Bislang bin ich auf kein Fake gestoßen oder hab das zumindest nicht gemerkt. Die Leute, die ich kennengelernt hab, sind nette Typen. Einen treff ich regelmäßig. Ist ein Bücherwurm, genau wie ich, und hat einen Buchladen am Marktplatz von Bookhorn.«

»Echt? Der hat da so einfach einen Buchladen?« Torben war neugierig.

»Klar. Warte, ich melde mich eben wieder an.« Alex bewegte die Maus, sofort verschwand die sich über den Bildschirm schlängelnde Uhrzeit und gab den Blick auf den mit Kopfstein gepflasterten Platz frei.

Wenige Sekunden, nachdem Alex sein Passwort eingegeben hatte, bewegte er seine Figur wieder über den Platz. »Ich war grad schon mal bei Manolo, aber da hatte er Besuch. Ich hatte das Gefühl zu stören. Ist zwar Quatsch, aber, na ja. Bin erst mal wieder gegangen. Mal gucken, ob ich dir das jetzt so zeigen kann, wie ich das normalerweise erlebe.«

Alex bewegte die Figur auf ein Backsteingebäude zu, dessen Bauweise mit den oben gerundeten Fenstern und der ebensolchen Tür an Häuser in Bayern oder Österreich denken ließen. Aus den Schaufenstern sprangen ihnen Titel deutschsprachiger Krimis entgegen; riesige Papppistolen, Handschellen und ein Makrameegalgen umrahmten das Plakat einer Lesungsankündigung des TrioMortabella, das auch im richtigen Leben für kriminelle Spannung sorgte.

Alex ließ seine Figur hinter einem Baum Schutz suchen, als ein Mann die Buchhandlung »Deutschkrimi« verließ.

»Was soll das denn?«, fragte Torben. »Warum versteckst du dich?«

»Ich kann es dir nicht erklären«, erwiderte Alex, »es ist nur so ein Gefühl. Ich denk, es ist besser, sich dieser Person nicht zu zeigen. Frag mich nicht, warum, das da ist ja nur eine Figur, das bin ja nicht ich, trotzdem … ist irgendwie Intuition.«

»Komisch.« Torben senkte den Kopf so zweifelnd, dass ein Doppelkinn erschien, wo er eigentlich keines hatte. »Klingt fast, als ob du Angst vor dem hast.«

»Ich versteh's auch nicht«, sagte Alex, seine Figur Stevie noch immer hinter dem Baum haltend. »Hängt vielleicht damit zusammen, dass ich vorhin ganz erschrocken war, als ich seine Stimme gehört hab.« Er machte eine Pause. »Torben, ich kenn die Stimme. Ich weiß nur nicht, woher. Aber was ich ganz sicher weiß, ist, dass ich das, was ich vom Gespräch dieses Typen mit Manolo mitbekommen habe, lieber vergessen würde.« Alex wurde immer leiser.

»Vergessen?« Auch Torben flüsterte nun.

»Ja.«

»War das so schlimm?«

»Ja. Manolo scheint mit dem anderen eine schwule Beziehung zu haben.«

»Uuuhhh. Und du meinst, du kennst den anderen?«

Alex nickte.

»Kann es sein, dass ich den auch kenne?«

Alex zuckte mit den Schultern. »Keine Ahnung.«

»Kann ich den auch mal reden hören?«

Alex merkte, dass die Spannung auch Torben bis in die letzte Fingerspitzenfaser erfasst hatte. »Ich weiß nicht. Denn wenn ich seine Stimme kenne, kann es ja auch sein, dass er mich kennt. Und im Gegensatz zu mir sofort weiß, wo er mich hintun soll. Und dann? Was mach ich dann?«

»Kannst ihn ja einfach nur anrempeln. Musst ja nichts sagen. Vielleicht sagt er ja was.«

»Ach was. Wenn schon, dann richtig. Packen wir es an. Ich verstell einfach meine Stimme ein bisschen, dann wird schon nichts passieren. Du musst aber mucksmäuschenstill sein. Denn so wie wir hören können, was er sagt, kann er auch alles hören, was ich hier sage.« Alex räusperte sich, ließ Stevie hinter dem Baumstamm hervor- und auf die andere Figur zutreten.

»Tschuldigung.«

Der attraktive Mann mittleren Alters blieb stehen, als Stevie ihn ansprach. Er trug die Haare ein wenig länger als normal, aber noch nicht lang genug, um ungepflegt oder als Rocker durchgehen zu können.

»Ja?«

»Lass ihn länger reden, Alex«, spornte Torben ihn flüsternd an. »Er muss mehr reden, damit wir ihn erkennen können.«

Alex nickte und gab sich als Stevie im *NebenLeben* ein wenig verlegen. »Ich hab Sie grad im ›Deutschkrimi‹ mit Manolo gesehen. Aber da wollt ich nicht stören. War ja doch etwas intim.«

Er sah Torben, entsetzt darüber, dass ihm das so rausgerutscht war, erschrocken an, aber der beruhigte ihn flüsternd: »Klasse. Mal gucken, was der jetzt so sagt.«

Ein Ruck ging durch den Mann. »Intim? Wie kommst du da drauf? Hast du uns belauscht?«

＊＊＊

»*Ich habe dich beobachtet, du Schwein.*«

Harald stand vor mir. Spuckte auf den Boden. »*Ich habe gesehen, was für ein Perversling du bist.*«

Es war ein ungewöhnlich warmer Sonntag im April, wir standen im Garten des Gemeindehauses. Der Gottesdienst war vorbei, auf den Bänken des weitläufigen Grundstücks, aber auch innen im Gemeindehaus saßen die Menschen zusammen. Unterhielten sich fröhlich. Unbekümmert. Redeten über das, was sie und ihr Leben bewegte, was in der Gemeinde vor sich ging, wer mit wem und überhaupt.

»*Ich weiß nicht, was du meinst.*« *Ich spielte den Unwissenden. Gleichzeitig jagten Angststöße durch meinen Körper. Was wusste Harald?*

»*Mich täuschst du nicht. Kannst du gar nicht. Ich habe Beweise für dein perverses Tun. Da wird dein Arbeitgeber aber fröhlich sein, wenn er erfährt, was du in einem bestimmten Club in Bremen so treibst.*« *Angewidert verzog Harald das Gesicht.* »*Aber das ist längst nicht so ekelhaft wie das, was du in diesem Kino machst. Rein, Hose runter, Schnellfick und wieder raus ... abartig. Da kommt einem das Essen sofort wieder hoch. Ist das so bei euch Homos, dass es egal ist, wem man in den Arsch stößt, Hauptsache, man tut es?*«

Das war ein unerwarteter Schlag in die Magengrube. Ein unkontrollierter Laut entwich mir.

Ich räusperte mich. Drückte den Rücken durch. Versuchte, Stärke zurückzugewinnen. Woher wusste er das? Er musste mich verfolgt haben. Und ich hatte es nicht gemerkt. Verdammt!

Ich gab mich bewusst gelassen. Lächelte jovial. »*Ich weiß nicht, wovon du sprichst. Du scheinst da irgendwas vollkommen in den falschen Hals bekommen zu haben.*«

»*Du Arschloch! Du widerliches Arschloch!*« *Harald hatte die Stimme gehoben. Nicht sehr, aber doch so, dass die Umstehenden schon zu uns herübersahen.*

»*Ich habe gar nichts falsch verstanden. Im Gegenteil. Erst war es eine leise Ahnung. Die ich nicht glauben konnte. Doch sie war ein Keim in mir, der wuchs. Nach und nach habe ich angefangen zu begreifen. Und inzwischen weiß ich Bescheid.*«

Mir wurde kalt.

***

Torben glaubte, seinen Ohren nicht zu trauen. Das gab es doch nicht! Es hatte nur die erste Hälfte des gesprochenen Satzes gebraucht, um ihm klar zu machen, wer da sprach.

Scheiße! Das war doch nicht möglich.

»Na ja. Das Kino …« Stevie stotterte.

»Kino?« Die scheinfreundliche Feindseligkeit, die der Mann ausstrahlte, spürte Torben körperlich. Sogar hier, in Alex Zimmer, in der Geborgenheit der Totenkopfbettwäsche.

Stevie räusperte sich. »Ja. Das Kino. Wo man sich trifft. Für diesen einen Zweck. Ich will das auch. Und dazu brauch ich die Adresse.«

»Ach nee.« Der Typ klang plötzlich interessiert. Torben bekam Angst. »Du willst das auch? Im richtigen Leben, nicht nur hier?«

»Klar!« Alex' Stimme war so überzeugend, dass Torben schlucken musste.

Hau ab! rief er stumm.

»Okay. Machen wir einen Deal. Wir treffen uns erst hier. Allein. Und wenn das so verläuft, wie ich es mir vorstelle, nenn ich dir die Kinoadresse im wirklichen Leben.«

»Warum krieg ich die nicht jetzt? Warum müssen wir uns erst hier treffen?«

»Weil ich erst wissen muss, wie ernst es dir ist, bevor ich dir eine reale Adresse nenne. Heute Abend. Hier. Um neun.« Der Typ starrte Stevie an.

Torben schluckte. »Raus da«, rief er unwillkürlich, um sich sogleich erschrocken mit den Händen den Mund zuzuhalten. Krampfhaftes Husten schüttelte ihn, das er verzweifelt zu unterdrücken versuchte. Er griff nach einem Stift.

»Sofort raus«, wiederholte er in Riesenbuchstaben auf der Papierschreibtischunterlage, auf der Alex schon eine Menge herumgekritzelt hatte. »Raus. Ich weiß, wer das ist.«

***

Mein Herz schlug wie wild. Die Stimmen um mich herum verzerrten sich zu Fetzen. Panik ergriff immer mehr von mir Besitz. Ein Teil meines Ichs versuchte, sie niederzudrücken. Ganz ruhig, Harald kann dir nichts. Woher denn? Er hat dich in letzter Zeit beobachtet. Das ist alles. Mehr weiß er nicht. Er schießt ins Blaue. Will dich aus der Reserve locken. Ich bemühte mich, normal zu reagieren, und versuchte, das Thema des Gesprächs als Alltäglichkeit darzustellen, alles normal aussehen zu lassen.

»Also, ich weiß nicht, warum du dich so aufplusterst. Ist weder verboten noch was Besonderes. Da treffen sich Gleichgesinnte. Nicht mehr und nicht weniger.« Ich glaubte, die richtigen, die Sache abmildernden und auch in die Schranken weisenden Worte gefunden zu haben.

»Warum bist du dann nicht in deinem Kinopuff geblieben?«

Diese emotionslos gesprochenen Worte trafen mich hart auf den Solarplexus. Mir blieb für einen Moment die Luft weg.

»Ich weiß nicht, was du damit sagen willst«, versuchte ich mich herauszuwinden. Harald konnte nichts wissen. Es würde lediglich heiße Luft sein, die er abließ.

Doch Harald lud die Kanone neu.

»Lars hat mit mir gesprochen. In Andeutungen. Lange, nachdem alles passiert ist. Er hat das nicht verkraftet. Du hast sein Leben kaputt gemacht. Das, was du getan hast, hat sich bis in jede noch so winzige Kleinigkeit seines Lebens ausgewirkt. Auch Tonja gegenüber war er hilflos. Ließ sie nicht mehr an sich heran.« Haralds Mundwinkel zogen verächtlich nach unten. »Hast du gedacht, du kannst alles vertuschen, nur weil Lars stillgehalten hat? Nein, mein Lieber, so leicht geht es nicht. Denn diesmal hast du es mit mir zu tun. Okay, ich kann dir nichts beweisen und Lars lebt nicht mehr, aber als er merkte, dass Torben anfing, in seine Fußstapfen zu treten, dass er immer mehr Zeit mit der Jugendarbeit und dir verbrachte, begann er, sich mir gegenüber zu öffnen. Durch seinen plötzlichen Tod geriet eine Zeitlang alles andere in den Hintergrund, dann aber stiegen seine Bemerkungen wieder in mir hoch. Ich habe gegrübelt und gegrübelt. Habe es nicht glauben wollen. Aber inzwischen weiß ich, was du Lars angetan hast. Denn es kann nur eines gewesen sein, was ihn so aus der Bahn geworfen hat: Du hast dich an ihm vergangen.« Spucketröpfchen flogen Harald aus dem Mund. »Wenn du glaubst, auch meinen Sohn so benutzen zu können wie Lars, hast du dich getäuscht. Das werde ich nicht zulassen. Ich habe inzwischen einiges gegen dich in der Hand. Und ich warne dich: Lass Torben in Ruhe.« Harald blickte mich voller Hass an.

Ich versuchte, das Flackern in meinen Augen zu verbergen. Natürlich zog es mich zu Torben hin. Torben war Lars so ähnlich. Im Aussehen und im Wesen. Und unverdorben, ganz anders als Manolo. Aber ich würde den Jungen nicht anrühren. Das hatte ich bei Lars auch nie beabsichtigt, es war einfach über mich gekommen. Doch bei Torben hatte ich mich im Griff, das wusste ich.

»Du brauchst dir keine Sorgen um ihn zu machen«, krächzte ich heiser.

»Ich glaube dir nicht. Lass dir eins gesagt sein: Wenn du meinen Sohn nur ein Mal anrührst, mach ich dich fertig.«

Ich schwieg. Schluckte. Um mich herum schien nichts mehr zu existieren. Alles war schemenhaft, wie in einer anderen Welt. Ich kam mir wie narkotisiert vor. Bewegungsunfähig.

Harald schien mit meiner Reaktion zufrieden zu sein. Er wollte gehen, hielt aber noch einen Moment inne. »Ich vermute, Lars hat aus Scham zunächst nichts gesagt. Sicher hätte er auch weiter geschwiegen, wenn er sich nicht um Torben gesorgt hätte. Hat er eigentlich noch einmal mit dir gesprochen? Hat er dich auf Torben angesprochen?«

Schlagartig wurde mein Denken eiskalt. Kühl begegnete ich Haralds Blick. Dazu gab es nichts zu sagen.

In diesem Augenblick stieg Erkennen im Gesicht meines Gegenübers auf, und ich wusste, dass ich einen gravierenden Fehler gemacht hatte.

»Du Schwein.« Fast tonlos, aber mit aller Macht schleuderte Harald mir die Worte entgegen. »Du warst es. Du hast ihn überfahren.«

***

Wieder hing die Hitze wie eine dicke Lammfelldecke im Raum, nahm den Sauerstoff, lähmte. Christines Bluse hatte dunkle Flecken unter den Achseln. Die Dose Cola zischte, als Christine sie öffnete. Gluckernd lief die schwarze Flüssigkeit in ein Glas, Niekteit hingegen hatte seine Dose direkt zum Trinken angesetzt.

Die Kanne Kaffee, die auf dem Tisch stand, blieb unberührt. Auch Siebelt hatte zum Erfrischungsgetränk gegriffen, allerdings bevorzugte er Mineralwasser. »Das hinterlässt wenigstens keine Flecken, falls ich kleckere«, hatte er gesagt.

Lemke und Steegmann saßen ebenfalls am Tisch; der Oberstaatsanwalt hatte sein Sakko über die Stuhllehne gehängt und die Ärmel hochgekrempelt.

»Also. Hoppe ist letzten Mittwoch von drei Leuten gesehen worden«, eröffnete Nieksteit seinen Rapport und kratzte sich mit einem Kugelschreiber hinter dem rechten Ohr.

»Ja, zweifelsfrei«, bestätigte Lemke. Er sah wieder einmal wie aus dem Ei gepellt aus. Christine vermochte es kaum zu glauben. Wie schaffte er das bei dieser drückenden Luft?

»Also bleibt er auf der Liste der Verdächtigen«, konstatierte Siebelt. »Sein Motiv ist stichhaltig genug. Herr Steegmann, wie sieht es mit einem Haftbefehl aus?«

»Das reicht noch nicht, zumal die kriminaltechnische Auswertung bislang nichts ergeben hat, was Hoppe belastet.«

Christine nahm das als ihr Stichwort: »Das Seil, mit dem Vandenberg erdrosselt wurde, ist noch immer nicht aufgetaucht. Es gab zwar eine Menge anderer Spuren, die müssen jedoch noch zugeordnet werden. Die von der KT arbeiten auf Hochtouren. Doch zurück zu Hoppe. Ich halte ihn nicht für dumm. Er hatte ein Motiv, ja, aber das hätte er anders gemacht. Wir sollten also mit der Festnahme warten, bis wir wirklich hieb- und stichfeste Beweise haben, sonst blamieren wir uns noch. Außerdem besteht keine Fluchtgefahr.«

Eine Fliege füllte mit erstaunlich lautem Summen die nun entstehende kurze Stille, und Christine schüttelte abwehrend den Kopf. Sie sah ihr zu, wie sie schwarzgrün schillernd auf dem Tisch Platz nahm. Selbstsicher in dem Bewusstsein, so schnell nicht erwischt zu werden. Immerhin sorgten ihre Facettenaugen dafür, dass sie aus tausenden von Einzelbildern so etwas wie einen Rundblick erhielt.

Siebelts Hand schnellte vor, um das Tier zu verscheuchen. Christine stellte sich vor, wie die Fliege nachsichtig lächelte, als sie sich ohne Hektik erhob.

Gab es in diesem Fall auch eine solche Fliege? Jemanden, der dazugehörte, nicht weiter auffiel und sich über ihre Bemühungen amüsierte? Der ebenfalls aus Facettenaugen einen Überblick über das erhielt, was sie hier zusammenzustellen suchten?

»Das Gespräch mit Tonja Leitermann hat uns auch um einiges weitergebracht«, sagte sie, den Gedanken beiseiteschiebend. »Sie wiederholte, ohne dass wir sie darauf angesprochen hätten, was Leitermann uns schon berichtet hat, nämlich dass Lars sich vor dem Unfall stark verändert hatte. Wir müssen unbedingt herausfinden, was der Grund dafür war. Es könnte mit der Schule zusammenhängen. Immerhin zeigten beide Lehrer vor ihrem Tod diese Veränderungen.«

»Aber nicht gleichzeitig«, warf Nieksteit ein. »Es könnte dementsprechend auch sein, dass es Probleme im Privatleben gab. Ich halte das für wahrscheinlicher.«

»Ich weiß nicht«, widersprach Oda. »Nur weil das nacheinander war, spricht es nicht unbedingt fürs Private. Vielleicht hat Lars seinen Onkel auf irgendwas aufmerksam gemacht. Denn Vandenberg begann doch noch zu Lars' Lebzeiten, sich anders zu verhalten.«

»Okay. Nieksteit, du nimmst die Schule noch einmal unter die Lupe.« Siebelt stellte die Flasche Mineralwasser mit einem leichten Knall auf den Tisch. Christine hätte sich nicht gewundert, wenn sich der Flaschenboden gelöst hätte.

»Ich möchte mit Vandenbergs Sohn reden«, sagte sie. »Bislang haben wir ihn ziemlich vernachlässigt. Vielleicht kann er uns zu beidem etwas sagen, zur Schule und zum Privatleben. In seinem Alter kriegt er sicher vieles mit, was andere nicht ganz ernst nehmen.«

»Cool. Ich dachte, ich sei die Einzige, die sich auf Pubertierende versteht«, Oda grinste sie an. »Ich denke auch, dass wir uns den mal schnappen sollten. Ist ein ganz Netter. Ab und zu ist er mit Alex zusammen.«

»Gut, dann ist ja auch das geklärt.« Siebelt erhob sich und warf einen Blick auf die Uhr. »Herr Steegmann, ich glaube, wir müssen dann jetzt auch los …«

***

»Papa! Ich muss mit dir reden!« Lara stand an der Tür des oberbayrischen Gartenhauses, in dem ihr Vater den Großteil seiner Freizeit verbrachte. Die Sonne begann, sich auf die Nacht vorzubereiten, hatte schon lange den Zenit verlassen und näherte sich mit orangerotem Licht ihrem Versteck jenseits des Horizonts.

»Was gibt's?« Aus den Tiefen irgendwelcher Taubenschläge drang seine Stimme. Lara spürte, wie ihr der Zorn darüber, nebensächlich zu sein, die Kehle zuschnürte.

»Papa. Bitte!«, rief sie in einem fast schon verzweifelten Versuch, ihn zu erreichen. Den ganzen Tag hatte sie sich bemüht, an ihn heranzukommen, immer war er ihr ausgewichen. Nun gab es keine andere Möglichkeit, als ihn vor diesem Häuschen abzufangen.

»Hab zu tun.« Noch immer hatte Sven Schwab die Hütte nicht verlassen. Versteckte sich irgendwo zwischen Holz und Federn.

»Ich werd mit der Polizei reden, Papa.« Lara wartete.

Plötzlich schien sich die Stille wie eine atomare Wolke auszubreiten. Nichts rührte sich.

Sekunden-, minutenlang. Lara kam es fast stundenlang vor.

Ein Vakuum der Gefühle.

Endlich streckte ihr Vater den Kopf aus einem der Schläge. »Was willst du denen denn sagen?«

»Alles. Ich kann es nicht verantworten, wenn derjenige, der Harald getötet hat, nur deshalb davonkommt, weil ich geschwiegen habe.« Mit einem Ruck drehte Lara sich um.

***

Torben hatte die Hände vors Gesicht geschlagen. Auch Alex saß wie erstarrt da. »Du hast recht«, sagte er nach endlos scheinenden Minuten des Schweigens. »Es gibt keinen Zweifel. Das ist er. Ich hab ihn nur nicht gleich erkannt. Vielleicht, weil er mir nicht so vertraut ist wie dir. Aber er wird dich gehört haben. Scheiße. Was machen wir denn nun?«

»Du darfst dich auf gar keinen Fall mit ihm treffen.« Torben richtete sich auf. »Du musst um jeden Preis vermeiden, dass er herausfindet, wer du bist. Über mich mach dir mal keine Gedanken, das waren ja nur zwei schnell gesprochene Worte. Die werden dem so durchgeflutscht sein. Aber du darfst dich auf keinen Fall mit ihm treffen.«

»Ach was. Ich geh da ganz kurz mit. Und dann verschwinde ich unter einem Vorwand. Ich bin doch kein Homo! Ich will nur gucken, ob er das wirklich ernst meint. Ob es tatsächlich stimmt.« Alex verzog angewidert das Gesicht. Dann grinste er. »Finde ich echt total krass. Irgendwie fühl ich mich wie ein verdeckter Ermittler.«

»Trotzdem. Das ist nicht ohne. Du musst höllisch aufpassen. Mir ist nicht wohl dabei. Was ist denn mit diesem Manolo? Kennt der deine wahre Identität?«

»Wieso?«

»Mensch, Alex. Stell dich doch nicht so dumm. Der Typ geht mit dem echten Manolo in so ein Homokino! Und Manolo wird dem als Liebesdienst sicher alles erzählen, was er über dich weiß.«

»Ach soooo.« Alex zog das »so« verschmitzt in die Länge, stand auf, holte zwei Flaschen Cola aus dem Kühlschrank und warf Torben eine zu. »Hier.«

Er ließ sich wieder auf seinen Schreibtischstuhl fallen. »Nee, da brauchst du dir keine Gedanken zu machen. Manolo weiß nicht, wer ich bin, geschweige denn, wo ich wohne. Ich hab mich da natürlich zurückgehalten. Er weiß zwar, dass ich aus dem friesischen Raum komme, aber nicht genau, woher. Er selbst wird wohl aus Bremen stammen, wenn er so gern in dieses Kino geht. Nee, der hat keine Ahnung, wer ich im wirklichen Leben bin.«

»Na. Dein Wort in Gottes Gehörgang.« Torben blieb skeptisch. »Stell dir vor, was passieren würde, wenn der herausfindet, dass du derjenige bist, mit dem sein Lover heute im Internet eine Bumsverabredung hat.«

***

Eigentlich wusste Lemke nicht, was er hier sollte. Der Umgang mit jungen Frauen, noch dazu Witwen, gehörte einfach nicht zu seinem Alltag. Sein Alltag waren Akten, Recherche und Herumgewühle in fremder Leute Leben. Auf dem Papier. Nicht im Gespräch. Das hatte ihm noch nie gelegen. Und er sah überhaupt nicht ein, daran etwas zu ändern. Dennoch war da irgendetwas, mehr ein Gefühl als ein Gedanke, was ihn dazu bewogen hatte, selbst noch einmal zu Tonja Leitermann zu gehen. Er hatte Tonja erklärt, dass seine Kolleginnen von dem Gespräch mit ihr berichtet hatten, und dass er unbedingt mehr über die Art und Weise von Lars' Veränderung erfahren musste, um sie zu begreifen. Denn er glaubte, dadurch in der Ermittlung einen wichtigen Schritt weiterkommen zu können. Damit hatte er offenbar einen Nerv getroffen und saß nun wartend in einem düsteren Wohnzimmer vor einem Becher Instantkaffee. Tonja Leitermann wollte noch schnell ihren Sohn ins Bett verfrachten.

Der Kaffee schmeckte nicht. Die Crema fehlte, das Aroma. Diesbezüglich war er anspruchsvoll, verwöhnt. Auch im Büro trank er keinen Kaffee aus dem Automaten oder aus dieser billigen Filterkaffeemaschine, die Nieksteit in der Personalküche aufgestellt hatte. Es musste richtiger Espresso sein, darum hatte er ins Büro die kleine Reisekochplatte und die dazugehörige Espressomaschine mitgenommen. Pi mal Daumen sechs Komma fünf Gramm Kaffee, die bei dreiundneunzig Grad Wassertemperatur und neun Komma drei Bar Druck durchliefen, ergaben den perfekten Kaffee. Okay, ob es jedes Mal genau dreiundneunzig Grad waren, hatte er nicht so genau im Blick, aber es kam schon ungefähr hin. Und der erste Hub war ohnehin der beste. Nein, mit einem Instantkaffee konnte man ihm wahrlich keinen Gefallen tun.

Aus den Tiefen der Wohnung drang eine lachende Kinderstimme durch die geschlossene Zimmertür. Ein wenig bedauerte Lemke, nicht selbst Teil einer solchen Familie zu sein. Er spürte ein Kribbeln in den Beinen und stand auf. Ein Blick auf die Uhr sagte ihm, dass er schon seit zwanzig Minuten hier rumsaß. Vielleicht war es doch Quatsch zu warten. Vielleicht gab es gar nicht mehr über die Veränderung des toten Referendars zu wissen, als Christine und Oda schon erfahren hatten. Vielleicht war dieser innere Zwang, hierherzukommen und sich im Gespräch mit der Witwe selbst ein Bild zu machen, absoluter Unsinn gewesen. Aber er hatte in der Vergangenheit gut daran getan, solchen Zwängen die wenigen Male, die sie auftraten, zu folgen.

Unten auf dem geteilten Rad- und Fußweg fuhr eine Mutter mit Fahrradhänger, in dem ein Hund und ein Kleinkind saßen. Idylle unter aufblühenden Kastanien. Eine ältere Frau ging, auf einen Rollator gestützt, den Weg in den Kurpark hinein. Friedlich sah es aus. Kleinstadtmäßig. Als gäbe es in dieser Stadt weder Schmutz noch Neid, weder Diebstahl noch Mord. Er wandte sich ab. Ließ seinen Blick durch den spärlich möblierten Raum gleiten. Wenn es seine Wohnung wäre, würden große Leinwände in kräftigen Farben die Wände zieren. Sein Blick blieb an einem Sideboard auf der anderen Seite hängen, dessen Aufbau so gar nicht in diesen Raum zu passen schien. Lauter Silberrahmen mit Fotos standen darauf. Neugierig trat Lemke näher. In vorderster Reihe lachte ihn der Kleine an, den Tonja Leitermann gerade ins Bett zu bringen versuchte. Sämtliche seiner Entwicklungsstufen waren hier bildlich festgehalten: die Geburt, die ersten Monate, der erste Geburtstag, auf dem Arm mit Papa, mit Mama, mit Oma und Opa. Lauter lustige und fröhliche Schnappschüsse. Ganz hinten war ein Rahmen umgekippt. Neugierig hob Lemke ihn auf. Und erstarrte.

Er kannte den Mann, der ihn neben Lars Leitermann offen und glücklich anlächelte. Lemke schluckte.

»Ach«, unbemerkt war Tonja hinter ihn getreten. »Interessieren Sie sich für unsere Bildersammlung?« Sie nahm ihm den Rahmen aus der Hand und lächelte, als sie das Bild betrachtete. »Das hier stammt aus vergangenen, aus glücklichen Zeiten. Sehen Sie, wie vertraut Lars und Jonas miteinander umgehen?« Sie wischte mit der Hand über den Rahmen. »Das war, bevor Lars sich veränderte. Da war er noch offen. Voller Ideen. Voller Freude an der Gemeindearbeit, voller Euphorie, junge Leute begeistern zu können, na ja, eben einfach … ach … ich lass es lieber.«

Sie wollte den Rahmen zurückstellen, aber Lemke hinderte sie daran.

»Der Mann auf dem Foto. Der neben Ihrem Mann, wer ist das?«
Lemke hörte, dass seine Stimme heiser klang.

Tonja sah ihn verwundert an. »Sie meinen Wilfried?«

Lemke schluckte, unfähig etwas zu sagen. Der Mann auf dem Bild war der, mit dem er seit kurzer Zeit glücklich war. In Bremen. Und im *NebenLeben*. Nur dass er sich weder in der einen noch in der anderen Welt mit Wilfried hatte anreden lassen. Wer war er wirklich?

Tonja wirkte besorgt. »Ist alles okay?«

Lemke nickte. »Klar. Natürlich.« Er riss sich zusammen.

»Na, wenn Sie nicht zu unserer Gemeinde gehören, werden Sie ihn sicher nicht kennen. Das ist unser Pastor. Wilfried Mauser. Er war Lars' engster Vertrauter und bester Freund.«

Lemke hatte das Gefühl, als würde ihm der Boden unter den Füßen weggerissen.

***

Christines dünner Mantel lag achtlos auf dem Boden, mitten auf den Fliesen im Flur. Sie selbst hockte auf der Treppe. Immer wieder starrte sie auf den Brief, den sie vorhin aus dem Postkasten geholt hatte. Schlicht, weiß und unschuldig sah er aus. Und enthielt doch Sprengkraft.

Frank hatte die Scheidung eingereicht.

Ohne ihr etwas davon zu sagen.

Ein Wimmern kroch aus den Tiefen ihrer verwundeten Seele auf, bahnte sich den Weg hoch und wurde zu einem Schrei, den sie mit ihren Fingerknöcheln zu ersticken suchte. Sie krümmte sich. Warum hatte er ihr das nicht gesagt? Warum hatte er sie nicht angerufen? War nicht vorbeigekommen? Sie ließ sich die Stufe hinab auf die Fliesen gleiten. Hatte er so wenig Achtung vor ihr? Oder war er ein so gotterbärmlicher Feigling, dass er ihr das ohne Vorwarnung antat? Ihre Gedanken wirbelten durcheinander.

Er hat es dir gesagt, Christine. Genau deswegen war er da. – Nein! Er hat gesagt, dass er die Scheidung will. Aber nicht, dass er sie eingereicht hat. Er hat mit mir geschlafen! – Hast du es nicht auch darauf angelegt? Jedenfalls wusstest du seit dem Abend Bescheid. Du hättest damit rechnen müssen.

Nein! Ein fast stummer Schrei bei weit geöffnetem Mund. Sie rollte sich zusammen. Waidwund. In diesem Augenblick hätte sie sonst etwas darum gegeben, Santana bei sich zu haben. Sein weiches, schwarzes, etwas längeres Fell zu spüren, seine feuchte Nase. Seine Wärme, seine Liebe. Lange Jahre hatte er zu ihrem Leben gehört, und noch immer spürte sie die schmerzliche Sehnsucht, wenn sie an ihn dachte. Eigentlich hatte sie nur ihre Mutter ins Tierheim begleitet. Doch dieser Schelm, den sie zunächst für eine Mischung aus Labrador und Straßenköter gehalten hatte, der sich jedoch als ein Flat-coated-Retriever herausstellte, hatte ihr Herz auf der Stelle erobert, sodass sie gar nicht anders konnte, als ihn zu sich zu nehmen. Von Anfang an bildeten sie eine derart wunderbare Symbiose, dass Frank sich zunächst schwergetan hatte, den Hund zu akzeptieren. Seine Behauptung, Santana sei ihr wichtiger als er, hatte sie lachend beiseitegewischt. Und es als nicht relevant erachtet, dass Frank Santana gegenüber eher zurückhaltend war.

War das Ende ihrer Ehe vorprogrammiert gewesen, weil Frank es war, der an jenem verhängnisvollen Tag mit Santana Gassi ging? Ihn nicht rechtzeitig genug an die Leine nahm? Zusah, wie ihr Temperamentbündel von Hund vor Übermut auf dem Heimweg einfach auf die Straße lief und überfahren wurde?

Das Läuten ihres Handys mischte sich fordernd in ihre Erinnerungen.

Christine atmete tief ein. Sie spürte, wie die letzten Gedanken sie ruhiger hatten werden lassen. Ihre panikartige Verzweiflung war den liebevollen Erinnerungen an Santana gewichen. Es sollte wohl alles so sein. Sie rappelte sich hoch und fischte das Mobiltelefon aus ihrer Handtasche.

»Cordes«, meldete sie sich.

»Hier ist Lara Schwab. Ich muss Sie unbedingt sprechen. Geht das heute Abend noch?«

***

Heiko Lemke saß unschlüssig vor seinem Computer. Starrte die sich schlängelnde Uhr an, die in allen Regenbogenfarben über seinen Bildschirm kroch. Mal von links nach rechts, mal nach oben, mal nach unten, immer verdreht, immer anders, immer gleich. Lemke sah etwas anderes, nicht die Uhrzeitschlange. Er sah die Augenblicke, Stunden. Spürte die Berührungen, die Streicheleinheiten. Fühlte zeitgleich mit der ausfüllenden Wärme wie sich bittere Galle ihren Weg nach oben bahnte.

Alles war gelogen.

Gunnar war weder im *NebenLeben* noch in Bremen Gunnar gewesen. Er hatte ihn benutzt, und Heiko hatte es nicht gemerkt. Lemke presste die Zähne derart fest aufeinander, dass sein Zahnarzt sicherlich »Halt« geschrien hätte.

Immer noch starrte Lemke auf den Bildschirm. War hin- und hergerissen, Gunnar zu treffen. Einerseits drängte ihn alles danach zu erfahren, warum es so gekommen war, warum er ein derartiges Versteckspiel spielte. Andererseits fühlte er sich leer. Und verletzt. Er hatte an diese Liebe geglaubt. Und musste doch einsehen: Man durfte sich nicht so schnell von Gefühlen verleiten lassen. Einzig der Verstand zählte. Das Herz war ein schlechter Ratgeber. Die Galle hüpfte. Hoch und runter, pingpongmäßig, zeitweise fühlte sich sein Bauch – oder war es der Magen? – wie wund an. Dennoch streckte er das Kinn durch.

Er würde sich nicht unterkriegen lassen. Weder von Gunnar noch von anderen. Doch das war momentan sowieso nicht vorrangig.

Jetzt hatte ihn, zusammen mit der Wut, sein Jagdinstinkt gepackt. Er wollte herausfinden, was jemanden wie Gunnar wirklich ins *NebenLeben* trieb. Mit aufeinandergepressten Zähnen loggte er sich ein. Sekunden später befand er sich im »Deutschkrimi«. Durch das Schaufenster sah er zwei Leute, die sich in einer Art Streitgespräch unterhielten. Gunnar und Stevie. Was hatten die denn miteinander zu schaffen? Er runzelte die Stirn, als er sah, wie Gunnar Stevie augenscheinlich bedrängte. Stevie versuchte, den Rückweg anzutreten, wurde jedoch von Gunnar am Ärmel festgehalten.

Noch immer presste Lemke die Zähne fest aufeinander. Was wollte Gunnar von Stevie?

***

Die Wohnungstür war nicht abgeschlossen.

Ungewöhnlich. Es war erst nach acht. Oda hatte vermutet, dass Alex noch unterwegs sein würde; in der letzten Zeit nutzte er seine »Ausgangszeit« bis zweiundzwanzig Uhr unter der Woche gnadenlos aus. Umso erstaunter war sie, als ihr Sohn ihr im Flur entgegenkam.

»Endlich kommst du.« Alex' Stöhnen wirkte fast filmreif. »Hast du dein Handy nicht gehört?«

»Nein.« Verwirrt streifte Oda die Schuhe ab und hängte die Jacke auf. »Gab's was Wichtiges?«

»Das kannst auch nur du fragen, Mama.« Alex versuchte sichtbar, seine Wut zu zügeln. »Hör mal, es geht um den Mord. Und es geht um einen, der damit zu tun haben könnte. Ob das wohl was Wichtiges ist?«

Er lotste Oda in die Küche, drängte, nein zwängte sie fast auf ihren Stuhl und ließ sich erleichtert auf den anderen freien Stuhl fallen.

»Also. Hör mir zu«, begann er, indem er ihnen beiden einen Roibuschtee einschenkte, den er in einer Kanne auf dem Stövchen bereitgehalten hatte.

Alle Alarmglocken begannen in Oda zu klingeln. Auch wenn Alex gern Tee trank, die Kanne mit der Ostfriesischen Teerose kam nur am Wochenende auf den Tisch. Oder bei besonderen Gelegenheiten. Dass Alex dieses Service gewählt hatte, ließ auf äußerste Dringlichkeit schließen. Sie sah ihren Sohn wortlos an.

»Du musst dir Wilfried Mauser mal genauer vornehmen.« Alex nickte gewichtig, als habe er das Gelbe vom Ei entdeckt.

»Den Pastor.«

»Genau.«

Oda konnte ein leichtes Schmunzeln beim besten Willen nicht unterdrücken, so ernst war die Miene ihres Sohnes.

»Warum gerade den?«

»Pass auf.« Alex schwoll der Brustkorb und Oda griff entspannt zur Tasse. Wenn Alex so anfing, würde es eine Weile dauern, bis er auf den Punkt kam.

Eine Viertelstunde später war Oda baff.

»Das habt ihr euch alles, rein von der Logik her, perfekt zusammengereimt«, gab sie zu. »Und dein Treffen mit diesem Typen im *NebenLeben* hat wirklich deutlich gezeigt, dass der was von dir wollte?«

»Na ja. So ganz direkt nicht. Ich hab ihm gesagt, dass ich das im *NebenLeben* doch nicht machen wollte. Da war er sauer, meinte, ich hätte ihn ausspionieren wollen. Ich hab mich dann einfach ausgeloggt.«

»Bist du dir eigentlich im Klaren darüber, auf was du dich da eingelassen hast? Welche Risiken das birgt, wenn es tatsächlich Mauser ist?« Oda versuchte ruhig zu bleiben, doch das gelang ihr nicht völlig.

»Ach, komm, Mama.« Alex wiegelte mit sichtbar schlechtem Gewissen ab. »Woher soll der wissen, dass ich das bin? Im *NebenLeben* treffen sich Leute aus der ganzen Welt. Ich könnte ebenso aus Düsseldorf, Hintertupfingen oder Mariapfarr stammen.«

»Tust du aber nicht. Und du hast es ihm gesagt, indem du ihn nach dem Kino in Bremen fragtest. Er wird wissen, dass du in seinem Umkreis wohnst. Und deine Stimme hat er auch gehört.«

»Mama. Das spielt doch jetzt alles keine Rolle. Es geht doch gar nicht um mich. Es geht darum, dass Lars Leitermann nach dieser einen Feier so verändert war. Sich von der Kirche, von Mauser zurückzog. Torben sagte, dass sie sich alle gewundert hätten, weshalb Lars so wurde, aber jetzt, wo wir ihn im *NebenLeben* gesehen haben, und von dieser Homokinosache wissen, liegt das doch ganz klar auf der Hand. Mauser muss irgendwas mit Lars gemacht haben. Da sind Torben und ich uns einig.« Alex stieß vernehmlich die Luft aus, lehnte sich zurück und verschränkte wie ein siegreicher Feldherr die Arme vor der Brust.

***

Ein wenig mulmig war Torben doch zumute, als er so spät abends das Gemeindehaus betrat und in den Keller hinabstieg. Okay, die Treppenstufen waren normal und nicht, wie in unzähligen Krimis gesehen, hölzern und leicht brüchig. Diese Kellertreppe war eine Treppe wie jede andere auch. Der einzige Unterschied zu sonst war, dass er allein war. Nicht allein auf der Treppe, sondern allein im gesamten Gemeindehaus. Um diese Uhrzeit hielt sich keiner mehr hier auf, und unter der Woche hatten auch seine Freunde aus der Jugendclique anderes zu tun, als hier abzuhängen. Und genau deshalb hatte er bis jetzt gewartet.

Er hatte nicht vor, lange zu bleiben. Wollte lediglich ein paar seiner Sachen holen. Den Schlüssel zum Gemeindehaus würde er in einem Umschlag in den Briefkasten an der Tür stecken. Er wollte in Ruhe Abschied nehmen. Ohne die anderen. Abschied von einer Epoche, die seine Jugend geprägt hatte. Für die er dankbar war. Die durch die vergangenen Ereignisse jedoch einen Beigeschmack bekam, der ihn nicht länger hier sein lassen konnte.

Ein paar Minuten saß er auf der ausgeleierten Couch. Ließ seine Erinnerungen an die guten Zeiten hochkommen. Hörte das eine oder andere Stimmengewirr einer Feier. Sah Lara und Igor schmusend. Dann Lara, die verzweifelt war. Einmal war sogar sein Vater hier gewesen. Wollte Lara rausholen. Sie war betrunken gewesen an jenem Abend, und Torben hatte sich vor sie gestellt. Nicht zugelassen, dass sein Vater sie einfach mitschleppte. Danach war das Verhältnis zu ihm noch eisiger geworden.

Er verschloss diese Erinnerungen in einer Schublade seiner Seele. Das war vorbei. Lara würde ihm bleiben, der Rest ... man würde sehen.

Er stand auf und suchte seine wenigen Sachen zusammen. Auf den Block, der immer in der Küchenzeile lag, schrieb er schnell ein paar unverfängliche Worte. Er schob den Tod des Vaters und des Cousins vor für die Auszeit, die er nehmen wollte. Das würde ihm jeder abkaufen. Er steckte den Zettel in einen Umschlag, nahm den Schlüssel ein letztes Mal in die Hand und steig die Treppen hinauf. In dem Augenblick, als er die Treppenhaustür hinter sich schließen wollte, spürte er eine Hand auf seiner Schulter.

»Hallo Stevie. Allein hier, mitten in der Nacht? Hast du keine Angst?«

***

In der kleinen Einraumkneipe unweit des Schwabschen Zuhauses stand die Luft. Blaue Dunstfäden, die wie Nebel durcheinanderwaberten, krallten sich in der Kleidung fest, krochen in die Haare, die Poren, die Lungen. Auch Lara trug hemmungslos dazu bei, den Blaustich der Luft zu erhalten. Seltsam, Christine hätte nicht gedacht, dass sie als Hochleistungssportlerin rauchte. Die nikotinverfärbten Wände hingen voller Plakate längst gewesener und kurz bevorstehender Auftritte von Musikbands. Der Fußboden klebte. Mit Sicherheit gab es hier keine Putzfrau, die täglich und gründlich sauber machte. Doch die Gläser machten einen sauberen Eindruck, und die Bedienung war überaus freundlich. Auf der Mahagonitheke brannten Teelichter in kleinen Gläsern, passend zur dezenten elektrischen Beleuchtung. Eben die typische Eckkneipe, in der man sich wohlfühlt, in der ständig die Weltpolitik verbessert wurde und in der doch alles immer gleich blieb.

Christine sah Lara zu, die bereits das dritte Bier trank.

»Es geht mich zwar nichts an, aber vereinbart sich Bier trinken mit Ihrem Sport?«, fragte sie.

»Tja. Können Sie mal sehen. Sie sind eben nicht auf dem aktuellen Stand der Dinge.« Lara gab sich abwehrend.

Christine griff zu ihrem alkoholfreien Weizenbier. Sie wusste, es würde Zeit brauchen, bis die junge Frau anfing zu reden, auch wenn Lara selbst es gewesen war, die um dieses Gespräch gebeten hatte. Sie beobachtete, wie die dunkelhaarige Bedienung, die sicherlich die vierzig überschritten hatte und am rechten Arm vom Handgelenk bis zum Oberarm mit Sternen jeglicher Größe tätowiert war, an einem PC die Reihenfolge der nächsten Musikstücke anklickte.

Nach und nach füllte sich die Kneipe. Nicht wenige begrüßten

Lara mit Namen und Küsschen auf die Wange; sie schien hier Stammgast zu sein.

»Bin in letzter Zeit häufig hier«, sagte Lara, als hätte sie Christines Gedanken gelesen. »Früher war an so was überhaupt nicht zu denken. Alkohol, Qualm, nee, das wäre absolut schädlich für meine Karriere gewesen.« Lara sog so fest an ihrer Zigarette, dass die Glut höllenrot aufglimmte und sich erschreckend schnell gen Filter bewegte. »Aber heute gefällt mir das. Ich mach ja auch keinen Sport mehr. Mir fehlt nichts.« Sie reckte den Kopf so bestätigend nach vorn, dass Christine ein leichtes Schmunzeln nicht verbergen konnte. Das, was Lara jetzt bot, war typisches Kleinkind-Trotzverhalten.

»Ja. Das kann ich nachvollziehen. Ein neuer Lebensabschnitt. Aber fehlt Ihnen der Sport denn gar nicht? Ich dachte, Hochleistungssportler müssten ihr Trainingspensum langsam runterfahren und nicht abrupt.«

Lara zündete sich die nächste Zigarette an. »Nö. Geht auch so«, sagte sie und begann zu reden. Über den Sport, ihre Leidenschaft dafür und den Wendepunkt. Und endlich auch über den Grund ihres Treffens.

»Ich habe geglaubt, es sei die große Liebe.« Lara lachte bitter. »Okay, ich bin noch jung, werden Sie sagen, aber das, was ich fühlte, war so überwältigend, dass ich mir sicher war, das hält fürs ganze Leben. Ich hab leider erst zu spät gemerkt, dass er das anders sah.«

»Er?«

»Igor.« Lara hatte auch diese Zigarette schnell bis zum Filter aufgeraucht. »Sie wissen schon, mein Ex. Der, für den ich die Kalenderfotos gemacht hab.«

Natürlich. Igor. Christine wusste nicht, warum sie in diesem Moment mit dem Namen Harald gerechnet hatte. Es lag schließlich auf der Hand, dass Lara Igor meinte, auch wenn die Beziehung mit ihm inzwischen vorbei war. Doch. Sie hatte mit dem Namen Harald gerechnet, *weil* die Beziehung zu Igor vorbei war.

»Woran haben Sie gemerkt, dass er es anders sah?« Christine merkte, dass Lara plötzlich kilometerweit entfernt war.

»Ich wurde schwanger.« Es war nur ein Hauch, der diese Worte zu Christine trug, zeitgleich mit Udo Jürgens' »Ich war noch niemals in New York« und dem lauten Gelächter dreier Männer.

Sie räusperte sich. »Und?«

»Igor wollte nichts davon wissen. Das sei ja wohl vollkommen daneben, sagte er. Ich sei ja selbst noch ein halbes Kind. Und dass ein Baby nicht in seine Lebensplanung passen würde. Er hätte noch 'ne Menge vor, bis er, wenn überhaupt, Vater werden wollte. Außerdem wolle er den Zeitpunkt selbst bestimmen. Irgendwann. In weiter Ferne.«

»War er so kalt?«

»Ja.« Laras Miene war versteinert. »Im Nachhinein hat er versucht, das wiedergutzumachen. Gibt sich jetzt Mühe. Als Freund. Aber das kann er sich schenken. Der hat mir nichts mehr zu sagen! Machst du mir noch ein Bier, Isa?« Lara drückte den Zigarettenstummel im Aschenbecher aus. »Na jedenfalls hab ich's dann wegmachen lassen.« Sie schob die nächste Zigarette zwischen die Lippen. Doch so cool, wie sie hatte klingen wollen, war sie nicht. Das Zittern in ihrer Stimme blieb Christine nicht verborgen.

»So einfach geht das aber doch nicht.« Christine sah Lara ernst an, am liebsten wäre sie anderswo mit ihr hingegangen.

»Nee. Natürlich geht das so einfach nicht. Da musste ich erst intensive Gespräche mit der Beratungsstelle und meiner Ärztin führen. Und mit Torben hab ich in dieser Zeit auch ganz viel gesprochen.«

»Mit Torben?«, unterbrach Christine.

»Ja. Torben Vandenberg. Das ist mein allerbester Freund. Der war immer für mich da. Er hat gewusst, wie ich mich fühle, und mir zur Seite gestanden. War auch mit bei der Beratung. Und bei der Frauenärztin. Ich weiß nicht, was ich ohne ihn gemacht hätte.« Das Bier kam, und Lara nahm einen großen Schluck. Christine orderte zwei Kaffee.

»Aber Torben ist nicht der Grund, weshalb ich Sie um ein Gespräch gebeten hab.« Lara legte das blaue Einwegfeuerzeug weg, mit dem sie die ganze Zeit gespielt hatte. »Ich hab mir viele Gedanken um den Mord an Harald gemacht. Wer das getan haben könnte. Und warum. Ich meine, Harald war klasse. Ein supertoller Mensch. Mein Mentor. Kein anderer Erwachsener hätte so klasse auf meine Probleme reagiert. Aber ich hab ihm von der Abtreibung ja auch erst einen Tag vorher erzählt, da hätte er mich sowieso nicht mehr davon abbringen können.«

»Was haben denn Ihre Eltern zu alldem gesagt?« Christine war ein wenig fassungslos, dass Lara ihre Eltern bisher überhaupt nicht erwähnt hatte.

»Die wussten das nicht. Ich hab es ihnen erst hinterher gesagt.« Lara tat Christines Frage mit diesem kurzen Einwand ab.

»Aber Sie sind doch noch minderjährig. Hätten Ihre Eltern dem Abbruch nicht zustimmen müssen?«

»Nein.« Lara schüttelte den Kopf. »Ich konnte diese Gespräche allein führen. Nur wenn die Beratungsstelle oder meine Ärztin es für richtig gehalten hätten, wären meine Eltern hinzugezogen worden, aber das ging eben auch so, die haben gemerkt, dass ich reif genug für eigene Entscheidungen bin.«

»Aha.« Christine spielte absichtlich sichtbar mit ihrer Zunge an den Backenzähnen. So etwas würde sie normalerweise nie tun. Aber in dieser Situation hatte sie das Gefühl, das würde ihren Zweifel mehr zum Ausdruck bringen als irgendein Satz. Denn mit Laras Eigenständigkeit war es, zumindest unter den gegebenen Umständen, nicht mehr ganz so prall bestellt. Sie rührte wie abwesend in dem Becher Kaffee, den Isa ihr gerade hingestellt hatte.

»Also, worüber ich mit Ihnen reden wollte: Es war an einem dieser besonderen Gemeindenachmittage, als ich Harald erzählt hab, dass ich den Abbruch machen lasse. Da sind an diesen Tagen immer 'ne Menge Leute. Es gibt Tee, Kuchen, Sekt, Bier und so was. Jedenfalls hab ich geheult und so, und Harald hat mich getröstet und in den Arm genommen. Und jetzt hab ich geträumt, mein Vater hat uns gesehen. Ich meine, es war ja nichts dabei, Harald hat mich nur getröstet. Aber was wäre, wenn mein Vater das gesehen und falsch verstanden hat? Er hat mich darauf zwar nicht angesprochen, aber seit ich von der Abtreibung erzählt habe, ist er komisch. Er benimmt sich mir gegenüber ganz anders als früher.«

Lara machte eine Pause und zündete sich die nächste Zigarette an. Sie stieß den Rauch aus. »Wissen Sie, mich quält ein Gedanke: Was ist, wenn mein Vater uns wirklich gesehen und die falschen Schlüsse gezogen hat? Wenn er es war, der Harald getötet hat?«

Der verzweifelte Blick, mit dem Lara sie nun ansah, tat Christine fast körperlich weh.

***

»Was willst du? Wen meinst du mit Stevie?«

Torben merkte, wie ihm kalter Schweiß ausbrach, aber er versuchte, ruhig zu bleiben. Er schüttelte die Hand ab, die ihm heute so eisig vorkam, und machte einen Schritt nach vorn, aber Mauser stellte sich ihm in den Weg.

»Was soll das?« Torben gab sich verwundert und hoffte, dass Mauser nicht auffiel, dass ihm die Angst schon fast zu den Ohren herauskroch.

»Du kannst mich nicht für dumm verkaufen. Ich habe deine Stimme erkannt.« Mausers Stimme hatte einen merkwürdigen Klang. Vertraut und dennoch vollkommen fremd.

»Wilfried. Es ist spät. Ich bin müde und möchte ins Bett. Ich kenne keinen Stevie. Ich bin hergekommen, um meine Sachen zu holen, denn ich brauche eine Auszeit. Das hab ich euch in diesem Brief erklärt, und ich hätte auch den Schlüssel mit reingepackt.« Er wedelte mit dem Umschlag und versuchte, Mauser gerade in die Augen zu sehen. »Die Sache mit Lars und meinem Vater war zu viel. Ich brauche Abstand von der Kirche, und den nehme ich mir. Nicht mehr und nicht weniger, ich weiß nicht, was das mit »für dumm verkaufen« zu tun hat. Ich bin müde, Wilfried, also lass mich bitte gehen.« Torben merkte selbst, dass seine Stimme anfing zu zittern. Das sollte sie nicht. Verdammt. Mausers Griff wurde härter.

»Oh nein. So einfach kommst du mir nicht davon. Du wolltest im *NebenLeben* etwas erleben und hast gekniffen. Aber jetzt … kannst du nicht mehr kneifen.«

Ehe Torben merkte, was los war, holte Wilfried zu einer Bewegung aus. Torben spürte einen heftigen Schlag, dann fühlte er nichts mehr.

***

Es wurde enger. Gefährlicher. Auch wenn es irgendwie ehrlich von Harald gewesen war, mich zu warnen. Nun, wo ich aufmerksam war, sah ich meinen Widersacher immer wieder. Immer unvermutet, manchmal allerdings auch schon direkt nach der Schule. Ich musste mir eine neue Strategie ausdenken. Überlegte, was ich machen sollte. Doch mir blieb keine Zeit. Was, wenn sich in Harald die Vermutung zur Gewissheit manifestierte? Was würde er unternehmen? Aber er könnte nichts beweisen. *Alle Spuren waren beseitigt. Ich versuchte, mich zu beruhigen. Harald hatte nur das eine Druckmittel: die Treffen in Bremen. Damit würde er nicht viel erreichen können.*

Dennoch. Ich hatte den Hass in seinen Augen gesehen, die Drohungen gehört. Ich wusste, dass Vandenberg ein Terrier sein konnte, wenn er sich etwas in den Kopf gesetzt hatte, sich daran festbiss. Das konnte ich nicht zulassen. Zu viel stand für mich auf dem Spiel. Mein Ruf, meine Existenz.

Also musste ich schnell handeln. Ich würde Harald meinerseits unter Druck setzen. Das dürfte nicht so schwer sein, zu viel wurde ihm sowieso schon vorgeworfen. Ich würde ihm anbieten, das Zünglein an der Waage zu sein. Das nette Zünglein, das die Waagschale zu seinen Gunsten ausschlagen ließ.

Ich parkte den Wagen nicht vor der Sporthalle. Das, was ich vorhatte, brauchte keine Zeugen. Ein wenig abseits in einer Querstraße fiel der Golf nicht auf, unscheinbar genug war er ja. Dennoch hatte ich von meiner Position aus alles im Blick. Sah die Schüler die Halle verlassen und wartete noch einen Moment, bevor ich losging.

Ich öffnete die Tür. Keine Stimmen. Nichts. Zögernd ging ich näher. Betrat die große Halle.

»Ich muss mit dir reden«, sagte ich ohne Anrede zu Harald, der gerade dabei war, die Springseile in eine Tasche zu tun. Eines lag noch auf dem Boden. Ich hob es auf.

Donnerstag

»Also, schieß los.« Oda setzte sich auf Lemkes Schreibtisch, einen Pappbecher mit Automatenkaffee in der Hand. »Was gibt es so Wichtiges, dass wir uns zu beinahe konspirativ früher Zeit hier treffen müssen?« Sie setzte die Lippen an den Becher, nahm ihn jedoch schnell wieder runter, weil die Plörre zwar nie richtig gut, dafür aber höllisch heiß war.

»Das, was ich dir jetzt sage, muss absolut unter uns bleiben, Oda.«

Auch wenn Lemke heute Morgen wie stets picobello herausgeputzt war, glaubte Oda, dunkle Ringe unter seinen Augen zu sehen. Und Angst, die ihr entgegenfunkelte.

»Was ist los?« Mit einem Mal war sie sich bewusst, dass es wirklich um etwas Schwerwiegendes gehen musste, sonst würde Lemke sich nicht so verhalten. Der Anruf um sechs Uhr morgens mit der Bitte, sich so bald als möglich in der Polizeiinspektion zu treffen, war Oda in ihrem verschlafenen Kopf wie ein Hilferuf vorgekommen. Und genau das schien es tatsächlich zu sein.

Die Fahrt hierher auf dem Rad hatte sie erfrischt, nun hatte sie allerdings den dumpfen Verdacht, dass sie diese Frische auch dringend brauchen würde.

»Ich hab die ganze Nacht drüber nachgegrübelt, ob ich es sagen soll. Und wie. Und wem. Denn es ist nichts, was die ganze Mannschaft wissen muss. Aber ich glaube, es ist für den Fall wichtig, und darum muss ich es sagen.« Lemke schaute sie mit einem Ernst an, den Oda in dieser Intensität nicht von ihm kannte.

»Gib dir einen Ruck«, sagte sie aufmunternd, »kann doch so schlimm nicht sein.« Sie setzte sich auf Nieksteits Stuhl, Lemke gegenüber.

»Hör zu«, fing dieser etwas betreten an. »Es gibt in unserem Fall eine Person, der wir nicht genügend Aufmerksamkeit gewidmet haben. Wir haben nicht sämtliche Lebensbereiche Vandenbergs genau unter die Lupe genommen, sondern einen ignoriert. Denn es gibt jemanden, der von Anfang an da war, immer auch in der Nähe, den wir aber einfach nicht in den Fall einbezogen haben.«

»Sag mir jetzt nicht, du meinst den Mauser.« Oda zog eine Schnute.

Lemke schluckte und wurde blass. »Du weißt?«

»Was weiß ich?« Oda runzelte die Stirn. »Lemke. Was ist hier los? Was wird gespielt? Gestern Abend zelebriert mein Sohn eine Teestunde, um mir wie Christoph Kolumbus höchstpersönlich von seiner sensationellen Entdeckung in diesem Fall zu berichten, und heute kommst du mit dem gleichen Typen an, tust noch dazu so geheimnisvoll. Kannst du mir das mal erklären?«

Es dauerte nicht lange, bis Oda die Zusammenhänge kapiert hatte. Lemke war der *NebenLeben*-Buchhändler Manolo, der aber nicht gewusst hatte, dass Stevie in Wirklichkeit Alex war. Und ebenso wie Alex hatte auch Lemke gerade herausgefunden, wer hinter der Figur des *NebenLeben*-Gunnar steckte.

»Du wirst sicher verstehen, in welchem Zwiespalt ich mich befinde, Oda«, schloss Lemke. »Aber als ich ihn auf dem Foto bei Tonja Leitermann gesehen und dann im *NebenLeben* beobachtet habe, wie er sich an Stevie heranmachte, war mir klar, dass es eine Verbindung zu dem Fall geben könnte, die wir zumindest untersuchen sollten. Nur ... wenn hier in der Polizeiinspektion bekannt wird, dass ich ... dass ich Kontakte zu anderen Männern habe, dann bin ich erledigt.«

»Quatsch«, sagte Oda, doch sie merkte selbst, dass es ein wenig halbherzig klang. Homosexualität war für die Kollegen eine Sache, eine gänzlich andere aber die Kinogeschichte, von der Alex ihr erzählt, die Lemke aber wohlweislich außen vor gelassen hatte. »Aber ich versprech dir, dass ich nix sage. Ist ja auch nicht wichtig, woher wir die Informationen haben. Wir werden uns den Mauser eben jetzt vorknöpfen. Vielleicht kann uns ja auch Torben Vandenberg noch mehr sagen als das, was ich von Alex weiß. Christine wollte heute ohnehin mit ihm sprechen.«

***

Ich hatte es versucht. Doch Harald wollte mich nicht verstehen. Er ließ keinen Zweifel daran, dass er mich fertigmachen wollte.

Darum hatte ich keine andere Möglichkeit. Ohne groß darüber nachzudenken, warf ich wie in einem Reflex das Seil, das sich noch immer in meiner Hand befand, um seinen Hals. Bevor er wirklich reagieren konnte, zog ich zu.

Harald kämpfte. Dieser Athlet, dessen Körper kein überflüssiges Gramm Fett belastete, kämpfte mit einem ganz gewöhnlichen Schulspringseil. Mit einem von denen, die seine Schüler in der letzten Unterrichtsstunde sicher ins Schwitzen gebracht hatten.

Wie Harald schwitzte auch ich vor Anstrengung. Denn es war nicht leicht, einem anderen den Hals abzuschnüren. Die Lebensluft zu nehmen.

Ich keuchte. Sah im Fenster der Lehrerkabine mein Gesicht, das sardonische Züge annahm. Und ich sah die Verzweiflung in Haralds Gesicht. Den Unglauben. Ich spürte die Kraft, die er aufwendete, um mit den Fingern das Seil zu lösen. Doch die Verzweiflung machte mich stärker. Dagegen kam Harald nicht an.

Der Geruch meines Schweißes mischte sich mit seinem.

Ich hatte nicht vorgehabt, es auf einen Kampf ankommen zu lassen. Und doch hätte ich damit rechnen müssen. Mir hätte klar sein müssen, dass einfache Überredungskunst nicht genügte. Nicht bei einem wie Harald.

Seine Knie gaben nach, kraftlos. Leblos. Irritiert und wie aus einer Starre gelöst sah ich Haralds Körper zu Boden gleiten.

***

»Entschuldigen Sie, dass ich so früh und ohne Ankündigung störe.« Es war halb acht und Christine wusste, dass dies nicht gerade die Zeit war, zu der man normalerweise Besuche machte. Nicht bei Bekannten oder bei Freunden, und bei Fremden schon gar nicht. Aber sie war ja auch nicht auf Besuch gekommen, sie wollte noch vor Unterrichtsbeginn mit Torben Vandenberg reden. Dessen Mutter allerdings wirkte ängstlich, als sie ihr mit verwuselten Haaren, in einen grau-weiß karierten Frotteebademantel gehüllt, der sichtbare Gebrauchsspuren aufwies, die Tür öffnete.

»Sagen Sie bitte nicht, dass schon wieder etwas passiert ist.« Barbara Vandenberg klang fast ein wenig flehentlich.

»Nein. Alles okay. Es geht um reine Routine.« Christine schüttelte beruhigend den Kopf. »Ich müsste nur mal mit Torben sprechen. Und das wollte ich vor der Schule tun. Ich glaube, er kann uns vielleicht wichtige Details liefern, ohne zu wissen, dass er sie hat. Darf ich eintreten?«

»Natürlich.« Barbara trat zurück. »Torben ist aber noch nicht unten. Wach müsste er schon sein, er hat zur ersten Stunde Unterricht. Ich geh ihn mal eben holen. Wollen Sie so lange in der Küche warten? In der blauen Kanne ist Tee, die Becher stehen auf der Esse, falls Sie etwas trinken möchten.«

»Danke.« Christine betrat die Küche, deren Mobiliar aus Kiefernholz bestand. Die Griffe an den Türen waren aus weißem Porzellan. Statt der erwarteten Eckbank standen sechs Stühle um einen blanken Holztisch, auf dem ein Strauß Frühlingsblumen dem Verblühen nahe war. Christine lehnte sich an die Fensterbank. Sie hatte den Blick noch nicht ganz durch die Küche schweifen lassen, als Barbara Vandenberg leichenblass im Türrahmen erschien.

»Er ist nicht da«, sagte sie tonlos.

»Bitte?« Christine verstand nicht.

»Torben. Er ist nicht da.«

***

Auf dem Beifahrersitz lag die Tageszeitung. Mit neuen Erkenntnissen. Ich lachte laut.

»Ja, macht nur so weiter«, rief ich durchs leere Auto. »Ihr wisst ja doch nichts.«

Vandenberg, der Verräter. Der Schinder. Der die Finger gezielt und mit Genuss auf wunde Stellen gelegt hatte. Das war nun vorbei.

Laut begann ich, den vierten Satz von Beethovens neunter Sinfonie anzustimmen. »Freude schöner Götterfunken ...« Meine Stimme klang kraftvoll.

Schon als Kind hatte ich Schillers Gedicht »An die Freude« auswendig gelernt und war überglücklich, es auch im Chor singen zu können. Ich liebte Beethoven, auch wenn ich ebenso für Mozart schwärmte. Zu gern hätte ich den Kirchenchor professionalisiert, aber bislang hatte sich der Gemeindekirchenrat immer dagegengestellt. In der letzten Zeit jedoch konnte ich nach und nach die Ratsmitglieder überzeugen. Ich war sicher, die nächste, spätestens die übernächste Sitzung würde eine neue Ära der Kirchenmusik der Gemeinde einleiten. Und ich wusste auch schon, wen ich als Chorleiter wollte. Ich hatte ihn in Bremen kennengelernt, diesen absolut göttlichen Musiker.

»Wem der große Wurf gelungen, eines Freundes Freund zu sein; wer ein holdes Weib errungen, mische seinen Jubel ein!« Auch, wenn ich kein holdes Weib, sondern eher einen ›holden Knaben‹ gefunden hatte, hinderte mich nichts daran, diese Worte mit Inbrunst zu singen. Ich freute mich auf den Abend. Weil ich frei war, hier in Bremen. Und ich hoffte, dass ich Manolo sehen würde.

***

Sämtliche Nervenstränge in Christine waren in Hab-Acht-Position gegangen. Vielleicht aus einem ihr nicht erklärbaren Reflex heraus, vielleicht aber auch durch Barbara Vandenbergs bleiches Gesicht. Dennoch bemühte sie sich, beruhigend auf Torbens Mutter einzuwirken.

»Setzen Sie sich erst einmal.« Christine nahm zwei der blauen Keramikbecher mit floralem Punktmuster, goss Tee hinein und drückte Barbara Vandenberg einen in die Hand. »Hat Torben vielleicht gesagt, dass er woanders schläft, und Sie haben das vergessen?«

»Wir haben Donnerstag. Unter der Woche schläft Torben nie woanders.«

»Haben Sie genau nachgesehen? Hat er Ihnen vielleicht einen Zettel hingelegt, auf dem steht, dass er bei einem Freund übernachtet?« Christine trank ihren Tee an die Arbeitsfläche gelehnt, die Auffahrt im Blick. Halb erwartete, halb hoffte sie, jeden Augenblick Torben angeradelt kommen zu sehen, verlegen, weil er einfach weggeblieben war. Doch es kam niemand.

»Da war kein Zettel.« Stoisch beantwortete Barbara Vandenberg die Frage und Christine wurde klar, dass sie möglichst schnell einen Psychologen hinzuziehen musste. Das alles war zu viel für diese Frau.

»Hören Sie, ich gehe jetzt erst mal in die Garage. Vielleicht ist Torbens Rad da und ...«, Christine zuckte hilflos mit den Schultern. Sie merkte, dass sie Barbara Vandenberg nicht mehr erreichte. Die befand sich augenscheinlich im Moment in einer Welt, die sie abschottete von dem, was wirklich geschah. Christine war von ihrem leeren Blick bis ins Mark erschüttert. Es musste ihr gelingen, Torben ausfindig zu machen.

Draußen rief sie Oda übers Handy an. Nach nur einmaligem Läuten nahm ihre Kollegin ab.

»Oda, es gibt ein Problem. Torben ist nicht zu Hause. Vielleicht hat er die Nacht woanders verbracht, ohne seiner Mutter etwas davon zu erzählen. Wir sollten die …«

Oda unterbrach sie, und Christine wurde mit jedem Wort ihrer Kollegin blasser.

»Okay. Großfahndung. Ich versuche, die Lage hier im Griff zu behalten.« Angst packte sie, als sie das Gespräch beendete. Torben war wohl doch nicht einfach so bei Freunden geblieben. Es gab begründeten Anlass zur Sorge.

Das aber würde sie seiner Mutter zu diesem Zeitpunkt auf gar keinen Fall sagen. Sie atmete tief ein, nahm erneut ihr Handy und suchte die eingespeicherte Rufnummer des Polizeiseelsorgers. Nach kurzem Gespräch ging sie zurück in die Küche.

»Na, dann wollen wir doch mal gucken, ob wir Ihren Filius irgendwo auftreiben, Frau Vandenberg«, sagte sie betont forsch. »Haben Sie die Telefonnummern seiner Freunde, eine Handyliste, die ich anrufen kann?«

Barbara Vandenberg antwortete nicht, sie zitterte am ganzen Körper. Christine legte tröstend eine Hand auf ihre. »Ist schon okay.« Sie legte alle verfügbare Zuversicht in diese Worte. »Ich kann verstehen, dass Sie Angst haben. Aber glauben Sie mir, es wird alles gut. Torben hat einfach nicht daran gedacht, Ihnen Bescheid zu sagen. Wir dürfen nicht vergessen, dass das alles für ihn auch ganz furchtbar schwer ist.«

Mit einem dankbaren Lächeln erhob sich Barbara Vandenberg. »Ich guck mal, was ich für Handynummern von seinen Freunden hab«, sagte sie und verließ die Küche.

Hoffentlich ist der Anflug von Hoffnung in ihren Augen nicht vergebens, dachte Christine bedrückt.

***

Noch nie in seinem Leben hatte Torben solche Angst gehabt.

Ihm war kalt. Er befand sich in einer Umgebung, die ihm fremd war. Das Letzte, an das er sich erinnerte, war das kurze Gespräch mit Wilfried. Danach war alles dunkel.

Nun fühlte er jämmerlichen Durst, er fror und musste dringend pinkeln. Doch es war stockdunkel, woher sollte er wissen, ob sich ein Klo in der Nähe befand? Er versuchte, den Harndrang anzuhalten. Presste die Beine zusammen. Wenn er gekonnt hätte, hätte er sich einen Knoten in seinen Schwanz gemacht. Doch er konnte nicht, und der Harndrang wurde unaufhaltsam. Schluchzend tastete er sich die raue Wand entlang. Kam zu einer Ecke. Ging weiter, verzweifelt die Beine zusammenpressend. Ein Schrank oder so was ... dann nichts. Raue Wand ... dann eine Tür. Er drückte dagegen, presste sein Ohr an den Spalt zwischen Türblatt und Rahmen. Und merkte, dass er den Urin nicht mehr halten konnte. Ein warmer Strahl ergoss sich an seinem Bein hinab in die schmale Fuge zwischen Tür und Boden. Schluchzend lehnte Torben den Kopf an die Zarge und ließ sich kurz darauf niedergleiten.

Er war am Ende. Gedemütigt, wie er sich es nie hätte vorstellen können.

***

Ich war nervös. Alles lief schief. Dabei hatte ich geglaubt, alles im Griff zu haben. Die Sache mit Lars war eine Kurzschlussreaktion gewesen. Ich hatte ihn nicht wirklich umbringen wollen. Das war ... ein Unfall gewesen, aber ich war zu feige, mich zu stellen. Hatte Angst vor dem gehabt, was passieren würde.

Vandenberg hatte als Einziger alles herausgefunden. Auch diesen Mord hatte ich nicht gewollt. Ich hatte lediglich mit ihm reden, ihn einschüchtern oder überzeugen wollen, alles andere ... war eine Kettenreaktion. Ich hatte so handeln müssen, um mich zu schützen. Aber in den Ermittlungen, da war ich mir sicher, führte keine Spur zu mir. Ich hatte alles unter Kontrolle.

Nun aber ging es um Torben.

Ich wollte nicht noch einen Menschen opfern. Nicht diesen hübschen Jungen. Ich hatte schon zu viel auf dem Gewissen. Und doch, so flüsterte mir eine Stimme zu, kam es nun auf einen mehr auch nicht an.

***

»Es ist mir scheißegal, ob gerade unterrichtet wird oder nicht«, ranzte Oda den Cordhosenträger im Sekretariat der Schule an. »Wenn Sie mir nicht innerhalb von fünf Minuten die Schüler auf dieser Liste herschaffen, dann erleben Sie ein Donnerwetter, das Sie bis ins Rentenalter nicht vergessen.«

»Ist ja gut, ich bin ja schon unterwegs.« Oliver Etzberg öffnete die Tür. »Wollen Sie nicht so lange im Lehrerzimmer warten? Da gibt's sicher auch 'nen Kaffee.« Er hielt Oda die Tür nach nebenan auf, und kurz darauf erschien das erste Mädchen. Doch bereits nach wenigen Minuten war Oda klar, dass die sie nicht weiterbringen würde. Auch die nächsten drei Freunde von Torben konnten enttäuschend wenig sagen. Lediglich ein paar Plätze, an denen sie sich ab und zu mal getroffen hatten, konnte Oda nun an ihre Kollegen durchgeben. Sie hatte das Gefühl, die Zeit liefe ihr davon.

Die nächste Schülerin trat, heftig Kaugummi kauend, ein.

»Hi. Ich bin Merle.« Am liebsten hätte Oda ihr den Kaugummi aus dem Mund geholt.

»Wir suchen Torben. Hast du eine Ahnung, wo er sein könnte?« Oda wies Merle einen Platz am leeren Konferenztisch zu. Dieser Raum hatte wirklich nichts Behagliches an sich. Aber wahrscheinlich war man als Lehrer so froh, den Klassenräumen entkommen zu können, dass einem das überhaupt nicht auffiel.

»Nö.« Merle kaute immer noch derart provokant Kaugummi, dass selbst Oda als eigentlich lässiger Typ nahe dran war, die Geduld zu verlieren. Sie trat näher an das Mädchen heran. Beugte sich vor und stützte die Handflächen auf die Knie. Tat so, als würde sie auf die gleiche Art Kaugummi kauen.

»Hör mir mal genau zu«, sagte Oda. Merle zuckte zurück. »Du kannst dir deinen ganzen coolen Scheiß sparen. Kannst mich mit nix beeindrucken, dazu müsstest du viel eher aufstehen. Hier geht es um keinen Nonsens, das hier ist absoluter Ernst. Torben scheint in Gefahr zu sein. Wir müssen versuchen, ihn so schnell wie möglich zu finden. Geht das in deinen Schädel?« Oda richtete sich auf und sofort verschluckte Merle den Kaugummi.

»Tut mir leid.« Die Schülerin machte ein wirklich betroffenes Gesicht. »Wie kann ich helfen?«

***

Es war kalt. Immer noch hüllte ihn Dunkelheit ein. Wo war er? Im Keller der Kirche definitiv nicht, das hätte er erkannt; die Möbel, den Geruch. Diese Umgebung war ihm fremd. Zudem roch es brackig. Mit einem Restanteil Salz. Ein wenig nach Meer. So hatte es im Gruppenkeller nie gerochen. Wie war er hierhergekommen? Er tastete sich an der Wand entlang zurück zu der Matratze, auf der er gelegen hatte. Seine Hose war noch immer nass. Sicher würde es dauern, bis sie getrocknet war, bei diesen Temperaturen. Er ließ sich nieder, zog die Beine an. Suchte nach seinem Handy. Vielleicht war es ihm aus der Tasche gefallen, und er fand es irgendwo. Tastend bewegte er seine Hände. Doch immer war da einfach nur nichts.

Er kauerte sich zusammen. Summte ein Lied, das ihm spontan in den Kopf kam. »Freude schöner Götterfunken, Tochter aus Elysium, wir betreten feuertrunken, Himmlische, dein Heiligtum.«

***

»Torben hat uns ausgequetscht, vor Kurzem erst. Nachdem sein Vater gestorben war«, sagte Merle.

Wie in geheimer Absprache hatten die Lehrer, die zwischenzeitlich die Tür geöffnet hatten, sie ebenso dezent wieder zugezogen, ohne eingetreten zu sein.

»Wir sollten darüber nachdenken, ab wann Lars sich verändert hat und woran das gelegen haben könnte.« Merle guckte ein wenig schräg unter dem über ihre Augen hängenden Pony hindurch, eine lila gefärbte Strähne stach grell aus dem schwarzen Haar hervor. Sie biss sich auf die Oberlippe und strich mit einer schnellen Bewegung den Pony zurück. »Torben versuchte, den Tod seines Cousins und den seines Vaters in einen Zusammenhang zu bringen. Was natürlich vollkommener Quatsch ist. Lars wurde vor einiger Zeit überfahren. Unfall mit Fahrerflucht. Hat uns alle getroffen, Lars war ein klasse Typ. Für alles offen.« Merle lächelte fast ein wenig abwesend. »Torben ist übrigens genauso. Nicht nur, dass er totale Ähnlichkeit mit Lars hat, er hat auch die gleiche soziale Ader. Die beiden hätten Brüder, nicht Cousins sein können.«

»Sind Sie denn draufgekommen, wann die Veränderung von Lars begann?« Oda hoffte, dass Merle ihre eigene Nervosität nicht bemerkte.

Die zuckte mit Schultern und Mundwinkeln. »Ja. Irgendwann ist es uns eingefallen. Da war ein Gemeindefest im letzten September. Es war heiß, wir hatten Zelte aufgebaut. Pfadfinderzelte, in denen man auch Feuer anmachen konnte. Wir haben Stockbrot gebacken und Met getrunken, dieses alte Honiggesöff, das haben Igor und Konsorten hergestellt. War auch okay, aber, es ging ganz schön in den Schädel. Ich weiß nicht mehr, was da genau war. Hatte auch ganz schön einen intus.«

Merle machte jetzt auf erfahrene Erwachsene. Cool halt. Oda wartete.

»Jedenfalls ging es irgendwie ganz schön hoch her an dem Abend. Überall wurde geknutscht und so. Ich weiß nicht, wann ich nach Haus bin, war ja egal, aber ich weiß, dass Lars danach 'ne ganze Zeit nicht mehr gesehen wurde. Wir haben uns alle darüber gewundert. Dachten, er sei krank oder so. Aber er kam nur ein Mal kurz wieder, sagte irgendwas von privater Veränderung und war dann weg. Für uns war das ganz furchtbar. So, als ob er uns plötzlich ablehnen und verachten würde. Wir haben mit Wilfried drüber gesprochen, aber der sagte, wir sollten Verständnis für Lars haben. Immerhin sei er ja noch nicht so lange Vater und wolle sich mehr um Jonas und Tonja kümmern und so. Die Zeit der Jugendbetreuung sei für Lars eben erst einmal vorbei.« Merle zog die Nase hoch. »Hat irgendwie wehgetan, das von Wilfried und nicht von Lars zu hören.«

»Wie verhielt sich denn Torben zu der Zeit?«, fragte Oda.

»Der war genauso verdattert wie wir. Hatte auch keine Erklärung.« Merles Po rutschte auf der Sitzfläche weiter nach vorn, ihr Oberkörper blieb hinten angelehnt. Oda war fasziniert von der Dehnbarkeit ihres Körpers. Allerdings befürchtete sie auch, dass Merle, die ihre Hände in die Vordertaschen ihrer Jeans gesteckt hatte, jeden Moment vom Stuhl fallen würde.

»Kann ich 'nen Kaffee haben?«

»Nein. Wir sind nicht zum Spaß hier.« Oda sagte das hart, aber durchaus etwas bedauernd, denn zu gern hätte auch sie einen Kaffee getrunken. »Kannst du dir vorstellen, dass er einfach abgehauen ist? Hat er in den letzten Tagen mal davon gesprochen?«

***

»Schön, dass du meine Musik so verinnerlicht hast.«

Torben zuckte zusammen. Er hatte im plötzlich aufkommenden grellen Lichtschein Schwierigkeiten, den Menschen zu erkennen, der hereinkam. Blitzschnell versuchte er, seine Umgebung zu erfassen. Wo zum Teufel war er? Die Tür wurde angelehnt, das Licht erneut schummrig.

»Was willst du von mir?« Torben wunderte sich über die Festigkeit seiner Stimme, denn er spürte die Angst bis in die Knochen.

»Stevie. Kleiner, frecher, forscher Stevie.« Langsam lösten sich Schemen aus dem Dämmerlicht. Außerdem hätte er diese Stimme inzwischen überall erkannt.

Torben spürte Wilfrieds hauchenden Atem im Gesicht.

»Wilfried. Ich hab dir schon mal gesagt: Ich kenne keinen Stevie. Ich bin Torben. Wenn du was mit einem Stevie zu klären hast, dann … bitte. Aber lass mich da raus.« Torben versuchte, seiner Stimme Halt zu geben. »Was immer das für 'n Scherz sein sollte, ich verrat's keinem. Geht mich ja nichts an.« Er versuchte, an Wilfried vorbei zur Tür zu gelangen, doch der hielt ihn mit ungeahnter Kraft fest.

»Stevie. Kleiner Stevie … Traust dich nicht mehr, jetzt, wo es ernst wird? Brauchst aber keine Angst zu haben.« Wilfrieds Stimme hatte einen anderen, einen fremden Unterton. Torben spürte, wie eine beängstigend kalte Hand seine Wange tätschelte.

Augenblicklich rebellierte sein Magen. Vulkanartig ergoss sich sein Mageninhalt über Wilfried.

»Du Idiot!« Es klatschte gegen seine Wange. Sein Kopf flog zurück. Hände packten seine Schultern wie Schraubstöcke. »Vergiss alles, was dir jetzt in den Kopf kommt. Du hast keine Chance.«

***

»Also, noch mal von vorn. Wo können wir ihn noch suchen? Und haben wir schon was von den Kollegen gehört, die Mauser suchen? Wie weit sind die?« Christine unterbrach ihr Auf-und-Ab-Gelaufe und fischte sich eine Pommes aus dem Berg der drei Portionen, die Nieksteit mitten auf den Tisch gekippt hatte. Die Kollegen der Streife waren fieberhaft dabei, Torben an all den Stellen zu suchen, die Christine und Oda von Merle, Lara und anderen Klassenkameraden erfahren hatten, und ein zweiter Suchtrupp fahndete nach Mauser, nachdem sie ihn weder zu Hause noch in der Kirche oder der Schule angetroffen hatten. Seit zwei Stunden gingen sie sämtliche Informationen wieder und wieder durch, immer auf der Suche nach der einen wichtigen, wie nebenbei gemachten Bemerkung, die vielleicht an ihnen vorbeigeflossen war.

Vor einer guten halben Stunde war Nieksteit mit den Worten: »Ich muss jetzt was essen« verschwunden und zwanzig Minuten später mit einer Plastiktüte voller Hamburger und Pommes zurückgekehrt. Inzwischen lag das Burger-Papier zusammengeknüllt kreuz und quer auf dem Tisch, der Raum stank wie eine Frittenbude und der Berg Pommes war sichtbar zusammengeschmolzen.

»Wir durchkämmen sämtliche Plätze, die Lara und Co. genannt haben. Mehr können wir im Augenblick nicht tun. Verdammt!« Oda schlug mit der Hand so heftig auf den Tisch, dass auch die restlichen Pommes darauf einen Hüpfer taten. »Irgendwo muss er doch stecken!«

»Wenn Torben nun tatsächlich zu Mauser gegangen ist, um ihn mit dem zu konfrontieren, was Alex und er über Mauser herausgefunden zu haben glauben, wovon wir ja schon fast ausgehen müssen, wohin könnten die beiden verschwunden sein? Immerhin wird Torben ihn sicherlich nicht freiwillig begleitet haben.« Nieksteits Äußerung trug nicht gerade dazu bei, die Stimmung zu erhellen.

»Gibt's einen geheimen Keller unter der Kirche oder so was? Scheiße! Wo können die beiden sein? Wen können wir noch fragen? Fällt denn keinem von euch etwas ein?«

»Es muss ein Ort sein, der für Mauser wichtig ist. An dem er sich sicher fühlt.« Siebelt zeigte einen für ihn seltenen Energieschub. »Aber wo zum Teufel, mag dieser Ort sein?«

***

Wimmernd lag Torben auf der Matratze. Alles tat ihm weh. Wilfried hatte ihm etwas Seltsames zu trinken gegeben, und als er es nicht wollte, war Wilfried brutal geworden. Hatte ihm das Zeug eingeflößt. Torben hatte nicht gewusst, dass Wilfried über solche Kraft verfügte. Kurz darauf war er sich wie betrunken vorgekommen.

Richtig betrunken, denn alles war nur schattenhaft. Er kannte sich damit nicht aus, hatte bislang immer nur ein oder zwei Bier gehabt, aber das ...

Wieder überfiel ihn der Würgereiz, aber diesmal war es ihm egal. Er kotzte auf die Matratze. Diese Bilder ... Er hatte sich von außen gesehen ... bei all dieser Widerwärtigkeit zugesehen. Es war, als sei er außerhalb seines Körpers gewesen ... Er ... ohne Hose auf diesem schäbigen Lager. Wilfried, der ihn nach vorn beugte und festhielt wie ein Karnickel, das man am Fanggriff hat. Dann der Schmerz hinten. Das Würgen, das auch dabei nicht zu unterdrücken war. Wilfrieds Gekeuche.

Wieder brach die Galle schwallartig aus ihm hervor. Und schlagartig festigte sich die Vermutung, die Alex und er diskutiert hatten. So naiv locker diskutiert hatten. Ein erneuter Schwall Galle quälte sich hoch. Jetzt wusste er, was an jenem Festabend vorgefallen sein musste. Was seinen Cousin so verändert hatte.

Und wenn er nun daran dachte, dass derjenige, der Lars überfahren hatte, bis heute nicht zur Rechenschaft gezogen werden konnte; wenn er nun daran dachte, was Lars über Wilfried hätte erzählen können und was ihm selbst gerade widerfahren war, dann war es ein Leichtes, eins und eins zusammenzuzählen.

Wilfried hatte nicht vor, ihn am Leben zu lassen. Nicht nach dem, was er ihm gerade angetan hatte.

***

Ich funktionierte wie eine Maschine. Ich hatte Fehler gemacht, die ich nicht hätte machen sollen. Die ich nie hatte machen wollen. Lars ... das war ein Unfall. Nicht gewollt, aber auch nicht entdeckt. Vandenberg. Das war Notwehr. Harald hätte mir alles kaputt gemacht. Auch ohne Beweise hätte er mich zerstört. Mit einem sadistisch befriedigten Lächeln zerstört.

Torben.

Er sah Lars so verdammt ähnlich!

Er hatte sich nicht wehren können, dafür hatte der Medikamentencocktail gesorgt. Ohne Widerstand hatte er sich hingegeben. Ich spürte, wie mein Schwanz sich bei der Erinnerung daran aufrichtete, wie er wieder fest und prall wurde. Das wollte ich noch einmal haben.

Das war so … unvergleichlich. Im Gegensatz dazu waren die Treffen im Kino ekelhaft. Rein, raus, da hatte Harald schon recht gehabt.
Ich lachte laut auf.
Ha! Wenn er gewusst hätte, dass ich nun mit seinem Sohn …
Jäh glitten meine Mundwinkel angewidert nach unten. Ich hatte meine Grenze überschritten. Ein Teil von mir ekelte sich vor mir selbst. So weit hätte ich es nie kommen lassen dürfen. So weit aber wäre es auch nie gekommen, wenn Lars mir damals nicht das Gefühl vermittelt hätte, er würde meine Gefühle erwidern. Ich war nicht schuld. Lars hatte mit mir gespielt und das, was sich daraus ergab, war allein seine Schuld.
Und ich wusste, wie ich alles wieder auf die Reihe bekam.
Torben würde einen Abschiedsbrief schreiben. In dem er all das, was vorgefallen war, erklären würde. Und dann … würde der arme, so tief verstörte Torben ins Wasser gehen.
Und ich würde untröstlich sein.

***

Das Läuten des Telefons unterbrach die Stille. Bevor ein anderer reagieren konnte, nahm Oda den Hörer ab. »Ja?«, bellte sie unwirsch in den Hörer.

»Da ist wer am Telefon für Sie. Ist wohl wichtig.« Volker Herz hatte heute Dienst in der Zentrale.

»Stellen Sie durch.« Sie stellte die Lautsprecher an.

»Frau Wagner?« Eine weibliche Stimme drang nur einen Augenblick später aus dem Telefon.

»Ja?«

»Ich bin's, Merle. Mir fiel grad noch der Banter See ein«, hörten auch die anderen über den Lautsprecher die Stimme des jungen Mädchens. »Wir sind da mal im Sommer mit der Jugendgruppe gewesen. Waren im See schwimmen, der eine oder andere hatte ein Surfbrett und abends wurde am Seeufer gegrillt. Vielleicht hat sich Torben die Hütte als Rückzugsort ausgesucht?«

»Danke«, Oda blieb bewusst gelassen, obwohl sie das Adrenalin durch ihre Adern schießen spürte. Die anderen wurden ebenfalls unruhig. »Das ist ein wichtiger Hinweis. Wo finden wir die Hütte?«

»Das ist ein bisschen kompliziert. Ich kann Sie aber hinbringen, bin eh grad in der Nähe. Treffen wir uns bei der Banter Ruine?«

**

Gezielt begann ich, die Vorbereitungen zu treffen. Wie gut, dass ich an diese Baracke gedacht hatte. Das alte Gemäuer hatten wir früher als Treffpunkt genutzt. Damals war es noch in Betrieb und ein Kiosk. Im hinteren Bereich gab es Aufbewahrungsmöglichkeiten für Surfbretter und -klamotten. Inzwischen aber verfiel es mit jedem Jahr mehr. Doch ein Schlüssel lag nach wie vor in der Dachrinne. Dass ich dieses Haus einmal dafür nutzen müsste, um meine Existenz zu retten, hätte ich nie gedacht. Mein Blick fiel bedauernd auf den alten Waschzuber. Es war einer von denen, die man früher in jedem Haushalt fand. War ganz einfach gewesen, den zu besorgen. Die standen ja überall in den Schrebergärten herum, meist mit Wasserpflanzen und diesen Schwimmkugeln bestückt. Zur Deko. Ich aber würde den Zuber benutzen. Mit Wasser aus dem Banter See füllen.

Dann würde ich Torben holen.

Ich schloss die Tür zum Nebenraum auf, aus dem bislang kein Geräusch gekommen war. Ich hoffte, dass Torben resigniert hatte. Eine Chance gab es eh nicht für ihn. In der Hand hielt ich einen Becher Tee, in dem neben Honig auch ein paar von den Tabletten aufgelöst waren, die der Arzt Barbara nach Haralds Tod zur Beruhigung gegeben hatte. Ich hatte sie aus dem Bad genommen. Sicherlich war Barbara gar nicht aufgefallen, dass welche fehlten. Torben sollte locker sein, wenn ich ihm Block und Stift hinlegte, damit er den Brief schreiben konnte. Und wenn er in ein paar Tagen obduziert würde, käme man schnell darauf, dass Torben die Tabletten seiner Mutter geschluckt hatte. Ja, ich hatte an alles gedacht!

**

Im vorderen Raum tat sich was. Torben bemerkte die Geräusche, die immer nur dann zu hören waren, wenn Mauser kam. Er spürte, wie die Angst ihn zu überrollen drohte. Er atmete dagegen an. Die Tür öffnete sich. Mauser. Irgendeine Blockade in seinem Kopf hinderte Torben daran, Mauser nach wie vor Wilfried zu nennen. Wilfried war vertraut. Väterlich. Mauser war fremd. Eine unbekannte Größe. Vor der er auf der Hut sein musste.

Mauser drückte ihm einen Becher in die Hand. Er roch okay. Nach Tee und Honig. Und ein wenig Zitrone. Sicher wieder so eine Exotenmischung. Er war durstig und ihm war kalt, obwohl es draußen sicher warm sein musste. Aber dieses Gemäuer war so ausgekühlt. Er hatte gegrübelt und nachgedacht. Irgendwann war ihm wegen des brackigen Geruchs die Baracke am Banter See eingefallen. Hatte Mauser ihn tatsächlich hierher geschafft? Ob einer der anderen auf die Idee käme, ihn hier zu suchen, wenn sie merkten, dass er verschwunden war? Doch das war jetzt nebensächlich. Gierig trank er den Becher in einem Zug aus.

»Du musst was für mich schreiben«, Mauser kehrte um, holte aus dem vorderen Zimmer Block und Stift, drückte Torben beides in die Hand. Erst jetzt fiel Torben auf, dass Mausers rechter Arm bandagiert in einer Schiene hing.

»Was?« Torben merkte, dass etwas nicht in Ordnung war.

»Ich geb auf, Torben.« Mauser lehnte sich an den Türrahmen. Keine Chance, an ihm vorbeizukommen. Aber Torben nahm sich vor, hellwach zu bleiben. Seine Möglichkeiten zu nutzen, wenn sich eine ergeben sollte. »Du musst für mich aufschreiben, wie es war. Dann kannst du gehen. Ich werde diese Hütte nicht mehr verlassen. Mit dem, was ich getan habe, kann ich nicht weiterleben.« Mausers Stimme klang schwach, passte zu einem Menschen, der sich aufgegeben hatte.

Voller Euphorie richtete Torben sich auf. Vergaß seine Vorsicht. Natürlich! Mauser war Pastor. So einer konnte mit dieser Schuld nicht leben. So einer nicht.

»Alles, Wilfried. Ich schreib alles auf. Fang an zu diktieren.«

»Okay. Also beginnen wir mit: Es fing auf dem Gemeindefest an.«

Torben schrieb.

»Es war schon spät, als es mit Lars zu intimem Kontakt kam. Kein anderer war mehr anwesend.« Torben schluckte, schrieb, sagte nichts. »Ich schäme mich dafür, ihn verführt zu haben. Dadurch habe ich seine Familie und auch sein Leben zerstört.« Torben wurde schlecht.

Klar. Das, was Mauser mit ihm gemacht hatte, hatte er auch mit

Lars getan. Er hatte es ja schon vermutet. Und daran knüpfte sich das Folgende wie eine Kette. Nie im Leben hätte er gedacht, dass er für Mauser das Geständnis schreiben würde.

»Das war der Auslöser für alles, was danach geschah.« Mausers Stimme bekam einen eigenartig kommandierenden Ton. Da fehlte jegliche Reue. Die aber wollte er doch in diesem Abschiedsbrief zum Ausdruck bringen?

Torben hob den Kopf.

Sah Mauser neben sich stehen.

»Schreib!« Mauser schlug ihm ins Gesicht. »Schreib endlich!«

Torben hielt sich die Wange. Die gerade verschorfte Stelle war wieder aufgeplatzt. Blut lief warm zwischen seinen Fingern hinab, doch Torben ignorierte das. Er starrte seinen einstigen Mentor an.

»Nein. Kein weiteres Wort werde ich schreiben.«

Ein weiterer Schlag nahm ihm das Bewusstsein.

***

Merle erwartete sie am Anfang des Grodendammes. Ein leichter Wind wehte. Seit sie hier stand, waren eine Menge Radfahrer an ihr vorbeigefahren, unübersehbar Decke und Schwimmsachen auf dem Gepäckträger. Auch ein paar ihrer Kumpels waren darunter gewesen, doch sie hatte ihre blöden Machosprüche ignoriert. Mit jedem Augenblick, den sie länger wartete, war ihre Nervosität gestiegen. Jetzt sah sie die beiden Frauen auf sich zukommen. Ihre Hände waren nass vor Schweiß. Hoffentlich machte sie alles richtig.

»Also, Merle, wo meinst du, ist die Hütte?« Die Wagner fackelte nicht lange. Sie schien ebenso nervös zu sein wie sie. Jagdinstinkt oder so was. Das hatte sie schon mal gehört, dass Polizisten so was fühlten. Dieser Instinkt schien auch sie ergriffen zu haben, denn sie wollte unbedingt dazu beitragen, dass Torben gefunden wurde.

»Ich weiß nicht genau, aber wir müssen noch ein kleines Stück fahren. Es ist auf jeden Fall hinter dem Freibad.«

»Dann mal los. Wollen wir hoffen, dass es klappt.« Die Große sah sie skeptisch an.

»Ich denke schon. Ungefähr, denn so viele Zuwege gibt's ja nicht zum See. Komisch, dass wir da nicht regelmäßig hingegangen sind.

Zumindest weiß ich nicht, ob von den anderen jemand öfter mal hier war.«

»Und wie kommst du jetzt darauf?« Das war wieder die Wagner. Sie hatte einen Fleck auf dem T-Shirt, der sie irgendwie sympathisch machte.

»Weil Wilfried immer gesagt hat, wenn wir mal nicht wissen, wohin, können wir jederzeit da hin. Der Schlüssel ist in der Dachrinne, an die kommt man leicht ran.«

»Wilfried?«

Merle meinte, die Wagner hätte jetzt ein leichtes Schrillen in der Stimme.

»Ja klar. Unser Pastor. Den kennen Sie doch sicher. Wilfried Mauser. Der hat seine Surfklamotten hier.«

»Okay. Packen wir's an.« Oda Wagner hakte sie unter und schleppte sie fast zum Auto, während die Cordes übers Handy Verstärkung anforderte.

**

Es war okay. Torben hatte genug geschrieben, mehr brauchte es nicht. Alles würde so aussehen, als habe Torben mittendrin aufgehört, die Tabletten seiner Mutter genommen und sei über den Steg ins Wasser gegangen. Doch das war noch nicht geschafft. Noch war Torben nicht so betäubt, wie ich es mir erhofft hatte. Ich hatte wohl zu wenige Tabletten aufgelöst. Wie viel leichter wäre es gewesen, den Jungen tatsächlich einfach ins Wasser fallen zu lassen. Aber das ging nicht. Ich musste ihn wie eine Katze ersäufen. Furchtbar. Aber ich musste sichergehen, dass Torben tot war. Das alles fiel mir nicht leicht. Gut, dass ich schon alles vorbereitet hatte, denn mir blieb nicht viel Zeit.

Inzwischen hatte ich die Schiene von meinem Arm entfernt, ebenso den Verband. Ich schleifte Torben in den Hauptraum. Den Mund hatte ich ihm mit Teppichklebeband zugeklebt und die Hände vorsichtig mit weichem Mullverband gefesselt. Schließlich wollte ich keine tiefen Einschnitte hinterlassen. Alles sollte wie Selbstmord aussehen.

Doch so leicht war es nicht. Torben wehrte sich. Wieder schlug er mir ins Gesicht. Wie sich hinterher diese Wunden erklären ließen, wusste ich noch nicht. Doch ich würde auch hierfür eine Lösung finden.

Nun hatte ich ihn am Zuber. Ließ ihn fallen. Verdammt. Torben sah mich an. Ich hatte das Gefühl, bis auf den Grund seiner verletzten Seele sehen zu können. Ich presste die Zähne so fest aufeinander, dass es weh tat. Dann riss ich seinen Kopf hoch, zog das Teppichband ab und drückte ihn in den Zuber.

***

»Nein, hier sind wir auch falsch.« Merle war nervös und aufgeregt. Es war ihr offensichtlich peinlich, nicht sofort den richtigen Weg gefunden zu haben.

»Hey, ist nicht so schlimm.« So ruhig wie Oda wäre Christine jetzt auch gern. Doch sie spürte, dass die Zeit drängte. Konnte sich dieses Mädel denn nicht konzentrieren? Sie drückte aufs Gaspedal. Die Räder drehten durch auf dem Schotterweg.

»Christine. Hektik bringt uns auch nicht weiter.« Oda, der Ruhepol.

»Scheiße, Hektik nicht, aber genaue Wegbeschreibungen!« Sie wendete mit solchem Karacho, dass sie sich über sich selbst wunderte, und brauste zurück auf die asphaltierte Straße zwischen Deich und See. Zweihundert Meter vor, wieder eine Abzweigung. Hohe, wuchernde Büsche und Sträucher zu beiden Seiten, ein wenig Müll lag herum.

»Nein!« Plötzlich war Merle aufgekratzt. »Hier noch nicht. Es muss die nächste Abfahrt sein, ganz sicher. Jetzt weiß ich es wieder. Das geht erst geradeaus, dann links. Da gibt's eine Schranke, die ist aber immer hoch. Und das Haus ist weiß angestrichen. Oder war es mal. Ja, noch eine Abfahrt weiter.«

Die Spannung im Auto wurde unerträglich. Christine ließ wieder die Reifen durchdrehen, als sie in den Kiesweg einfuhr.

»Runter vom Gas!« schnauzte Oda, als sie die offene Schranke passierten. »Wir müssen vorsichtig sein. Wer weiß, was da drinnen los ist.«

Christine nahm augenblicklich den Fuß vom Pedal und ließ den Wagen geräuschlos auf das Haus zurollen.

***

*War da nicht etwas? Zum zweiten Mal nahm ich Torbens Kopf aus
dem Zuber und hörte sein röchelndes Luftholen.*

*»Halt die Klappe!« Ich ranzte den Jungen an, als ob er noch irgend-
was von dem verstehen würde, was ich ihm vorschrieb, benommen wie
er war. Doch Torben öffnete den Mund. Machte Anstalten zu schreien.
Augenblicklich drückte ich den Kopf wieder unter Wasser. Scheiße.
So schwierig hatte ich es mir nicht vorgestellt. Wo der Unterschied
zwischen erdrosseln und ertränken war, wusste ich nicht, doch das mit
Torben fiel mir wesentlich schwerer als die Sache mit Harald.*

Was war das?

Ich hörte Schritte. Riss Torbens Kopf hoch. Der prustete.

*Ich presste Torben vor meine Brust. Er war meine einzige Versiche-
rung, hier rauszukommen. Denn dass das kein zufälliger Besuch war,
war mir klar.*

*Die Tür ging auf. Drei Leute kamen herein. Sahen mich und Tor-
ben und blieben wie erstarrt stehen.*

*»Keinen Schritt weiter«, sagte ich und drückte erneut Torbens Kopf
so über den Zuber, dass Stirn und Nase bereits das Wasser berührten.
»Nur einen Schritt, und er ersäuft.«*

∗∗∗

Er fühlt nichts mehr. Eigentlich ist er schon tot. Das weiß er. Darum braucht er keine Angst mehr zu haben.

Die Polizistinnen sind da. Und Merle. Merle? Wieso denn die?

Seine Haare und seine Nasenspitze berühren das Wasser. Er at-
met durch den Mund. Torben merkt, dass sein Kopf langsam run-
tergedrückt wird. Ein Stückchen nur, aber er kriegt Wasser in den
Mund. Prustet. Wenn er sich nur richtig bewegen könnte. Wenn er
nicht so in Watte gebettet wäre.

∗∗∗

Entsetzt beobachtete Merle, wie Mauser Torbens Kopf langsam
immer weiter in den Bottich drückte. Viel Zeit blieb ihnen nicht.
Ein Seitenblick auf Oda Wagner zeigte Merle, dass diese den Blick
fest auf Mauser gerichtet hatte. Keine Chance, sie zu erreichen. Blieb
nur die andre.

Aus dem Zuber stiegen die ersten lauten Blubberlaute auf. Panik machte sich in Merle breit, während sie sah, dass die Wagner immer noch zu versuchen schien, Mauser mit ihrem Blick zu hypnotisieren.

Aber die Cordes fing ihren Blick auf. War ebenso entsetzt.

Nickte. Jetzt!

Wie auf Kommando sprangen beide vor.

Doch Mauser war schneller. Riss den fast schon bewusstlosen Torben aus dem Zuber und schleuderte ihn ihnen entgegen.

So flink, wie Merle es einem Menschen wie Mauser nie zugetraut hätte, floh er durch die geöffnete Hintertür.

Merle flitzte hinterher. Wozu war sie jahrelang mit Lara laufen gegangen? Sie war nie so gut gewesen wie Lara, aber gut war sie allemal. Das würde sie jetzt unter Beweis stellen. Torben war bei den Kommissarinnen gut aufgehoben. Das war deren Sache. Mauser aber war auch ihre. Was Mauser da gerade mit Torben gemacht hatte, ging sie genauso an.

Hinter ihr hörte sie Laufschritte. Hatte also auch eine der Kommissarinnen die Spur aufgenommen? Mal sehen, wer schneller war.

Da. Vor sich sah sie Mauser. Hinter sich hörte sie Keuchen.

Mauser lief auf einen fast zugewucherten Weg zu.

Von vorn kam mit Karacho ein Auto. Merle hob hektisch die Hand, zeigte auf Mauser und rief: »Hier! Halt! Hier anhalten!«

Der Wagen bog in den verwilderten Weg ein. Bremste scharf. Autotüren wurden aufgerissen. Eine Handvoll Leute begann, Mauser hinterherzurennen.

Erschöpft ließ sich Merle ins hohe Seitengras fallen.

Es schien vorbei zu sein.

Ein paar Minuten blieb Merle liegen, bevor sie sich aufrappelte und langsam zur Baracke zurückging.

***

Blaulichter, 'ne Menge Autos, die Spurensicherung, der Krankenwagen und einige andere Leute tummelten sich kurze Zeit später auf dem ehemaligen Surfgelände.

Die Kollegen hatten Mauser erwischt, kurz, bevor der in ein Auto mit Bremer Kennzeichen einsteigen wollte. Der Wagen gehörte Mausers Mutter, wie Lemke vorhin knapp erläuterte.

Der Brief, den Torben auf Mausers Geheiß geschrieben hatte, war längst von Christine in eine Schutzhülle geschoben worden und anschließend in ihre immer präsente Ledermappe gewandert. Irgendwie war Oda heute froh, eine Kollegin an der Seite zu haben, die so fest in den Regularien steckte. Sie selbst hatte, auch wenn sie das ums Verrecken nicht zugeben würde, Ausfallerscheinungen. Sie zitterte am ganzen Körper. Als die Kollegen die Verfolgung aufgenommen hatten, war sie zurück zur Baracke gegangen. Hatte Torben da sitzen sehen. Frierend, unter Medikamenteneinfluss. Mit dem Kreuz schon auf der Stirn.

Sie hatte sich zu ihm gesetzt und ihn schweigend in den Arm genommen. Dabei hatte sie die Tränen zurückhalten müssen. Alex hätte an Torbens Stelle sein können. Denn Alex war Stevie. Sie musste ihre letzte Kraft aufbieten, um nicht loszuheulen.

Kollegen waren gekommen und wieder gegangen, hatten gefragt, sie hatten geantwortet. Inzwischen war Ruhe eingekehrt, und Torben befand sich in ärztlicher Obhut. Er war mit der Rettung ins Krankenhaus und in die erleichterten Arme seiner Mutter gebracht worden.

Oda saß noch immer auf dem Boden neben dem Zuber.

Sie spürte eine Hand auf ihrer Schulter.

»Oda?«

Sie blickte auf. Christine sah besorgt zu ihr hinab. »Hier ist soweit alles erledigt. Wir können los. Die Kollegen sind schon vorgefahren, aber Herr Steegmann ist noch geblieben. Wir können jetzt mit ihm zurück. Kommst du?«

»Nein.« Oda schaute ihre Kollegin an. »Fahrt ihr nur, ich muss noch einen Augenblick hierbleiben. Allein. Ich muss das erst noch etwas verdauen. Zur Not laufe ich, das tut mir sicherlich gut.«

»Okay.« Christine strich ihr kurz über den Kopf. »Aber wenn was ist, rufst du mich an, ja?«

»Klar.«

Oda hörte, wie ein Auto sich entfernte. Und wie es wieder totenstill wurde. Was musste Torben für Ängste ausgestanden haben! Sie legte den Kopf auf die Knie und konnte nicht verhindern, dass tieftrauriges Weinen sie schüttelte.

Eine halbe Stunde später stand sie am halb zerfallenen Holzsteg. Es gab viele dieser fast verwunschenen Wege hier am See. An anderer, gar nicht so weit entfernter Stelle hatte sich vor Jahren eine Menge fröhlicher Surfer getummelt. Sie selbst hatte auch dazugehört. An lauen Sommerabenden wurden auf kleinen Holzkohlegrills Würstchen und Kartoffeln gegrillt, wurde Sangria oder Bier getrunken. Zu der Zeit fuhr sie einen Fiat 126. Wie lang war das her? Sicher mehr als fünfundzwanzig Jahre. Sie musste unbedingt die Fotos von damals hervorkramen. Und nun wäre dieser Ort, an dem sie sich schon manchen Sonnenbrand am oder auf dem Wasser geholt hatte, fast für einen Menschen, der jünger war als ihr Sohn, zum Verhängnis geworden.

Oda steckte die Hände in die Taschen ihrer Jeans, starrte aufs unschuldig vor sich hin dümpelnde Wasser. Nach einiger Zeit zog sie ihr Handy aus der Hosentasche.

Sie drückte eine Kurzwahltaste.

»Ich bin's«, sagte sie, als sich eine männliche Stimme am anderen Ende meldete. »Ich brauch dich jetzt, Jürgen. Kannst du mich abholen?«

ENDE

Dank

Wenn ein Roman nach langer, intensiver Arbeit fertig ist und so bearbeitet, überarbeitet und wieder überarbeitet wurde, wie Sie als Leser ihn nun vor sich haben, dann sind in den meisten Fällen auch andere Menschen irgendwie daran beteiligt. Auf unterschiedlichste Weise.

Und darum möchte ich folgenden Personen an dieser Stelle danken: Steffi von der Beratungsstelle ProFamilia für die Informationen zum Thema Schwangerschaftsabbruch, Christine, Cäcilia, Petra, Ulrike und Gustav für ihre offenen, zum Teil auch sehr kritischen und den Roman letztlich so bereichernden Bemerkungen, und ganz besonders meiner Lektorin Marit Obsen, die mich so wundervoll begleitet und geführt hat.

Danke! Ich möchte euch beim nächsten Buch wieder an meiner Seite haben!

Christiane Franke